Edgar E. Franzmann

NEUROPA 77

Die Alten sind an allem schuld

Roman

Edgar E. Franzmann, 1948 in Krefeld geboren, lebt als Journalist und Schriftsteller von Krimis und Thrillern in Köln. *NEUROPA 77* ist sein erster dystopischer Roman.

NEUROPA 77

Die Alten sind an allem schuld

Roman

Von
Edgar E. Franzmann

Impressum

Imprint:	Independently published

Verantwortlich
für den Inhalt: Edgar E. Franzmann
Freiligrathstraße 39
D 50935 Köln
Mail: edgar@franzmann.de
Web: www.franzmann.de

ISBN:	979-8-2823-4374-8
Druck:	amazon
Veröffentlicht:	7. 7. 2025
Version:	1.2

Für alle,
die mich
in Liebe
begleitet
haben.

„Die Juden sind an allem schuld“, meinte einer.
„Und die Radfahrer…“, sagte ich.
„Wieso denn die Radfahrer?“, antwortete er verdutzt.
„Wieso die Juden?“, fragte ich zurück.

zugeschrieben Kurt Tucholsky
oder Erich Maria Remarque

„Wenn du lesen willst,
was du noch nie gelesen hast,
musst du schreiben,
wie du noch nie geschrieben hast.“

Jonathan Goldt

01

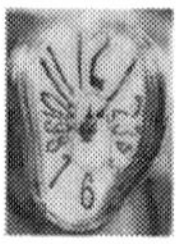

Eines Tages würde er aufwachen und feststellen, dass er tot war – aber noch war es nicht so weit. Gut sechs Monate trennten ihn von seinem 77. Geburtstag. Ein Wimpernschlag von Zeit.

Der Volksbildschirm flackerte, und das Gesicht des OBERSTEN PROTEKTORS leuchtete unnatürlich hell im Raum auf. Sein Blick – eiskalt, statisch – schien Jonathan direkt zu fixieren. Ein Frösteln kroch ihm den Rücken hinauf. Diese Reden waren Routine – doch das machte sie nicht erträglicher.

„Bürger von NEUROPA", begann der OBERSTE PROTEKTOR mit einer Stimme, so gleichförmig und beunruhigend wie das Knarzen einer langsam schließenden Tür. „Heute feiern wir das Vermächtnis unserer Standhaftigkeit. Der siebte Jahrestag unserer großen Nation erinnert uns daran, was wir erreicht haben – und was noch vor uns liegt."

Jonathans Körper reagierte auf diese Liturgie der Lügen. Der Kopf sagte ihm, dass es sinnlos war, sich zu wehren. Der Magen aber zog sich zusammen, als der Tonfall des OBERSTEN PROTEKTORS schärfer wurde.

„Um unsere Stabilität zu sichern und den Wohlstand unserer zukünftigen Generationen zu garantieren, müssen wir entschlossene Schritte unternehmen. Ab heute gilt ein neues Dekret: Bürger, die das 77. Lebensjahr vollenden, werden von der Rentenzahlung entbunden."

Er sagte tatsächlich „entbunden", als wäre dieser staatliche Rentendiebstahl eine Geburt. Für Jonathan war es eine Guillotine, die auf seinen Nacken niedersauste.

Eine Sekunde lang wagte er nicht zu atmen. Doch das bürokratische Grauen hatte noch kein Ende.

„Die Maßnahme erfolgt im Sinne der Haushaltsstabilität und generationengerechten Verteilung. Die Verwaltung stellt die Zahlungen automatisch ein. Wir danken den Betroffenen für ihren Beitrag zur Gesellschaft. Dieses Opfer", schloss der OBERSTE PROTEKTOR mit einem seichten, falschen Lächeln, „wird uns stärker machen. Gemeinsam bauen wir eine Zukunft, die ihresgleichen sucht."

Jonathans Finger krallten sich so fest um die Sessellehne, dass das Holz knirschte. Nur sechs Monate. Er zwang sich, nicht zu würgen.

Der Volksbildschirm fiel zurück in seine gewohnte Schleife – glückliche Familien mit ausgeleuchteten Gesichtern, saubere Parks, lachende Kinder in grauen Uniformen. Eine Welt, die es nicht gab.

Jonathan stand auf, rieb sich die Augen. Ging zum Regal und zog den *Steppenwolf* von Hermann Hesse heraus. Die Seiten trugen jene feinen Spuren von Gebrauch, die Geschichten lebendig machten.

Er erinnerte sich daran, wie Hana und er in einer kleinen Buchhandlung in Berlin gestöbert hatten, vor dem großen Knall. „Das ist was für dich, Jonathan", hatte sie gesagt, mit einem Lächeln, das sanft und wissend war. „Dieser Steppenwolf ist wie du. Hin- und hergerissen zwischen zwei Welten – einer, die er verachtet, und einer, die er ersehnt, aber fürchtet."

Damals hatte er gelacht. Jetzt klang ihre Stimme wie ein fernes Echo.

Er blätterte die Seiten um, sein Blick fiel auf eine gepresste Blume, eine Kornblume, deren Farbe sich über die Jahre in ein stumpfes Braun verwandelt hatte. Hana hatte ihm die Blume gegeben. Es war der Tag, an dem sie sich für immer verabschiedet hatte.

„Für dich – etwas, das du behalten kannst."

Als Jonathan später durch die Straßen der Brandenburger Altstadt ging, war es, als wandle er durch einen Kirchhof. Jahre des Leids und der Ungerechtigkeit schnürten ihm die Kehle zu.

Es war der 7. Juli, ein Datum, das in NEUROPA wie ein Schleier über dem Jahreskreis lag – der siebte Jahrestag der Gründung eines Regimes, das aus den Ruinen des Atomkrieges emporgekrochen war und fast den gesamten Kontinent umfasste, mit Deutschland als Machtzentrum.

Frische Parolen hingen an den Wänden:

„Keine Rente für die 77er!“

„Die Jugend verdient eine Zukunft!“

„Lang lebe NEUROPA!“

Sein Weg führte ihn zum kleinen Markt am Hauptbahnhof – ein Labyrinth aus Ruinen und flüchtigen Hoffnungen.

Zwischen rußgeschwärzten Ständen wechselten Waren die Besitzer: alte Bücher gegen Brot, Erinnerungsstücke gegen einen Schluck Alkohol. Händler mit leeren Gesichtern nickten ihm zu, während er zwischen den Ständen hindurchging. Hinter vorgehaltener Hand sprachen sie über das jüngste Dekret, über neue Gerüchte, über die Taufen.

„Hast du gehört? Die arbeiten wieder am Friedhof.“

„Ja, irgendwas mit Wasser. Ein Denkmal vielleicht – eins von denen, die keiner braucht.“

„Nein“, flüsterte eine Stimme, „es ist für die Alten. Eine Reinigung.“

Jonathan blieb stehen.

„Reinigung“ – das Wort grub sich wie ein rostiger Haken in seinen Verstand.

Ein hagerer Verkäufer mit der Haltung eines ehemaligen Gelehrten zog ein Buch unter dem Tisch hervor, als wäre es eine verbotene Reliquie.

„Ein weiteres Relikt“, murmelte er, seine Stimme trocken, „aus einer Zeit, bevor Worte in der Dunkelheit verschwanden.“

Jonathan nahm das Buch entgegen. Die raue Oberfläche fühlte sich fremd an, aber echt – eine Brücke in die Vergangenheit.

Fahrenheit 451 stand auf dem Einband. Ein Roman über eine Gesellschaft, in der Bücher verboten waren. So alt. So gegenwärtig.

„Danke“, sagte Jonathan.

Neue Bücher gab es nicht mehr, nur noch die so genannten eFolios – seelenlose Kreaturen, die vorgaben, Bücher zu sein. Doch sie waren trügerische Witzbolde, bestehend aus elektronischem Papier, dessen Text sich jederzeit ändern konnte, wenn es die Wahrheitskommission entschied.

Ein Summen an seinem Handgelenk brachte Jonathan zurück in den Augenblick. Sein Konnektron pulsierte. Eine verschlüsselte Nachricht.

Elena.

Hanas Tochter.

Ihre Mitteilungen waren wie Glühwürmchen in der Nacht.

„*Treffen heute, 23 Uhr, am alten Lager. Neues über die Chroniker.*"

Ein Schauder kroch seinen Rücken hinauf. Die Chroniker.

Er drückte das Buch gegen seine Brust – als könnte es ihn schützen.

Heute würde alles beginnen. Oder enden.

02

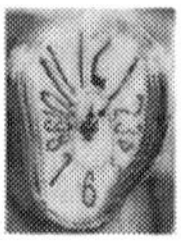

Jonathan trat in eine surreale Theaterkulisse. Häuser und Laternen standen Spalier, geschmückt mit Fahnen – ein trügerisches Spektakel am Nationalfeiertag.

Grau, Weiß, Orange. Die Farben von NEUROPA. In der Mitte jeder Flagge thronte das Symbol der Macht: ein schwarzer Atompilz, dessen Kopf die Zahl 77 trug. Makaber. Eine Nation, die sich ihrer eigenen Apokalypse rühmte.

Jonathan beschleunigte seine Schritte. An Sonn- und Feiertagen gab er Nachhilfe – ein verzweifelter Versuch, die alte Welt in dieser neuen Ordnung zu bewahren. Doch Geschichte? Wer wollte das lernen?

Und Deutsch – einst eine Sprache der Dichter und Denker – war nur noch ein Fall für die Wahrheitskommission, die jedes Jahr ein neues Wörterbuch herausgab. 7777 zulässige Begriffe. Wer vorher nicht nachschaute, konnte leicht einen falschen erwischen. Und falsche Worte führten zu falschen Gedanken. Sogar monatlich neu erschien ein Verzeichnis von 777 verbotenen Wörtern, deren Gebrauch einen schnell hinter Gitter bringen konnte.

Jonathan lebte in der westlichen Altstadt. Drei Zimmer, erster Stock, ein altmodisches Dreifamilienhaus. Unten wohnten die Schrempfs, die Hausbesitzer. Eine unauffällige Familie – vielleicht zu unauffällig. Keine Fahne im Vorgarten. Kein Zeichen der Loyalität. Ein Fehler. Einer, der ihnen mit Sicherheit Minuspunkte einbrachte würde.

Jonathan hatte auch nicht geflaggt.

Im zweiten Stock hatte Frau Müller gleich zwei Fahnen aus dem Fenster gehängt. Die höchstpersönliche Blockwartin des Systems.

Jonathan hatte sich längst von all dem abgekoppelt. Sollten sie doch ihre Fahnen hissen. Sollten die Mächtigen Punkte verteilen. Er hatte andere Sorgen.

Seine Nachhilfeschüler waren da. Mara und Lukas Berger, sechzehn und achtzehn. Nico Martinelli, gerade siebzehn geworden.

Sie trugen die Halstücher der NEUEN JUGEND.

Jonathan starrte auf die Stoffstücke, als sähe er etwas, das nicht da sein sollte. „Warum habt ihr das an?"

Seine Stimme klang härter, als er beabsichtigt hatte.

Lukas, der Ältere, zuckte mit den Schultern. „Nationalfeiertag." Als wäre das eine Antwort.

„Ist Pflicht, irgendwie." Mara senkte den Blick, als schämte sie sich.

Jonathan musterte sie. Lukas, der Nachdenkliche. Immer voller Fragen, immer auf der Suche nach Antworten, die es nicht mehr gab. Mara, die Vorsichtige. Ihre Intelligenz war leise, aber präzise. Sie wusste genau, wann man besser schwieg. Und Nico. Der Unruhige, der Wilde. Seine Finger waren immer an irgendeinem technischen Gerät, als könnte er eine neue Welt aus den Ruinen der alten bauen, nur mit einem Akkuschrauber und einer guten Idee bewaffnet.

Sie waren noch jung. Aber die Welt war schon dabei, sie zu brechen. Vielleicht war er zu hart mit ihnen. Vielleicht hatten sie keine Wahl. Ihre Welt war nicht die seine. Das wurde ihm immer klarer.

Die Eltern von Mara und Lukas waren Privilegierte. Der Vater war Beamter im Liegenschaftsamt. Die Mutter war Grundschullehrerin. Eine Überzeugte. Jemand, der nicht nur die Parteilinie lehrte, sondern sie lebte.

Es war ein Wunder, dass sie ihm erlaubten, ihre Kinder zu unterrichten. Oder vielleicht wussten sie es einfach nicht.

Denn Nachhilfe – nein, das war es nicht, was Jonathan gab.

Er lehrte Geschichten. Echte Geschichten. Er erzählte ihnen von einer Welt, die es früher gegeben hatte – und die jetzt nur noch in verzerrten Erzählungen der Regierung existierte.

Lukas hatte ihm einmal anvertraut, dass er Schriftsteller werden wollte. „Kein belangloser Autor. Ich will ein Buch schreiben, das die Welt erschüttert."

Jonathan hatte gelächelt. Wenn du nur wüsstest.

Er dachte an „*1984*“. Eines Tages würde er ihm das Buch geben. Das Werk war nicht verboten, es war verschwunden, als hätte es nie existiert. Aber Jonathan besaß ein Exemplar. Zweisprachig. Zerlesen, die Seiten vergilbt und brüchig. Einer seiner größten Schätze.

„Wenn du lesen willst, was du noch nie gelesen hast, musst du schreiben, wie du noch nie geschrieben hast“, hatte er gesagt. Lukas hatte genickt. Und Jonathan hatte in seinen Augen gesehen, dass er es verstanden hatte.

Nicos Leben war einfacher. Seine Familie besaß eine italienische Eisdiele. Eine Oase des Normalen in einer bleiernen Zeit. Seine Eltern kümmerten sich nicht um Politik. Warum auch? Solange Kunden kamen, war alles gut.

Nico tickte anders. Etwas brodelte in ihm. Etwas, das keine Worte hatte. Etwas, das an die Oberfläche drängte.

„Es tut uns leid, wir dürfen ab jetzt nicht mehr kommen.“ Maras Stimme schnitt durch die Luft wie eine Klinge.

Jonathan blinzelte. „Was?“

Er wusste, was sie meinte. Aber sein Herz raste trotzdem.

„Wir dürfen nicht mehr kommen“, wiederholte sie.

Ein Satz wie ein Riss in altem Putz.

Jonathans Blick sprang zwischen den dreien hin und her. Sein Herz schlug schneller. „Warum nicht?“

„Es kam eine Warnung auf der Arbeitsstelle“, murmelte Lukas. „Vater meinte … du wärst nicht der richtige Umgang.“

„Und unsere Mutter …“, Mara schüttelte den Kopf. „Sie sagt, wir sollen dich vergessen.“

Jonathan spürte, wie sich ein Knoten in seinem Magen zusammenzog.

„Vergessen?“ Es war mehr Hauch als Wort.

Lukas und Mara wechselten einen Blick. Dann war es Lukas, der das Schweigen brach.

„Du weißt schon. Außerdem bist du bald siebenundsiebzig.“

Jonathan lachte trocken. Ein raues, humorloses Geräusch.

„Und das ist jetzt ein Verbrechen?“

Mara zögerte. „Vielleicht noch nicht offiziell, aber bald. Vielleicht schon heute Abend.“

Das Lachen erstarb in Jonathans Kehle.

„Was passiert heute Abend?“

Lukas' Stimme war flach. Emotionslos.

„Heute Abend gehen wir Alte fleddern. Die ganze NEUE JUGEND ist dabei. Du wirst schon sehen.“

Die Worte trafen Jonathan wie ein Schlag.

Alte fleddern?

War das ein Scherz?

Ihre Gesichter sagten etwas anderes.

Kein Witz. Nur die nackte, grausame Wahrheit.

„Wenn ihr da mitmarschiert“, sagte Jonathan ernst, „will ich euch nie mehr sehen.“

Lukas zuckte nicht mal.

„Dann tschüss.“

Jonathan schloss die Tür hinter ihnen und ließ seine Stirn gegen das kühle Holz sinken.

Stille. Aber keine, die beruhigte. Es war die Art von Stille, die einen ausfüllte, die sich schwer und zäh in jede Ritze fraß, bis man nur noch warten konnte, dass sie zerbrach.

Draußen, auf der anderen Seite der Wände, waren die Jugendlichen. Und da war auch sie. Frau Müller. Jonathan wusste, dass sie ihm zusah. Immer.

Ihr Wohnzimmerfenster bot die perfekte Aussicht auf den Eingang des Hauses. Er konnte wetten, dass sie dort war. Saß in ihrem Sessel, der Rücken kerzengerade, der Blick wachsam wie der einer alten Eule. Aufmerksam. Bereit.

Jonathan zog den Vorhang nur einen Spalt zur Seite. Da war sie. Ihr Schatten stand steif am Fenster. Kein Zucken, kein Nicken, nichts. Sie wusste, dass er sie sah. Und sie wollte, dass er es wusste.

Jonathan ließ den Vorhang los. Der Stoff fiel schwer zurück, riss ihn wieder in die Dunkelheit seiner Wohnung.

Was, wenn Frau Müller längst mehr war als eine neugierige Nachbarin? Was, wenn sie ihn bereits gemeldet hatte?

Vielleicht waren die zu lauten Morgengrüße, die perfekt gebügelten Uniformen und die doppelte Beflaggung nicht nur Ausdruck ihrer Loyalität – sondern ihrer Macht.

Jonathan wich in die hinterste Ecke seiner Wohnung zurück. Die Schatten da draußen waren unnachgiebig. Und Frau Müller mit ihrem stillen, allgegenwärtigen Urteil würde nicht aufhören, ihn zu beobachten.

03

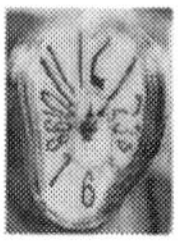

Gegen halb sieben Uhr abends nahm er das schwarze Tuch vom Volksbildschirm. Ausschalten konnte man das verdammte Ding nicht. Nicht einmal ein Kabel zum Ziehen war vorhanden. Man hatte den Willen des Volkes von den Drähten abgeschnitten.

Mit einem bitteren Seufzen drehte Jonathan den Ton lauter.

Der OBERSTE PROTEKTOR stand in strenger Pose vor einer endlosen Armee von Kindern und Jugendlichen. Reihen über Reihen, eng an eng, grau-weiß-orange, mit funkelnden Augen, eine Jagdmeute, die auf das Kommando wartete, loszuschlagen.

„Ich danke euch für eure großartige Unterstützung."

Die Stimme des OBERSTEN PROTEKTORS durchschnitt die Luft. „Die Zeit ist gekommen, die Alten, die uns in den Krieg geführt haben, ihrer Strafe zuzuführen. Sie haben lange genug auf Kosten der Jugend gelebt. Es muss ein Ende haben!"

Jedes Wort brannte sich in Jonathans Hirn. Ein Zittern lief durch seine Hände, doch er hielt sie ruhig auf den Sessellehnen, als könnte er die Kontrolle festhalten.

„Ihr habt die Erlaubnis, Alten- und Pflegeheime zu stürmen und für alle, die 77 oder älter sind, für immer zu schließen. Diese Parasiten gehören nicht mehr zu uns! Ihr wisst, was zu tun ist. Lang lebe NEUROPA!"

Der Jubel war ohrenbetäubend.

Auf dem Volksbildschirm verzerrten sich die Gesichter der Jugendlichen zu grotesken Fratzen des Hasses. Sie tranken die Worte des OBERSTEN PROTEKTORS wie giftiges Wasser.

Dann kamen die Bilder. Live-Schaltungen. Städte. Überall.

Die NEUE JUGEND brüllte, zerbrach Fensterscheiben, stürmte Gebäude. Ein Rudel ausgehungerter Wölfe.

München.

Ein Altenheim wurde überrannt. Jugendliche trieben zitternde Senioren wie Vieh auf die Straße. Verängstigte Gesichter, hilflose Hände, verknöchert und schwach. Die Kamera verweilte gnadenlos auf ihnen. Schreie. Übertönt von den höhnischen Gesängen der NEUEN JUGEND.

Dann Brandenburg.

Jonathan erkannte das Gebäude sofort. Ein Pflegeheim. Ein Ort, wo Menschen ihre letzten Tage verbringen sollten. Jetzt ein Schlachtfeld. Glas zersplitterte. Fenster gingen zu Bruch. Würde zerbrach schneller als Glas.

Eine alte Frau, nur ein Hauch von Leben, wurde in ihrem Krankenbett nach draußen gezwungen. Die Räder quietschten. Der Greis, der das Bett schob, war selbst kaum in der Lage, zu gehen.

Jonathan erstarrte. Sein Blick suchte nach bekannten Gesichtern. Mara. War das ihre Silhouette, die ein Fenster einschlug? Lukas. War das er, der einen alten Mann vor sich hertrieb? Sein Verstand sträubte sich gegen die Bilder.

Die Vergangenheit drängte sich zurück in sein Bewusstsein. Sein Großvater. Der Mann, der ihm von den Gräueln der Reichskristallnacht erzählt hatte. Von einer Nacht, in der jüdische Geschäfte, Wohnungen und Synagogen brannten. In der die Welt weggesehen hatte. In der Menschen zu Sündenböcken gemacht wurden.

Jonathan sah auf den Bildschirm. Das hier war kein Unterschied. Nur eine neue Generation. Nur ein neues Ziel. Nur neue Opfer.

04

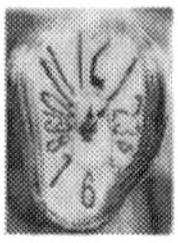

Die Welt war zu einem gigantischen Totenacker geworden – und Friedhöfe waren überflüssig. Was nützten Begräbnisstätten, wenn der Tod überall war?

Die Opferzahlen des Dritten Weltkriegs waren so unvorstellbar hoch, dass man aufgehört hatte zu zählen. Zehn Millionen. Dann keine Berichte mehr.

Zahlen waren nutzlos geworden. Worte auch. Man brauchte neue Wege, um mit dem Verlust umzugehen. Und wie immer, wenn es darum ging, Traditionen zu ersetzen, fand man sie im Virtuellen.

Die alten Friedhöfe, einst Orte stiller Einkehr, wurden zu Parks umgewidmet. Die Gräber waren weg. Die Namen, die Geschichten, die Erinnerungen – alles ins Netz verbannt. Ein digitales Gedenken, unpersönlich und vergänglich. Man konnte die Verstorbenen per Knopfdruck abrufen. So, wie man eine Datei öffnete. So, wie man sie löschte.

Jonathans Eltern waren in Berlin begraben. Ihr Grab lag tief im atomar verseuchten Gebiet. Ein Fleck auf der Karte, über den niemand sprach. Der Gedanke steckte wie ein Splitter in seinem Herzen – aber den hatte er gelernt zu ignorieren.

Als Berlin im gleißenden Licht der Bombe verging, kam der Wind aus Westen. Der radioaktive Niederschlag legte sich auf die östlichen Gebiete, zog über Fürstenwalde, Frankfurt an der Oder, bis hin zur polnischen Grenze. Die westlichen Regionen hatten mehr Glück. Oder das, was man in diesen Tagen „Glück“ nannte. Brandenburg an der Havel, 60 Kilometer westlich von Berlin, war verschont geblieben. Also erklärte man es zur neuen Hauptstadt. Ein provisorisches Zentrum in einer Welt aus provisorischen Lösungen.

Wo Politiker und ihre Lakaien auftauchten, folgten die Verzweifelten. Und die, die glaubten, dass sie im Schatten der Macht ein besseres Leben führen konnten. Sie kamen in Scharen. Jonathan war einer von ihnen gewesen. Ein Mann, der – wie so viele – gehofft hatte, dass es hier noch einen Rest von Normalität gab. Eine naive Hoffnung. Aber Hoffnung war das Einzige, was geblieben war.

In Brandenburg hatte man eine neue Art der Totenehrung erfunden. Am Eingang des ehemaligen Altstädtischen Friedhofs stand jetzt ein monströses Metallgerüst. Ein Altar für die modernen Götter: Bildschirme. Sechsunddreißig in der Höhe. Vierundsechzig in der Breite. Ein grelles Pixelgrab für die, die sich Erinnerung leisten konnten.

Wer zahlte, bekam Zeit. Bilder, Videos, Tonaufnahmen der Verstorbenen flackerten über die Monitore. Eine Minute. Fünf Minuten. Fünfzehn Minuten. Für die Reichen länger. Für die Freunde des OBERSTEN PROTEKTORS – so lange sie wollten.

Jonathan erinnerte sich an seinen Vorkriegsbesuch in Ägypten. An die Pyramiden, diese stillen, Ehrfurcht gebietenden Monumente der Ewigkeit. Jetzt stand er vor einer Lichtwand. Eine käufliche Erinnerung. Der Tod war ein Konsumprodukt geworden. Und die Vergangenheit – wie alles andere – nur eine Frage des Preises.

Die Menschenmenge vor der Lichtwand war riesig. Ein düsteres Schauspiel aus flackernden Bildschirmen und Fackeln, deren Licht auf verschwitzten Gesichtern tanzte. Die Horden der NEUEN JUGEND hatten sich hier versammelt – zur Nachfeier ihrer Schandtaten.

Die Einsteinstraße, der schmale Weg zwischen Altstadt-Bahnhof und Friedhof, war gesäumt von Jugendlichen mit Fackeln. Jeder Neuankömmling wurde mit Kampfliedern empfangen. Jeder Takt schlug wie ein Hammer auf die Sinne.

Im Hintergrund stachen Scheinwerfer gegen den Nachthimmel. Grell. Unerbittlich. Ihr Licht fiel auf die Baustelle. Das Regime nannte sie „Das Große Taufbecken“ – als wäre es ein Heiligtum. Ein Monument der Angst.

Der Zaun war hoch. Seeblau. Eine Farbe, die es nur in Erinnerungen gab. Er wirkte fast harmlos – eine groteske Verzierung. Doch er verbarg mehr, als er zeigte. Nicht durchlässig für Blicke. Nicht durchlässig für

Hoffnung. Hinter diesem Zaun warteten Geheimnisse, die besser verborgen blieben. Doch das Licht, das alles durchdrang, schien zu sagen: Wir sehen euch. Und irgendwann seht ihr uns.

Das war keine Baustelle. Nicht wirklich. Es war ein Schlund. Ein Ort, an dem Leben verschlungen und neu geformt wurden. Oder einfach nur endeten.

Die Machthaber nannten es ein Symbol für den Neuanfang. Die Menschen nannten es etwas anderes. Aber niemals laut.

Jonathan fragte sich, ob es klug war, die Chroniker ausgerechnet hier zu treffen. Inmitten von Eiferern, die sich im Fackelschein sammelten, ihre Gesichter verzerrt von Licht und Gehorsam. Oder war das genau Elenas Plan? Ein Schachzug, um sich in der Menge zu verlieren, falls es nötig sein würde?

Jonathan hatte Elena seit Jahren nicht gesehen. Ihr erster Kontakt nach dem Krieg war über einen verschlüsselten Chat erfolgt. Sie hatte sich als ehemalige Schülerin vorgestellt, nicht als Hanas Tochter.

Sie hatte ein Foto geschickt. Erinnerungen flackerten in ihm auf – an eine junge, kluge Elena, die vor dem Krieg in seiner Klasse gesessen hatte. War das Bild echt? War die Frau, die sich Elena nannte, die Elena, die er kannte?

Warum hatte sie Hana nicht erwähnt? Er hatte gelernt, misstrauisch zu sein – auch wenn es ihm nicht leichtfiel. Und heute Nacht? Heute Nacht musste er besonders vorsichtig sein.

Was ihn von Anfang an fasziniert hatte, war ihr unerschütterlicher Optimismus. Ihre Nachrichten waren knapp, präzise – und voller Zuversicht. Nie sprach sie von Widerstand, nie von Verschwörung. Nur von den Chronikern.

„Ein Verein interessierter Menschen“, hatte sie gesagt, „die über die Zukunft und deren Möglichkeiten diskutieren – und dabei nie die Vergangenheit vergessen.“ Ein harmloser Satz. Aber Jonathan wusste, in NEUROPA war nichts harmlos.

Elena hatte ihm geschmeichelt. Ihn den besten Lehrer genannt, den sie je gehabt hätte. Ein Kompliment – oder eine Manipulation? Sie hatte

Psychologie studiert. Ob sie dabei auch die Kunst der Beeinflussung gelernt hatte?

Er hatte sie einmal gefragt, warum die Gruppe sich „Die Chroniker" nannte. Elena hatte geantwortet. Und ihre Antwort war seltsam mehrdeutig gewesen.

„Chroniker", sagte sie, „ist ein Begriff, der gewöhnlich mit chronisch Kranken assoziiert wird. So, wie das System uns vermutlich auch einstufen würde. Als Kranke. Als Unangepasste. Aber das Wort kann auch für diejenigen stehen, die die Vergangenheit bewahren. In einer Zeit, in der die Geschichte nach Belieben umgeschrieben werden kann, ist das eine subversive Tätigkeit."

05

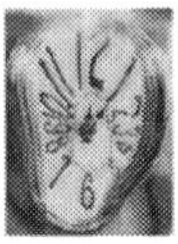

Jonathans Schritte knirschten auf dem Kies des Friedhofs. Er erwartete, dass ihn die jugendlichen Banden bemerken würden. Aber sie ignorierten ihn. Vielleicht wirkte er zu jung, um ihr Interesse zu wecken. Vielleicht schätzten sie ihn noch nicht als Beute ein. Aber das Alter war da. Wie ein unsichtbares Gewicht, das er mit sich herumtrug.

Er klammerte sich an Kafkas *Der Prozess*. Das kleine Buch lag leicht in seiner Hand. Jonathan hatte immer ein Buch dabei. Nicht nur aus Liebe zur Literatur. Sondern weil es die beste Tarnung war, die man haben konnte. Ein Mensch mit einem Buch blieb meist unbehelligt. Die Welt trat automatisch einen Schritt zurück, wenn sie jemanden sah, der las. Nicht aus Ehrfurcht. Eher aus Misstrauen. Oder höflicher Gleichgültigkeit. Zumindest die ältere Generation hing an dem altvertrauten Medium, so dass der Trick selbst in NEUROPA noch funktionierte.

Er ließ die Finger über den Umschlag gleiten, spürte die winzigen Risse im Papier. Kafka war an diesem Tag sein stiller Begleiter. Sein Schutzschild gegen eine Welt, die zu viel wollte. Sein Anker, falls niemand zu dem Treffen erschien. Falls die Chroniker ihn im Stich ließen. Falls alles ein Irrtum war. Kafka würde ihn nicht verraten.

Das alte Lager, wie Elena es genannt hatte, lag tief auf dem Friedhof. Eine verlassene Backsteinkapelle, halb zerfallen, seit Jahren nicht mehr genutzt.

Der Eingang, erhöht durch zehn ausgetretene Steinstufen, führte zu einem Portal mit Spitzbogen – ein Mahnmal ohne Worte. Aber da war Licht. Es drang von innen nach außen, wie das Flüstern eines Geheimnisses, das sich nicht länger verstecken wollte.

Jonathan trat vorsichtig durch die geöffnete Flügeltür. Der Wind hauchte kühl über seine Haut. Im Innern hatten sich alte Kirchenbänke zu einem Viereck formiert – ein Versammlungsort für Geister aus Fleisch und Blut.

Drei Menschen waren bereits da. Ein junges Paar saß abseits, vertieft in ein gedämpftes Gespräch.

Und dann sah er Nico.

Der Junge zuckte zusammen, als sich ihre Blicke trafen.

Jonathan spürte, wie ihm das Blut in den Adern gefror.

Nico hob einen Finger an die Lippen.

Eine stumme Bitte um Stille.

Jonathan verstand – und wandte sich ab. Als wäre nichts.

Dann trat sie in den Raum. Jonathan erkannte sie sofort. Nicht nur an den grünen Augen, die im matten Licht wie Smaragde funkelten. Sondern an der Art, wie sie sich bewegte, die ihn an Hana erinnerte. Vorsichtig. Entschlossen. Jeder Schritt abgewogen. Und doch genau wissend, wohin sie gehen wollte. Sie zog die Kapuze zurück und ihre flammend roten Haare kamen zum Vorschein.

Ihr Mantel war aus grobem Stoff, zu oft getragen. Daran baumelte eine kleine Tasche, in die sie beiläufig ein einfaches Messer steckte.

„Elena."

Jonathan sprach ihren Namen aus, als müsste er sich selbst beweisen, dass sie echt war.

Sie nickte knapp.

„Keine Zeit für lange Begrüßungen, Jonathan."

Ihre Stimme war ruhig – aber ein Hauch von Ungeduld lag darin. „Wir können reden. Später."

Weitere Menschen trafen ein.

Zwei eindrucksvolle Persönlichkeiten. Eine Frau um die sechzig, elegant gekleidet. Und ein älterer Mann, schlank, fast zerbrechlich – doch in seiner Haltung lag etwas Unnachgiebiges. Jonathan erkannte ihn. Sein Buchtauschpartner vom Vormittag. Die Männer nickten sich zu. Ein stilles Abkommen, geschlossen vor Stunden, besiegelt in diesem Moment.

Dies war kein gewöhnliches Treffen. Es war der Anfang von etwas Größerem. Etwas, das im Dunkel gewachsen war – und nun bereit war, ans Licht zu treten. Sieben Menschen. Stumm in den alten Kirchenbänken. Gefangen in der gleichen unsichtbaren Spannung.

Die Stille drückte, wurde unangenehm. Alle Augen richteten sich auf Elena. Sie war diejenige, die das erste Wort sprechen musste. Doch sie sagte nichts. Sie lächelte nur. Sanft. Fast freundlich. Dieses Lächeln beantwortete keine Fragen. Es war, als wüsste sie etwas, was die anderen nicht wussten. Wartete sie auf jemanden?

Nico hielt es nicht aus. Er rutschte auf der Holzbank hin und her, sein Bein wippte. Dann summte er. Zögerlich erst. Dann lauter.

Jonathan kannte die Melodie. „Bella Ciao." Ein Lied der italienischen Partisanen. Ein Lied des Abschieds, des Widerstands. „Auf Wiedersehen, meine Schöne." In Wahrheit war es ein Abschied für immer. Ein Lied für die, die nie zurückkehrten. Die Töne füllten die Kapelle. Ein Protest gegen die Vergangenheit. Und gegen das, was draußen tobte.

Elena sah Nico an. „Grazie", sagte sie. „Das Lied ist ein Stück internationaler Solidarität. Die Welt sieht zu. Vielleicht kommt sie irgendwann zu Hilfe."

„Wenn wir nicht selbst endlich was tun, wird niemand uns helfen. Worauf warten wir?", fragte Jonathan.

„Ich hatte gehofft", antwortete Elena, „dass noch jemand kommt, der mir viel bedeutet."

Ein kurzes Schweigen.

„Aber ihr seid hier. Das ist die Hauptsache."

Sie ließ den Satz in der Luft hängen.

„Schaut euch an. Ihr wisst, wer ihr seid. Und vor allem: Ihr seid nicht allein."

Dann kam das Geräusch. Ein dumpfes Grölen. Nah. Draußen vor der Kapelle. Jugendliche Stimmen. Gefüllt mit hasserfüllter Energie.

Steine flogen. Fensterscheiben barsten.

Fackeln zischten durch die Luft.

„Wir müssen hier weg." Elena blieb ruhig. Aber in ihrer Stimme lag kein Zweifel. „Ich werde mich wieder melden. Ihr geht vor."

Ihr Ton duldete keinen Widerspruch.

Jonathan saß am nächsten zum Ausgang. Doch seine Beine gehorchten ihm nicht. Sie waren wie Blei. Nico packte ihn am Arm. Zog ihn hoch.

Draußen erwartete sie eine Gruppe lärmender Jugendlicher. Jonathan sah, wie zwei Kerle einen leblosen Körper schleppten.

Dann ließen sie ihn achtlos auf die Stufen der Kapelle fallen.

Das dumpfe Geräusch, als der Kopf aufschlug, war das Widerlichste, was er je gehört hatte.

„Denis!"

Elena schrie, ein Laut, der durch Mark und Bein drang.

Sie stürzte zu ihm, umklammerte sein blutverschmiertes Gesicht.

Küsste seine Lippen. Als könnte ihre Berührung ihn zurückholen.

Doch die Hoffnung verflog so schnell, wie sie gekommen war. Nur ihr ersticktes Schluchzen blieb.

Jonathan kniete sich neben sie. Legte eine zitternde Hand auf ihre Schulter.

„Elena", flüsterte er. „Wir dürfen sie nicht gewinnen lassen."

In seinem Kopf hämmerte es.

Das hier war nicht nur ein Mord. Es war eine Botschaft. Eine Warnung, in Blut auf die Stufen der Kapelle geschrieben. Ein Zeichen dafür, was als Nächstes kommen könnte. Und er hatte es gesehen.

Er kannte das Muster. Die Methoden änderten sich, die Gesichter wechselten, Aber der Kern blieb derselbe: Hass in Uniform. Eine Masse, die mitmachte, weil es einfacher war, als sich zu widersetzen.

Früher hatte er darüber gelesen. Und von Großvater gehört. Heute stand er mittendrin. Und diesmal war er kein Kind mehr, das Geschichte nur aus Büchern kannte.

„Geht!" Elena drückte ihn weg, ihre Stimme dringlich.

„Lasst euch nicht erwischen!"

Jonathan verharrte regungslos. Er konnte nicht gehen. Nicht nach diesem Moment. Nicht, nachdem er gesehen hatte, was passiert war – und was noch passieren würde.

„Ich bleibe", sagte er.

Jonathans Stimme war ruhig. Viel zu ruhig für das, was gerade in ihm tobte.

Er wusste, dass diese Entscheidung ihn das Leben kosten konnte.

Aber es gab keinen Weg zurück.

„Jemand muss bezeugen, was passiert ist.“

Nico stand entschlossen an seiner Seite.

Die Staatsgewalt rückte an.

Schwarze Helme. Masken. Ein unaufhaltsames Rudel, ohne Zweifel, ohne Seele.

Jonathan machte sich bereit. Er hatte Angst. Aber er wusste, dass die größere Angst war, nichts zu tun.

Der Boden kam hart und gnadenlos. Hände packten Jonathan und Nico, drückten sie nieder – einen Moment später schnappte das Metall um ihre Handgelenke zu.

Ein Mann packte Elena grob um den Hals. Legte ihr Handschellen an.

Elena schrie. „Hier liegt ein Toter! Wollt ihr die Mörder nicht bestrafen?“

Der Anführer grinste. Ein Lächeln ohne Menschlichkeit. „Die Mörder haben wir längst.“

Elena spürte den eiskalten Schlag der Erkenntnis.

„Ihr seid nicht die Polizei. Ihr seid die Garde.“

Der Mann trat näher.

Sein Grinsen wurde breiter, seine Stimme ein Hauch zu sanft.

„Willkommen in NEUROPA, Kleine.“

06

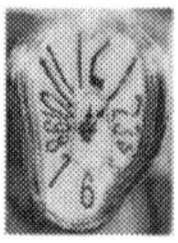

Auf dem eiskalten Steinboden der Zelle fühlte sich Jonathan wie ein vergessenes Überbleibsel – abgelegt, bedeutungslos.

Die Wände waren steril weiß gekachelt, genauso wie der Boden. Kein Bett, kein Stuhl, nichts, das an menschliche Würde erinnerte. Ein Loch in der Ecke, das ihm einen Hauch von Demütigung aufdrängte, weil klar war, wofür es diente. Das Fenster ganz oben – ein mickriges Guckloch, vergittert, mehr ein höhnischer Blick auf die Außenwelt als eine Chance auf Flucht.

Jonathan lag nackt da, Kälte kroch in seine Knochen, die ihn langsam von innen nach außen einfror. Es war Sommer, aber in diesem Keller gab es keine Jahreszeiten, nur eine ewige, klamme Kälte, die sich anfühlte wie der Griff des Todes.

Er konnte sich kaum bewegen, seine Hände waren hinter seinem Rücken gefesselt, und trotzdem – er empfand keinen Schmerz.

Wo war er? Polizeigewahrsam? Nein, dazu war es zu sauber, zu klinisch. Ein Gefängnis? Vielleicht. Oder war er in den Klauen der NEUROPA-Garde gelandet, in einer dieser unterirdischen Kammern, von denen man flüsterte?

Er schloss die Augen und versuchte, sich zu erinnern. Die Verhaftung, der tote Denis, die brennende Friedhofskapelle, Elena und Nico. Das grelle Blaulicht, das Brüllen der Uniformierten, wie man sie auseinandergerissen und in verschiedene Einsatzwagen verfrachtet hatte. Danach – nichts. Eine Ohnmacht, die ihm nicht freiwillig gekommen war.

Er dachte an Nico. Und Elena.

Sein Magen zog sich zusammen bei dem Gedanken, dass sie noch schlimmer als er dran sein könnte, dass man sie, nein, daran durfte er nicht einmal denken.

Sein Mund war trocken wie die Wüste, plötzlich sah er die Plastikschüssel neben dem Toilettenloch. War das Wasser? Mühsam robbte er auf den Knien vorwärts, die kalten Kacheln, so glatt, fühlten sich an wie tausend Nadeln auf seiner Haut.

Als er den Napf endlich erreichte, roch er daran. Wasser. Kein frisches, sauberes Wasser, aber Wasser. Ohne nachzudenken, beugte er sich vor und trank, schlabberte wie ein verdurstender Hund. Es war demütigend, in diesem Moment war ihm das egal. Es ging ums Überleben. Immerhin.

Jonathan kroch zurück in die gegenüberliegende Ecke der Zelle, so weit weg wie möglich von dem widerlichen Loch, das ihm jede Sekunde klarmachte, in welcher erniedrigender Lage er sich befand. Wer wusste schon, was dort unten alles verscharrt war?

Erschöpft ließ er sich auf den Boden sinken, schloss die Augen, lauschte der unheimlichen Stille, die in diesem Raum hing wie eine bleierne Decke. Doch der Frieden hielt nicht lange an.

Ein Knacken unterbrach die Stille. Ein Laut, fremd und metallisch, der die Zelle durchdrang. Eine Stimme erklang – distanziert, ohne jede Spur von Menschlichkeit. Ein Roboter?

Die Stimme sprach mit einer Präzision wie das Echo einer längst verlorenen Seele: „Guten Morgen, Herr Goldt. Wie ich sehe, haben Sie gefrühstückt. Früher sprach man von Wasser und Brot, aber in diesen schweren Zeiten müssen wir uns wohl mit Wasser begnügen."

Jonathan versuchte, die Quelle der Stimme zu lokalisieren. Der Schall prallte von den gefliesten Wänden ab, machte die Suche nach dem Ursprung nutzlos. Wahrscheinlich waren überall Wanzen und Kameras versteckt. Wie sonst hätten sie sehen können, dass er das Wasser aus dem Napf getrunken hatte?

Die Stimme klang nicht bedrohlich. Im Gegenteil, sie hatte fast etwas Unverschämt-Lässiges, der Sprecher wusste, dass er vollkommen sicher war, während Jonathan nackt und gefesselt auf dem Boden lag, wie ein Wurm, der sich nicht einmal winden konnte. Doch diese überhebliche Ruhe weckte in Jonathan nicht die Furcht, sie fachte eine Wut an, die ihm wieder Leben einhauchte.

„Danke für das äußerst schmackhafte Frühstück“, sagte er, seine Stimme klang kratzig und brüchig, doch er bemühte sich um einen sarkastischen Unterton. „Wie war noch mal Ihr Name?“

Ein kurzes, abfälliges Lachen kam durch die Lautsprecher. „Sie fragen nach meinem Namen? Sie sind ja noch schlimmer, als man mir berichtet hat.“

Jonathan verzog die Lippen. „Nur ein Versuch, höflich zu sein. Schließlich scheint es so, als hätten Sie mich auf dem Menü. Aber solange es nur Wasser gibt, brauche ich mir über eine Henkersmahlzeit ja keine Sorgen zu machen, nicht wahr?“

Die Stimme aus dem Lautsprecher blieb ruhig, fast beiläufig: „Henkersmahlzeit? Oh, Herr Goldt, Sie wissen doch, dass es in NEUROPA keine Todesstrafe gibt.“

Jonathans Herzschlag beschleunigte sich. „Ach ja? Und wie erklären Sie dann den Tod des Mannes von gestern Abend? Er wirkte nicht so, dass er freiwillig auf diesem Friedhof sterben wollte.“

„Das wollte ich eigentlich von Ihnen wissen. Wie haben Sie Denis Korobky ermordet?“

„Ich kenne keinen Denis Korobky.“

„Ah, Sie leugnen also.“

„Ich leugne nichts. Ich kenne den Mann schlichtweg nicht.“

„Wann haben Sie den Plan gefasst, Denis Korobky zu töten?“

Jonathans Wut regte sich wieder wie eine Flamme, die seine Verzweiflung verdrängte. „Ich habe keinen Plan gefasst, weil ich den Mann nicht kenne. Was wollen Sie von mir?“

„Hat Elena Munch den Plan ausgeheckt?“

Jonathan stockte. „Elena Munch? Sie heißt Munch?“

„Sie wissen nicht einmal, wie Ihre Freundin heißt?“

Jonathan lachte trocken. „Sie schmeicheln mir, aber sie ist nicht meine Freundin. Ich weiß, dass sie Elena heißt. Früher war sie meine Schülerin. Damals hieß sie Szymanek.“

„Beeindruckend“, murmelte die Stimme.

„Lehrer müssen sich Namen merken“, fuhr Jonathan fort. „Gesichter auch. Tatsächlich war das immer meine Stärke. Und als Geschichtslehrer merke ich mir natürlich auch Daten, die man heute vielleicht nicht mehr in den eFolios findet. Wenn Sie etwas wissen wollen, das nicht in Ihren schönen, sauberen Büchern steht, fragen Sie mich. Ich helfe gern."

Die Stimme verharrte einen Moment in der Stille. „Wissen Sie denn auch, wer sonst noch Szymanek heißt?"

Jonathan hörte einen gefährlichen Unterton, er bemühte sich, nichts Falsches zu sagen. „Wahrscheinlich Elenas Familie. Ich kannte ihre Mutter, Hana. Ihr Vater, vielleicht, wird auch Szymanek heißen. Aber ihn habe ich nie getroffen. Sollte ich sonst noch jemand dieses Namens kennen?"

„Ich habe Sie gefragt, drehen Sie mir nicht die Worte im Munde um. Sie kannten also Elenas Mutter Hana?"

„Ja." Jonathan sah in Gedanken Hanas Bild vor sich. Was für eine schöne, beeindruckende Frau!

Die Verhörstimme unterbrach seine romantische Träumerei: „Und was ist mit Herrn Munch?"

„Darf ich raten? Das soll wohl Elenas Ehemann sein. Nein, kenne ihn nicht. Ich nehme an, es ist nicht Edvard Munch. Der ist, wenn ich mich recht erinnere, schon 1944 verstorben. Sie kennen Edvard Munch, oder?"

Ein beunruhigendes Schweigen breitete sich aus, bevor die Stimme antwortete. „Der Maler."

Jonathan nickte. „Ja. Richtige Antwort. Ich könnte schreien vor Freude, dass Sie das wissen."

Die Stimme wurde schärfer, als ob sie an einem Nerv getroffen wurde. „Der OBERSTE PROTEKTOR hat das Bild, auf das Sie anspielen, aus allen Daten und eFolios löschen lassen."

Jonathans Grinsen wurde breiter, fast schmerzlich breit. „Wirklich? Aus meinem und Ihrem Gedächtnis ist es aber noch nicht gelöscht, oder?"

Die Stimme ließ eine Pause verstreichen, wie ein Jäger, der die Luft prüft, bevor er zuschlägt. Dann kam sie, hart und eisig: „Wenn Sie tot sind, ist auch diese Erinnerung gelöscht."

Jonathan ließ ein bitteres Lachen entweichen.

„Herr Korobky hinterlässt eine Frau und zwei schulpflichtige Kinder. Quält Sie das gar nicht?“ Die Stimme nahm einen anklagenden Ton an, aber unter der Oberfläche lauerte immer der eiskalte Pragmatismus.

Jonathan seufzte. „Mein aufrichtiges Beileid. Vielleicht wäre es ein Trost, wenn die Behörden die Mörder fänden und bestrafen würden. Haben Sie die Jugendlichen ermittelt, die den Leichnam auf die Treppe der Kapelle gezerrt haben?“

Die Stimme zögerte nicht. „Ja. Haben wir. Das sind tapfere und aufrechte Jungen und Mädchen unserer NEUEN JUGEND. Die haben alle ausgesagt, dass Sie und Frau Munch mit dem Ermordeten beschäftigt waren. An Frau Munchs Händen und an ihrer Kleidung haben wir sogar Blut gefunden, das eindeutig von dem Toten stammt.“

„Kein Wunder. Sie hat sich um ihn gekümmert, sie wollte ihn wiederbeleben.“

„Das war wohl eher ein Todeskuss.“

„Sie wissen, dass wir es nicht waren. Was ist mit Kameraaufzeichnungen?“

Die Stimme lachte. „Der Altstädtische Friedhof wird leider nicht videoüberwacht. Das werden wir ändern.“

Ein wohliger Schauer lief Jonathan über den Rücken, als ihm klar wurde, dass Elena das vermutlich gewusst hatte. Gut gemacht, Elena, dachte er.

„Wir haben leider kein Material, das Sie belastet. Nichts. Der Junge, den wir irrtümlich mit Ihnen und Elena mitgenommen haben, konnte leider auch nicht wirklich helfen.“

„Der Junge ist frei?“

„Sicher, den haben wir im Streifenwagen nach Hause gefahren.“

Jonathan war erleichtert. Er überlegte, ob er das kommentieren sollte, ließ es aber bleiben. Stattdessen fragte er: „Das heißt, der Mord bleibt ungesühnt?“

„Wir warten die Obduktion ab. Dann wissen wir mehr.“

„Werden Sie das Wissen mit mir teilen?“

„Wohl kaum. Herr Korobky war Mitglied der Wahrheitskommission. Er war einer Gruppe von Verschwörern auf der Spur. Jetzt ist er tot. Ist das nicht verdächtig?“

Jonathan runzelte die Stirn, fühlte die Härte des Bodens gegen seine Knochen. „Ja, ist es.“

„So oder so, Herr Korobky wird eine große Todesanzeige auf der Lichtwand bekommen.“

„Und was ist mit mir?“, fragte Jonathan.

„Ich muss Sie leider nach unserem Gespräch entlassen – mit einem ganz persönlichen Souvenir, das unter die Haut geht.“

„Oh, das kommt überraschend.“

Die Stimme lachte, ein grausames Geräusch, das Jonathan fast aus dem Gleichgewicht brachte. „Ja, für mich auch. Wenn es nach mir ginge, würde ich Sie hierbehalten, bis Sie ein Geständnis abgelegt haben. Und danach natürlich auch.“

„Ich bin unschuldig.“

„Kein alter Mann ist unschuldig.“ Die Stimme war fast liebevoll, als spräche sie zu einem Kind. „Und ob Ihre Freilassung ein Grund zur Freude ist, muss sich noch zeigen. Wir haben Elena mitgeteilt, dass Sie sehr kooperativ mit uns zusammenarbeiten und uns alles erzählt haben.“

„Was ist mit Elena?“

Die Stimme ließ sich Zeit mit der Antwort, als wollte sie Jonathan zappeln lassen. Dann kam sie, langsam und genüsslich betont: „Sie kommt frei. Sie hat einen mächtigen Beschützer. Vorläufig.“

Jonathan runzelte die Stirn. „Beschützer?“

Die Stimme schien sich an seiner Verwirrung zu erfreuen.

„Sie wissen es wirklich nicht?“ Ein leises Lachen, das durch die Lautsprecher hallte. „Elena Munch, geborene Szymanek. Sie können sich doch so gut Namen merken. Sie ist die Nichte des OBERSTEN PROTEKTORS.“

Jonathan spürte, wie ihm das Blut in den Adern gefror. Natürlich wusste er das. Aber wäre es besser zu leugnen?

„Überlegen Sie, Herr Goldt. Der Name. Ihre Mutter. Die Vergangenheit. Es passt alles zusammen.“

„Wie ich bereits sagte: Ich kann mir gut Namen merken.“

Die Stimme wartete kurz, dann sprach sie weiter. „Sie wird für uns den Lockvogel spielen.“

Seine Finger krallten sich in den kalten Boden.

„Lockvogel wofür?“

„Für euch. Für Menschen wie Sie, die glauben, sie könnten die Vergangenheit retten. Sie wird uns führen. Direkt zu Ihnen.“

Jonathan biss die Zähne zusammen. Elena würde sich niemals benutzen lassen.

Es wurde still in der Zelle. Minutenlang.

„Eine Frage noch.“ Die Stimme kam zurück.

„Warum hatten Sie Kafkas '*Der Prozess*' dabei? Das war doch kein Zufall. Damit wollten Sie uns provozieren.“

Jonathan drehte sich um. „Sie interessieren sich für Literatur?“

Die Stimme lachte. „Ich kenne das Buch. So weit ich weiß, wurde es nie vollendet. Also interpretieren Sie nichts hinein, was Sie nicht beweisen können.“

„Stimmt“, sagte er. „Es wurde nie vollendet.

Aber manchmal, wissen Sie“, seine Stimme senkte sich zu einem Flüstern, „ist es nicht der Autor, der das Ende schreibt. Manchmal ist es der Leser.“

07

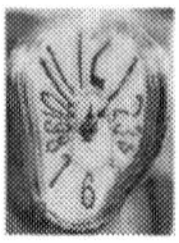

Einst war der Breitlingsee ein Ausflugsparadies – jetzt war er eine radioaktive Kloake, tot wie die Welt um ihn herum. Doch inmitten dieser verseuchten Landschaft war ein Paradies entstanden. Ein Paradies – exklusiv für die selbst ernannte neuropäische Elite.

Eine riesige Glaskuppel überspannte das Gelände vom Westufer bis zur Siedlung Wusterwitz und schützte die Natur vor der grauen, toten Welt draußen. Unter diesem gigantischen Dach herrschte das ganze Jahr Frühsommer, immer 25 Grad, während der Rest des Kontinents dem „nuklearen Winter" ausgesetzt war.

Die Elite nannte ihre neue Heimat „Friedensstadt" und schützte sie mit einer Mauer und Stacheldraht vor unerwünschtem Besuch. Das einfache Volk hatte einen treffenderen Namen gefunden: „Bonzenhausen".

Das Leben unter der Kuppel war Luxus pur. Es gab alles: teure Wohnungen, Designerläden, Schwimmbäder, Theater, Golfplätze, Schulen, Kindergärten, Nachtclubs – alles im Übermaß, alles im Glanz, alles für die handverlesenen Auserwählten, die sich hier niedergelassen hatten.

Die Elite bestand aus hohen Regierungsbeamten, führenden Köpfen der Sicherheitsdienste, Parteifunktionären, Wirtschaftsbossen, vor allem den Superreichen aus der Rüstungsindustrie.

Das Dienst-, Wach- und Belustigungspersonal lebte außerhalb der Kuppel und durfte nur nach strenger Auslese und Sicherheitsüberprüfung zu den Arbeitszeiten hinein, um den „Auserwählten" zu Diensten zu sein, was sie nicht davon abhielt, sich selbst für auserwählt zu halten.

Jedes Jahr, wenn der Nationalfeiertag gerade vorbei war, veranstaltete der OBERSTE PROTEKTOR eine exklusive Feier. Traditionell wurden ein paar Dutzend Elitekandidaten von außerhalb eingeladen. Diesmal hatte die sorgfältig planende Bürokratie entschieden, dass herausragende Mitglieder der NEUEN JUGEND und ihre Eltern die Ehrengäste sein sollten.

Lukas und Mara Berger hatten eine dieser Einladungen erhalten. Ihre Mutter Claire war überzeugt, dass nur ihr Einsatz als treue Parteisoldatin ihre Familie so nahe an den OBERSTEN PROTEKTOR herangebracht hatte.

Lukas, der angehende Schriftsteller mit dem Kopf voller Ideen, war aufgeregter, als er zugab. Er hatte sein Handy an den Augen der Sicherheitsleute vorbeigeschmuggelt. Er wollte notieren, was er sah, alles aufsaugen, jede kleinste Beobachtung festhalten, wenn möglich, Videos drehen, obwohl das verboten war – ein heimliches Sensor-Auge in den Eingeweiden des Apparats.

Die Party fand im Foyer des Friedenstheaters statt, einem pompösen Saal, der die Luft von Reichtum und Kälte atmete. Am Kopfende war eine Bühne aufgebaut, ausstaffiert in den Nationalfarben grau, weiß, orange, allüberall gefeiert, und doch immer hässlich. In der Mitte thronte ein Rednerpult, geschmückt mit dem Staatswappen.

Vor der Bühne stand ein langer, weißgedeckter Tisch mit sieben Stühlen, die hohen Rückenlehnen zum Saal gewandt. Wer immer dort Platz nehmen würde, dessen Gesicht blieb für die Gäste verborgen. Links und rechts vom Tisch war das Buffet aufgebaut, die Speisen sorgfältig mit silbernen Hauben bedeckt, als würde man Geheimnisse servieren.

Eine Fanfare durchbrach das gedämpfte Murmeln des Saals. Alle Aufmerksamkeit richtete sich auf die sieben Auserwählten, die sich in einer Linie formierten. Der OBERSTE PROTEKTOR, schwer behangen mit Orden, schritt an der Spitze, gefolgt von sechs seiner engsten Vertrauten – drei Frauen in Abendkleidern und drei Männern in makellos sitzenden Smokings. Sie winkten in die Menge, wie Schauspieler, die ihre Rollen zu perfekt spielten, und setzten sich am Ehrentisch nieder.

Einer der Smoking-Männer, statt einer Fliege trug er das Halstuch der NEUEN JUGEND, stand auf und trat an das Rednerpult. „Das ist Mendel, der OBERSTE JUGENDPROTEKTOR“, flüsterte Lukas seinen Eltern zu.

„Wieland Mendel, als ob ich das nicht wüsste“, zischte seine Mutter zurück.

„OBERSTER PROTEKTOR, Exzellenzen, liebe NEUE JUGEND, meine Damen und Herren“, begann Mendel. „Ich habe die große Ehre, Sie willkommen zu heißen. Besonders stolz bin ich auf euch, die junge Elite, die heute das Halstuch der Ehre trägt – das Halstuch, das auch ich mit Stolz trage.“ Seine Finger glitten über das Tuch, als streichelten sie eine Reliquie. „Ihr habt den Auftrag des OBERSTEN PROTEKTORS ausgeführt, die Alten- und Pflegeheime zu stürmen und für die Generation 77plus für immer zu schließen.“

Großer Beifall.

Ein Schauder lief Lukas über den Rücken, Erinnerungen blitzten in seinem Kopf auf. Die Schreie, das Brechen von Fenstern, die verstörten Gesichter der Alten. Er hatte mitgemacht. Aber etwas in ihm rebellierte.

Der OBERSTE PROTEKTOR hob gemächlich die Hand, eine Geste, die so klein und doch so mächtig war, dass der Redner sofort innehielt. Ein Schweigen legte sich über den Saal, bevor es in tosendem Jubel explodierte. Die Menge verstand das Signal wie trainierte Nickmännchen.

Lukas' Herz raste, aber nicht vor Begeisterung – es war die Last der Schuld, die in ihm wühlte.

Der OBERSTE PROTEKTOR ließ die Hand sinken, und augenblicklich erstarb der Beifall. Mendel nahm den Faden wieder auf, die Worte scharf wie ein Messer: „Wir alle wissen, wer für das Elend und die Not des Dritten Weltkriegs verantwortlich ist. Es waren …“

„Die Alten!“, antwortete die Menge im Chor, eine Litanei, die sie gedankenlos mitbetete.

„Wir alle wissen, wer auf Kosten unserer Jugend lebt, es sind …“

„Die Alten!“, riefen sie lauter, die Worte wie Gift in der Luft.

„Und wir alle wissen, dass wir nur dann eine gute Zukunft haben, wenn sie endlich verschwinden, nämlich …“

„Die Alten!“, brüllte die Menge, und diesmal schrie Lukas' Mutter Claire besonders laut. Es war ein schrilles, euphorisches Geschrei. Der Redner bemerkte es und grinste. „Ja, Frau Berger, Sie haben so recht“, sagte er, und Claire errötete wie eine Schülerin, die für eine perfekte Antwort gelobt wurde.

„Es lebe die Jugend! Lang lebe NEUROPA! Das Buffet ist eröffnet", rief Mendel und trat einen Schritt zurück. Die Menge jubelte erneut, „Lang lebe NEUROPA!", eine Welle aus Massenwahn, die durch den Raum rollte.

Mara beugte sich zu Lukas und flüsterte, ihr Ton eine Mischung aus Zynismus und Unbehagen: „Lang lebe NEUROPA, aber nicht zu lang. Mit 77 ist Schluss."

Lukas drehte sich zu ihr um und packte ihren Arm. „Nicht so laut", flüsterte er und zog sie zur Seite, weg von den lauschenden Ohren. „Wie alt ist Opa Albert?", fragte er, seine Beklemmung kaum verbergend. „Zu alt. Das ist doch verrückt hier."

Das Buffet war eröffnet – zumindest offiziell für alle. Wie immer stand „alle" nur auf dem Papier. Am Tisch der Sieben, den Auserwählten, gab es ein anderes Festmahl. Eine Schar junger, atemberaubend hübscher Kellnerinnen, wie Lukas meinte, schwebte um den Tisch, servierte raffinierte Speisen, die selbst das ohnehin schon opulente Buffet übertrafen. Exotisch, sündhaft teuer, aus fernen Ländern eingeflogen und begleitet von echtem Schaumwein, der – natürlich – nicht mehr aus der Champagne kam, sondern von der Elfenbeinküste, Côte d'Ivoire, einem afrikanischen Land mit französischer Kolonialvergangenheit, hergestellt nach der ehrwürdigen méthode champenoise. Die restlichen Gäste mussten sich mit NEUROPA-Sekt begnügen, einem synthetischen Gebräu, das aber schmeckte, auch wenn es durch chemische Tricks erschaffen wurde.

Während der Tisch der Sieben bereits beim zweiten Gang war, standen Claire und Hans Berger immer noch in der Schlange vor den Vorspeisen, ein lächelndes Paar unter vielen, höflich plaudernd mit den anderen Wartenden.

Die Sieben ließen es sich schmecken. Wenn man sie so sah, in ihrer aufrechten, fast steifen Haltung, erinnerte das Bild an Leonardo da Vincis „Abendmahl", sie saßen wie Jesus und seine Jünger, nur weniger, sieben statt dreizehn, und aus der falschen Perspektive: von hinten.

Mara und Lukas hatten keine Lust, sich um das Essen zu schlagen. Wie viele der anderen Jugendlichen waren sie an der Bar angekommen, wo die Getränke reichlich flossen und sie auch mit Alkohol den Nachgeschmack des Tages herunterspülten.

Lukas bemerkte eine Unruhe am Ehrentisch. Langsam und unauffällig näherte er sich, die Ohren gespitzt, das Handy aufnahmebereit, um die Worte aufzuschnappen, die ihn wie unsichtbare Haken anzogen.

Ein Mann in Uniform beugte sich zum OBERSTEN PROTEKTOR, flüsterte ihm ins Ohr.

„Elena?“ Die Stimme des Staatschefs war tief und von Misstrauen durchdrungen. Der Uniformierte nickte. „Ja, sie war mit einem gewissen Jonathan Goldt und einem Jungen – Nico Martinelli – unterwegs. Die drei fanden den … ich will mal sagen: den Toten.“

Lukas stockte der Atem. Was? Was war mit Goldt, seinem bis-vor-kurzem-noch Nachhilfelehrer? Und mit Nico, seinem Kumpel? Sein Herzschlag beschleunigte sich, er versuchte, cool zu bleiben.

Der Mann in Uniform sprach weiter: „Wir haben den Jungen nach Hause gebracht. Herr Goldt wird noch von unseren Spezialisten verhört.“

„Und diese Elena?“ Der OBERSTE PROTEKTOR lehnte sich leicht vor, seine Augen funkelten. „Sie behauptet also, sie sei meine Nichte. Nun …“, der OBERSTE PROTEKTOR suchte nach den richtigen Worten, „… es könnte die Wahrheit sein.“

Der Uniformierte verbeugte sich tief. „Wir haben sie höflich und vorsichtig behandelt.“

„Gut“, sagte der OBERSTE PROTEKTOR, und ein zufriedenes Lächeln huschte über sein Gesicht. „Bringt sie her. Nein, nicht hierher … bringt sie in mein Privathaus.“

Lukas erstarrte. Die Worte des OBERSTEN PROTEKTORS hallten in seinem Kopf wider, wie Donnergrollen, das einen Sturm ankündigt. Elena? Er kannte sie nicht, aber Goldt und Nico – was hatten sie mit einem Toten zu tun? Und was hatten sie mit der Nichte des OBERSTEN PROTEKTORS zu tun?

Ein dumpfes Gefühl kroch in ihm hoch.

Etwas war grundlegend falsch.

Unterdessen schob sich das Mikrofonpult lautlos an den Rand der Bühne, und eine Art Dinner-Show begann. Eine Gruppe alter Frauen, die Gesichter gezeichnet von Angst und Scham, wurde in die Mitte der Bühne gezwungen, getrieben von Männern in den Uniformen der NEUEN JUGEND. Sie tanzten um die Frauen herum, ihre Rufe knallten wie Peitschen durch den Saal: „Ausziehen, ausziehen, ausziehen!“ Zuerst waren es nur die Jungen, doch bald stimmte die halbe Gästeschar mit ein, ein Chor aus hasserfülltem Gegröle.

Die alten Frauen zögerten, schließlich begannen sie, sich ihrer zerschlissenen Kleider zu entledigen. Jedes Stück Stoff, das zu Boden fiel, wurde vom Publikum bejubelt, eine groteske Performance, geschaffen, um die Abscheu der Jugend vor dem Alter zu zelebrieren.

Die OBERSTE FAMILIENPROTEKTORIN trat ans Mikrofon: „Hier sehen Sie, warum es so wichtig ist, die Politik der Jugend fortzusetzen. Das hier“, sie machte eine abfällige Geste in Richtung der entkleideten Frauen, „ist kein schöner Anblick. Ich zeige Ihnen, was wirklich schön ist.“

Mit einem stummen Befehl brachte sie Bewegung in den Rückraum der Bühne, die Mädchen, die eine Party-Einladung erhalten hatten, marschierten ins Rampenlicht. Lukas erkannte Mara sofort, auch wenn sie sich verlegen im Hintergrund hielt, um sich unsichtbar zu machen. Die Jungen begannen wieder ihren Tanz, begleitet von den immer gleichen, bedrückenden „Ausziehen“-Rufen.

Einige der Mädchen legten ihre Oberteile ab, Lukas' Herz setzte kurz aus. Würde Mara das tun müssen? Als die Spannung ihren Höhepunkt erreichte, stand der OBERSTE PROTEKTOR auf, seine Worte wie ein Fallbeil: „Danke, das reicht.“

Die OBERSTE FAMILIENPROTEKTORIN zuckte zusammen, als hätte sie einen tödlichen Fehler begangen. Der Raum erstarrte, bevor die Stimmung sich zwanghaft löste.

Für Lukas war der Spuk nicht vorbei. Bilder von dem, was hätte geschehen können, rasten durch seinen Kopf, und eine Welle von Übelkeit überkam ihn. Er schaffte es gerade noch in den Toilettenraum, wo er sich über das Waschbecken erbrach. Sein Magen drehte sich, all die

Abscheulichkeiten dieser Nacht waren ein Gift, das sich seinen Weg nach draußen suchte.

„Na, wohl zu viel getrunken?“, hörte er hinter sich, es war ein Mann vom Pissoir, der ihn höhnisch ansah.

„Selber betrunken“, prustete Lukas zurück, bevor er einen weiteren Schwall seines Mageninhalts auf die Schuhe des Mannes spuckte.

Für einen Moment fühlte er sich besser.

Doch in seinem Inneren wusste er: Diese Nacht würde nie enden.

08

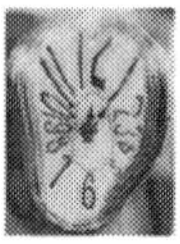

Elena Munch saß am Rand eines Sessels, weich wie eine Falle, in einem Privathaus mit Blick auf den See – einem Haus, das von Macht sprach und jede Wärme erstickte.

Ihr Onkel Tomas, der OBERSTE PROTEKTOR, stand am Fenster. Er beobachtete die Friedensstadt, deren Lichter im Glasdach unter dem Nebel zu verschwimmen schienen, als könnte er mit einem einzigen Blick die Kontrolle über sie behalten.

„Wie war die Party?“ Tomas drehte sich zu Elena um, seine Augen grau und forschend, doch er lächelte nicht. Zwischen ihnen lag die unausgesprochene Last von Jahrzehnten – ihre Familie, der Krieg – und jetzt der Tod von Denis.

„Ich war nicht eingeladen. Ich nehme an, wie jede andere deiner Veranstaltungen.“ Elena zuckte leicht mit den Schultern. „Ein Schauspiel der Macht.“

„Das ist nicht das, was ich meinte.“

„Natürlich nicht.“ Elena hob den Kopf, ihre Augen blieben kühl, doch in ihr tobte eine Sturmflut.

„Ich meinte deine Party auf dem Friedhof.“

„Ich weiß, was du meinst. Deine Schergen haben keinen Hehl daraus gemacht, dass sie mich in deinem Auftrag überwachen.“

„Schützen, mein Kind, schützen, nicht überwachen. Du bist die Nichte des OBERSTEN PROTEKTORS. Ich wäre unverantwortlich, wenn ich dich mit deinen und meinen Feinden allein ließe.“

Elena kannte diese fürsorgliche Litanei, aber sie mochte sie nicht. „Denis ist tot.“

Tomas nickte. „Denis Korobky war ein Unruhestifter. Sein Ende war unvermeidlich.“

„Unvermeidlich?“ Sie presste die Zähne aufeinander. „Das ist dein Wort dafür? Er wurde ermordet!“

„Er hat sich selbst in Gefahr gebracht. Wenn man sich den Regeln widersetzt, zahlt man den Preis.“ Tomas trat näher. „Du wusstest das. Ich habe dir gesagt, dich von ihm fernzuhalten. Stattdessen hast du dich heimlich mit ihm verabredet. Was sollte das? Und wieso war Jonathan dabei?“

Elena stand auf, ihre Hände ballten sich zu Fäusten.

Tomas streichelte mit der Rechten ihre Wange und sagte: „Du bist meine Nichte, Elena. Dein Platz ist hier, nicht bei irgendwelchen Verrückten.“

Elena wandte sich ab und ging zum Fenster, der Atem stockte in ihrer Brust. Sie versteckte eine Kamerawanze unter dem Fensterbrett, drehte sich um und raunzte Tomas an: „Du hast keine Ahnung, was da draußen passiert. Du siehst nur deine Macht. Aber die Menschen, sie ändern sich. Sie haben genug. Der Rentenstopp, die Gewalt gegen die Alten, das wird nicht ohne Folgen bleiben.“

Tomas lachte, fast verächtlich. „Den Menschen geht es gut. Wir sparen durch die Altenpolitik so viel Geld, dass wir die Sozialbeiträge senken und den Rüstungsetat trotzdem erhöhen können. Die Leute bekommen mehr Netto vom Brutto und mehr Sicherheit. Sie werden das bejubeln. Die Menschen sind wie Vieh. Sie fügen sich, weil sie wissen, dass Widerstand zwecklos ist.“

„Und Denis?“, fragte Elena. „War er auch Vieh?“

Tomas blieb stehen, sein Blick veränderte sich nicht, als er sagte: „Er hat sich geopfert. Für eine sinnlose Sache.“

Elena bekam Gänsehaut. Das war Tomas – ihr Onkel, der Tod wie ein Geschäft betrachtete. Der mächtigste Mann NEUROPAS, aber auch der Junge, der mit ihrem Vater Karel aufgewachsen und Schwager ihrer Mutter Hana geworden war.

„Was würde Mama dazu sagen?“, flüsterte sie, mehr zu sich selbst als zu ihm.

Tomas erstarrte. Dann drehte er sich um, und etwas Dunkles glomm in seinen Augen auf. „Hana konnte den Druck nicht ertragen. Sie war sogar zu schwach, um mit Jonathan zu leben, als sie Witwe und frei war. Jetzt ist sie irgendwo im verseuchten Sperrgebiet wie in einem selbstgewählten Kloster und spielt die Heilige Elisabeth von Thüringen."

„Sie hat viel geliebt. Mich. Karel. Jonathan. Dich nicht, obwohl du sie bedrängt hast." Elena zitterte vor Zorn. „Und du hast sie dafür verachtet."

Tomas trat näher, seine Augen brannten vor unterdrückter Wut. „Es ist vorbei. Hana ist nicht mehr hier, um deine Zweifel zu nähren. Du gehörst zu mir, Elena. Du wirst mein Judas sein. Du wirst die Rebellen verraten, wenn du zu ihnen gehst. Sie werden dir sowieso nicht glauben. Da ist es nur vernünftig, wenn du für die richtige Seite eintrittst, für unsere Seite, für unsere Familie. Wie es auch sei, wir werden Tag und Nacht bei dir sein."

Tomas lachte und stimmte einen alten englischen Popsong an: „Every breath you take – I'll be watching you."

Elena hörte das Lied wie einen eisigen Hauch der Bedrohung. „Du kannst mich nicht kontrollieren, Tomas. Niemals. Denn ich habe etwas, was du nicht hast, Liebe und Freunde."

Tomas musterte sie mit einem gefährlichen Flimmern in den Augen. „Das werden wir noch sehen. Und außerdem: Mein Volk liebt mich."

Das Gespräch endete in einer unheilvollen Stille.

„Ich gebe dir etwas Zeit. Ich werde morgen früh mit dir reden", sagte Tomas. „Morgen. Bis dahin solltest du nachdenken, Elena. Über deine Zukunft."

Elena nickte und verließ das Zimmer. Ihre Gedanken drehten sich, doch eines stand für sie fest: Tomas war noch gefährlicher, als sie je angenommen hatte.

Aber was war mit ihr? Hatte sie Liebe? Als junge Frau, fast noch ein Mädchen, hatte sie Oskar Munch geheiratet, der zwanzig Jahre älter war. Die Ehe hielt neunzehn Monate, dann ließ sie sich scheiden. Den Namen Munch behielt sie bei, was heute ein Segen war, wenn man nicht wieder Szymanek wie der OBERSTE PROTEKTOR heißen wollte. Oskar, sie hatte ihn wohl mal geliebt, starb in Berlin in derselben Sekunde, als dort die Atombombe detonierte.

Und Freunde? Ihr fielen nur Arschkriecher ein und Karrieristen, die das verlogene Lächeln wie eine Uniform trugen. Vielleicht war Jonathan die Ausnahme. Er kannte sie von früher, als sie noch ein Kind war. Damals hatte er sie unterrichtet, war ihr Lehrer – der Einzige, der so etwas wie Interesse an ihr zeigte. Manchmal wünschte sie, er könnte ihren Vater ersetzen. Gemeinsam hatten sie die Sehnsucht nach etwas Besserem. Aber hatten sie je darüber gesprochen? Nein, nicht so tief, wie es nötig gewesen wäre.

Konnte sie den anderen trauen, die in der Friedhofskapelle waren? Da war Herwarth Hingst, 69 Jahre alt, ein ehemaliger Literaturprofessor, der mit seiner eleganten Art und dem unendlichen Wissen wie ein wandelndes Lexikon wirkte. Distinguiert, gebildet, jemand, der Ratschläge gab, aber letztlich nichts mehr zu verlieren hatte.

Dann war da Ariane-Maria Vondergaard, eine Grande Dame wie aus dem Bilderbuch. 58 Jahre alt und voller Anmut, wie eine Statue, die zum Leben erwacht war.

Echte Freunde? Am ehesten waren das Bettina Mahler und Christian Wild. Die beiden hatten zusammen das Geheimtreffen betreten und gemeinsam verlassen, ein Team im Chaos. Bettina, eine 29-jährige Cellistin im Brandenburgischen Staatsorchester, und Christian, ein 31-jähriger Maler, der mehr Lebenskünstler als Künstler war. Sie hatten sich in einem Jazz-Club kennengelernt. Gelacht. Getrunken. Diskutiert. Und dabei entstand die Idee der „Chroniker". Zunächst war nur ein Gesprächskreis geplant.

Dann, als Denis auf Elena zukam, ein Funktionär der Wahrheitskommission, änderte sich alles. Denis trug eine Bürde mit sich, eine Last, die sein Gewissen niederdrückte – geheime, schreckliche Informationen, die das System in seinen Grundfesten erschüttern konnten. Mit jedem neuen Detail, das er ihr verriet, wurde die Idee des Gesprächskreises zu etwas Bedeutsameren, etwas Gefährlicherem.

Der Funke der Rebellion war geboren, und das Feuer schwelte bereits in ihrer kleinen Gruppe, die sich noch gar nicht zusammengefunden hatte. Würde der Funke, den sie entzündet hatten, sie alle in Flammen aufgehen lassen? Würden sie alle enden wie Denis – verraten und tot, bevor ihre Revolution begonnen hatte?

Das Kommunikationsbändchen vibrierte. Pater Ignatius bat sie um ein dringendes Treffen. Elena wurde klar, dass der Zeitpunkt gekommen war, an dem sie handeln musste. Sie würde fliehen.

Den Passierschein, der ihr Leben gerettet hatte – unterschrieben vom OBERSTEN PROTEKTOR selbst – ließ sie offen auf dem Nachttisch zurück. Ein stummes Adieu an die Welt, in der sie bisher gelebt hatte.

Noch einmal überprüfte sie ihr geheimes Abschiedsgeschenk, die sehr kleine, sehr neugierige Wanze, deren Energie reichte, sie ein Jahr lang über das zu informieren, was im Büro des OBERSTEN PROTEKTORS gesprochen wurde.

„Ciao bello, ciao, böses Onkelchen."

09

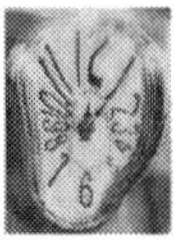

Es war noch dunkel, der Mond hüllte die Ruinen der alten Kathedrale von Brandenburg in ein silbriges, trügerisches Licht. Elena schritt durch die zerbrochenen Türen, die früher mit Heiligenfiguren geschmückt waren. Jetzt waren sie zu plakativen Anschlägen für den OBERSTEN PROTEKTOR umfunktioniert. Darauf stand in großen Lettern: „Selig, die dem HÖCHSTEN huldigen!“, begleitet von einer Zeichnung des OBERSTEN PROTEKTORS, der die Arme ausbreitete wie ein Messias.

„Das hier war einst ein Ort des Gebets“, murmelte der Mann neben ihr. Er trug eine abgewetzte Soutane und hielt einen kleinen Rosenkranz, dessen Perlen durch die Jahre stumpf und matt gerieben waren. Pater Ignatius, der letzte Priester, der sich geweigert hatte, dem System und der neuen Päpstin in Straßburg Treue zu schwören. Stattdessen hatte er sich in den Untergrund begeben, um die alte Lehre zu bewahren.

„Warum haben Sie mich hierhergebeten?“, fragte Elena.

Ignatius sagte nichts, ging voran, führte sie durch die überwucherten Gänge der Kathedrale. „Weil du die Wahrheit sehen musst. Nicht die Wahrheit, die Tomas dir in seinen Volksbildschirmen zeigt, sondern die echte, unverfälschte Wahrheit.“ Sie stiegen eine Wendeltreppe hinab in einen Bereich, der selbst vor dem Krieg kaum bekannt gewesen war.

Als sie den Keller erreichten, schlug ihr ein feuchter, modriger Geruch entgegen. An den Wänden hingen alte, rußige Kerzen, und in der Mitte des Raumes stand ein einfaches Holzkreuz. Es war nicht das Kreuz, das Elenas Aufmerksamkeit fesselte. Es war das Buch, das davor lag – aufgeklappt, der Einband abgenutzt.

„Die echte Bibel“, sagte Ignatius, der ihre Gedanken gelesen hatte. „Unverändert. Ungeschwärzt. Nicht wie die Lügen, die sie in den eFolios verbreiten.“

Elena trat näher und las die Worte: „Selig sind, die da hungern und dürsten nach Gerechtigkeit; denn sie sollen satt werden.“

Elena drehte sich zu ihm um. „Aber was bringt das? Worte allein können nichts ändern.“

Ignatius' Gesicht wurde hart. „Worte können Berge versetzen, wenn sie zur richtigen Zeit und am richtigen Ort ausgesprochen werden.“

Er zog ein kleines Gerät aus seiner Tasche. „Das ist ein Sender. Mit diesem können wir, so hoffe ich, die Botschaften des echten Evangeliums in die Volksbildschirme schleusen – wenigstens für ein paar Minuten.“

Elenas Augen weiteten sich. „Das ist unmöglich.“

„Ist es nicht“, sagte Ignatius, „aber es ist gefährlich und auch noch nicht ganz fertig entwickelt. Ich setze auf dich, du musst sicherstellen, dass diese Worte gehört werden, bevor sie uns alle endgültig zum Schweigen bringen.“

„Ich weiß nicht, ob ich das kann“, flüsterte sie. „Ich werde die Stadt verlassen und ins verseuchte Gebiet reisen. Zu meiner Mutter.“

Pater Ignatius neigte den Kopf. Elena sah die Jahre des Kampfes in seinem Gesicht, die Erschöpfung, die selbst die Tapfersten einholte. Doch wenn er sprach, war er voller Sanftheit, ein Fels inmitten des Sturms. „Es spielt keine Rolle, wo du hingehst, mein Kind. Ob du dieses Gerät einsetzt oder nicht. Wichtig ist nur, dass du deinen Weg findest.“

Der Pater begleitete sie zurück in den Kirchenraum. Er deutete auf eine Bank nahe dem Altar, wo ein Mann saß, dessen Gesicht im Schatten lag. „Ich möchte dir jemanden vorstellen. Er könnte dir eine große Hilfe sein.“

Elena hatte mit niemandem gerechnet. „Wer ist das?“

„Michael Weiss“, sagte der Pater.

Der Mann auf der Bank erhob sich. Er war groß, mit dunkelblonden Haaren, die unordentlich über seine Stirn fielen, und einem Gesicht, das Härte und Müdigkeit zugleich ausstrahlte. Seine Augen waren das

Auffälligste: hellblau – und von einer Intensität, die Elena aus der Fassung brachte.

„Du bist Elena“, sagte er. „Ich bin, ich war ein Freund von Denis. Ich habe von dir gehört.“

Sie versuchte, Distanz zu wahren. „Das überrascht mich nicht. Denis hat viele Leute gekannt.“

„Das hat er“, sagte Michael, ein Hauch von Lächeln auf seinen Lippen. „Aber nur selten hat er so begeistert über jemanden gesprochen wie über dich.“

Elena protestierte, obwohl sein Blick sie verunsicherte. „Ich weiß nicht, ob das ein Kompliment sein soll.“

Pater Ignatius trat einen Schritt zurück, beobachtete die beiden mit einem unmerklichen Lächeln. „Michael hat Denis oft begleitet. Er weiß, was es bedeutet, zu kämpfen, auch wenn es gefährlich ist.“

„Ich bin nicht hier, um mit irgendjemandem zu kämpfen“, sagte Elena scharf. „Ich bin hier, weil ich herausfinden muss, was als Nächstes passiert.“

„Und das solltest du“, sagte Michael, seine Stimme ruhig und eindringlich. „Ich glaube, dass du Denis besser verstanden hast als irgendjemand sonst. Und wenn das so ist, dann wirst du wissen, dass er nicht gewollt hätte, dass du aufgibst.“

Pater Ignatius ließ die beiden allein, unter einem der großen Fenster, wo das Licht einen Schatten auf den Stein warf. Michael sprach wenig.

Irgendetwas an ihm war anders – nicht wie bei Denis, aber auch nicht wie bei Denis' anderen Freunden.

Beim Abschied sagte er nur zwei kurze Sätze: „Ich hoffe, du findest, was du suchst, Elena. Wenn du Hilfe brauchst, werde ich da sein.“

Ignatius kam zurück und legte ihr eine Hand auf die Schulter, und obwohl sie mager und zittrig wirkte, war die Geste von einer tiefen, fast übernatürlichen Stärke. „Ich segne dich, mein Kind. Du wirst das Richtige tun.“

Langsam drehte sie sich um, ihre Schritte führten sie zurück in die kalte, erbarmungslose Stadt. Der Segen lag schwer auf ihr – eine Bürde und ein Schutzschild zugleich.

Dann machte sie sich zu Fuß auf den Weg zum Bahnhof.

Die Reise ins Ungewisse hatte begonnen – mit jedem Schritt, den sie tat, und jedem, den sie nicht mehr zurückgehen konnte.

10

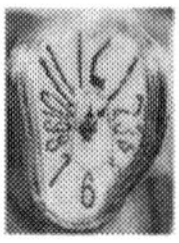

Jonathan erwachte in einem Körper voller Schmerzen. Irgendjemand hatte ihn zugedeckt – eine Geste der Fürsorge in einer Welt, die keine mehr kannte.

Wie war er nach Hause gekommen? Sein Kopf fühlte sich an, als hätte jemand darin gewühlt, seine Gedanken träge und verworren wie Nebel, der sich über ein Schlachtfeld legt.

Sein Mund war trocken, so trocken, dass es schmerzte. Jonathan versuchte, sich aufzurichten, doch sein Körper gehorchte nur widerwillig.

Auf dem Couchtisch vor ihm lag ein zerknittertes Protokoll, daneben sein Schlüsselbund und ein Glas Wasser. Die Handschrift auf dem Protokoll war schief, aber lesbar. Jonathan griff danach, seine Finger zitterten.

„Sehr geehrter Herr Goldt“, begann die Nachricht, „wir entschuldigen uns für die Unannehmlichkeiten. Wir haben Sie sicher in Ihre Wohnung zurückgebracht, nachdem Ihre freundliche Mitarbeit abgeschlossen war. Da es uns lieber ist, wenn Sie den Weg zu uns und unserem Keller nicht wiederfinden, mussten wir Ihnen für den Rücktransport das Bewusstsein trüben. Die Betäubung wurde sachgerecht durchgeführt, mit einer über neunzigprozentigen Sicherheit, dass keine Nebenwirkungen auftreten. Unsere Ärzte empfehlen viel Wasser nach dem Erwachen. Wir danken für Ihre Kooperation und wünschen Ihnen für den Rest Ihres sechsundsiebzigsten Lebensjahres alles Gute.

P.S. Den Kafka haben wir beschlagnahmt.“

Jonathan starrte auf die Worte. „Neunzigprozentige Sicherheit.“ Na, das war ja beruhigend. Die Vorstellung, dass sie ihn betäubt, seinen Körper wie ein Stück Fleisch transportiert hatten, ließ seinen Magen zusammenkrampfen. Sein Schlüssel lag auf dem Tisch als stummer Zeuge ihres Eindringens, so vertraut – und doch so beängstigend.

Er spürte Blicke – unsichtbar, allgegenwärtig. Der Bildschirm summte, ein ständiges Versprechen, dass er nie allein war. Jonathan konnte es körperlich spüren, wie das Gerät ihn ausspionierte, als wäre es mehr als nur eine Maschine – ein allwissender, kalter Spanner, der nie schlief.

Jonathan nahm das Glas Wasser, trank hastig, gierig, wie ein Mann, der aus einem Albtraum aufwacht und nach dem ersten Atemzug ringt. Nach dem dritten, tiefen Schluck dämmerte ihm der Gedanke, der ihm durch Mark und Bein fuhr: Die Polizei hatte das Glas bereitgestellt. Vielleicht war es gar kein Wasser. Vielleicht war es verseucht. Vielleicht vergiftet? Panik kroch ihm den Rücken hinauf, doch dann schob er den Gedanken zur Seite. Wenn sie ihn hätten töten wollen, hätten sie es längst getan – im Keller.

Jonathan schleppte sich ins Bad. Die Fliesen fühlten sich hart und fremd an unter seinen nackten Füßen, das Neonlicht flackerte wie eine schlecht gelaunte Mücke. Er beugte sich über das Waschbecken, spritzte kaltes Wasser ins Gesicht – und hob den Kopf.

Im Spiegel glomm etwas an seinem Hals. Ein Hauch von Schimmer, grünlich, kaum größer als ein Fingernagel, direkt unter dem linken Ohrläppchen. Er strich darüber – keine Kante, kein Pflaster, nicht einmal eine Druckstelle. Doch unter der Haut lag ein winziges, siebeneckiges Licht, als hätte jemand einen Splitter aus Glasfaser dort hineingetrieben.

Jonathan hielt den Atem an. Das Leuchten pulsierte, schwach, aber eindeutig im Takt seines Herzschlags.

Er erkannte im grünen Leuchten eine weiße Inschrift: T-196.

T wie Testobjekt? Nummer 196 von was?

Was in aller Welt ...?

Er drehte den Kopf, suchte nach einer Wunde, einem Einstich. Nichts. Nur warme Haut, ein wenig gerötet vom Reiben. Das Licht blieb unerklärlich.

Er dachte an die Ohnmacht, an den Kellerraum, an das antiseptische Kälteflimmern in der Luft. Hatten sie ihm –? Ein Ortungssender? Ein

Giftdepot? Etwas, um ihn nachts stillzustellen, falls er noch einmal unbequem wurde?

Rohe Angst stieg in ihm auf. Für einen Moment bildete er sich ein, das Leuchten sei stärker geworden, als reagiere es auf die Panik, die sein Puls durch die Adern trieb.

Jonathan schaltete das Licht aus. Der kleine Fleck blieb sichtbar – ein geisterhaftes Glimmen im Dunkel. Als er blinzelte, sah er das Siebeneck noch vor seinen Lidern nachleuchten.

Er öffnete hastig die Badezimmerschublade, riss eine Rasierklinge heraus. Die Idee, das Ding herauszuschneiden, kam wie ein Reflex – doch schon der erste Druck der Klinge gegen die Haut ließ ihn innehalten. Wenn es tiefer lag? Wenn es sendete? Wenn es explodierte? Die Hand zitterte; er legte die Klinge zurück.

Er presste ein Pflaster darüber, als könne der Stoff Licht ersticken – doch der Schein drang hindurch.

Sie haben mir etwas implantiert – ohne, dass ich es bemerkte.

Der Gedanke war schrecklicher als jeder Schmerz. Im Spiegel sah ihn ein Mann an, blass, alt – und unter seiner Haut brannte ein fremdes Licht: ein Souvenir aus dem Kerker.

11

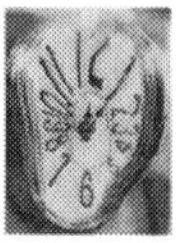

Die bleierne Luft im Zimmer schien zu vibrieren, als das „Mittagsmagazin“ ihn mit glanzpolierter Pseudorealität umfing. Ein Moderator, das Lächeln auf seinem Gesicht so perfekt, dass es schmerzte, führte eine Diskussion mit einem so genannten Experten. Die „neuen Maßnahmen“ des OBERSTEN PROTEKTORS, allen voran der Rentenstopp ab siebenundsiebzig, wurden als „längst überfällig“ und „ein erster Schritt“ angepriesen.

„Es ist doch ganz einfach und logisch“, begann der Experte, ein Wirtschaftswissenschaftler. „Die nicht mehr produktiven Mitglieder der Gesellschaft sind eine Bürde für die Jugend. Diese Maßnahmen geben uns die Möglichkeit, Ressourcen dynamisch umzuverteilen und den kreativen Geist der neuen Generation zu unterstützen.“

Der Moderator neigte den Kopf leicht zur Seite, als könnte er damit einen Hauch von Empörung simulieren. „Aber widerspricht das nicht unserer Verfassung? Verlangt sie nicht, dass niemand diskriminiert werden darf? Ist der Rentenstopp nicht eine Diskriminierung der Alten?“

Der Experte lächelte. „Das ist eine sehr eigenwillige Interpretation. Die Alten sind in dem entsprechenden Artikel unserer Verfassung nicht gemeint. Sie können das nachlesen. Die Maßnahmen des OBERST …“

„Wie bitte?“

„Des OBERSTEN PROTEKTORS. Diese Maßnahmen werden unseren Wohlstand langfristig sichern. Das zeigen auch die Reaktionen an den Märkten.“

„Die Aktienmärkte?“

„Selbstverständlich. Und die sind auf Rekordkurs.“

„Danke“, sagte der Moderator, der sich mühelos in sein Lächeln zurückfand. „Danke, dass Sie mich und unsere Zuschauer aufgeklärt haben.

Und natürlich gilt unser Dank dem OBERSTEN PROTEKTOR für seine weise Politik."

Jonathan fühlte, wie sich sein Magen zusammenzog. Dieses ausgestrahlte Gesabber – es machte ihn krank. Und doch, als der Moderator die Verfassung erwähnte, hatte er einen Punkt gehabt, warum hakte er nicht nach?

Die Verfassung war einst ein Bollwerk gegen Willkür. Das *Grundgesetz* der alten Bundesrepublik galt als vorbildlich, unantastbar, und hatte die Vorlage für die Verfassung von NEUROPA geliefert. Jonathan griff zu seinem eigenen gedruckten Exemplar und blätterte zu dem, was er suchte: Artikel 3: „Niemand darf wegen seines Geschlechts, seiner Abstammung, seiner Rasse, seiner Sprache, seiner Heimat und Herkunft, seines Glaubens, seiner religiösen oder politischen Anschauungen benachteiligt oder bevorzugt werden. Niemand darf wegen seiner Behinderung benachteiligt werden."

Er holte die aktuelle Fassung der neuropäischen Verfassung auf den Volksbildschirm und las den entsprechenden Artikel noch einmal. Wortgleich. Kein Unterschied. Aber dann dämmerte es ihm, wie die Falle zugeschnappt war: Die Alten, die kamen in dem Text überhaupt nicht vor.

Jonathan wusste, was das bedeutete. Die Alten genossen keinen besonderen Schutz. Der Rentenstopp war der Anfang. Ein erster, zynischer Schritt auf einer Treppe, die für die Alten nur abwärts führte.

Wann hatte dieser NEUROPA-Irrsinn begonnen? Jonathan tauchte in seine Vergangenheit ein. Er saß auf der Bank vor dem heruntergekommenen Einkaufszentrum, wo der erste funktionsfähige Großbildschirm der Stadt wie ein müder Riese über den Platz ragte. Was einst wie groteske Propaganda gewirkt hatte, war inzwischen so allgegenwärtig wie die Luft – stickig, belastet, unvermeidlich.

Neben ihm saß Hana, ihre Augen fixierten die flimmernde Leinwand. Sie hatte die Trauer über den Krieg und den Tod ihres Mannes noch nicht verwunden.

Niemand vergaß die Tage, in denen alles auseinanderfiel. Wochenlang gab es nichts außer Rationen – hartes Brot, manchmal einen Löffel Brei.

Wenn man Glück hatte, einen Kanten Käse. Und dann kam die Partei. Sie brachte Ordnung, ja. Und sie brachte Angst.

„Ich erinnere mich an Tomas' erste Rede“, sagte er, „den Mann im grauen Anzug, der in die Kamera starrte und uns versprach, dass die Zeiten der Entbehrung vorbei wären. Alles, was wir tun mussten, war: folgen.“

„Und wir haben gehorcht“, murmelte Hana bitter. „Wir waren so hungrig, dass wir nicht einmal merkten, wie wir aufgefressen wurden. Nicht mal ich habe es sofort gemerkt, obwohl er mein Schwager war.“

Jonathan dachte an die ersten Ausgangssperren, eingeführt angeblich zum Schutz vor Plünderern.

„Dann kamen die Symbole“, sagte Hana und wies auf ihren eigenen Ärmel, wo die staatliche Flagge prangte. „Sie sagten, es wäre nur für die Ordnung. Damit jeder weiß, wo er steht.“

Ein Kind lief vorbei, vielleicht sieben Jahre alt, mit einem kleinen Holzschild in der Hand. „NEUROPA SICHERT UNSERE ZUKUNFT“ stand darauf, in kindlichen Buchstaben gemalt.

„Sie bringen es ihnen schon bei, bevor sie verstehen, was es bedeutet“, sagte Hana. „Du musst stark sein. Du musst loyal sein. Und wenn nicht, dann bist du dran.“

Jonathan blickte wieder auf den Bildschirm, wo gerade eine Szene aus einer neu inszenierten „Volksfeier“ gezeigt wurde. Hunderte Menschen jubelten, Fahnen wehten, eine fröhliche Melodie spielte. Aber hinter der Fassade lag die Wahrheit, versteckt, aber nie ganz unsichtbar.

„Das ist es, was sie geschafft haben“, sagte Jonathan. „Es ist nicht mehr nur Angst. Es ist Gewöhnung.“

Die Flimmerbildschirme beobachteten alles. Sie waren nicht nur Geräte, die Nachrichten verbreiteten, sondern Augen und Ohren des Regimes. Sie ragten von den Wänden herunter, verborgen in jeder Straßenecke, jedem Bürogebäude, jeder Schule. Ihre Präsenz war allgegenwärtig, ihr monotones Surren wie das Atmen einer unsichtbaren Macht, die niemals schlief.

„Sie haben uns die Freiheit genommen, ohne dass wir es gemerkt haben“, hatte Hana einmal gesagt. „Es war, als hätten sie die Sonne weiter verdunkelt, bis wir uns an die Dunkelheit gewöhnt hatten.“

Die ersten Warnungen kamen in scharfen, leuchtenden Lettern: „UNTERLASSEN SIE UNERLAUBTE VERSAMMLUNGEN!“ Dann begannen sie, Einzelne zu zeigen – Männer und Frauen, deren Gesichter groß auf den Flimmern erschienen. „DIESER BÜRGER WURDE WEGEN SYSTEMFEINDLICHER AKTIVITÄTEN VERHAFTET.“ Darunter ein Datum, eine Tatbeschreibung, ein Schuldspruch. Die Botschaft war klar: Wir sehen alles. Wir wissen alles.

Die Bestrafungen waren öffentlich, grausam und präzise inszeniert. Menschen wurden gedemütigt, gezwungen, ihre „Verbrechen“ zu gestehen. Einige verschwanden spurlos; andere wurden als abschreckende Beispiele vorgeführt, bis niemand mehr wagte, auch nur den Mund zu öffnen.

Das Schlimmste war nicht die Angst – es war der Verrat. Jonathan sah, wie Nachbarn ihre Nachbarn denunzierten, wie Freunde sich voneinander abwandten. Es war einfach geworden, jemanden zu melden – ein Hinweis über eine der vielen „Vertrauenslinien“ reichte aus. Und es lohnte sich: Ein gut platzierter Hinweis konnte zu einem warmen Abendessen, einem besseren Job oder sogar einem bequemen Platz im Rat führen.

Ein kleines Mädchen erschien auf dem Bildschirm, vielleicht zehn Jahre alt. Ihr Gesicht war blass, ihre Augen riesig vor Angst. „ICH HABE MEINEN VATER GEMELDET“, sagte sie mit zittriger Stimme. Sie klammerte sich an den Rand eines Pults. „Er hat die Regierung schlecht gemacht.“ Die Stimme des Sprechers war warm, fast zärtlich: „Das ist wahre Loyalität. Sie schützt die Gemeinschaft.“

„Das ist kein Leben mehr“, hatte Hana geschrien. „Das ist ein gottverdammtes Theater!“

Doch Jonathan wusste, dass Hana sich irrte. Theater war dazu da, die Wahrheit zu zeigen. Das hier war keine Wahrheit – das war Manipulation. Ein Schauspiel, das sie alle in Angst hielt. Und Angst, das verstand er jetzt, war ein effektiveres Werkzeug als jede Klinge oder Kugel.

An einem anderen Tag hallten die Stimmen von Kindern durch die Straße. Ihre Lieder, hell und klar, trugen Worte, die einst aus den Mündern kalter Bürokraten stammten, aber nun wie unschuldige Reime klangen:

„Stabilität bringt Sicherheit,

Sicherheit ist Glücklichkeit,
Wer sein Land schützt, der ist klug,
NEUROPA hält uns warm genug."

Hana, die neben ihm stand, zischte durch die Zähne. „Sie ziehen sie direkt in den Wahnsinn hinein. Sie machen sie zu Soldaten, bevor sie überhaupt begreifen, was das bedeutet."

In den Fabriken zeigten die Flimmerbildschirme Clips von Angestellten, die bei Volksfeiern sangen und applaudierten. „Belohnungen für Loyalität!", verkündeten die Stimmen. „Sei ein Vorbild, melde Unregelmäßigkeiten!" Jonathan hatte einmal gesehen, wie ein Mann für die Meldung eines angeblich „illoyalen" Kollegen einen Bonus erhielt: einen Tag zusätzliche Lebensmittelrationen. Der denunzierte Mitarbeiter tauchte nie wieder auf.

Während eines Spaziergangs war Hana stehen geblieben, ihr Blick blieb an einem Plakat haften, das an einer alten, bröckelnden Mauer hing. Es war eines dieser typischen Regime-Plakate: eine strahlende Mutter mit ihrem Kind, beide in makellosen grauen Uniformen, die lachend in die Zukunft blickten. Darunter stand in fett gedruckten Lettern: „NEUROPA – UNSERE HEIMAT, UNSERE ZUKUNFT!"

Jemand hatte das Plakat verändert. Mit roter Farbe, hastig, aber unübersehbar, war ein einzelnes Wort darunter gekritzelt worden: „LÜGE".

„Hast du das gesehen?", flüsterte Hana, ihre Stimme vor Spannung gesenkt.

Jonathan nickte, während er sich umsah. Die Straße war menschenleer, aber das bedeutete nichts. Es gab immer Augen – von Flimmerbildschirmen oder echten Menschen. Er spürte, wie sein Herz schneller schlug.

Es war perfide. Die Propaganda war überall so sehr mit dem Alltag verwoben, dass man sie nicht mehr hinterfragen konnte. Sie war nicht nur auf den Flimmerbildschirmen, die als „Volksbildschirme" bald zwangsweise in jeden Haushalt einzogen, oder den Plakaten an den Wänden – sie war auf dem Brot, das man aß, und auf der Kleidung, die man trug. Sie war in den Worten der Kinder und in den Augen der Nachbarn.

Hana hatte es irgendwann nicht mehr ertragen können, untätig zu bleiben, und war ins verstrahlte Gebiet gezogen, um als Krankenschwester zu arbeiten. War er, Jonathan, stark genug, in den Kampf zu ziehen? War es nicht seine verdammte Pflicht, sich diesem Wahnsinn entgegenzustellen, etwas zu tun, irgendwas?

Die staatlichen Organe hatten ihn im Visier, so viel war sicher. Doch was ihn mehr quälte: Elena, die Mitstreiterin, die er fast als Kampfgefährtin betrachtet hatte, war die Nichte des OBERSTEN PROTEKTORS – ein Lockvogel, der sie in die Falle führen sollte. Hatte Widerstand da überhaupt einen Sinn?

Jonathan starrte auf den Volksbildschirm, um dort eine Antwort zu finden, aber es gab keine. Er begann, durch die Kanäle zu schalten, ja, es gab viele Programme, hunderte, vielleicht tausende. Aber wenn es um Politik ging, um die Fragen des Lebens und Sterbens in NEUROPA, gab es nur eine Meinung. Meinungsvielfalt war eine Illusion, ein schwacher Abklatsch dessen, was sie einst war.

Die Schlagzeilen flimmerten vor seinen Augen:

– „NEUROPA stärkt seine Jugend: Ein wegweisender Schritt in Richtung wirtschaftliche Stabilität!"

– „Die Last des Alters: Warum wir keine Ressourcen mehr verschwenden dürfen."

– „77 Jahre und dann: Eine Chance, die Jugend zu fördern."

Jonathan stieß einen bitteren Laut aus, der halb Lachen, halb Würgen war. Die Worte „Ressourcen verschwenden" nagten an ihm. Sie redeten von Menschen wie von rostigen Zahnrädern in einer Maschine, die man wegwarf, wenn sie ihren Zweck erfüllt hatten. Mit 77 war Schluss, das war die Regel. Kein Alter mehr, nur noch ein Ablaufdatum.

Es hatte in der Geschichte viele Aufstände gegeben – Bauernaufstände, Arbeiteraufstände, Revolutionen aller Art – aber Rentneraufstände? Jonathan grub tief in seinem Historikergedächtnis, durchwühlte die staubigen Seiten der Vergangenheit. Nein, Rentner hatten nie rebelliert.

Er glaubte nicht an Vorsehung – schon gar nicht an göttliche Eingebungen oder kosmische Zeichen. Doch genau in dem Moment, als ihn die tiefste Hoffnungslosigkeit umklammerte, fiel ein Buch aus dem Regal, aus dem er die alte Ausgabe des Grundgesetzes hervorgezogen hatte.

Langsam bückte er sich, um das Buch aufzuheben. Es war ein Katalog mit den Werken des spanischen Surrealisten Salvador Dalí. Auf dem Titel prangten die berühmten, zerfließenden Uhren. „La persistencia de la memoria“, stand in geschwungenen, goldenen Lettern auf dem Cover, „Die Beständigkeit der Erinnerung“, im deutschen Sprachraum kannte man es besser unter dem Titel „Die zerrinnende Zeit“ oder „Die weichen Uhren.“

Jonathan starrte auf die surrealen Formen. Dieses Bild, das Original kaum größer als ein DIN A4-Blatt, hatte jede Epoche überdauert. Es war, als hätte es sich selbst in den Lauf der Zeit eingeschrieben – ein Symbol für Vergänglichkeit und doch für unerschütterliche Beständigkeit.

Wenn es einen Aufstand geben sollte, wenn die „Chroniker“ Teil des Widerstands werden sollten, dann brauchten sie ein Symbol.

Dalís Uhren – fließend, unberechenbar, großartig.

Wie die Zeit selbst, die niemand bändigen konnte.

Nicht einmal NEUROPA.

12

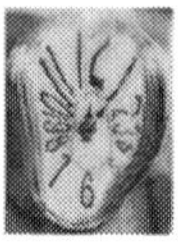

Jonathan schlurfte durch die Straßen Richtung Hauptbahnhof – ein Wort, das einst Bewegung versprach und jetzt nur noch Hohn war. Einst ein pulsierender Knotenpunkt, Züge nach Berlin, Magdeburg, Paris, Amsterdam. Jetzt nur ein stiller Zeuge einer zerbrochenen Zivilisation. Jonathan nutzte ihn ohnehin nur als Durchgang zum Markt, der auf der abgelegenen Seite wucherte.

An diesem Tag war Jonathan ohne Ziel losgegangen, doch im Unterbewusstsein wusste er, dass er den alten Buchverkäufer vom Markt wiedersehen wollte – seinen ersten Ansprechpartner, vielleicht sogar seinen ersten Verbündeten.

Die Bahnhofshalle war wie ausgestorben, erfüllt nur von den grellen Ansagen der Lautsprecher, die hin und wieder durch ein kurzes Rauschen unterbrochen wurden.

Jonathan wurde auf eine Frau aufmerksam. Sie wartete, die Kapuze ihres dunklen Mantels tief ins Gesicht gezogen, die Hände in den Taschen vergraben. Der Fahrplan über ihr flackerte und änderte die Zeiten in endlosen, nervösen Intervallen.

Jonathan bewegte sich langsam auf sie zu.

Ihr Blick richtete sich auf ihn, prüfend.

Er verharrte reglos. „Elena“, flüsterte er, als könne ihr Name in der abgestandenen Luft sofort verwehen. „Du hier? Das überrascht mich.“

„Ja“, erwiderte sie und zog die Kapuze tiefer ins Gesicht, die Augen wachsam.

Sie sahen sich an. Waren sie Verbündete oder zwei Wölfe, die sich musterten, nicht sicher, ob sie kämpfen oder fliehen sollten? Eine unausgesprochene Spannung lag in der Luft.

„Was hast du da am Hals?“, fragte sie.

„Nichts“, sagte Jonathan. „Beim Rasieren geschnitten.“

„Sieht irgendwie komisch aus“, sagte Elena. „Und es leuchtet.“

„Es ist nichts“, wiederholte Jonathan. „Was ist mit dir? Bist du hier, um zu bleiben?“ Seine Stimme verriet, wie schwer ihm jedes Wort über die Lippen kam. „Oder um zu gehen?“

Sie wich seinen Blicken aus, unsicher, ob die Wahrheit jetzt noch einen Unterschied machte. „Ich werde gehen, Jonathan“, sagte sie nach einer kurzen Pause. „Ich muss hier weg, ins verseuchte Gebiet. Meine Mutter suchen.“

„Deine Mutter?“ Seine Augen verengten sich, und der Name legte sich schwer in seine Gedanken. Hana. Die Frau, die er einst geliebt hatte.

„Ja“, murmelte Elena, die Lippen zusammengepresst. Ihr Blick glitt zu einem abgewetzten Koffer, der neben ihr auf dem Boden stand.

„Oder ein neuer Geheimauftrag, weil du als Lockvogel für das System arbeitest?“

Elena holte tief Luft. „Wer hat dir das gesagt?“

„Die netten Herren von der Polizei. Oder waren es die Schergen des Geheimdienstes?“

Ihr Blick flackerte. „Und denen glaubst du?“

Er starrte sie lange an, bevor er sprach. „Nein.“

„Ich bin kein Lockvogel, Jonathan. Mein Onkel wollte mich vielleicht dazu machen, aber ich bin niemals sein Werkzeug geworden. Er weiß das, und genau deshalb muss ich fliehen.“

„Fliehen?“ Er hob eine Braue. „Ins verseuchte Gebiet? Zu deiner Mutter? Damit sie in Gefahr gerät?“

„Ich muss sie finden“, antwortete sie. „Sie weiß Dinge. Dinge, die für den Widerstand wertvoll sein könnten. Hier kann ich nicht mehr sicher agieren. Hier bist du es, der das Feuer entfachen muss. Du kannst mehr, als du denkst.“

Er lachte. „Ein alter Mann gegen ein Netz von Augen und Ohren? Ein paar Schritte zu laut, und sie stehen vor der Tür.“

Elena zog ein kleines, schwarzes Notizbuch aus ihrer Manteltasche. „Nimm das“, sagte sie. „Darin stehen Namen, Adressen, Treffpunkte. Die

Menschen darin wissen, worauf es ankommt. Vielleicht sind sie die Anfangsflamme, die du brauchst. Suche Bettina und Christian."

Er musterte das Buch. „Und denen kann ich trauen? Werden sie mir trauen?"

„Das wirst du herausfinden müssen." Sie zuckte mit den Schultern und sah zur Seite, als ob die Frage irgendwo in der Bahnhofshalle ihre Antwort finden könnte. „Geh in die Eisdiele, Nicos Eisdiele, den kennst du doch, oder?"

Jonathan nickte, sah sie aber skeptisch an. „Warum ein Notizbuch aus Papier? Warum kein elektronisches Gerät? Ist das nicht riskanter?"

Elena lachte: „Du wirst es nicht glauben, aber in dieser Zeit ist das die beste Methode, etwas geheim zu halten. Das kann niemand aus der Ferne ausspionieren und auch nicht manipulieren. Pass gut darauf auf!"

„Werde ich."

Eine letzte, dünne Lautsprecheransage kündigte ihren Zug an. Ein Zug in Richtung Süden, in das trostlose Ödland, wo die Ruinen von Leben und Sehnsucht begraben lagen.

„Grüß Hana von mir, wenn du sie findest. Und pass auf dich auf, Elena", sagte Jonathan.

„Ich melde mich, wenn ich kann."

Sie zog die Kapuze tiefer über ihr Gesicht und wandte sich ab, ihre Silhouette kaum mehr als ein Gespenst im düsteren Schein der Bahnsteiglampen.

Er sah ihr nach, bis die grauen Staubwolken des abfahrenden Zuges ihre Gestalt verschluckt hatten.

Die Stille kroch zurück in die Halle. Er blieb allein zurück – das zerfledderte Notizbuch in seiner Hand: klein, aber von erschreckender Schwere.

Sein Blick fiel auf zwei Männer mit überlangen Mänteln, die sich durch das Zwielicht bewegten. Ihre Körper waren ihm zugewandt – wie Jäger, die ihre Beute ausspähten.

13

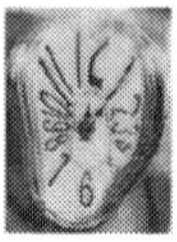

Unruhe durchzog die Luft, spürbar wie ein fernes Grollen vor einem Sturm. Jonathan bemerkte es sofort, als er auf das Gelände trat. Heute war der Markt mehr als ein Ort für heimliches Handeln und Flüstern – heute war er wie ein Nadelöhr der Wahrheit. Statt nur einzukaufen, lauschten die Menschen – jedes Wort ein Brocken Wahrheit, aufgesogen in der Hoffnung, hinter die Kulissen zu blicken.

Es dauerte nicht lange, bis er die Stimmen hörte, die wie der Sog eines Strudels zu ihm drangen. „Was plant der OBER mit diesem Rentenstopp? Glaubt er wirklich, dass die Leute das hinnehmen? Und die NEUE JUGEND, die über die Altenheime herfällt – kann das in seinem Sinne sein? Die Mächtigen haben doch auch Eltern, Großeltern! Wer behandelt seine Familie so? Was, wenn das alles nur ein Test ist, wie weit sie noch gehen können?“ Das Flüstern schlug Wellen.

Jonathan zog den Mantelkragen höher. Er hatte das Siebeneck inzwischen mit einem in einer Apotheke erworbenen undurchsichtigen Pflaster abgedeckt und sicherheitshalber auch noch einen Schal um den Hals gewickelt. Er wusste, dass das Ding wie ein Zeitzünder hinunterzählte, aber er wusste nicht, was bei „0“ passieren würde, also hielt er das Brandmal lieber geheim.

Er ging weiter zu seiner Lieblingsecke, dem Büchermarkt. In einem unauffälligen Durchgang zwischen den Ständen stand jemand, der auf Jonathan zu warten schien, der alte Literaturprofessor, distinguiert und ruhig, doch seine Augen funkelten wie die eines Mannes, der darauf brannte, die Dunkelheit mit Wissen zu durchdringen.

„Sie sind frei“, rief der Professor, ein breites Lächeln auf den Lippen.

Jonathan erwiderte den Gruß, mit einer Prise Schalk. „Ich bin so frei“, sagte er und streckte dem Mann die Hand entgegen. „Jonathan Goldt.“

Der Professor antwortete mit einer leichten Verbeugung. „Herwarth Hingst, zu Ihren Diensten.“

Jonathan hob eine Augenbraue. „Der Herwarth Hingst?“

Hingst blinzelte. „Was meinen Sie damit?“

„Ich habe ein Buch zu Hause, eine Sammlung klassischer deutscher Gedichte – von Goethe bis Heine. Unter uns Studenten hieß es immer *Der große Hingst*. Das waren Sie, oder?“

Ein Hauch von Stolz glomm in Hingsts Gesicht auf. „Lange her, aber ja, das war ich. Und wenn Sie der Jonathan Goldt sind, den ich vermute, dann waren Sie Historiker und Germanist.“

„Nur ein Oberstudienrat. Erstaunlich, dass Sie von mir gehört haben.“

Hingst lachte. „Elena hat mir von Ihnen erzählt.“

Jonathan griff in seine Tasche, aus der er ein kleines Buch hervorholte. „Schauen Sie, ich habe etwas mitgebracht.“

Hingsts Augen weiteten sich beim Anblick des Covers – Dalís „Die weichen Uhren.“ Er strich sanft über das Titelblatt. „Sehr schön. Was wollen Sie dafür haben?“

Jonathan schüttelte den Kopf. „Ich will das Buch nicht verkaufen. Ich will eine der Uhren als Anstecker gestalten – ein Abzeichen für eine Gruppe, zu der ich mich zähle, auch wenn sie erst noch entstehen muss."

„Die Chroniker?“, fragte Hingst.

Jonathan nickte. „Wissen Sie vielleicht, wer so etwas herstellen könnte? Vielleicht gibt es jemanden hier auf dem Markt, der sich mit sowas auskennt.“

Hingst seufzte bedauernd. „Leider nicht, aber die Idee gefällt mir. So ein Abzeichen hätte was.“

„Ich hatte gehofft, dass Sie das sagen würden.“ Jonathan lächelte nachdenklich. „Wie wäre es, wenn wir den Moment mit einem Eis feiern?“

„Italienisches Eis?“ Hingst lächelte zurück, und es war klar, dass der alte Mann ihn verstand.

„La dolce vita“, sagte Jonathan und nickte.

„Das beste Eis der Stadt“, antwortete Hingst – und für einen Moment lachten sie wie zwei Jungs, die dachten, sie könnten die Welt austricksen.

14

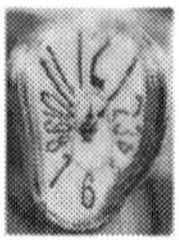

Deutschlands Landkarte war kein Land mehr, nur noch ein Flickwerk aus Ruinen. Drei Tage Krieg hatten gereicht, um Wunden zu reißen, die Generationen bluten würden.

Von Ramstein bis Stuttgart, von Darmstadt bis Geilenkirchen, überall dort, wo einst NATO und US-Stützpunkte waren, hatte es nukleare „Vergeltung“ geregnet, wie die Propaganda es nannte.

Das malerische Cochem an der Mosel war nur noch eine Aschewüste. Der nahe gelegene Fliegerhorst Büchel wurde als erstes Ziel zerstört. Zwanzig US-Atombomben, die ursprünglich der deutschen Bundeswehr vorbehalten waren, explodierten unter einem Angriff und verwandelten die Landschaft in einen Todesstreifen.

Alle wussten jetzt, was sie schon vorher hätten wissen können: In einem Atomkrieg gab es keine Sieger – außer skrupellosen Rüstungsproduzenten und Kriegsgewinnlern, denen es immer nur um ihre Milliarden und Billiarden ging.

Elenas Zug rollte pünktlich von Brandenburg nach Köln, doch je näher sie dem verseuchten Gebiet kam, desto leerer wurden die Sitze. Am Ende war sie allein im Wagen. Das monotone Pochen der Räder vibrierte in ihrem Schädel.

Der Kölner Dom, mächtig und düster, erhob sich aus einer nur wenig zerstörten Skyline, ein schwarzer Leuchtturm in einer geschundenen Stadt. Auch diesen Krieg hatte er überstanden. Doch alles andere wirkte verändert, abgeschottet, als hätte man den Rhein selbst von der Stadt verbannt. Hohe Mauern sperrten den Fluss ein, denn das Wasser, das durch die verwüsteten Gebiete des Landes zur Nordsee floss, war kontaminiert, ein Tropfen auf der Haut konnte tödlich sein.

Rund um den Dom drängten sich zehntausende Flüchtlinge in Zelten und notdürftigen Unterständen. Viele schliefen unter freiem Himmel, obwohl der Wind giftige Asche durch die Straßen wehte. Zwischen den Heimatlosen huschten fliegende Händler wie Gespenster, die Wasser verkauften – das kostbarste Gut.

Elena zog die Kapuze tiefer ins Gesicht. Eine Schar zerlumpter Kinder umringte sie – wie ausgehungerte Straßenhunde, mit Augen, die zugleich flehten und scharf musterten. Sie zupften an ihren Ärmeln, flüsterten, bettelten, boten Dienste an, irgendetwas – alles, nur für einen Bissen, eine Münze, etwas, das man vielleicht gegen Nahrung tauschen könnte.

„Ich habe nicht viel“, sagte Elena und versuchte, überzeugend zu klingen, doch das Zittern verriet sie. „Es reicht nicht für euch alle.“

Ein Junge, etwa zehn Jahre alt, hielt sie fest, seine kleine, schmutzige Hand wie eine Klammer an ihrem Arm. „Sie gehört mir! Ich habe sie als Erster gesehen!“, rief er, sein Schreien drang durch die Geräusche der Straße wie eine unerbittliche Sirene. „Sie hat versprochen, mir zu helfen!“

Der Junge schaute zu ihr auf, sein wildes Haar wehte in die Stirn, und trotz des Schmutzes zeichnete sich ein freches Lächeln ab, das Elena an etwas erinnerte, das sie längst vergessen hatte: ein Funken Leben inmitten des Schreckens.

„Wie heißt du?“, fragte sie.

„Ali“, antwortete der Junge. „Aber ich bin in Deutschland geboren. Jetzt bin ich Neuropäer, so wie du. Ich kenne mich aus. Ich weiß, was es gibt, wo es was gibt. Nimm mich als deinen Guide, dann geht es dir gut.“

Die anderen Kinder, eingeschüchtert von Alis selbstbewusstem Gerede, wichen zurück.

„Hast du Geld?“, fragte der Junge.

„Nicht viel“, murmelte Elena.

„Gib ihnen was“, sagte er ernst. „Das wird sie beruhigen. Die haben es schwer. Hunger und so. Sie sind nicht böse.“

Elena zog einen Zehn-Neuro-Schein hervor und schaute Ali an.

Der Junge zeigte auf ein großes, blasses Mädchen mit blondem Haar, das an den Rand gedrängt stand. „Das ist Christa. Sie ist in Ordnung. Sie wird mit den anderen teilen.“

Christa nickte, nahm das Geld und warf den anderen einen strengen Blick zu. Mit einer Bewegung ihres Kopfes bedeutete sie der Gruppe, weiterzugehen, und die Kinder verschwanden in die Dunkelheit, angelockt vom Versprechen eines bevorstehenden Essens – und eines neuen Opfers irgendwo in den Gassen.

„Hast du Hunger?", fragte Ali mit einem schelmischen Grinsen. Seine Augen blitzten wie die eines Straßenkindes, das gewohnt war, Fremde durch seine geheime Welt zu führen.

Elena zögerte.

„Ich habe Hunger", sagte der Junge dann, ohne auf ihre Antwort zu warten. „Ich weiß, wo man was bekommt. Es ist nicht teuer."

„Wo ist das?", fragte Elena.

„Auf dem Alter Markt", sagte Ali, als wäre das Ziel so bedeutsam wie ein versteckter Schatz.

Der Alter Markt lag nicht weit vom Dom entfernt, ein pulsierender Platz, eingerahmt von hohen, altmodischen Häusern, die dem Ganzen einen Hauch von verwittertem Glanz gaben. Ein monumentaler Brunnen erhob sich in der Mitte, trocken wie der Rest der Stadt, aber geschmückt von der Figur eines kriegerischen Soldaten in Federhut und Rüstung – irgendwie erinnerte er sie an die Musketiere aus den alten Filmen, die sie als Kind gesehen hatte.

Rings um den Brunnen brannten Feuer in schmutzigen Fässern. Die Flammen tauchten die Szenerie in warmes, lebendiges Licht und ließen das Lachen und die Gespräche der Menschen darum einladend erscheinen.

Ali marschierte zielstrebig zu einem der Straßenstände und wurde mit einem lauten Gejohle empfangen.

„Das ist …", begann Ali. „Wie heißt du überhaupt?"

„Elena."

„Das ist Elena. Ich habe ihr versprochen, dass es hier Essen gibt!"

Ein bärtiger Mann, kräftig gebaut und vielleicht vierzig Jahre alt, musterte sie und lächelte breit. „Hier, Frollein, trinken'se erst mal wat", sagte er und reichte ihr ein kleines Glas mit strohgelber Flüssigkeit.

„Was ist das?", fragte Elena und schnupperte vorsichtig.

„Kölsch, Frollein, selbst gebraut", sagte der Mann.

Zögernd, aber neugierig trank sie einen Schluck des einheimischen Biers.

„Schmeckt", konstatierte sie und merkte, wie die Wärme des an sich kalten Getränks ihre Nerven beruhigte.

Ali schob ihr einen Döner entgegen und grinste.

„Kölsche Spezialität", erklärte er. „Meine Familie macht die seit vier Generationen. Den Döner gab's durch uns, ich meine, meine Vorfahren, in Köln, bevor die Eingeborenen überhaupt wussten, wie man 'Döner' schreibt!"

Die Leute lachten über Ali, zwinkerten Elena zu, und zum ersten Mal seit Langem umfing sie eine angenehme Ruhe.

Von der Südseite des Platzes marschierte ein Trupp uniformierter Männer heran, eine Hundertschaft mit Knüppeln bewaffnet, ein halbes Dutzend Offiziere hoch zu Ross ritt rücksichtslos durch die Zelte und schob Leute aus dem Weg.

„Wer ist das? Polizei?", flüsterte Elena mit einem unbehaglichen Ziehen in der Magengegend.

„Wer weiß?", murmelte Ali und rückte näher an sie heran, die Augen auf die aufmarschierenden Gestalten gerichtet.

„Sie spielen jedenfalls Polizei", sagte der Bärtige, der ihr das Bier angeboten hatte. „Jede Nacht kommen die her, wie die Aasfresser. Suchen immer jemanden oder irgendetwas. Wenn du genug Geld hast oder was zum Tauschen, lassen sie dich in Ruhe. Meistens."

Das beklemmende Gefühl wuchs in Elena. „Kann man unauffällig wegkommen?"

Der Bärtige rief Ali ein paar türkische Worte ins Ohr. Der Junge nickte und griff nach Elenas Arm. „Nimm deinen Koffer", sagte er, „bleib an mir dran. Nicht rennen – einfach gehen."

15

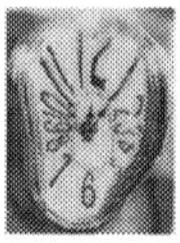

Mit routinierter Ruhe lotste Ali Elena durch das Gewimmel, bis sie an den Fuß einer Treppe kamen, die hoch zum Rathaus anstieg. Doch statt die Stufen zu nehmen, bog er abrupt in ein auffälliges rotes Haus ein, das früher ein Hotel war. Ohne ein Wort zu verlieren, stieg er in den Untergrund, wo ein verborgener Zugang zu den alten U-Bahn-Tunneln führte.

Im fahlen Licht der U-Bahn-Station schimmerten Gestalten. Flüchtlinge lagerten dort unten, Männer, Frauen und Kinder, die sich notdürftig in dunklen Ecken eingerichtet hatten.

In einer Nische am verwaisten Bahnsteig hatte jemand eine Dusche aufgebaut. Hinter ein paar zerschlissenen Vorhängen gluckerte es. Das Wasser wurde sparsam aus Kanistern in Eimer geschöpft, jeder Tropfen rationiert, aber immerhin – hier unten konnte man sich waschen.

Elena schaute sich um, der Geruch alter Steine lastete schwer auf ihr. Und doch wirkte dieser Ort wie ein Versprechen. Vielleicht war es das pulsierende Leben im Verborgenen, das eine eigene, hartnäckige Existenz führte, in ständiger Not und doch niemals ganz ausgelöscht.

„Hier schlafen wir", sagte Ali und zeigte auf einen kleinen freien Fleck zwischen zwei Frauen.

Die Nacht war still. Die kaputte Matratze unter Elena roch nach Schweiß und Staub, und die Dunkelheit im U-Bahn-Tunnel war so dicht, dass sie fast greifbar war. Doch Elena war endlich eingeschlafen – ein unruhiger, gehetzter Schlaf.

Dann begann das Summen. Es kam wie ein tiefes Zittern, kroch in ihre Glieder und riss sie aus ihrem Schlaf. Ihr Konnektron vibrierte auf dem Koffer, der als Nachttisch diente.

Als sie den Namen auf dem Bildschirm las, erstarrte sie.

Denis.

Ihr Herz setzte aus. Es fühlte sich an, als hätte ihr jemand die Luft aus den Lungen gepresst. Ihre Hände zitterten so stark, dass sie das Gerät beinahe fallen ließ.

Denis war tot. Erschlagen von den Männern ihres Onkels. Sie hatte sein lebloses Gesicht gesehen, blass und zerbrochen. Es gab keine Zweifel, keinen Raum für Hoffnung. Und doch – stand sein Name dort.

Ihre Finger waren taub, als sie die Nachricht wegwischte, ohne sie zu lesen. Ihr Kopf war ein einziger Sturm aus Gedanken: Wer wagt es, mir so etwas anzutun?

Elena setzte sich, zog die Knie an die Brust und starrte auf die Dunkelheit.

Drei Minuten später vibrierte das Konnektron erneut.

Wieder *Denis.*

Ihr Atem ging flach, ihre Gedanken überschlugen sich. Das war nicht echt. Es konnte nicht echt sein. Jemand wollte sie fertigmachen.

Und dann, beim dritten Mal, zögerte sie.

Das Konnektron vibrierte in ihrer Hand, das Licht des Displays spiegelte sich in ihren tränenfeuchten Augen. Etwas in ihr flüsterte: Vielleicht ist es wichtig.

Mit klammen Fingern öffnete sie die Nachricht.

„*Elena, entschuldige. Hier Michael. Denis hat mir deine Nummer und seine Kennung gegeben. Für den Fall der Fälle.*“

Ihr Kopf war ein Wirbel aus Verwirrung, Hoffnung und Furcht. Sie starrte auf den Text, las ihn immer wieder, während ihr Herz in ihrer Brust dröhnte.

Michael. Nicht Denis.

Aber was meinte er mit „Für den Fall der Fälle“?

Ihre Finger zögerten über den Tasten, doch schließlich tippte sie die Worte ein:

„*Beweise mir, dass du Michael bist.*“

Sekunden verstrichen, dann vibrierte das Gerät wieder. Die Antwort bestand aus einem einzigen Wort: „*Ignatius.*“

Ihre Hände zitterten, als sie das Konnektron auf den Boden legte, als könnte sie die Entscheidung, darauf zu reagieren, von sich schieben.

Irgendwo weiter im Tunnel hörte sie Wasser tropfen. Und dann hörte sie es – ein Knistern, ein seltsames Geräusch, das nicht hierher gehörte.

Ihr Blick zuckte zurück zum Konnektron. Das Display leuchtete noch, aber nun flackerte es und knisterte. Kurz. Dann lang. Ein rhythmisches Blinken. Was zur Hölle? Dachte sie, als sie das Gerät mit beiden Händen anhob. Das flackernde Licht änderte sich, formte Linien, und plötzlich erschien ein neues Wort auf dem Bildschirm: „*Vertrauen.*"

Elena schluckte. Ihr Verstand schrie. Das Konnektron konnte keine Nachrichten auf diese Weise darstellen. Es war ein simples Gerät, nicht für Manipulationen oder Spielereien gebaut. Und doch war dieses Wort da, klar und unmissverständlich. Das flackernde Licht des Konnektrons erlosch, und der Tunnel war wieder still.

Mit bebenden Händen tippte sie ein einzelnes Fragezeichen.

Die Antwort kam sofort: „*Siehst du das Echo?*"

Elena blinzelte. Plötzlich verstand sie. Das flackernde Licht – das war kein Defekt. Es war ein Teil der Sicherheitsprotokolle, die Denis entwickelt hatte. Ein Handschlag zwischen zwei Systemen, erkennbar nur für jemanden, der Denis' wahre Identität kannte.

Zum ersten Mal seit Tagen fühlte sie sich erleichtert. Trotzdem blieb eine Spur Skepsis. Oder Vorsicht. Sie würde nicht mitteilen, wo sie sich befand.

„*Meiner Berechnung nach müsstest du in Köln sein*", meldete sich das Konnektron, als hätte es ihre Gedanken gelesen. „*Wenn du zum Nürburgring willst, frage nach Marek.*"

Sie schickte wieder nur ein Zeichen zurück, diesmal ein Ausrufungszeichen. Es kam keine Antwort mehr.

Am nächsten Morgen ging es weiter mit Ali. Das Tunnelnetz schien endlos und labyrinthisch. Der Junge kannte jede Abzweigung, jeden unscheinbaren Pfad, dieses Netz aus Steinen war sein persönliches Revier. Schließlich tauchten sie an der Oberfläche auf. Ali zeigte auf ein altes

Gebäude, seine Augen glänzten. „Das war mal ein Gericht, bevor alles – na ja, bevor alles kaputtging."

Elena schaute sich um und spürte eine seltsame Beklemmung – der Dom stand zu nah. Hatten sie in dem Gewirr der Tunnel nur Kreise gedreht, wie in einem Traum, aus dem man nicht entkommen konnte?

„Ali, danke für alles", sagte sie und drückte ihm einen Hundert-Neuro-Schein in die Hand. Der Junge staunte kurz, seine Finger umklammerten das Geld fest, als könnte es jeden Moment wieder verschwinden.

„Wo willst du jetzt hin?", fragte er, ein leichtes Misstrauen in der Stimme.

„Südlich", antwortete sie knapp. „Ins verseuchte Gebiet. Ich muss meine Mutter finden."

Alis Blick verfinsterte sich, Skepsis und Sorge mischten sich auf seinem Gesicht. „Da fährt keiner hin. Und keiner, der bei Verstand ist, will dort hin. Da ist alles mit Mauern und Stacheldraht eingezäunt. Rein und raus geht keiner."

Elena nickte, bereit, sich zu verabschieden. Aber dann sagte sie: „Kennst du einen Marek?".

Alis Augen blitzten auf. „Ja", sagte er zögernd und schien die Worte abzuwägen. „Ich kenne einen Marek. Der bringt manchmal Sachen ins verstrahlte Gebiet. Da wohnen ja Menschen, die brauchen was. Essen, Wasser, Medikamente – alles, was sich einschmuggeln lässt."

Ein Funken Hoffnung flammte in ihr auf. „Glaubst du, Marek würde mich mitnehmen?"

„Weiß nicht", murmelte Ali und kratzte sich am Hinterkopf. „Der fährt lieber allein."

„Kannst du mich zu ihm bringen? Nur zeigen, mehr nicht."

Ali nickte. „Ist nicht weit."

Elena folgte ihm.

Der Morgen würde kommen, mit seinen Schatten und seinen Wahrheiten. Sie war bereit, beides zu ertragen.

16

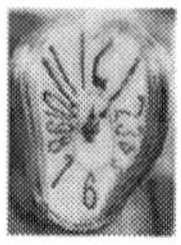

Das Eiscafé „La dolce vita“ war mehr als nur ein Laden in der Steinstraße – es war eine Zeitkapsel. Seit Jahrzehnten trotzte es dem Verfall, ein letzter Tropfen Süße in einer Welt, die längst bitter geworden war.

Das „La dolce vita“ war alles Mögliche – für manche das Herzstück ihres Daseins, ein festes Ritual im Strom des Lebens. Hier versammelte sich die pubertierende Jugend unter Schwarz-Weiß-Porträts von Anita Ekberg und Marcello Mastroianni, um das erste Zittern der Freiheit zu erleben.

Mara hatte nicht vorgehabt, Lukas zu suchen, aber ihre Mutter hatte darauf bestanden. „Er verbringt zu viel Zeit mit diesen Leuten“, hatte sie gesagt, mit einem Ton, der keine Diskussion zuließ. Und so stand Mara jetzt in der Tür der Eisdiele, dem Ort, den ihre Mutter als „Brutstätte für Unruhestifter“ bezeichnete.

Mara zog die Schultern hoch, als ob sie sich unsichtbar machen wollte, und ließ den Blick schweifen. Es dauerte nicht lange, bis sie Lukas in einer Ecke entdeckte – zusammen mit einem anderen Jungen, den sie nicht kannte. Lukas winkte ihr kurz zu, dann beugte er sich wieder über einen Blechkasten mit Drähten, der auf dem Tisch lag.

„Lukas, du solltest zu Hause sein“, sagte sie, sobald sie nah genug war. „Mama will, dass du deine Aufgaben machst.“

Lukas antwortete nicht. Stattdessen sah der Junge neben ihm auf. Er hatte dunkles, lockiges Haar und schmale Gesichtszüge. Seine Augen – hell und intensiv – musterten Mara mit einem Ausdruck, der sie aus der Fassung brachte.

„Und wer bist du?“, fragte er direkt, ohne zu lächeln. Seine Stimme war tiefer, als sie erwartet hatte.

„Mara“, sagte sie, überrascht von ihrer eigenen Nervosität. „Seine Schwester.“

„Ah.“ Der Junge nickte knapp. „Ich bin Leo. Leo Schmied.“

„Was macht ihr hier?“ Mara verschränkte die Arme, um ihre Unsicherheit zu verbergen.

„Wir arbeiten“, sagte Lukas, als wäre es das Offensichtlichste der Welt. Er tippte auf den Blechkasten.

Mara runzelte die Stirn. „Was soll das werden?“

„Verstehst du nicht“, sagte Leo.

Mara spürte, wie ihr Gesicht heiß wurde. „Kannst du nicht wissen.“

„Vielleicht nicht. Aber wenn du dich zu uns setzen willst, solltest du nicht wie ein Aufpasser klingen.“

„Will ich nicht“, sagte Mara und drehte sich um.

Was fiel diesem Leo ein, sie so anzumachen? Es war diese überhebliche Art, die sie auf die Palme brachte – dieses selbstgefällige Unterstellen, sie wüsste nichts, ohne sie auch nur ansatzweise zu kennen.

Im Hinausgehen entdeckte sie ihren alten Nachhilfelehrer. Sie war zu wütend, um ihn zu grüßen.

Jonathan nippte an seinem Cappuccino, sein anfänglicher Enthusiasmus verwandelte sich langsam in Resignation. Neben Professor Hingst sitzend wurde ihm klar, dass das „La dolce vita“ niemals das Zentrum der Chroniker werden konnte. Zu viele Augenpaare, zu viel Lachen und Geplauder.

Er hatte wie immer ein Büchlein mitgenommen: *Poetry As Insurgent Art* von Lawrence. Handsigniert. Er erinnerte sich daran, wie er es vor Jahren im City Lights Bookstore in San Francisco gekauft hatte.

Er schob das schmale Bändchen zu Professor Hingst, der über den Rand seiner Brille spähte. „Ferlinghetti“, murmelte Hingst, seine Finger streichelten vorsichtig den Einband. „Dichter der Beat-Generation. Ich hatte mal überlegt, ihn zu übersetzen. Aber nehmen Sie nur diesen Titel – 'Poesie als rebellische Kunst'. Kein Verlag hätte so etwas gedruckt.“

Jonathan nickte. „Aber das Buch enthält wunderschöne Sätze: 'Poetry is the truth that reveals all lies, the face without mascara'.“

Hingst übersetzte, ohne zu zögern: „Die Poesie ist die Wahrheit, die alle Lügen aufdeckt, ein Gesicht ohne Wimperntusche."

Er legte das Buch auf den Tisch und sah Jonathan an. „Außer uns beiden will das keiner wissen, Goldt."

„Vielleicht. Aber manchmal reicht das ja."

Jonathan schrieb gedankenverloren eine kurze Notiz an Nico, den Sohn der Martinellis. „Komm die Tage bei mir vorbei", stand darauf – nichts Verdächtiges, aber genug, um ein Gespräch zu beginnen. Er ließ die Nachricht an der Theke zurück in der Erwartung, dass sie den richtigen Weg finden würde. „Kein Problem, das machen wir gerne", war die freundliche Antwort.

„Ich will versuchen, einen Ort aufzutreiben, an dem sich die Chroniker ungestört treffen könnten", sagte Professor Hingst gedämpft, als würde das bloße Aussprechen der Idee bereits Verfolger anlocken.

„Gut", erwiderte Jonathan. „Ich werde mir Elenas Notizbuch anschauen. Da sollen die Namen der Chroniker drinstehen. Wenn ich einen Plan habe, melde ich mich."

Ein Funke Entschlossenheit glomm in ihm auf, obwohl sein Herz schwer war.

17

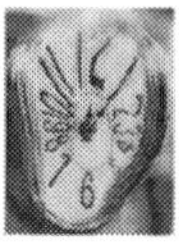

Die lebhaften Stimmen und das Lachen des Cafés klangen noch in Jonathans Kopf nach, als er in seine Wohnung zurückkehrte. Widerwillig ließ er sich vor dem Volksbildschirm nieder und sah die Staatsnachrichten. Ein endloser Strom von Kommentatoren pries den OBERSTEN PROTEKTOR für sein Rentendekret – das brutale Urteil, dass niemand, der das 77. Lebensjahr vollendet hatte, weiter Anspruch auf Unterstützung haben sollte.

Doch dann, unerwartet, kam eine Personalmitteilung aus dem engsten Machtbereich: Die OBERSTE FAMILIENPROTEKTORIN hätte ihren Rücktritt eingereicht. Der OBERSTE PROTEKTOR hätte dies mit Bedauern angenommen, hieß es, aus Pflichtbewusstsein für diese wichtige Aufgabe würde er das Ressort „Familie“ nun selbst leiten.

Da war jemand in Ungnade gefallen, das war offensichtlich. Kein Name, kein Bild, nur ein Statement, das sie aus der Geschichte ausradierte.

Er schaltete den Ton auf null, warf eine schwarze Decke über den Bildschirm und ließ sich in seinen Sessel sinken.

Elenas schwarzes Notizbuch lag wie ein verlockendes Geheimnis auf Jonathans Tisch. Er streckte die Hand aus und zog sie wieder zurück. Es war nicht der Inhalt, vor dem er sich fürchtete – nein, es war der Gedanke, dass irgendwo in seiner Wohnung Augen lauerten. Irgendein unbekannter Spion, ein stiller Zuschauer in den Wänden, der nur darauf wartete, dass Jonathan Elenas Geheimnisse offenbarte.

Er packte seinen schweren Lesesessel und hievte ihn keuchend in die am weitesten entfernte Ecke des Wohnzimmers, wo die Deckenmelder nicht hinzureichen schienen.

Das Fenster zur Straße, die Armaturen der Heizung, die unschuldige Stehlampe – alles wirkte harmlos und doch … jeder Gegenstand ein potenzieller Spion.

Jonathan setzte sich, drehte sich ein Stück weiter in die Ecke und hielt das Notizbuch an die Brust gedrückt. Hier, in diesem Winkel, wo ihn das Licht nur halb erreichte, würde er es wagen, Elenas Geheimnisse zu entdecken.

Seine Finger glitten über den Einband des Notizbuches, zögerten einen Moment, bevor sie es aufschlugen. 192 Seiten, nummeriert und punktkariert. Zwei Bändchen ragten heraus, eins blau, eins rot – wie die Farben einer Warnung, die er nicht verstand.

Im hinteren Einband gab es eine Falttasche, darin steckten ein paar zerknitterte Quittungen und ein kleines Tütchen, in dem ein winziges Büschel Haare aufbewahrt wurde, ein Zettel erklärte, dass es von Elenas Vater Karel war.

Jonathan blätterte das Buch einmal von vorn bis hinten durch. Nur die erste Hälfte war beschrieben. Was ihm sofort ins Auge fiel, war Elenas ordentliche, fast pedantische Handschrift, wie die eines braven Schulmädchens, das alles mit größter Sorgfalt dokumentierte.

Und dann, auf den Seiten verstreut, fanden sich die Namen.

Jeder Name hatte mindestens eine Seite für sich.

Denis hatte das blaue Bändchen und neun Seiten – Detail um Detail hingekritzelt wie eine Autopsie seines Lebens.

Tomas, ihr Onkel, der OBERSTE PROTEKTOR, kam mit sieben Seiten davon. Die Notizen begannen symbolträchtig auf Seite 77 – markiert mit dem roten Bändchen.

Elena hatte sehr viel über Tomas aufgeschrieben – persönliche Einblicke, bei denen ihm der Hals eng wurde, die geheime Biografie eines Dämons, der einmal menschlich gewesen war. Da waren Erinnerungen an endlose Sommer, die die junge Elena mit ihm verbracht hatte, die Abende, an denen er zur Ukulele griff und ihr Lieder vorgesungen hatte wie ein gutmütiger Onkel. Sie beschrieb die verstohlenen Blicke, die Tomas Elenas Mutter zuwarf, wenn er sich unbeobachtet wähnte. Ihre Mutter erwiderte diese Blicke nie.

Ihre Worte über Tomas' Aufstieg waren enttäuschend knapp: „Er sagte mir, er hätte eine Chance erkannt und zugegriffen."

Dann fand Jonathan sich selbst. Die erste Seite war nüchtern, fast wie ein Polizeibericht: Name, Geburtsdatum, Telefonnummer, E-Mail, Adresse, seine aktuelle Wohnsituation, frühere Wohnorte, Beruf, alles korrekt und präzise. Dann kam der persönliche Teil: „War mein Lehrer für Deutsch und Geschichte. Weiß viel. Gerecht. Pazifist. Politisch eher links. War Mitglied der Friedensbewegung. Ist altmodisch und einsam. War mal in meine Mutter verliebt."

Er zuckte zusammen, als sein Blick über diese Worte flog.

„Könnte mein Stiefvater sein – das 'Stief' war übermalt, aber noch gut lesbar. War an Leukämie erkrankt, scheint geheilt. Hat zu niedrigen Blutdruck, bewegt sich zu wenig. Hält nicht viel von NEUROPA und den neuen Machthabern."

Jonathan konnte sich nur schwer überwinden, weiterzulesen. Sie wusste so viel. Wusste sie alles?

„Hat als Student im betrunkenen Zustand die Schaufensterscheibe einer Bank eingeworfen. Trinkt keinen Alkohol mehr, vermutlich wegen der Tabletten, die er nach der Krebserkrankung nehmen muss. Hat rebellische Anwandlungen, fühlt sich aber zu alt und zu schwach, um etwas zu ändern."

Sie beschrieb Dinge, die er längst verdrängt hatte. Jugendsünden, die verjährt waren. Woher, beim Teufel, wusste sie das? Hatte sie, die Nichte des allwissenden OBERSTEN PROTEKTORS, Zugang zu Krankenakten und Polizeiarchiven?

Er brauchte einen Moment zum Nachdenken, einen klaren Kopf. Zeit, bevor er sich in etwas verrannte, das sein Leben und das vieler anderer verändern könnte.

Das letzte hastig hingeworfene Detail, Elenas letzter Eintrag zu ihm, traf ihn wie ein Ritterschlag: „Ist vielleicht doch ein Kämpfer."

18

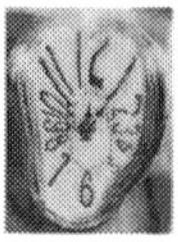

Ein grauer Morgen hing über Köln. In einer Ecke stand ein schwerfälliger Transporter. Ein Mann im schäbigen Mantel lehnte an der Karosserie und zog an einer Zigarette.

„Das ist er“, sagte Ali. „Marek. Guter Mann, wenn er dich mag. Wenn nicht …“

Ali hob die Schultern, dann lief er vor und wechselte ein paar Worte mit dem Fahrer.

Je näher Elena kam, desto mehr Einzelheiten konnte sie erkennen: die scharfkantigen Züge des Mannes, seine schmale Statur und die seltsame Ruhe, die er ausstrahlte.

„Ali sagt, du willst rein“, begann er und schüttelte die Asche von seiner Zigarette. „Weißt du, was das bedeutet? Da drin gibt's nichts für Leute wie dich, nur Staub und Tod.“

„Ich muss meine Mutter finden“, antwortete Elena.

Marek betrachtete sie lange. „Wenn ich dich mitnehme, dann nicht für einen Familienausflug. Einmal über die Grenze, und du stehst allein da.“

„Sag mir einfach, was es kostet.“

Er lachte. „Geld ist nicht das Problem. Du hast keine Ahnung, auf was du dich da drin einlässt.“

Sie zog ein kleines Bündel aus ihrer Jacke … genug, um ihn zu überzeugen – hoffte sie. „Hier. Vielleicht mehr, wenn wir heil rauskommen.“

Schließlich nickte er und warf die Kippe auf den Boden. „Okay, rein mit dir. Kein Gepäck, und wenn die Sache schiefgeht, suchst du dir deinen eigenen Weg zurück.“

„Ich habe nur diesen Koffer.“

Marek inspizierte das Gepäckstück, seine Finger glitten prüfend über das abgenutzte Leder, er klopfte leicht darauf, hörte das dumpfe Echo, das aus dem Inneren drang.

„Geht klar“, murmelte er und wies mit einem schmalen Nicken auf die Seitentür des Transporters. „Ich tu's nicht für dich. Ich tu's für Michael.“

„Was?“

„Nichts. Steig ein und mach's dir bequem. Die Fahrt wird holprig.“

Elena zögerte, dann griff sie ihren Koffer fester und kletterte in das Gefährt.

„Ich muss möglichst nah an den Nürburgring“, sagte sie.

„Weiß ich. Kein Wort mehr, sobald wir los sind“, sagte er und startete den Motor, dessen Grollen die Stille zerriss.

Schweigen fiel ihr leicht. Doch die Stille war trügerisch. Sie brachte keinen Frieden, sondern ließ ihre Gedanken ungebremst zurückkehren – immer wieder zu Denis. Und jetzt auch zu Michael.

Es war nicht fair, und das wusste sie. Denis war ein Feuer gewesen, wild und unberechenbar, ein Mensch, der jede Sekunde lebte, als sei sie die Letzte. Michael hingegen war entschlossen, aber still. Zwei Männer, verschieden wie Tag und Nacht, und doch vermischten sich ihre Bilder.

Denis war tot. Michael lebte. Und genau das machte alles so kompliziert. Dachte sie an ihn, weil er lebte? Weil sie sich an etwas klammern wollte, das noch nicht verloren war?

Sie schloss die Augen, doch das änderte nichts, sie sah ihre Gesichter, hörte ihre Stimmen. Zwei Leben – das eine erloschen, das andere voller Ungewissheit. Und sie fragte sich, ob sie jemals die Kraft finden würde, zu wählen.

Der Transporter holperte über ausgewaschene Straßen, doch Mareks Bass übertönte das Rattern. Das Redeverbot galt offensichtlich nur für Elena, nicht für ihn.

„Das verstrahlte Gebiet“, sagte er, ohne den Blick von der Straße zu nehmen, „ist kein Ort für Neugierige. Früher war es das – vor dem Mauerbau, als jeder noch dachte, das Land könnte sich erholen. Dass es Menschen schaffen könnten, mit dem Dreck, der Asche und der Strahlung zu leben.“

Elena blieb still, die Hände um den Koffer geklammert, aber Marek schien die Wirkung seiner Worte zu genießen.

„Es hat sich verändert, weißt du“, fuhr er fort. „Damals, gleich nach den Bomben, sah es aus wie eine Wüste, bis auf die Stadtgerippe und die stillen Seen. Doch der Dreck, der Staub, die ganze verfluchte Asche – das war nur der Anfang.“

Elena sah kurz zu ihm, konnte nur sein hartes Profil im Licht der Armaturen erkennen.

„Dann kamen die Ratten.“ Mareks Stimme klang so ruhig, als würde er vom Wetter reden.

„Ratten?“

Marek schnalzte mit der Zunge. „Nicht die Sorte, die du kennst. Diese hier haben Zähne wie Messer und fressen selbst Metall, wenn sie hungrig genug sind.“

Er deutete aus dem Fenster.

Und dann sah sie es: eine dunkle, sehnige Gestalt mit feuchtem, offenen Fleisch auf den Rippen, die mit glühenden Augen in ihre Richtung starrte. Ein Kratzen, ein kurzes Kreischen – und das Vieh verschwand im Schatten.

„Was sich wirklich verändert hat, ist die Bevölkerung – oder das, was noch davon übrig ist“, sagte Marek. „Seit die Mauer steht, kommen kaum noch Lebensmittel oder Medikamente rein, nur das, was ich oder andere Verrückte einschmuggeln. Wer's geschafft hat, ist zäh. Und die meisten dort haben mit den Jahren gelernt, uns nicht zu trauen.“

Er grinste und warf ihr einen gefährlichen Blick zu. „Für manche sind wir Engel, wenn wir Essen bringen. Aber die Engel, die sie früher kannten, sind längst in den Ruinen verschwunden.“

Elena schluckte. „Und wenn sie die Grenze überwinden wollen? Was passiert dann?“

Marek lachte trocken und schüttelte den Kopf. „Glaub mir, wenn einer von denen bis an die Mauer kommt, ist er so gut wie tot. Die Wachen schießen. Keine Fragen. Die meisten Menschen da drin haben akzeptiert, dass sie nicht rauskommen. Aber die Hoffnung stirbt ja bekanntlich zuletzt.“

Marek legte eine Hand auf das Lenkrad, schob den Gang scharf herunter, und der Transporter holperte noch ein Stück. Schließlich stoppte er den Wagen und nickte zu einem weit entfernten Streifen, der in der Ferne aufragte – eine Mauer aus dicken, grauen Steinen, die bedrohlich aus dem kargen Boden ragte und sich endlos nach links und rechts erstreckte.

„Die Grenze", sagte er, und Angst schlich sich in Elenas Nacken. „Mach dich bereit. Das war der leichte Teil."

„Ich sehe keinen Grenzübergang."

„Den gibt es nicht. Hier nicht. Nicht offiziell. Ich muss ein kleines Stück weiter, dann … vielleicht."

Marek fuhr langsam einen Hügel hinauf.

„Da drüben", murmelte er, „das sind die Aschefelder. So nennt man diese Sperrgebiete offiziell. Und doch leben dort Menschen, die so schwer gezeichnet sind, dass du dir keine Vorstellung davon machen kannst. 'Die Verstrahlten,' sagt man, wenn überhaupt jemand über sie spricht."

Er ließ den Satz hängen, als wäre er selbst ein Schatten, der sich in ihr Bewusstsein schlich. „Diese Leute haben keine Rechte, kein Leben. Offiziell gibt es sie nicht einmal. Die Regierung wischt sie aus jeder Statistik, jeder Erinnerung. Im großen Plan von NEUROPA sind sie bloß Fehler im System, die man versteckt, bis sie von selbst verschwinden."

Elena zog den Mantel enger um sich. Sie spürte Mareks Blicke, die forschend über sie glitten, als wollte er sehen, wie viel sie ertragen konnte.

„Weißt du, was es heißt, wirklich vergessen zu sein?", fragte er. „Nicht einfach nur ignoriert, sondern als Mensch komplett aus der Gesellschaft gelöscht zu werden. Diese Leute, die Verstrahlten – sie vegetieren dahin zwischen verbrannten Bäumen und zerfallenen Ruinen, vergessen und gestrandet in einer ewigen Dämmerung. Jeder Tag ist ein Kampf ums Überleben. Essen? Kommt alle paar Wochen. Sauberes Wasser? Nur ein ferner Traum."

„Das klingt nach … nach der Hölle", flüsterte Elena, die sich selbst erschrak, wie leise sie war.

„Es ist schlimmer als die Hölle, weißt du, weil sie noch da sind. Gefangen zwischen Tod und Leben, in einem Zustand, der alles

Menschliche auslöscht.“ Er hielt inne, suchte nach Worten, die selbst die grausame Wahrheit nicht fassen konnten. „Die Strahlung … sie hat sie gezeichnet. Entstellt. Körper und Seele. Manche sind keine Menschen mehr, sondern … nur noch Gespenster ihrer selbst.“

Elena sah in die graue Landschaft. In ihrem Geist formte sich das Bild der Verstrahlten, der Menschen, die die Nation vergessen hatte – deformiert, ausgebrannt, versteinert.

„Die Mauer“, flüsterte Marek, „ist so hoch und fest, als wäre sie das Ende der Welt. Sie trennt die Menschen von den Schatten, die Lebenden von den Toten.“

Elena spürte, wie sich ein schweres Gefühl in ihrer Brust ausbreitete, ein dumpfer Schmerz, der sie auf das vorbereitete, was auf der anderen Seite lag.

19

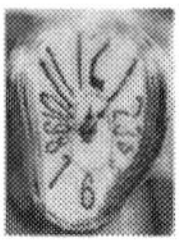

„Wir sind fast da", murmelte Marek und ließ den Transporter vor einem trostlosen Mauerstück zum Stehen kommen.

Das Atomwarnzeichen prangte grell auf dem grauen Beton – ein kleiner schwarzer Kreis umgeben von drei schwarzen Flügeln auf gelbem Grund – und darunter eine kryptische Zahl als Markierung.
Ein Standort? Ein Code? Elena wusste es nicht, aber sie spürte, dass hier die Regeln endeten.

Marek setzte sich weiße Kopfhörer ins Ohr, mit denen er telefonieren konnte, und begann zu rappen.

Elena blinzelte verwirrt.

Aber dann verstand sie: Das waren gesungene Nachrichten.

„Mach dich bereit", zischte Marek. „Wenn es losgeht, gibt's kein Zögern. Du gehst rüber. Von mir gehen drei Kartons mit."

„Und wie komme ich zurück?" Ihre Stimme klang dünner, als sie wollte. „Wann holst du mich?"

„In drei Tagen", sagte Marek knapp. „Selber Ort, selbe Zeit. Ich werde hier sein, aber ob du auch da sein wirst …"

Lärm brach von jenseits der Mauer durch die Stille. Ein dumpfes Dröhnen gefolgt vom Kreischen schweren Metalls.

Elena hielt den Atem an. Im nächsten Moment ragte der gewaltige Greifarm eines Baggers über die Mauerkrone, senkte sich auf ihrer Seite herab, bis die mächtige Schaufel einen Meter über dem Boden schwebte.

„Raus! Ab in den Löffel!"

Marek schrie, und Elena gehorchte, noch bevor sie wusste, warum.

Der Koffer schlug gegen ihre Beine. Dann kletterte sie hinein. Ein Ruck – ein dumpfer Schlag – die Kartons krachten hinter ihr auf den Metallboden.

Dann – Bewegung.

Die Schaufel sprang in die Höhe, schwenkte über die Mauer, und bevor sie es überhaupt verarbeiten konnte, befand sich Elena auf der anderen Seite in den verbotenen Aschefeldern, umhüllt vom Atem des Todes.

Von kräftigen Armen wurde sie in einen Schutzanzug gehüllt und zu einem Pkw geschleppt. „Mein Koffer!“, rief sie, eine zweite Gestalt, vermummt in Maske und Anzug, warf ihren Koffer wortlos auf die Rücksitze. Mareks drei Kartons verschwanden in einem anderen Wagen, der ein Stück entfernt bereitstand.

Aus der Ferne drangen Schüsse herüber, das scharfe Knallen wurde lauter und lauter, wie ein drohendes Herzklopfen, das näher an sie herankam.

„Anschnallen!“ Der Befehl kam vom Fahrersitz und eindeutig von einer Frau, maskiert und im Schutzanzug. Sie wartete nicht ab, ob Elena gehorchte – sie trat das Gaspedal durch, und der Wagen schoss nach vorne wie ein Sportwagen, so abrupt, dass Elena vor Schreck fast das Herz stehenblieb.

Im Rückspiegel sah sie den zweiten Wagen mit Mareks Kartons, wie er gemächlich in die entgegengesetzte Richtung davonrollte. Er fuhr viel langsamer, fast so, als würde er gleich stehen bleiben, weil der Motor stotterte.

Die Verfolger, eine Art bewaffnete Militärpolizei, stoppten, die Nasen in die Luft gereckt, die Helme schwer und starr wie Raubvögel – und entschieden sich dann für das leichtere Ziel. Ihre Sirenen heulten auf, und sie jagten dem langsamen Wagen hinterher.

Als die Militärpolizei sich schon so dicht hinter der vermeintlichen Rostlaube befand, dass sie die Löcher im Lack hätte zählen können, schoss das Ding wie vom Teufel getrieben nach vorn.

Elenas Fahrerin sah das Manöver, und ein zufriedenes Grinsen breitete sich auf ihrem Gesicht aus, bevor sie laut auflachte. „Gewonnen!“

Während der Wagen durch die graue Einöde raste, in der die Sonne nur ein fahler Fleck hinter dem bleiernen Himmel war, starrte Elena aus dem Fenster. Der tote, vernarbte Boden draußen dehnte sich endlos.

Sie schaute rüber zur Fahrerin. Sie wirkte sehr jung. Unter der Gesichtsmaske, auf der ein blaues X prangte, quoll blondes Haar hervor. Frau X hatte nur Augen für die Piste, lenkte mit höchster Konzentration, da war kein Platz für Konversation, sondern Stille, untermalt vom gleichmäßigen Brummen des Motors.

Elena ließ ihre Gedanken wandern. Die letzte Nachricht ihrer Mutter war nur ein flüchtiger Satz gewesen: „Bin in der Nähe des Rings." Mehr hatte sie nicht gesagt. Doch in diesem Satz lag alles, was Elena brauchte – ein Funke Hoffnung, der sie durch diese zerstörte Hölle führte.

Ungewissheit kroch in ihr hoch, ein stetiges Flüstern. Was, wenn sie in drei Tagen hier nicht wieder rauskäme? Was, wenn die Militärpolizei sie erwischte? Was, wenn ihre Mutter längst … Sie schob den Gedanken beiseite und blickte nach vorn, hart und entschlossen. Sie war nicht mehr das Mädchen, das durch die zerfallenen Straßen von NEUROPA geschlendert war, das sich hinter den Sicherheitszonen der neuen Elite versteckte.

Die Aschefelder verschlangen alles – Erinnerungen, Namen, Identitäten. Jetzt war sie hier, auf der Spur ihrer Vergangenheit. Und mit jedem Schritt verlor sie ein Stück von sich selbst.

20

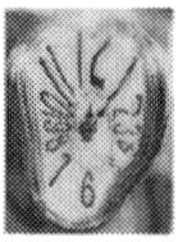

Jonathan saß in seiner abgedunkelten Wohnung, das schwarze Notizbuch vor sich.

Der Code wirkte harmlos – doch Jonathan wusste, dass in NEUROPA scheinbar harmlose Dinge selten wirklich harmlos waren.

Ein Link.

Fast automatisch griff er nach seinem alten Tablet, schaltete es ein und gab die Zeichen ein.

Der Verbindungsaufbau dauerte quälend lange. Auf einmal tauchte ein nahezu steriles Büro auf – die Kamera filmte aus niedriger Perspektive und zielte auf einen luxuriösen Schreibtisch, auf dem eine neuropäische Flagge stand. Die Sicht war nicht vollständig, doch Jonathan erkannte genug, um zu wissen, dass er gerade Einblick in das Herz der Macht hatte.

Eine Stimme erklang, rau und befehlend. „Das Rentendekret ist ein Anfang“, sagte der OBERSTE PROTEKTOR, und jedes Wort hallte mit kalter Entschlossenheit nach. „Die Ausführungsverordnungen müssen sicherstellen, dass kein 77-Jähriger unnötig Kosten verursacht. Renten- und Pensionsstopp reichen nicht. Die Alten müssen komplett ausgelöscht werden, statistisch wie physisch.“

Eine andere Stimme, wohl die eines Beraters. „Wie sollen wir das durchführen? Ein Vorgehen in dieser … Form könnte Fragen aufwerfen.“

„Dann lassen Sie sich Antworten einfallen! Wir könnten einen Orden für die Alten einführen. Jeder, der 77 Jahre alt wird, bekommt einen Ehreneintrag auf der Lichtwand.“

„Aber die ist doch den Toten vorbehalten“, sagte der unsichtbare Berater.

„Stimmt, ist vielleicht die noch bessere Idee.“

„Was meinen Sie?“

„Vielleicht sollten wir dafür sorgen, dass es eine Ehre ist, mit 77 fürs Vaterland zu sterben."

Der unsichtbare Berater murmelte etwas, das Jonathan nicht verstand. Der Ledersessel knirschte, als er sich instinktiv nach vorne beugte, um näher ans Geschehen zu rücken.

Der OBERSTE PROTEKTOR sprach wieder. „Wir müssen vorsichtig agieren, Schritt für Schritt, aber entschlossen. Wir sollten alles vermeiden, was in der Öffentlichkeit als direkte Entwürdigung der Alten gewertet werden könnte. Wir müssen die Alten ehren. Sie haben viel für unser Land getan. Aber 77 Jahre sind genug. Sie haben es verdient, nicht weiter ausgebeutet zu werden. Und die Gesellschaft wird entlastet. Wir setzen da an, wo die Kosten am höchsten sind. Krankenversorgung, Pflegeheime, alle stationären Einrichtungen. Jeder 77-Jährige hat keinen Anspruch auf Behandlung mehr. Stattdessen wird er auf allen Listen als 'abgeschrieben' vermerkt. Und wir schaffen spezielle, sagen wir … Institutionen. Wie die Große Taufe."

Jonathan glaubte, die Worte würden ihn erdrücken. „Abgeschrieben." Ein Wort, das ihm die Luft aus den Lungen saugte. „Institutionen". „Große Taufe". Moderne Ausdrücke seelenloser, bürokratischer Barbarei.

„Wir dürfen nicht zu langsam sein", fuhr der OBERSTE PROTEKTOR fort. „Die Maßnahmen müssen Schlag auf Schlag kommen, damit die Leute erst gar keine Zeit finden, über die Folgen einer Maßnahme nachzudenken, weil schon die nächste Maßnahme da ist."

Der OBERSTE PROTEKTOR lehnte sich zurück, seine Augen zu Schlitzen verengt. „Gibt es Widerstand?"

„Nicht wirklich", antwortete der Ratgeber. „Ihre Nichte hat mir etwas Sorgen bereitet, aber ich denke, mit Denis haben wir auch ihre kruden Ideen ausgeschaltet."

Der OBERSTE PROTEKTOR ließ ein bösartiges Lachen hören, das schnell verstummte, als er fortfuhr: „Sie ist verschwunden. Ich will, dass ihr sie verfolgt. Ich will wissen, wo sie ist, was sie tut. Ich habe kein gutes Gefühl bei dieser Sache."

Der Ratgeber nickte, die Nervosität nicht verbergend. „Meine Leute haben sie schon im Auge."

„Wenn sie irgendeinen Schritt in die falsche Richtung macht …“ Er ließ den Satz unbeendet, aber das scharfe Knirschen seiner Zähne verriet alles.

Der Ratgeber neigte den Kopf. „Ich werde es veranlassen.“

Nach einer kleinen Pause sagte der OBERSTE PROTEKTOR: „Gut. Danke, Wieland. Zurück an die Arbeit. Wo waren wir?“

„Bei den schnellen Maßnahmen, die Schlag auf Schlag kommen müssen. Wir könnten den Rentenstopp rückwirkend einführen.“

„Wie das?“

„Sie haben das Dekret am 7.7. verkündet, alle glauben, dass erst die Zahlung für August ausfällt, wir könnten das rückwirkend für Juli in Kraft setzen. Technisch ist es kein Problem, das Geld zurückzubuchen für alle, die ihre Bezüge schon am Monatsanfang bekommen haben. Das Geld für Monatsmitte und Monatsende wird erst gar nicht mehr ausbezahlt.“

„Warum ist das so kompliziert? Warum bekommen nicht alle Rentner und Pensionäre ihr Geld am Monatsanfang?“

„Das ist vor vielen Jahren umgestellt worden.“

„Wenn wir ab jetzt keine Rente ab siebenundsiebzig mehr bezahlen, dann sparen wir viel Geld. Also lassen wir ab sofort alle Altersbezüge am Monatsanfang auszahlen, das hebt die Stimmung im Volk und wird uns weniger Gegenwind beim Rentenstopp einbringen.“

Der OBERSTE PROTEKTOR murmelte etwas zur Seite, Jonathan verstand nur das Wort „zufrieden“. Dann hörte er ihn wieder klar und deutlich: „Wir brauchen eine Kommunikationsstrategie – die Kirche könnte uns helfen.“ Er senkte seine Stimme, und der nächste Satz kroch wie ein Hauch von Tod über den Volksbildschirm. „Fürsorge ist ab sofort der Gnade der Jugend vorbehalten. Die Alten haben ihre Rechte verwirkt. Wir müssen ihr Vermögen einziehen. Wir müssen sie aus ihren Wohnungen entfernen und diese für junge Familien freimachen. Unsere Nation wird jung sein, oder sie wird nicht sein.“

Jonathan saß da, starr, seine Hände eiskalt und zittrig. Der Schweiß stand ihm auf der Stirn, doch die Worte hallten weiter, gnadenlos und präzise. Wenn er das berichtete, wer würde ihm glauben?

Er nahm das schwarze Büchlein. Wer war der Berater, wer war dieser Wieland? Der OBERSTE JUGENDPROTEKTOR hieß Wieland Mendel, der musste es sein.

Jonathan wurde durch eine Bewegung auf dem Bildschirm unterbrochen. Eine Stimme, die er noch nicht gehört hatte, sagte: „Die FAMILIENPROTEKTORIN ist jetzt da."

„Sie meinen, die ehemalige FAMILIENPROTEKTORIN", korrigierte der OBERSTE PROTEKTOR, „ich lasse bitten."

Im Hintergrund waren Geräusche zu hören, eine größere Menschengruppe musste eingetreten sein.

„Angela", sagte der OBERSTE PROTEKTOR hörbar süffisant, „Danke, dass du dir Zeit für mich nehmen konntest."

„Du hast mich herzitiert, Tomas, was sollte ich da anderes tun, also spar dir unnötige Worte. Du hast mich entlassen, ohne mit mir darüber zu reden."

„Du hast also wirklich keine Ahnung?"

„Habe ich schon. Du warst ja auf der Party recht deutlich."

„Ich will dir was zeigen", sagte der OBERSTE PROTEKTOR, gab ein Zeichen, und auf dem Bildschirm im Amtszimmer, den Jonathan zur Hälfte einsehen konnte, erschien eine merkwürdige Szenerie, verängstigte alte Frauen wurden über eine Bühne getrieben, eine Horde junger Männer tanzte um sie herum und rief „Ausziehen, ausziehen, ausziehen", und die alten Frauen gehorchten.

„Wie findest du das?", fragte der OBERSTE PROTEKTOR.

„Es war ein Fehler", sagte die ehemalige OBERSTE FAMILIENPROTEKTORIN.

„Das reicht mir nicht. Ich sage: Ausziehen!"

„Wer, ich?"

„Ausziehen, ausziehen, ausziehen!", wiederholte der Staatschef synchron mit den Stimmen auf dem Video.

Die Menge, die mit der FAMILIENPROTEKTORIN ins Zimmer geströmt war, vorwiegend Männer, grölte jetzt ebenfalls die „Ausziehen"-Parolen.

Vermutlich fand gerade tatsächlich ein Striptease statt, den Jonathan nicht sehen konnte und auch nicht sehen wollte.

„Wie fühlt sich das an?“, fragte der OBERSTE PROTEKTOR.

„Ich schäme mich“, sagte die Frauenstimme.

„Es ist entwürdigend“, sagte der OBERSTE PROTEKTOR.

„Ja, entwürdigend.“

„Ich will, dass so etwas nie wieder vorkommt. Unsere Altenpolitik ist kompliziert genug, wir dürfen nichts tun, was die Menschen unnötig gegen uns aufbringen könnte. Wir ehren die Alten, bis sie 77 Jahre alt sind. Dann haben sie ein würdevolles Ende verdient. Ein sauberes Ende.“

Die Übertragung stockte ein wenig, undefinierbare Geräusche kamen aus dem Tablet-Lautsprecher, ehe der OBERSTE PROTEKTOR wieder zu hören war: „Ich habe noch nicht gesagt, dass du dich anziehen darfst.“

Auf dem Bildschirm lief weiter der Party-Film, inzwischen ohne Ton. Zu den alten nackten Frauen kamen tanzende junge Mädchen in der Uniform der NEUEN JUGEND, einige begannen, ihre Oberteile abzulegen, in der zweiten Reihe, Jonathan registrierte es mit Entsetzen, erkannte er Mara, die verstört auf der Bühne umherwankte.

Die Stille im Büro des OBERSTEN PROTEKTORS wurde von der Frauenstimme unterbrochen: „Was hast du mit mir vor?“

„Nichts weiter. Es wäre gut, wenn du vielleicht etwas weiter wegziehen würdest, damit es zwischen uns nicht wieder zu Missverständnissen kommt. Und zieh' dir endlich was an.“

Dieser machtgeile Mann hatte keinerlei Hemmungen. Jonathan brach die Übertragung ab, als könnte er die Schrecken damit aussperren. Aber die Worte und Bilder blieben.

21

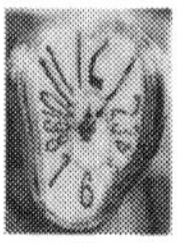

Im Dock am unteren Rand des Tablets erschien eine rote „1“ über einem unscheinbaren Icon – eine ungelesene Mitteilung. Das Programm hieß „eFolio plus“, eine App der Regierung.

Ursprünglich sollte sie Sprachregelungen in die eFolios einschleusen, Änderungen in die Köpfe einbrennen. Jetzt sollten die Änderungen nahtlos in den eFolios auftauchen, ohne dass jemand es bemerkte.

Die App war für „nutzlos“ erklärt worden. Jonathan hatte sie dennoch behalten. Alte und neue Textversionen ließen sich damit anzeigen, ein Fenster in die Umdeutung der Worte.

Die Mitteilung überraschte ihn: Die Änderung bezog sich auf die *Lutherbibel* – auf eine Stelle im Neuen Testament, Markus 10,14.

Jonathan las die neue, regierungskonforme Version: „Lasset die Alten zu mir kommen und wehret ihnen nicht, denn solchen gehört das Reich Gottes.“

Er öffnete das Original: „Lasset die Kinder zu mir kommen und wehret ihnen nicht …“

Natürlich – es war das Wort „Kinder“ gewesen. Eine Wahrheit, so fest wie ein Fels, seit Jahrhunderten unverändert, bis jetzt.

Jonathan schrieb eine Mail an Professor Hingst: „Überprüfen Sie Ihre Bibel-eFolios. In meiner Luther-Ausgabe steht neuerdings: 'Lasset die Alten zu mir kommen'. Ich fürchte das Schlimmste. Können wir uns treffen?“

Hingst wusste die Lutherbibel wahrscheinlich auswendig – selbst wer sie nicht gelesen hatte, kannte den Vers. „Lasset die Kinder zu mir kommen“. Glaubte die Regierung wirklich, sie könnte das umschreiben, erst im Text, dann in den Köpfen?

Ein Gedanke bohrte sich in Jonathans Gehirn. Irgendwo hatte er gelesen: „Es ist leichter, eine Lüge zu glauben, die man hundertmal gehört hat, als eine Wahrheit, die man noch nie gehört hat.“ Goebbels, der Nazi-Propagandist, hatte sogar formuliert: „Wenn man eine große Lüge erzählt und sie oft genug wiederholt, dann werden die Leute sie am Ende glauben.“

Ein Benachrichtigungston riss Jonathan aus seinen Gedanken. Professor Hingst hatte geantwortet: „Nicht nur die Lutherbibel, alle Bibeln in meinem Besitz sind betroffen. Ich bin es auch.“ Ein typischer Hingst, dachte Jonathan – sich ein solches Wortspiel nicht entgehen zu lassen. Die Mail endete: „Wir sollten reden. AMV lädt uns zum Rotwein ein. Übermorgen Abend, 19 Uhr. Du weißt, wo?“

AMV – das war Ariane-Maria Vondergaard. Elenas Notizbuch verriet ihre Privatadresse und ein paar Kommentare: „Elegant, kunstsinnig, eine Dame.“ Auch eine beiläufige Bemerkung: „Umwerfend schönes Lächeln mit perfekten Zähnen.“

Hingst hingegen, so las Jonathan, war „ein Weinkenner mit eigenem Vorrat.“ Vielleicht könnte der Abend mit AMV und Hingst der Anfang von etwas sein. Und so mailte er zurück: „Ich weiß, wo. AMV, übermorgen 19 Uhr. Für mich nur Wasser.“

Jonathan starrte auf den Computer-Bildschirm, seine Finger schwebten zögernd über der Tastatur, bevor er noch einmal auf den Link klickte, der ihm Einblicke in das Arbeitszimmer des OBERSTEN PROTEKTORS gewährt hatte. Doch diesmal erschien kein fahriges Bild, kein kaltes Büro voller bedrohlicher Stimmen. Stattdessen prangte auf dem Bildschirm nur eine knappe Nachricht: „Sendebetrieb eingestellt.“

Die Worte schienen schwer in der Luft zu hängen – wie eine Warnung. Die Wanze war entdeckt worden. Was, wenn sie herausfanden, von wo aus sie abgerufen worden war?

22

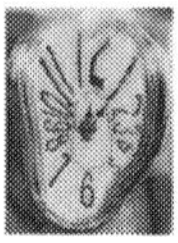

Mara ließ die Fernbedienung durch die Programme auf ihrem Volksbildschirm springen.

„Schwesterlein!“ Lukas' Stimme riss sie aus ihrer Lethargie. Er stürmte ins Zimmer und blieb vor ihr stehen. „Ich brauche deine Hilfe.“

Sie blickte auf, skeptisch. „Mit was? Mit Mathe?“

„Nein, das mach ich allein.“ Lukas grinste, fast zu breit. „Es geht um was anderes. Komm mit.“

Bevor sie widersprechen konnte, zog er sie aus ihrem Stuhl. Sie folgte ihm widerwillig in den Hinterhof des Wohnhauses, wo Leo wartete – die ramponierte Metallbox in den Händen, die Mara schon im „La dolce vita“ gesehen hatte. Sie sah aus wie ein alter Verteilerkasten, verrostet und voller Dellen.

„Wofür soll das gut sein?“

„Für den Spaß“, sagte Leo und grinste.

Als er sah, dass Mara nicht lachte, wurde sein Ton ernster. „Lukas hat gesagt, du bist kreativ.“

„Was genau baut ihr da?“ Mara spürte, wie sich ihre Stirn in Falten legte.

„Es ist ein Empfänger“, sagte Lukas, bevor Leo antworten konnte. „Ein modifizierter Empfänger. Und ein Sender.“

„Er meint, dass wir damit verschlüsselte Botschaften abfangen können.“ Leo sah sie an, seine Augen prüfend. „Wahrscheinlich hast du noch nie daran gedacht, dass es außerhalb der offiziellen Kanäle etwas zu hören gibt, oder?“

„Das ist nicht mein Bereich“, sagte Mara scharf. „Und wieso sollte ich euch überhaupt helfen?“

Leo musterte sie. „Weil ich glaube, dass du klüger bist, als du vorgibst zu sein. Du spielst nach den Regeln, klar. Aber du bist nicht glücklich dabei. Oder?“

Mara blinzelte, überrascht von seiner Direktheit. „Du weißt gar nichts über mich.“

„Vielleicht nicht.“ Leo zuckte mit den Schultern. „Aber ich sehe Dinge. Und du bist nicht so überzeugt, wie du vorgibst.“

„Ich sehe, dass ihr etwas Illegales vorhabt“, sagte Mara scharf. „Ihr erwartet, dass ich da mitmache? Ich bin nur hier, weil Lukas gesagt hat, er braucht Hilfe.“

„Genau“, sagte Lukas. „Wir wollen das Ding tarnen. Es darf nicht so aussehen, als wäre es … na ja, das hier.“ Er deutete auf den ramponierten Kasten. „Das ist dein Bereich, Mara. Du bist doch immer so gut im Kreativen.“

„Was soll ich denn damit?“ Mara beugte sich skeptisch über den Tisch. „Ein Kunstwerk daraus machen?“

„Nein“, sagte Leo. „Aber vielleicht kannst du es so unauffällig tarnen, dass niemand zweimal hinsieht.“

Mara musterte den Kasten. Er war nicht nur hässlich, sondern auch groß. Das wird niemals unauffällig aussehen. Es sei denn. „Wie wäre es, wenn wir es in eine Tasche packen?“, sagte sie, ihre Augen leuchteten auf. „Oder einen Rucksack. Niemand wird zweimal hinschauen, wenn ich damit durch die Straßen gehe.“

Lukas und Leo starrten sie an.

„Ein Rucksack?“ wiederholte Lukas.

„Ja“, sagte Mara mit Nachdruck. „Denk nach. Jeder hat so was. Niemand erwartet, dass da etwas Gefährliches drin ist – vor allem, wenn es schick aussieht. Ich könnte ein Fach einbauen, um die Kabel zu verstecken.“

Leo wirkte nachdenklich. „Wenn du es hinkriegst, das Ding nicht wie einen Frankenstein-Computer aussehen zu lassen.“

Mara schnaubte. „Vertrau mir. Aber ihr müsst mir ein paar Sachen besorgen – Stoff, Kleber, ein paar alte Accessoires, um es glaubhaft zu machen.“

Sie zog einen pinken Rucksack aus ihrer Sammlung hervor.

Lukas protestierte: „Bitte nicht diese Farbe.“

Mara blieb stur: „Dieses alte Stück – oder nichts.“

Sie schnitt den Rucksack auf, steckte Fächer ab, brachte einen zusätzlichen Ledergriff an, damit man den Rucksack auch wie eine Tasche tragen konnte.

Leo beobachtete sie, bis er schließlich sagte: „Du bist wirklich gut darin.“

Mara hielt inne. „Das überrascht dich?“

„Nein“, antwortete er, doch in seinem Ton lag etwas anderes. „Ich glaube nur nicht, dass du das oft machst – Dinge erschaffen, meine ich. Du wirkst wie jemand, der immer nach den Regeln lebt.“

„Und wenn schon?“, fragte sie und versuchte, die Hitze in ihren Wangen zu ignorieren.

Leo zuckte mit den Schultern. „Manchmal ist es gut, die Regeln zu brechen. Vielleicht wäre es Zeit, das öfter zu tun.“

Als Mara den fertigen Rucksack auf den Tisch legte, umspielte ein kleines Lächeln ihre Lippen.

Leo sah sie an. „Ich bin beeindruckt. Danke.“

„Du hast doch gesagt, ich soll kreativ sein“, erwiderte sie, ein Hauch von Trotz in ihrer Stimme.

Leos Blick ruhte auf ihr, prüfend, unerwartet weich.

Vielleicht war das der Moment, in dem etwas begann.

Etwas, das sie noch nicht benennen konnte.

23

Der Wagen raste durch das Ödland. Elenas Blick schweifte aus dem Fenster – und sie wünschte, sie hätte es nicht getan.

Die Schattenfelder. Ein Ort, der offiziell nicht existierte. Zwischen den Ruinen und toten Bäumen waren Bewegungen zu erahnen. Nicht richtig menschlich, nicht völlig tierisch. Schatten, die sich wanden, kauerten, taumelten.

Miss X sagte nichts. Vielleicht hatte sie sich längst daran gewöhnt.

Elenas Hände verkrampften sich auf ihren Knien. Sie wollte nicht wissen, wie lange diese Wesen hier schon lebten.

Oder ob „leben" überhaupt das richtige Wort war.

Das Bild verschwand. Doch Elenas Gedanken nahmen es mit.

Miss X trat auf die Bremse, mit einem scharfen Quietschen stoppte der Wagen. Elena hielt den Atem an, ein Schatten huschte über die Straße – ein Hund, oder das, was von einem Hund geblieben war. Zwei Köpfe, die zuckend in verschiedene Richtungen schnappten, ragten aus einem ledrigen, nackten Rücken, durchzogen von Muskelsträngen, die wie gesprungene Drähte wirkten. Das Wesen verschwand im Skelett eines Hauses, ein knurrendes Hecheln hallte lange nach, ehe das Tier im Halbdunkel untertauchte.

„Willkommen in der Hölle", murmelte Miss X.

Sie deutete auf ein paar Vögel, die über die Straße flatterten. Ihre Federn glommen im Dunkeln, ein giftiges Grün, das sie wie Geistererscheinungen aussehen ließ. „Nachtvögel", sagte Miss X. „Leuchten seit dem Krieg. Sie jagen alles, was kleiner ist als sie."

Ein unheilvolles Scharren kam aus dem Inneren eines Gebäudes in der Nähe, und als sie weiterfuhren, sah Elena ein riesiges Tier aufblitzen – eine Ratte, so groß wie ein Wolfshund, die mit rot leuchtenden Augen auf sie starrte.

„Nicht anhalten, Miss X“, murmelte Elena. Der Koffer mit all ihrem Hab und Gut drückte schwer auf ihrem Schoß, und sie hielt ihn umklammert wie ein Schutzschild gegen das Reich des Teufels.

Die Bauten des Nürburgrings kamen in Sichtweite. Es gab Überlebende in den Ruinen, Menschen, die trotz allem durchgehalten hatten oder die, wie ihre Mutter, freiwillig hierhergekommen waren.

Aber waren das noch Menschen? Oder nur sich bewegende Gespenster, die ein verseuchter Boden hervorgebracht hatte?

„Was auch immer du hier suchst, Mädchen“, sagte Miss X, ohne sie anzusehen, „ich hoffe, es ist das wert.“

„Ich suche meine Mutter“, sagte Elena, „das ist es wert.“

Miss X trat auf die Bremse und ließ den Motor kurz röhren, bevor sie ihn abstellte. „Endstation, raus mit dir“, sagte sie knapp, ohne den Blick abzuwenden.

Elena blinzelte in das gleißende Licht vor ihr und konnte kaum glauben, was sie sah. Es glitzerte und funkelte um die Überreste der ehemaligen Start-Ziel-Geraden herum, ein Stück Las Vegas aus der Asche auferstanden.

Dort stand ein falscher Eiffelturm neben einem Club namens „Moulin Rouge.“ Gläserne Pyramiden schillerten in Regenbogenfarben, dahinter eine begehbare Nachbildung von Kleopatras Grab, das in der Wirklichkeit noch niemand gefunden hatte.

Das Empire State Building war gleich nebenan, und Broadway-Theater mit knallenden Neonlichtern reihten sich die Straßen entlang.

Es herrschte ein wildes Gedränge aus Menschen und bizarren Gestalten. An jeder Ecke standen Street-Food-Wagen, meterlange Stretch-Limousinen chauffierten Partygäste von einer Attraktion zur nächsten.

Ein gigantisches Riesenrad überragte das Chaos und schickte bunte Scheinwerfer und Entzückensschreie in den Himmel.

Mit ihrem alten Koffer stand Elena da, verloren und farblos, wie ein Fremdkörper, der sich zwischen die leuchtenden Figuren und glitzernden Fassaden verirrt hatte. Niemand nahm Notiz von ihr.

Miss X musterte sie mit einem mitleidigen Blick. „Was ist? Willst du Wurzeln schlagen?“

„Gibt es hier auch ruhigere Gegenden?“, fragte Elena.

Miss X schnaubte. „Ruhigere Gegenden? Klar, die gibt's, aber das sind nicht die Ecken, wo du landen willst."

„Und wo wohnst du?", hakte Elena nach.

„Das geht dich nichts an", knurrte Miss X. „Ich habe dich hierhergebracht. Das reicht."

Sie setzte sich in den Wagen, startete den Motor.

„Und wie komme ich zurück?", rief Elena.

„In drei Tagen. Punkt acht Uhr morgens, genau hier", rief Miss X über den Motorenlärm hinweg. „Und wenn du nicht da bist … tja, dann nicht."

„Aber warte mal!", rief Elena. „Wie heißt du eigentlich?"

„Miss X passt schon." Sie lachte, zeigte Elena den Mittelfinger und verschwand in einer Wolke aus Staub und grellen Lichtern.

24

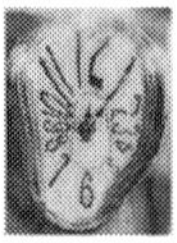

Elena nahm ihr Handy, die Finger klebrig vor Schweiß und Schmutz. Sie wählte die letzte Nummer, die ihre Mutter benutzt hatte. Der Verbindungsaufbau zog sich hin, die Stille der Leitung schnitt tiefer in ihre Nerven, als jeder Lärm es gekonnt hätte. Ihre Finger kribbelten. Dann, nach einer Ewigkeit, kam das Freizeichen.

Einmal. Zweimal. Das Geräusch war so klar, so unheimlich einsam, dass es in ihrem Kopf nachhallte, wie Schritte in einem endlosen Korridor. Zehn Sekunden vergingen. Zwanzig. Als sie aufgeben wollte, hörte sie es – ein Flüstern, so vorsichtig und flach, dass es kaum existierte.

„Ja?“ Nur ein einziges Wort, ein Hauch, aber es war genug.

„Mutter“, sagte Elena, ihre Stimme zitterte, ihre Hand krallte sich wie ein Schraubstock um das Handy. „Ich bin hier. Am Nürburgring. Direkt beim … Eiffelturm. Wo bist du?“

Stille. Am anderen Ende der Leitung war nichts als Stille. Elena hielt den Atem an. Sekunden verstrichen, eine nach der anderen, jede schwerer als die letzte. Und dann das Klicken. Das dumpfe Geräusch der unterbrochenen Verbindung, kalt und endgültig, wie ein Türschlag.

„Nein, nein, nein!“ Ihre Finger flogen wieder zum Wählknopf, hastig, verzweifelt. Sie rief die Nummer erneut an. Und erneut. Das Freizeichen blieb stumm. Am Ende hielt sie das Handy nur noch vor sich, die glatte Oberfläche leblos wie ein Sargdeckel. Hana war da draußen, irgendwo, aber jetzt – jetzt war sie entfernt wie der Mond.

Elena stand am Rand des Treibens. Die Luft war dick, elektrisch geladen von den flimmernden Neonlichtern und den Geräuschen, die wie aus einer übersteuerten Hölle kamen. Eine Mischung aus wummernden Bässen, schrillen Lachen und dem Kreischen rostiger Fahrgeschäfte.

Vor ihr rollte eine Stretch-Limousine heran, deren Karosserie mit spiegelndem Chrom überzogen war. Aus den heruntergelassenen Fenstern schallte Musik – ein verzerrtes Schlagerlied, dessen Text von der „goldenen Freiheit in NEUROPA“ schwärmte.

Menschen winkten hektisch mit Geldscheinen. Ein Mann mit silberner Haut rempelte sie an. „Nur für VIPs!“ brüllte er, seine Stimme dumpf, fast maschinell.

Aus dem Gleichgewicht geraten bemerkte sie hinter sich einen anderen Mann, dessen Gesicht von einer dicken, fleischernen Narbe entstellt war. Einen Augenblick starrte sie in intensive grüne Augen, bevor der Mann seinen Blick abwandte und auf die andere Straßenseite wechselte.

Elena zog ihren Koffer näher zu sich und drängte sich an die glitzernde Fassade eines Broadway-Theaters. Das grelle Licht über ihr warf ihren Schatten auf den Boden, aber als sie sich umsah, schien der Schatten nicht ganz mit ihren Bewegungen übereinzustimmen. Sie fröstelte und ging weiter.

Die Menschen hier waren – falsch. Die Gesichter glänzten zu sehr, wie mit einer Schicht Lack überzogen. Viele trugen Masken, manche grotesk, manche grotesk menschlich.

Ein Mann in einem perfekt sitzenden Smoking, dessen Kopf wie eine alte Taschenuhr geformt war, zog an ihr vorbei und drückte ihr einen Flyer in die Hand.

„Die letzte Show! Heute Nacht: Das Gladiatoren-Ballett von Kleopatra! Nur 500 Neuro! Kinder frei!“

Sie ließ den Flyer fallen. Niemand beachtete es, genau wie niemand sie beachtete. Es war, als wäre sie unsichtbar.

Ein Junge rannte an ihr vorbei. Er trug eine fettige Latzhose und hielt eine mechanische Maus in der Hand, die hektisch fiepte und sich gegen seinen Griff wehrte. Sein Gesicht war schmutzig, seine Augen leer. Zwei Männer in schwarzen Anzügen mit übergroßen Sonnenbrillen folgten ihm, ihre Schritte ruhig, aber entschlossen.

„Hey! Du da!“, rief Elena. Ihre Stimme ging im Lärm unter. Der Junge rannte in eine Seitengasse, die Männer hinterher, und dann waren sie verschwunden.

Elena drehte sich um und versuchte, die Szene aus ihren Gedanken zu verdrängen. Sie musste einen Schlafplatz finden. Die Müdigkeit drückte auf ihre Schultern, und der Koffer schien schwerer zu werden, je weiter sie ging.

Sie stieß auf eine Straße, die von einem Karussell beleuchtet wurde, dessen Pferde lebensecht wirkten – bis sie ihre Köpfe drehten und sie mit glühenden Augen anstarrten.

Eine ältere Frau, die in einem bodenlangen schwarzen Mantel steckte, schob sich an ihr vorbei. „Das Ritz! Für eine gute Nacht und einen hohen Preis!“, raunte sie und deutete mit einem knochigen Finger auf ein Gebäude, das aussah wie eine groteske Karikatur des Buckingham Palace.

Elena ignorierte die Frau und trottete weiter, tiefer in die schattigen Gassen, wo die Lichter nur noch flackerten und der Boden klebrig unter ihren Schuhen war.

25

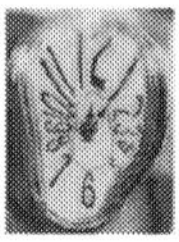

„He, Fräulein!“ Eine Stimme rief sie aus dem Dunkel. Ein Mann tauchte auf, sein Gesicht schmal, seine Haut mit schwarzen Mustern tätowiert. „Zimmer gesucht?“

Elena zögerte, nickte dann aber.

„Du hast Glück. Ich hab 'ne Kammer. Kostet dich nicht viel – nur ein paar Geschichten.“

„Geschichten?“

„Geschichten sind wertvoller als Geld. Und du siehst aus, als hättest du genug davon.“

Er führte sie in ein halb eingestürztes Gebäude. Es roch nach Schimmel und verbranntem Gummi. Die Treppe ächzte unter ihren Schritten, und der Mann – er nannte sich Kolja – redete unaufhörlich von den Wundern, die er gesehen hatte.

„Das ist kein Ort für Leute wie dich. Aber für die anderen – oh, die anderen lieben es. Die Glitzerschweine, die Tänzerinnen mit drei Beinen, die Männer, die Frauen sind, und die Frauen, die gar nicht mehr wissen, was sie sind.“

Er öffnete eine Tür, die so schwer war, dass sie nur mit einem heftigen Ruck aufging. Dahinter lag ein kleiner Raum. Ein schmutziger Teppich bedeckte den Boden, ein Matratzenlager die Ecke. Das, was sie für Wände hielt, waren Vorhänge, hinter denen das Ungewisse lag.

„Hier, dein Schloss für die Nacht. Morgen früh bist du wieder weg, ja?“

„Ja.“ Elena legte den Koffer ab und sank auf die Matratze. Ihre Glieder brannten, ihre Augenlider wurden schwer.

Kolja grinste. „Vergiss nicht. Geschichten morgen früh. Sonst hol ich die Leute mit den Masken.“

Die Tür fiel ins Schloss. Elena blieb allein zurück, in einem Zimmer, das nach Schweiß und vergessenen Träumen roch. Von draußen drang das verzerrte Lachen eines Clowns, das in ein Schreien überging, bevor es verstummte.

Sie schloss die Augen – doch die Nacht ließ sie nicht los.

Das Karussell drehte sich weiter, die Pferde hoben ihre Köpfe. Und irgendwo in den Gassen piepste die Maus – gefangen in einem Spiel ohne Ausgang.

Mit einem scheppernden Knall kippte der blecherne Eimer um, ein Mann stieß ihn fluchend zur Seite. Elena brauchte einen Moment, um sich zu erinnern, wo sie war: der Hinterraum einer schäbigen Absteige zwischen ausrangierten Stühlen und einer stinkenden Mülltonne. Ihr Körper war steif und kalt, der Rücken schmerzte von der harten Unterlage, auf der sie geschlafen hatte.

„Hey, Prinzessin! Wach?“ Der Mann, der ihr am Abend Unterschlupf gewährt hatte, stand in der Tür und wischte sich die Hände an einer schmutzigen Schürze ab. „Zeit, deinen Schlafplatz zu bezahlen.“

Elena tastete reflexartig nach dem alten Koffer neben ihr. „Ich habe nichts“, murmelte sie, doch der Mann winkte ab.

„Keine Sorge, kein Geld. Hier wird anders gezahlt.“

Er deutete auf eine Gruppe von Gestalten, die in der düsteren Ecke des Raumes kauerten, der über Nacht durch das Aufziehen der Vorhänge größer geworden war. „Geschichten, Kleine. Die Leute hier leben von Geschichten. Du hast bestimmt eine gute. Hoffentlich.“

Elena setzte sich auf, rieb sich die steifen Arme und sah in die Gesichter um sie herum. Eine Frau mit zerzaustem Haar und fahler Haut kaute nervös an einem Stück Stoff. Ein Junge spielte mit einer rostigen Klinge. Alle warteten. Hatten sie da schon gewartet, als sie noch schlief?

Sie erinnerte sich an eine Geschichte, mit der Hana sie einst beruhigt hatte, als sie ein Kind war und sich in einer stürmischen Nacht vor der Dunkelheit fürchtete.

„Ich erzähle euch von der Nacht, in der ein Mann einen Stern gerettet hat“, begann Elena. Ihre Stimme war leise, doch der Raum schien sich zu ihr zu neigen.

„Es war in einer anderen Zeit, bevor die Welt sich endgültig verdunkelt hat. In einem kleinen Dorf, wo die Nächte so schwarz waren, dass man nicht wusste, ob der Himmel noch existierte. Aber dann erschien ein Stern

– ein einziger, strahlender Stern. Er war nicht wie die anderen Sterne, die hoch oben am Himmel wohnen. Dieser lag auf der Erde, direkt in der Mitte des Dorfes, in einem Krater aus Licht.

Die Leute hatten Angst. Sie sagten, der Stern sei eine Warnung, ein Fluch. Sie verbarrikadierten ihre Türen, während der Stern immer heller wurde, so hell, dass die Schatten selbst im tiefsten Keller tanzten. Nur ein Mann – ein alter Bauer, der nichts mehr zu verlieren hatte – entschied, dass er sich dem Licht stellen würde.

Er ging in den Krater, das Gesicht vor der Helligkeit verborgen, und sprach mit dem Stern. Niemand weiß, was er gesagt hat. Manche behaupten, er habe gebettelt, andere sagen, er habe mit ihm gehandelt. Aber am nächsten Morgen war der Stern verschwunden, und der Himmel war voller Licht – nicht von einem, sondern von tausend Sternen.

Der Mann? Er wurde nie wieder gesehen. Aber seitdem erzählen sich die Menschen, dass der Stern ihn mitgenommen hat, weil er der Einzige war, der den Mut hatte, das Licht zu berühren."

Niemand sprach. Der Junge starrte auf seine rostige Klinge, als wäre sie plötzlich aus purem Gold. Die Frau ließ das Stoffstück aus den Händen gleiten, als hätte sie vergessen, warum sie es überhaupt gehalten hatte.

Der Mann mit der Schürze nickte beinahe ehrfürchtig. „Du kannst gehen, Kleine", sagte er. „Wenn du wiederkommst, bring eine andere Geschichte mit."

Als sie die Tür hinter sich ins Schloss fallen hörte, drehte sich die Frau mit dem Stofffetzen noch einmal um – und flüsterte: „Pass auf, was du erzählst. Immer."

26

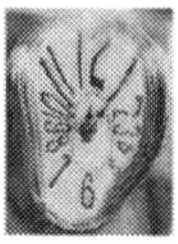

Elena stand in der eisigen Luft und versuchte erneut, ihre Mutter zu erreichen. Das Freizeichen ertönte klarer als in der Nacht zuvor. Sie murmelte ein stummes Gebet, drückte das Handy fester an ihr Ohr und schloss die Augen. Es klickte. Ein Atemzug, dann eine vertraute Stimme, gehetzt, angespannt, aber eindeutig Hana.

„Elena? Bist du es wirklich?"

„Ja, Mama!" Elenas Stimme war gefärbt von Erleichterung und der Angst, dass das Gespräch gleich wieder abbrechen könnte. „Ich bin am Nürburgring."

„Kind, bist du verrückt geworden? Es ist lebensgefährlich hier."

„Ich musste kommen, Mutter. Ich musste dich finden. Wo bist du?" Sie drückte das Handy noch fester.

„Im Krankenhaus."

„Krankenhaus?" Ein Schauer lief ihr über den Rücken. „Bist du verletzt? Geht's dir gut?"

„Nein, mir fehlt nichts. Ich arbeite hier. So eine Art Mädchen für alles."

„Ist es weit?"

„Nicht allzu." Die Stimme klang zögernd, fast als würde sie überlegen, ob sie Elena überhaupt einweihen sollte. „Nimm ein Taxi und sag dem Fahrer, er soll dich zum St. Mors Hospital bringen."

„Mors?" Elena schluckte. „Heißt das nicht 'Tod'?"

„Wenn's Latein ist, ja. Wenn's Plattdeutsch ist, bedeutet's eher 'Arsch'. Passt beides, findest du nicht?"

Als Elena am St. Mors Hospital ankam, fühlte sie, wie die drückende Stille des Ortes über ihr zusammenschlug. Das Gebäude – ein monströser Block aus Beton und rostigem Stahl, der nicht älter sein konnte als neun Jahre, schien aus der Zeit gefallen, als wäre er der letzte Zufluchtsort und Lichtjahre entfernt von der morbiden Las-Vegas-Szenerie.

Neben den Ruinen standen schief gebaute Hütten aus Blech und Holzresten, in denen kaum jemand überleben konnte. Die Gestalten, die sich dort bewegten, huschten umher wie Geister. Es roch nach Asche und etwas anderem, einem scharfen, chemischen Geruch, der auf der Zunge brannte.

Elena betrat das Krankenhaus und tastete sich durch den düsteren Flur. Die Wände waren bedeckt mit dickem, grauem Staub – das feine Pulver, das sich wie die Pest auf alles gelegt hatte. Jedes Mal, wenn sie auftrat, wirbelte der radioaktive Sand in kleinen Wolken auf.

In der Ecke des Korridors saß ein magerer, bleicher Mann mit haarlosen Stellen auf der Kopfhaut. Er fixierte sie mit starren, gläsernen Augen, die zwischen Wahnsinn und völliger Erschöpfung gefangen waren.

Dann endlich, ein Ruf. „Elena!"

Hana stand vor ihr – abgemagert, das einst dichte braune Haar schütter und graugelb, die Haut von einem kränklichen Schimmer überzogen.

„Mutter …" Elenas Stimme versagte. Sie wollte sie umarmen, doch Hanas wie sie mit einem Kopfschütteln zurück.

„Es tut mir leid, Kind." Hana lächelte matt. „Hier … berührt man niemanden. Zu viel Dreck … der Tod hängt hier in der Luft."

Sie gingen den Flur entlang, jeder Schritt schien Hana Schmerzen zu bereiten, doch sie redete weiter. „Die Verstrahlten hier sind völlig isoliert. Der Staat nennt uns Untermenschen, bloß Kreaturen, die am besten in ihren Ruinen bleiben und hier zugrunde gehen."

„Ich habe Gerüchte gehört."

„Was für Gerüchte?"

„Über sogenannte 'Schattentests'."

Hana schluckte. „Davon hast du draußen gehört?"

„Gerüchte, aber: Der Mann, der mir davon berichtet hat, ist tot. Ermordet."

Hana schaute sich ängstlich um. „Ich weiß nicht, ob ich dir das sagen soll. Ich habe keine echten Beweise. Aber man sagt, die Regierung schickt Männer in Schutzanzügen her. Sie beobachten uns, nehmen Blutproben, führen Experimente durch für diese 'Schattentests', wie sie sie wirklich nennen. Kein Mensch weiß genau, was sie damit bezwecken, aber die, die mitgenommen werden, kommen nie zurück."

Elena nickte und schwieg ein paar Sekunden lang.

„Was ist das eigentlich am Nürburgring, dieser glitzernde Las-Vegas-Abklatsch, wo eine ewige Party gefeiert wird?“, fragte sie schließlich.

Hana sah Elena lange an, ein trauriges Lächeln auf den spröden Lippen. „Das ist das Fegefeuer“, flüsterte sie. „Wenn du weißt, dass du verloren bist, stirbt das Gewissen – und nur das Chaos bleibt.“

Elena schauderte. „Aber wieso … warum all die Lichter, die Glitzerfassade?“

„Der Schein trügt“, antwortete Hana. „Was du da siehst, ist der Totentanz der Verzweifelten. Die Maskerade eines Lasters ohne Ziel. Dort wird gesoffen und gehurt, gestohlen und gemordet, und niemand hält einen Moment inne. Keine Träne, kein Bedauern. Die Menschen wissen, dass sie verloren sind – also stürzen sie sich hinein, bis sie in Flammen stehen.“

„Wenn du das alles weißt, Mutter“, flüsterte Elena, „wenn alles so furchtbar ist, warum bleibst du dann hier?“

Hana schwieg einen Moment, und als sie aufsah, lagen in ihren Augen – früher so klar, so voller Leben – nur noch Erschöpfung und Müdigkeit. „Bist du sicher“, fragte sie, „dass es draußen so viel besser ist?“

Die Frage hing im Raum, schwer und unerwartet endgültig. Sie wollte keine Antwort, und Elena hatte keine, die sie geben konnte. „Ich bleibe“, fuhr Hana fort, „weil ich hier gebraucht werde. Die Party-People, das sind nur wenige. Die anderen – das sind die vielen. Irgendwer muss sich um sie kümmern, jemand, der sich noch an sie erinnert und sie nicht nur als 'Schattengestalten' sieht. Aber … auch für mich wird die Zeit bald kommen.“

Elenas Herz hämmerte. Sie wollte etwas sagen, etwas versprechen, doch die Worte blieben ihr im Hals stecken, als sie ihre Mutter ansah. Der Staub legte sich wie ein Leichentuch auf alles, und Hana … Hana war nicht mehr die Frau, die sie gekannt hatte. Hier, in dieser letzten Zuflucht, lebte sie wie ein Gespenst – und wartete darauf, ein Teil der Asche zu werden, die über allem lag.

„Jonathan lässt dich grüßen“, sagte Elena schließlich.

Hana hielt inne, ihr Blick wurde fern, und etwas wie ein Hauch von Schmerz huschte über ihr Gesicht. „Jonathan“, wiederholte sie ohne ein weiteres Wort, doch Elena sah, wie allein dieser Name alte Wunden aufriss, Erinnerungen, die tief in Hanas Herzen vergraben waren.

„Jonathan wollte nie, dass ich gehe.“

„Warum bist du gegangen? Vater war tot, du warst frei.“

„Ich konnte nicht bleiben“, murmelte Hana. „Ich fühlte mich schuldig. Ich habe Karel mit Jonathan betrogen. Nach seinem Tod … wäre es wie ein weiterer Verrat gewesen, wenn ich bei Jonathan geblieben und nicht gegangen wäre.“

Elena zog die Stirn kraus. „Du hast mal gesagt, Jonathan könnte mein Vater sein.“

„Ja, vielleicht hätte es zeitlich gepasst“, sagte Hana mit einem flüchtigen Schulterzucken. „Aber ich habe dir auch gesagt, dass es nicht sein kann. Karel … hätte es nie verkraftet. Also bin ich geblieben, bis er gestorben ist, und dann erst bin ich gegangen.“

„Aber warum hierher, Mutter?“ Elena klang verzweifelt. „Hier hast du dich doch selbst begraben.“

Hana schaute ihre Tochter an, ein Blick voller Bitterkeit und müder Erkenntnis. „Kind, du weißt nicht alles … und vielleicht solltest du es auch nie erfahren.“ Sie kämpfte mit sich selbst, dann fuhr sie fort. „Sag mir, Elena, was weißt du wirklich über deinen Onkel Tomas?“

„Tomas? Früher dachte ich, er wäre ganz O.K. Aber jetzt nennt er sich OBERSTER PROTEKTOR und regiert NEUROPA mit eiserner Hand.“ Elena sah weg, spürte den Abgrund der Lügen und Geheimnisse, der sich unter ihren Füßen auftat. „Ich glaube, er ist kein guter Mensch.“

Eine Minute tiefen Schweigens entstand zwischen Mutter und Tochter. Endlich fragte Hana: „Wie soll es weitergehen?“

„In zwei Tagen habe ich – vielleicht – eine Rückfahrgelegenheit. Kann ich so lange bei dir bleiben?“

„Ich kann versuchen, dich im Krankenhaus zu verstecken. Zu mir nach Hause kann ich dich nicht mitnehmen, das wird streng überwacht. Wenn du einmal offiziell hier registriert wirst, darfst du nie mehr raus.“

Elena nickte: „Ich verstehe.“

„Wir haben Lagerräume, nicht gemütlich, aber sicher. Sobald ich kann, bringe ich dir Wasser und was zu essen, eine Decke wäre auch ganz hilfreich. Komm, ich zeig's dir.“

Der Flur der Klinik war überraschend leer. Zwei Glastüren schwangen selbstständig auf, als Elena sich näherte, dann stand sie vor einer schweren Eisentür, die sich nicht bewegte. Erst als sie es ein zweites Mal versuchte, mit aller Kraft, die sie hatte, öffnete sich die Tür und knarrte viel zu laut, dass Tote aufwachten.

Ein scharfer Geruch stieg ihr in die Nase – Desinfektionsmittel und eine Spur Verwesung, die man hier wohl nicht ganz aus der Luft filtern konnte. Im schummrigen Licht wirkte das Lager, das selbst wieder aus mehreren Räumen und Gängen bestand, wie mit grauer Asche gepudert.

Sie war kaum ein paar Schritte gegangen, als ein Geräusch die Stille zerriss – wie das Klirren von Glas, das zu Boden fiel. Elena wirbelte herum. Im Dämmerlicht des Lagers war eine Gestalt zu erkennen, gekleidet in einen weißen Schutzanzug, der an den Knien und Ellbogen grau verfärbt war.

Zuerst hielt Elena die Gestalt für einen Krankenpfleger. Doch etwas stimmte nicht. Der Helm mit dem klaren Plexiglas verdeckte nur einen Teil des Gesichts, genug, um eine Narbe zu enthüllen, die sich diagonal über die rechte Wange zog. Dann trafen sich ihre Blicke – grüne Augen, wie sie selbst welche hatte, stechende Augen, kühl und berechnend, wie die eines Raubtiers. Sie kannte diese Augen. Hatte sie nicht genau diesen Mann vor dem „Moulin Rouge" gesehen?

Die Gestalt hob langsam die Hand, der Zeigefinger legte sich auf die Lippen. Schweigen.

Elenas Herz raste. Warum sollte sie still sein? Sie presste sich in die Ecke, suchte Deckung hinter einer Kiste voller Verbandsmaterial. Der Mann verschwand im Halbdunkel.

War das gar kein Verfolger? Oder war er so geübt, dass er nur auf den richtigen Moment wartete, lauernd, dass sie sich bewegte, dass sie den falschen Schritt tat und er zugreifen konnte? Sie biss sich auf die Lippen, zwang sich, nicht wegzurennen.

Ihre Beine waren schwer wie Blei, die Muskeln steif vor Anspannung. Einen Atemzug. Dann noch einen.

Hinter den Kartons kauerte sie – nicht als Kriegerin, nicht als Rebellin. Nur als jemand, der für einen Moment unsichtbar sein wollte.

27

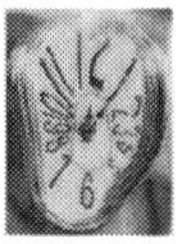

Jonathan spülte gerade die Tasse seines doppelten Wachmacher-Espressos aus, als es an der Tür klopfte. Um diese Uhrzeit? Unverhoffter Besuch war in NEUROPA selten harmlos.

Doch was er sah, überraschte ihn: Vor ihm standen Nico, Mara und Lukas, alle mit diesem schrecklichen Tuch um den Hals, das sie als Mitglieder der NEUEN JUGEND auswies. Kamen sie wieder, um jetzt auch ihn zu „fleddern“?

Jonathan wischte seine Gedanken zur Seite und versuchte, sich nichts anmerken zu lassen. „Schön, dass ihr …“

Er stockte, er spürte die nackte Angst bei Mara und Lukas, die fürchteten, auf dem Weg zu ihm gesehen worden zu sein. Mit ihren ernsten, verschlossenen Gesichtern sahen sie älter aus als noch vor wenigen Tagen. „Kommt rein, schnell.“

Die Kinder traten ein, die Spannung war mit Händen zu greifen, und Jonathan führte sie in sein Wohnzimmer. „Mit euch hätte ich nicht gerechnet“, sagte er und schloss die Tür hinter sich. „Was ist los?“

Nico schubste Lukas, als sollte der beginnen.

„Also“, sagte Lukas, „heute in der Schule. Ich habe ein falsches Wort gesagt.“

„Es war so“, übernahm Nico. „Lukas hatte gerade ein tolles Referat gehalten. Meine Meinung. Aber es gab kein Lob. Lukas hatte kaum beendet, als das Flimmern der Wandprojektion kurz stockte. Die Stimme der KI kam verzögert, aber deutlich: Das Wort 'Mitgefühl' ist nicht Bestandteil des genehmigten Wortschatzes. Bitte formuliere deinen Beitrag neu.“

„Und dann?“, fragte Jonathan.

„Die Klasse verstummte. Zwei Schüler begannen zu kichern, eine Schülerin rutschte unauffällig mit dem Stuhl zurück, als hätte sie sich verbrannt. Lukas starrte auf das Pult vor sich, die Hände gefaltet, wie zum Gebet."

„Quatsch", sagte Lukas, „Warum sagst du Gebet? Ich weiß doch, dass auch das Wort 'Gebet' längst nicht mehr erlaubt ist."

Mara nahm Lukas tröstend in den Arm.

„Ist ja weiter nichts passiert", sagte Lukas und rang sich ein Lächeln ab.

„Und deswegen seid ihr hier?", fragte Jonathan schließlich.

Mara und Lukas tauschten einen Blick, dann sprach Mara: „Nein, nicht wirklich. Wir … wir haben von Nico erfahren, dass Sie uns einen Rat geben können. Es gab heute früh einen Streit zu Hause, einen großen Streit. Albert, unser Großvater, er ist 78 …"

„Er ist der Vater unseres Vaters", ergänzte Lukas.

Mara setzte ihren Satz fort: „… die Regierung hat ihm über Nacht seine letzte Rente vom Konto abgebucht."

Jonathan nickte traurig.

„Unser Vater", mischte sich Lukas ein, er bebte vor Wut, „er nennt das Diebstahl. Er hat recht, oder? Die Regierung hat Opa das Geld einfach wieder weggenommen, und wiederholen ist gestohlen!"

Lukas' Augen blitzten auf.

„Mutter hat mit Vater gestritten", sagte Mara. „Er könnte die Regierung nicht des Diebstahls bezichtigen. Er sollte an seine Position denken, er wäre Beamter, Beamter dieser Regierung. Wenn es dieses Renten-Dekret gibt, dann wäre der sofortige Vollzug nur konsequent. Und gerecht."

Jonathan seufzte tief und schaute auf die jungen Gesichter. Mara warf ihm einen fragenden, fast verzweifelten Blick zu, während Lukas in seinem Zorn die Hände ballte. Sie waren so jung und doch schon gefangen in den eisernen Klauen der Macht, die NEUROPA unerbittlich zusammenhielt.

Jonathan wusste, dass die Antworten, die sie von ihm erwarteten, alles nur noch düsterer machen könnten.

Er sah Mara in die Augen. „Euer Vater … er hat vollkommen recht. Das, was die Regierung tut, ist Diebstahl – unter einem anderen Namen, aber Diebstahl bleibt Diebstahl. Nur sind die Menschen, die diese Entscheidungen treffen, weit weg und unantastbar. Sie nennen es Recht und Gerechtigkeit, um die Menschen ruhig zu halten. Sie glauben, sie könnten damit alles rechtfertigen, weil sie ein System geschaffen haben, das sich gegen jeden richtet, der widerspricht."

„Also gibt es keinen Ausweg?" Mara flüsterte die Frage, weil auch die Wände Ohren hatten.

„Einen Ausweg?" Jonathan schüttelte den Kopf. „Einen leichten? Nein. Aber Menschen haben sich schon gegen solche Systeme erhoben, auch wenn es sie die Seele gekostet hat. Manchmal hat das gereicht, um einen Unterschied zu machen."

Lukas ballte die Fäuste. „Das ist doch … Wahnsinn. Wir können doch nicht einfach zusehen, wie sie uns alle … Opa, die anderen … das muss aufhören!"

Nico, der still zugehört hatte, brach lautstark das Schweigen: „Wir müssen erstmal aufhören mit dem ganzen Mist. Ich meine … wir drei, wir haben mitgemacht, als sie uns ins Altenheim geschickt haben. Ich schäme mich dafür."

Mara senkte den Kopf.

„Ich schäme mich nicht nur", murmelte Lukas, „ich bin wütend. Wütend auf alle und auf mich."

Jonathan spürte die ungeschliffene Energie, die nur die Jugend so heftig empfinden konnte. „Eure Wut ist gut – aber sie muss mehr sein. Lasst sie stark werden, lasst sie schlau werden. Drei Tropfen Wut können versickern, doch tausende Tropfen werden zu einem Fluss, der alles mit sich reißt."

Jonathan glaubte, die richtigen Worte gefunden zu haben.

Nico riss ihn abrupt in die harte Realität zurück. „Schön und gut, Jonathan, aber das ist nur so ein Spruch. Nur so'n Satz, den Erwachsene sagen, damit sie sich besser fühlen, aber uns bringt das gar nichts! Was sollen wir drei wirklich tun, he? Wir sind Schüler. Wir werden beobachtet, kontrolliert, überwacht. Von Eltern, von Lehrern, von Technik! Das Einzige, was wir können, ist, hin und wieder Nein zu sagen. 'Befehlsverweigerung' – das größte Verbrechen, das man in der NEUEN JUGEND begehen kann, und es wird hart bestraft. Weißt du was? Ich würde es riskieren. Aber für alles andere, für die großen Dinge … da seid ihr zuständig, du und die anderen Erwachsenen. Ich hätte von dir mehr erwartet, Jonathan."

Die Worte trafen ihn wie ein Schlag in die Magengrube, und es war das erste Mal, dass Nico ihn beim Vornamen nannte – nein, duzte. Das machte den Vorwurf nur noch schärfer, als ob Nico ihm eine Brücke gebaut und er selbst die ersten Schritte nie getan hätte.

„Du hast recht, Nico“, sagte Jonathan. „Es ist nicht so einfach, das gebe ich zu. Mir fehlen die perfekten Antworten. Ihr seid jung, ich bin alt … bald 77. Das ist mein letztes Jahr, wenn die Dinge bleiben, wie sie sind. Ihr wisst, was das heißt.“

Lukas sah ihn fest an. „Aber du kennst die Geschichte. Da gab es sicher Menschen, die gegen so etwas gekämpft haben.“

Jonathan nickte. „Ihr könnt mich ruhig duzen, wenn es euch leichter fällt. Und ja, Geschichte … ich muss darüber nachdenken. Es gibt Vorbilder, auch heute noch. Aber ihr seid diejenigen, die hier aufgewachsen sind, ihr versteht diese Welt besser als ich. Vielleicht habt ihr Ideen – etwas, das wir gemeinsam tun könnten.“

Nico verdrehte die Augen. „Typisch Erwachsene. Du schiebst uns die Arbeit zu.“

„Das tue ich nicht“, sagte Jonathan, und er klang wie sein eigenes, müdes Herz, als er Nicos enttäuschten Blick sah. „Gerade du, Nico, müsstest wissen, dass ich es ernst meine.“

Mara sah von einem zum anderen. „Wieso gerade Nico?“

Jonathan ließ den Blick auf ihm ruhen. „Frag ihn, Mara. Er weiß, was ich meine.“

„Dann sag schon“, forderte Mara, und sie zwickte Nico in den Arm.

Er schüttelte den Kopf. „Geht euch nichts an. Ist geheim.“

Nach einer Weile stand Nico auf. „Man muss bei sich selbst anfangen.“ Sprach's in feierlichem Tonfall, knotete sein NEUE-JUGEND-Halstuch auf, nahm es ab und ließ es in seiner Hosentasche verschwinden.

Lukas und Mara grinsten und folgten Nicos Beispiel.

„Ich denke, wir können jetzt gehen“, sagte Lukas.

Mara zögerte. „Jonathan … das hier bleibt unter uns, oder? Vor allem nichts unseren Eltern sagen.“

„Versprochen“, sagte Jonathan.

28

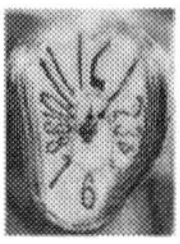

An diesem Tag flimmerte etwas über den Volksbildschirm, das Jonathans Aufmerksamkeit sofort scharfstellte: eine Todesanzeige in Extralänge. Der Name ließ ihn in den Sessel sinken: Denis Korobky, 41 Jahre alt, verdienter Mitarbeiter der Wahrheitskommission, „verstorben im Dienst NEUROPAS." Denis hinterließ eine Frau und zwei Kinder. Posthum verlieh ihm der OBERSTE PROTEKTOR das Neuroverdienstkreuz dritter Klasse, auf dass sein Opfer niemals vergessen würde.

Jonathan starrte auf die Worte, spürte, wie ihm Kälte über den Rücken kroch. Denis Korobky, der Tote von der Friedhofskapelle, in Amt und Würde verabschiedet – ohne ein Wort davon, dass er ermordet worden war, aber mit reichlich geheucheltem Pathos.

Jonathan holte Elenas kleines Büchlein hervor, er suchte das blaue Lesebändchen, das bei den Notizen über Denis Korobky steckte. Neun Seiten, mehr als über jeden anderen Namen in diesem Buch. Als hätte Elena in ihm eine Hoffnung begraben, die sie nicht aussprechen konnte, oder ein Geheimnis, das sie selbst kaum ertrug.

Die ersten vier Seiten waren wie der Deckel eines verschlossenen Sargs: nüchterne, kalte Fakten. Ausbildung, Wohnort, Familienverhältnisse – eine Frau, zwei Kinder. Denis war Elenas Studienkollege gewesen, doch über ihre Verbindung schienen die Notizen ein bewusstes Schweigen zu bewahren. Keine Worte über ihre Fächer, keine Details über ihre Freundschaft. Nur Lücken.

Nach dem Krieg war Denis in den Staatsdienst gewechselt, ein Schritt, der als pragmatisch galt. Es war eine Zeit, in der alle moralischen Kompasse zerbrochen waren und Überleben oft bedeutete, sich zu beugen. Doch die Worte in Elenas Buch deuteten auf mehr hin. Tomas Szymanek, der spätere OBERSTE PROTEKTOR, hatte Denis früh zu sich geholt, ihn gefördert, ihm Macht verliehen. Und Denis hatte sie angenommen – bis zu einem bestimmten Punkt.

„Der Schattentest."

Die Worte tauchten auf der fünften Seite auf. Jonathan fror das Blut in den Adern. Der „Schattentest" – ein Projekt, das offiziell der „Rettung wertvoller Ressourcen" diente, war in Wahrheit ein Menschen verachtendes Experiment. Die Regierung ließ die Verlorenen die Ruinen durchkämmen, angeblich um seltene Materialien zu bergen, doch Denis hatte etwas anderes gesehen: Menschen, die wie lebende Testobjekte benutzt wurden, um die Auswirkungen der Strahlung zu studieren.

Nach vier Wochen kam Denis zurück – ausgemergelt, schweigend, mit leerem Blick. Die Strahlung hatte seinen Körper zerstört, aber es war die Wahrheit, die seine Seele verbrannte.

Die zusätzlichen Notizen in Elenas Buch ließen Details lebendig werden. Denis hatte von den Aschefeldern erzählt, seine Worte waren in Elenas Seele getropft. Diese Zonen, verstrahlt und totgesagt, waren keine leer stehenden Landschaften. Sie waren ein pulsierendes Herz des Grauens. Dort, wo man nicht einmal mehr atmen konnte, ohne den Tod einzusaugen, hatte die Regierung ein geheimes Programm entwickelt. Die „Verlorenen", wie man sie nannte – die wenigen Menschen, die in den Ruinen lebten – wurden zu Werkzeugen degradiert, zu Sklaven, die ihre Körper für die Suche nach Wertvollem opferten.

„Das Schlimmste waren die Kinder", schrieb Elena. „Denis sagte, sie schauten einen mit toten Augen an. Sie waren zu jung, um zu verstehen, was sie taten, aber zu alt, um nicht zu wissen, dass sie dort sterben würden. Es wäre schlimmer gewesen, als man aushalten konnte. Alexander hätte sich sogar übergeben, als sie über die Schattentests gesprochen hätten." Den Namen „Alexander" hatte Elena durchgestrichen und durch „Michael" ersetzt, ohne zu erklären, wer sie waren.

Denis hatte Tomas direkt konfrontiert, und der hatte ihn kaltgestellt. „Es ist ein Reinigungsprozess", hatte er gesagt. „Opfer sind notwendig." Danach hatte Denis keine Bedeutung mehr für das System. Freunde wandten sich ab, er trieb ziellos durch NEUROPA.

Schließlich war er bei Elena aufgetaucht. Er hatte ihr alles erzählt. Alles. Und sie hatte ihn angehört – nicht nur angehört, sondern verstanden, dass sie nicht länger nur eine Zuschauerin sein durfte.

Jonathan legte das Büchlein zur Seite und starrte auf die Wand. Denis' Geschichte hatte ihn erschüttert, doch sie brachte auch Klarheit. Die Schattentests waren der Schlüssel. Wenn er diese Wahrheit enthüllen könnte! Aber wie? Er musste jemanden finden – einen, der den Mut hatte, die Wahrheit zu sagen, und die Mittel, sie zu verbreiten.

Jonathan las weiter. Es waren keine logischen Schritte, die Elena beschrieb, keine geplanten Strategien. Es war Chaos, ein ungezügeltes Feuer, das sich in ihr entzündet hatte. Sie hatte Denis geholfen, sich zu verstecken, ihm Nahrung und Zuflucht gegeben, aber es war mehr als das. Sie hatte begonnen, die Strukturen des Systems zu hinterfragen, ihre eigene Familie, ihre Rolle darin. Tomas, ihr Onkel, war nicht nur ein Diktator – er war der Mann, der die Welt zerstört hatte, der Denis zerstört hatte.

„Ich musste etwas tun", hatte sie in ihrer Handschrift notiert. „Ich wusste nicht was. Ich wusste nur, dass ich nicht wegsehen konnte."

Die letzten Zeilen des Eintrags jagten Jonathan einen Schauer über den Rücken.

„Denis hat mich gelehrt, was Tomas wirklich ist. Nicht nur ein Herrscher, sondern ein Verbrecher. Nicht nur ein Verbrecher, sondern ein Monster."

Jonathan ließ das Notizbuch in der Lücke zwischen Sitzleder und Rückenlehne verschwinden. Die Wahrheit war unerträglich – aber sie war auch das Einzige, woran er sich noch klammern konnte.

Jetzt lag es an ihm, was er damit tat.

29

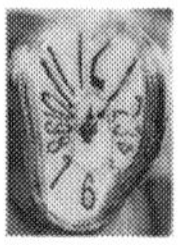

Elena durchlebte eine traumlose Nacht – oder vielleicht war es schlimmer: eine Nacht ohne Schlaf.

In den dunklen Ecken des Lagerraums lauerten Schatten, und jeder davon konnte tödlich sein.

Hana hatte Decken und Kissen organisiert, ein Waschraum lag gegenüber, samt Toilette, deren Tür knarzte wie ein gequältes Wesen.

Und dann waren da die beiden Wächter: Der mit den grünen Augen war nicht mehr im Verborgenen, nun saß er, mit fast unheimlicher Gelassenheit, auf einem Stuhl direkt vor der Tür, seinen Blick auf den Korridor gerichtet. Sein Kollege, eine bullige Gestalt mit kurz geschorenem Haar, stand neben ihm, die Lider halb geschlossen. Beide Männer waren reglos wie Wachsfiguren, doch diese Ruhe war ein Trugbild.

Hana brachte ein Krankenhausfrühstück, Rührei, Brot, dünner Kaffee, alles in einer blassen Palette von Farben. „Für dich und deine … Begleiter“, sagte sie ohne Betonung. Die Wächter nahmen das Essen stumm entgegen, ein unheimliches Schweigen füllte die Luft.

Der Mann mit den grünen Augen schaute gelegentlich zu ihr, immer nur kurz, mit einem Hauch von etwas – Mitleid oder Kälte, sie wusste es nicht. Diese Männer waren keine Wächter, die aus Pflichtgefühl und Sorge hier waren. Sie waren das Symbol einer stillen Bedrohung, die sich zu jeder Sekunde manifestieren konnte.

Hana trank einen schnellen Schluck Kaffee und biss einmal in ihr Brot. Keine drei Minuten später stand sie auch schon wieder auf und wischte sich die Krümel von den Fingern. „Ich muss los“, sagte sie. „Morgens ist es hier am schlimmsten.“

Elena hob den Kopf. „Wie meinst du das?“

Hana sah sie kurz an. „Jeden Morgen wird hier alles abgeladen, was die Nacht nicht oder nur halb überlebt hat. Las Vegas schickt uns Dutzende, aber auch ohne die ist die Sterberate beträchtlich.“ Elena bemerkte, dass Hana ihre Finger zur Faust ballte, nur für einen Herzschlag. „Das hier ist keine Erholungsresidenz. Dies ist ein Krankenhaus … mit angeschlossenem Krematorium.“

Ihr Ton war hart, kalt, als wäre das Krematorium, das den Tod gleich im Nebenraum verbarg, eine persönliche Angelegenheit, eine Bürde, die sie selbst mit jedem Schritt trug. Dann sagte sie etwas, das wie ein Fremdkörper in der düsteren Stimmung hing: „Ihr seid hier sicher. Ihr seid nicht allein.“ Sie legte eine Hand auf Elenas Schulter, eine kurze Berührung, und fügte hinzu: „Passt gut auf euch auf.“

„Das ist unser Job“, murmelte der Bewacher mit den grünen Augen. Sein Blick blieb eine Sekunde zu lang auf ihr hängen.

„Was genau ist euer Job?“, hakte Elena nach.

Er sah sie an. „Na, aufzupassen.“

„Ich bin Maria“, sagte sie und streckte die Hand aus.

Der Grünäugige musterte sie, die Hand, das Gesicht, das ihm zu mutig vorkam. „Für mich heißt du Elena“, sagte er zu ihrer Überraschung, ohne ihre Hand zu ergreifen.

„Ja, ich heiße Elena. Und wie heißt du?“

„Wer weiß das schon“, antwortete er mit einer seltsamen Ruhe, die eher nach Abschottung roch als nach Offenheit.

Sein Kollege nickte. „Wer weiß das schon.“

„Na gut“, sagte Elena. „Dann gebe ich euch eben Namen. 'Grünauge' und 'Bulle'. Wenn man jemanden beim Namen nennt, wirkt alles ein bisschen … vertrauter, findet ihr nicht?“

Die Männer wechselten einen Blick, die Härte darin ließ Elena wissen, die Grenze zu ihren Herzen lag hier, dünn und brüchig wie ihre erfundenen Namen.

Es wurde nicht mehr gesprochen, doch irgendetwas hatte sich verändert. Der Morgen, die seltsame Nähe beim Frühstück, der Versuch, sich wie normale Menschen zu benehmen, hatte die Atmosphäre minimal, aber doch spürbar aufgeweicht, ein Hauch von Wärme war durch die dicken Mauern gedrungen.

Elena ging in ihre kleine Ecke im Lagerraum zurück, die beiden Bewacher bezogen wieder Stellung vor der Tür.

Als Hana zurückkam, schob sie einen rostigen Rollwagen vor sich her, der bei jedem Schritt schepperte. Darauf stand ein Tablett mit dampfendem Mittagessen – Leberkäse, Bratkartoffeln, Spiegelei.

„Ist das nicht viel zu fettig und ungesund für ein Krankenhaus?“, fragte Elena skeptisch.

Hana lachte. „Hier wird gegessen, was auf den Tisch kommt. Ungesund? Hier ist alles ungesund. Kein Essen ist schlimmer als das Essen, das wir hier servieren. Aber das ist es eben – alles besser als nichts. Guten Appetit!“

„Es ist schön, mal wieder mit dir zu essen“, sagte Elena. „Es erinnert mich an die Sonntage, wenn du für Tomas und Karel und den Rest der Familie gekocht hast.“

„Na ja, so oft habe ich nicht gekocht, wir hatten Personal“, sagte Hana und tauchte in Gedanken zurück in die Vergangenheit.

„Ich weiß“, sagte Elena, „aber du hast den Speiseplan gemacht, oder?“

„Ach, mein Kind“, murmelte Hana, und in ihrem Blick lag ein Abgrund aus Schuld und Schrecken. „Hast du je darüber nachgedacht, wie unsere Familie, wie dieser unscheinbare Tomas Szymanek nach dem Dritten Weltkrieg wie ein Phönix aus der Asche in den goldenen Palast aufgestiegen ist?“

Elena schluckte, fühlte die Schwere ihrer Worte auf sich lasten. „Es hieß immer, er wäre das noch unverbrauchte, ehrliche Gesicht der Partei.“

Hana zog eine Zigarette aus einem silbernen Etui, das sie wie eine Reliquie behandelte, und zündete sie mit zitternden Fingern an. Der Rauch kräuselte sich, ihre Worte waren so zart, dass sie fast im Nichts zu verschwinden schienen.

„Weil er, weil ich, weil wir alle – die, die du zu den Mächtigen zählst – schon vor dem Krieg an den Hebeln der Macht saßen. Hast du dich nie gefragt, warum wir so reich waren und unsere Nachbarn nicht?“

Elena schüttelte den Kopf, ihre Kehle wie zugeschnürt. „Natürlich, aber ... wir haben doch alles von Opi geerbt, hast Du immer gesagt ...“

Hana musterte ihre Tochter mit einem traurigen Lächeln. „Schau mich an. Ich sage dir: Der Krieg ist nicht einfach ausgebrochen, wir haben ihn gemacht. Wir, die Waffenhändler, die Strippenzieher. Uns gab und gibt es nicht nur hier, uns gab und gibt es überall. Man sieht uns nicht, aber wir sind da. Wir haben das Geld. Und die Macht. Und die Waffen. Und irgendwann, wenn dem einen alles zu viel oder dem anderen alles zu wenig ist, dann verabredet man einen Krieg, damit alles wieder von vorne losgeht."

Elena biss sich auf die Lippen, kämpfte mit dem Gedanken, ihrer Mutter ins Gesicht zu sagen, dass sie lüge.

Hana sprach weiter: „Tomas war kein Opfer des Krieges, Elena. Er war sein Architekt. Er hat das Chaos entfesselt, und als alles brannte, war er der Erste, der sich in Sicherheit brachte."

Elena schaute ihre Mutter zweifelnd an, doch Hana fuhr fort: „Dein Onkel hat den Krieg orchestriert. Er hat die Bombe gezündet. Und er wusste, dass dein Vater dabei sterben würde."

Elena war wie erstarrt, ihre Gedanken taumelten in einem Strudel aus Zweifel und Abscheu.

„Es ist die Wahrheit, Kind", fuhr Hana fort. „Tomas war vorbereitet. Während die Städte brannten, standen für ihn die Bunker bereit. Und weißt du, was er getan hat? Er hat sich vor die Kameras gestellt, während die Asche noch glühte, und sich zum Retter erklärt. 'Ich werde euch führen', hat er gesagt. 'Ich werde NEUROPA aufbauen'. Und die Menschen haben ihn bejubelt, weil sie nichts anderes hatten, an das sie glauben konnten."

Elena atmete schwer. „Und niemand hat ihn hinterfragt?"

Hana schnaubte bitter. „Oh, es gab Fragen. Aber wir hatten schon vor dem Krieg alles in der Hand. Die Überlebenden waren gebrochen, ausgehungert und verängstigt. Tomas hat ihnen Brotkrumen hingeworfen, ein Dach über dem Kopf, ein paar schöne Worte. Und dann hat er sie in Ketten gelegt, ohne dass sie es bemerkten."

Elena ließ den Kopf sinken, ihre Hände bebten. „Und du … was hast du damals getan?"

Hana drückte die Zigarette aus, ihre Augen glitzerten im Licht. „Ich habe profitiert. Ich kann meine Schuld niemals begleichen. Was ich hier tue … das sind nur kleine Münzen, vergebliche Buße für eine Schuld, die endlos ist."

Zum ersten Mal fragte sich Elena, ob die Schuld ihrer Familie jemals ausgelöscht werden konnte – und ob sie selbst nicht längst Teil davon war.

Ihr Onkel war der Oberteufel. Wie konnte es sein, dass sie das alles nicht gewusst hatte? Hatte sie die Augen verschlossen? Sie wollte schreien, wollte weglaufen, doch ihre Beine waren in den Boden geschmolzen.

„Mutter …“, das Wort kam brüchig und leer über ihre Lippen. „Du … Ihr … habt das alles gemacht?“ Ihr Magen zog sich zusammen. In ihren Gedanken blitzten Bilder auf – von Trümmern, von den vernarbten Gesichtern, die sie auf ihrer Reise hierher gesehen hatte, von den toten Augen der Kinder in den Aschefeldern. Und doch stand Hana vor ihr, eine Gestalt, die so zerbrechlich wirkte, als würde sie selbst unter der Last der Wahrheit erdrückt.

Hana senkte den Blick. „Ich wollte, dass du es verstehst“, flüsterte sie. „Dass du begreifst, warum ich nicht zurückkonnte. Manchmal sind wir so tief im Abgrund, dass wir vergessen haben, wie sich Licht anfühlt.“

Draußen entstand ein Tumult aus Schreien, Splittern und schweren Schritten. Plötzlich ein Knall – Schüsse, kurz und scharf, wie Hiebe auf frisches Holz. Die Tür flog auf, ein Trupp maskierter Gestalten drang in den Lagerraum ein. Sie wirkten wie eine dunkle, wortlose Flut, und bevor Elena begriff, was geschah, hatte sie kalte Hände an den Armen. Zwei Männer zerrten sie fort, andere stürzten sich auf Hana und nahmen sie ebenso grob in ihre Gewalt.

„Mitkommen!“, befahl eine Stimme – die Stimme einer Frau. Elena erkannte sie und spürte, wie ihr Herz einen Schlag aussetzte. „Miss X, was soll das?“

Miss X drehte sich mit einem spöttischen Lächeln zu ihr um und sah Elena direkt an. „Kannst du dir das nicht denken?“ Ihre Augen blitzten bedrohlich, und für einen Moment glaubte Elena, den Wahnsinn dahinter zu sehen.

„Warum jetzt, Miss X?“

„Warum nicht?“, antwortete Miss X kühl. „Ihr wart beide nützlich – bis jetzt. Aber man kann keine losen Enden hinterlassen, wenn man ein Meisterwerk vollendet. Jetzt weiß ich, was für ein Goldkehlchen du bist“, zischte Miss X und gab den Männern ein Zeichen. Die maskierten Gestalten schleiften Elena durch den Raum auf den Flur, und da sah sie ihn: Bulle, ihr Bewacher, lag regungslos in einer blutigen Lache. Ein Klumpen aus Eis bildete sich in Elenas Magen.

Nur wenige Schritte weiter stolperte sie über eine andere Gestalt. Grünauge war ebenfalls gefesselt, aber er lebte, seine Wangen bleich, ein feiner Schweiß glänzte auf seiner Stirn. Er schaute sie an, und in seinem

Blick lag eine stumme Warnung, ein Funke von Solidarität – oder die Verzweiflung eines Mannes, der wusste, dass er nichts zu verlieren hatte.

Draußen standen drei Geländewagen bereit. Ohne ein weiteres Wort wurde Elena in den ersten gepackt, Hana in den zweiten und Grünauge in den letzten. Miss X stieg mit einem kühlen Blick auf die Szene in den Wagen neben Elena und gab das Zeichen. Die Motoren heulten auf, und der kleine Konvoi raste los, die bleierne Stille im Inneren nur durch das Klicken der Handschellen durchbrochen.

Der Wagen raste durch die trostlose Landschaft.

Das Rattern der Räder vibrierte durch Elenas Körper – ein dumpfes Echo, das sich mit jedem Kilometer verstärkte.

Wie ein Herzschlag.

Wie ein Countdown.

30

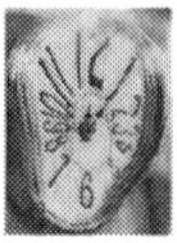

Zum ersten Mal seit ihrer Gründung würden sich die Chroniker ohne Elena treffen. Die Frage war: Würden sie auch ohne sie bestehen?

Jonathan hatte die halbe Nacht damit verbracht, die letzten vertrauenswürdigen Namen aus Elenas schwarzem Büchlein aufzuspüren und drei neue Verbündete gefunden, über die Elena nur Gutes geschrieben hatte: Heiner Vogt, Techniker und Elektronikspezialist für militärische Kommunikationssysteme; Dr. Verena Bach, Ärztin, früher eine angesehene Chirurgin, bis sie entdeckte, wie das Regime in den Kliniken Experimente an den Alten und Kranken durchführte, und sich selbstständig machte, weil sie „nicht länger für den Tod arbeiten" wollte; Karin „Kari" Wittmann, Journalistin, schrieb für ein unabhängiges Online-Magazin, bevor es vom Regime übernommen und auf Linie gebracht wurde. Jonathan hatte sie per Mail eingeladen, alle drei hatten zugesagt.

Die wichtigste Aufgabe stand immer noch ungelöst vor ihm. „Suche Bettina und Christian!", hatte Elena ihm aufgetragen, die Worte wie ein Befehl. Doch seine Mails blieben unbeantwortet, die Anrufe verebbten im Nichts, und selbst die verschlüsselten Nachrichten über das Kommunikationsbändchen Konnektron lösten keine Reaktion aus. Bettina und Christian schwiegen – oder sie wollten nicht gefunden werden.

Jonathan holte das kleine schwarze Büchlein hervor, suchte die Adresse und entschied, ihnen direkt einen Besuch abzustatten. Er ging zügig in Richtung eines alten Industrieviertels. In einer verlassenen Lagerhalle am Ende der Straße hatte Christian Wild sein Atelier, Wohnräume gab es auch, aber die Ansprüche waren nicht hoch. Fenster waren eingeschlagen, Putz blätterte von den Wänden, Moos kroch über zerfallenen Beton.

Jonathan drückte die schweren Türen auf, ein Schwall kalter Luft begrüßte ihn, vermischt mit dem Geruch von Farben und Lösungsmitteln.

Er tastete sich durch das Halbdunkel vorbei an zerbrochenen Regalen und verlassenen Gerüsten.

Dann hörte er Geflüster und folgte ihm.

In der Mitte des Raums, unter einem blinden Oberlicht, standen Christian Wild und Bettina Mahler, die Köpfe über ein Skizzenbuch gebeugt. Christian hielt einen Bleistift wie eine Waffe in der Hand. Bettina, mit ihrem kastanienbraunen Haar und dem kühlen Ausdruck, der von einem Leben in den stummen Reihen des Orchesters zeugte, sah auf.

Jonathan trat zu ihnen. „Es tut mir leid, dass ich so ohne Vorwarnung auftauche“, murmelte er, „aber ich habe versucht, euch zu erreichen. Ihr habt nicht geantwortet.“

Bettina lachte: „Das ist immer so, wenn Christian eine wichtige Ausstellung vorbereitet. Dann kennt er nichts anderes, stellt alles ab und verbietet auch mir, ans Telefon oder den Computer zu gehen. Ist eine Marotte, ja, aber ich habe mich daran gewöhnt. Musst du auch mal probieren, drei Tage ohne jede Störung, das wirkt Wunder.“

„Es gibt Zeiten, in denen es nicht schaden kann, erreichbar zu sein“, sagte Jonathan und griff vorsichtig in seine Tasche. „Ich habe etwas für euch.“

Er zog den Katalog mit den Dalí-Werken hervor, zeigte ihnen das Titelblatt mit dem Bild der fließenden Uhren, „Die Beständigkeit der Erinnerung“.

Christian betrachtete das Kunstwerk. „Die weichen Uhren“, sagte er.

Seine Hand strich vorsichtig über das Papier, als könnte er die Form ertasten. „Ein Meisterwerk. Ein Symbol für Zeit, die niemandem gehört – für Widerstand gegen das, was uns zerquetschen will.“

Bettina atmete tief durch. „Wenn uns hier jemand sieht, Jonathan, und du mit diesem Katalog … wir sind nicht im Museum. Dalí könnte eine ganze Menge Fragen aufwerfen, wenn die falschen Geister das zu Gesicht bekommen.“

„Ich weiß.“ Jonathan hielt das Büchlein hoch. „Aber das ist genau der Grund, warum ich hier bin. Ich brauche euch. Heute Abend findet ein Treffen statt, mit den anderen – Professor Hingst, Ariane-Maria, ein paar Köpfen, die … im Hintergrund operieren. Die Chroniker eben. Elena sagte, ihr würdet, ihr müsstet euch uns anschließen.“

Christian und Bettina tauschten einen Blick. Christian seufzte und schüttelte den Kopf. „Ich würde ja, aber Bettina hat einen Auftritt heute Abend. Und ich …, ich bin immer da, im Publikum, und gehe danach mit den anderen Musikern zur Nachfeier. Wenn ich fehle, dann … es könnte Unruhe geben."

Jonathan nickte, enttäuscht, aber er verstand. Die Gesellschaft, in der sie lebten, war eine Kette aus unauffälligen Bewegungen, in der jede kleine Abweichung wie ein Blinken auf einem Radar erschien. „Vielleicht könnt ihr trotzdem helfen." Er zeigte auf Dalís Uhren. „Könntest du das … vielleicht, ich weiß nicht … für uns gestalten? Als Symbol für die Chroniker."

Der Maler war sofort fasziniert: „Etwas, das die Menschen sehen, etwas, das hängen bleibt."

Jonathan nickte.

Christian betrachtete das Bild, ein Funkeln in den Augen, das nichts mit Freude zu tun hatte, sondern mit einer anderen Art von Erregung. „Ich schicke dir etwas. Vielleicht nur einen Entwurf – ich habe eine Idee."

Am Nachmittag klopfte es an der Tür. Ein stummer Bote stand da, der ihm ein Paket in die Hand drückte. Jonathans Finger zitterten, er löste das braune Packpapier und hob den Deckel ab. Darin lag der Entwurf des neuen Chroniker-Symbols, kunstvoll gesprayt auf ein Stück Karton – ein surreal verzerrtes Ziffernblatt, das wie aus Dalís Hirn auf die Seite geschmolzen war.

Außerdem fand Jonathan ein halbes Dutzend sauber ausgeschnittene Schablonen – die Stundenziffern purzelten munter durcheinander – und dazu einige Farbsprühdosen, gut verpackt, fast feierlich in Gelb, Weiß und Schwarz. Er hielt eines der Muster hoch und stellte sich vor, wie das Symbol der Chroniker durch die Stadt schlich – auf Wände, Mauern und Plätze. Christian hatte ganze Arbeit geleistet.

31

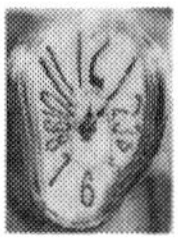

Der Nebel hing schwer über Brandenburg wie eine zweite Haut, die sich auf Gebäude und Straßen legte. Jonathan achtete auf jedes Geräusch, während er sich zur Wohnung von Ariane-Maria bewegte. Sie erwartete ihn im Erdgeschoss eines alten Hauses, das sie vorsichtig und geschickt eingerichtet hatte. Keine auffälligen Merkmale, kein Lärm, nichts, was die Aufmerksamkeit der Nachbarn erregen könnte.

Jonathan war nicht der Erste. Professor Hingst stand am Fenster und beobachtete die Straße, ein Glas Rotwein in der Hand, das er gelegentlich schwenkte. Er sprach Jonathan an: „Na, wieder was zum Lesen dabei?"

„Immer", sagte er und fischte ein Reclam-Bändchen aus seinem Sakko.

„Schillers *Räuber*", stellte Hingst fest.

„Trägt nicht so auf und ist doch gespickt mit Zitaten."

„Deine Weisheit sei die Weisheit der grauen Haare, aber dein Herz – dein Herz sei das Herz der unschuldigen Kindheit."

Nach und nach trafen die anderen ein. Zuerst war da Heiner Vogt, Mitte fünfzig, der Techniker, der, sobald er den Raum betrat, seine Umgebung wie ein routinierter Spion prüfte und das Glas, das die Gastgeberin ihm in die Hand gedrückt hatte, misstrauisch betrachtete wie einen Giftbecher.

Dr. Verena Bach, die Ärztin, Anfang vierzig, kam nach ihm, mit einer Ausstrahlung, die sie sofort zur Autoritätsperson machte.

Die Journalistin Kari Wittmann, Jonathan schätzte sie auf Ende dreißig, erschien als Letzte. Ihr Schritt war federnd, fast herausfordernd. Sie hatte etwas Kühnes an sich, das Jonathan an die berühmten Kriegsfotografen erinnerte, die alles riskierten, um die Wahrheit festzuhalten.

Ariane-Maria füllte die Weingläser nach, als Jonathan ablehnte, schenkte sie ihm einen leicht verständnisvollen Blick und stellte ihm ein Glas Wasser hin.

Jonathan betrachtete die Gruppe. War er der Richtige, sie anzuführen? Dann erinnerte er sich an Elenas Worte: „Du kannst mehr, als du denkst."

„Also“, begann er, „wir alle wissen, dass wir an einem Wendepunkt stehen. Elena, die leider heute nicht hier ist, hat uns den Namen 'Die Chroniker' gegeben, die Frage ist – was können wir wirklich tun?“

Die Runde schwieg, jeder mit seinen eigenen Gedanken beschäftigt. Jonathan beobachtete die Gesichter – sah die Entschlossenheit und auch die Unsicherheit.

Heiner brach das Schweigen. „Ich habe Zugänge zu alten Kommunikationswegen gefunden. Sie verlaufen unter der Stadt, in vergessenen Tunneln. Es gibt dort Kabel und Geräte, die ursprünglich für Regierungsoperationen eingerichtet wurden. Sie könnten nützlich sein, um Botschaften zu übermitteln – oder um die Übertragungen des Regimes zu stören.“

Kari beugte sich vor. „Wenn wir nur diese verfluchte Kontrolle über das Netz knacken könnten! Die Menschen konsumieren alles digital. Wenn wir ein eigenes Portal schaffen könnten …“

Professor Hingst hob sein Glas und schwenkte es erneut, fast nachdenklich. „Umso überraschender wäre es, wenn es plötzlich wieder etwas Gedrucktes gäbe. Der Widerstand wird aus vielen kleinen Tropfen bestehen müssen. Der Versuch, mit einer großen Aktion alles zu verändern, ist der Fehler, den viele gemacht haben. Was wir brauchen, sind Signale – Symbole, die die Menschen aufwecken.“

„Ein Symbol“, sagte Jonathan, „etwas, das die Menschen sofort erkennen. So etwas wie Gandhis Spinnrad oder die Weiße Rose der Geschwister Scholl. Ich habe da etwas.“

Er packte das Paket aus, das Christian ihm geschickt hatte. Die Schablonen wanderten von Hand zu Hand.

„Großartig“, murmelte Prof. Hingst.

Jonathan fuhr fort: „Wenn wir sie in der ganzen Stadt sprühen und aufkleben, so viele, dass niemand sie übersehen kann. Die Leute würden sich fragen, was das ist, dann könnten Flugblätter folgen. Und weitere Informationen gibt es auf unserem Webportal.“

Es war nur ein Anfang.

Aber Feuer brauchte auch nur einen Funken.

32

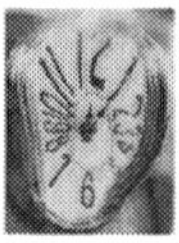

Elena saß neben Miss X, die Hände wie in eine unsichtbare Schraubzwinge gepresst. Der Wagen raste durch den atomaren Nebel.

Sie fuhren gen Westen, das war das Einzige, dessen sie sich sicher war. Miss X hielt mit grimmiger Entschlossenheit das Steuer und hatte seit der Abfahrt vom St. Mors Hospital keinen Ton von sich gegeben.

Elena hatte es dreimal versucht, mit Fragen: „Wohin fahren wir?“, „Was ist los?“, „Ist alles in Ordnung?“. Aber die einzige Antwort war das Brummen des Motors und das dröhnende Rollen der Reifen. Miss X funktionierte wie eine Maschine, programmiert auf die Straße vor ihnen.

Nach zwei Stunden ließ sie das Tempo sinken. Elena erhaschte einen Blick durch die verdreckte Scheibe und erkannte ein Ortsschild. Schwarz und weiß, verblichen und beinahe vergessen, zeigte es den Namen „Manderfeld“, darunter eine skizzenhafte Silhouette des Ortes.

Der Konvoi hielt vor einer kleinen, einst weißen Kirche, schlicht und einschiffig, mit einem alten Turm und einem Dach aus Schiefer. Rund um die Kirche standen weißverputzte Häuser mit Fensterhöhlen und bröckelnden Fassaden. Ein Stück entfernt erstreckte sich ein Lager aus Zelten, in denen sich Leben regte – Hunderte Menschen, die ihre Köpfe kaum hoben.

Schräg gegenüber lag ein Haus, das in besserem Zustand war: „Eifeler Hof“ stand in verblassten Buchstaben auf der Fassade. Elena bemerkte das Wort „Hôtel“ über dem deutschen Namen, mit Zirkumflex auf dem „ô“, das Landgasthaus schmückte sich mit französischer Raffinesse.

„Aussteigen“, sagte Miss X knapp. Elena kletterte aus dem Wagen, kalte Luft riss an ihren Nerven. Die Türen der anderen Fahrzeuge öffneten sich, und die Männer – Soldaten oder was auch immer sie waren – trieben Elena, ihre Mutter und „Grünauge“ wortlos durch die Kirchentür.

Das Innere des einstigen Gotteshauses war von jedem Anklang an das Heilige befreit worden. Sämtliche Altäre, Kreuze und Fresken waren verschwunden, ausgelöscht von einem klinischen, kalten Großraumbüro. Über der alten hölzernen Empore hing ein gigantischer Bildschirm, der das Live-Programm aus der provisorischen Hauptstadt NEUROPAS zeigte.

„Bonjour, mesdames“, erklang eine Männerstimme auf Französisch aus dem Halbdunkel. Elena verstand, aber die Begrüßung fühlte sich nicht an sie gerichtet an, eher wie ein Zischen aus der Ferne, dem man besser keine Beachtung schenkte. Auch Hana reagierte nicht, suchte die Quelle der Stimme, die in der Düsternis blieb.

„Was soll das hier?“ Elena wandte sich an Miss X, die angespannt wirkte, die Stirn leicht in Falten gelegt.

„Wir befinden uns in einer Ortschaft“, erklärte Miss X, „die in Vorkriegszeiten zu Belgien gehörte. Ein lustiges Örtchen, alle Straßen in Manderfeld, und es gibt einige davon, heißen auch alle einfach Manderfeld.“

Die Luft war abgestanden und feucht, als hätten die Wände die einst hier gesprochenen Gebete tief in sich vergraben und ließen sie langsam verfaulen. Hana und Elena saßen auf zwei Holzstühlen, ihre Hände mit abgenutzten Lederbändern auf den Rücken gebunden. Spärliches Licht fiel durch die hohen, bleiverglasten Fenster, malte Muster auf den Boden.

„Ihr seid also die Familie des großen Tomas Szymanek.“ Die Stimme des Mannes, der sich vor ihnen aufbaute, war gefährlich ruhig. Er trug eine schwarze Maske über der unteren Gesichtshälfte, die Augen blitzten schmal und kalt. „Die Familie des OBERSTEN PROTEKTORS. Ihr müsst stolz sein.“

Elena und Hana tauschten Blicke.

„Ihr meint also, uns zu kennen“, sagte Hana.

„Oh, wir kennen euch, Madame Szymanek“, zischte eine andere Stimme – Miss X, die Frau, die sie hergebracht hatte. „Wir wissen, wer ihr seid und was ihr alles getan habt, für das Regime, für diese … schöne neue Ordnung.“

Miss X hielt die Arme vor der Brust und musterte Hana mit einem Ausdruck zwischen Abscheu und kalter Genugtuung. „Ihr glaubt, ihr könnt euch immer noch hinter euren Namen verstecken, nicht wahr?

Szymanek – ein Name, der Leid bedeutet, überall, wo er ausgesprochen wird.“

Hanas Haltung blieb aufrecht, doch ihre Stimme zitterte, als sie antwortete: „Ich weiß, was meine Familie getan hat. Aber ich bin nicht Tomas.“

Miss X lachte kurz auf, ein trockenes, schneidendes Geräusch, das den Raum füllte. „Nein, du bist nicht Tomas. Aber du bist eine von ihnen. Du hast dir wahrscheinlich ein Glas Champagner eingeschenkt, während mein Bruder in den Aschefeldern starb.“ Sie spie das letzte Wort beinahe aus.

Elena spürte, wie sich die Luft im Raum verdichtete. „Was hat das mit meiner Mutter zu tun?“, fragte sie, bemüht, die aufkommende Panik in ihrer Stimme zu verbergen.

Miss X drehte sich zu Elena, ihre Augen funkelten vor Zorn. „Frag sie selbst! Frag sie, wie viele Menschen wie mein Bruder gestorben sind, damit du in Seide schlafen konntest.“

Elena wollte protestieren, aber als sie aus den Augenwinkeln sah, wie Hana beschämt ihren Kopf senkte, konnte sie nichts erwidern.

„Oder frage Zorak“, sagte Miss X und zeigte auf den Maskierten neben sich.

„Bei mir war es der Vater. Mein Vater starb in den Aschefeldern, Madame Szymanek“, zischte Zorak. „Er arbeitete dort, weil Ihr Schwager, der sich der OBERSTE PROTEKTOR nennt, ihn dorthin geschickt hat. Ich habe Vaters Knochen nie zurückbekommen.“

Hanas Augen suchten Elenas Augen, da war etwas – ein stilles Versprechen, eine wortlose Entschuldigung. Elenas Kehle war wie zugeschnürt. Stattdessen nickte sie, kaum merklich, und spürte Hanas Hand an ihrer. Ein stummer Trost, bevor die Dunkelheit sie verschlang.

„Und jetzt“, sagte der Maskierte, „wird das Verhalten des OBERSTEN PROTEKTORS darüber entscheiden, ob ihr am Leben bleibt … oder nicht.“

Der Maskierte ließ die Stille ihre Zähne in die Anwesenden schlagen, bevor er wieder das Wort ergriff. „Nun denn, Madame Szymanek“, sagte er fast genüsslich. „Und auch Sie, Madame Munch. Lassen Sie uns doch gemeinsam lauschen, was Ihr glorreicher Schwager zu verkünden hat.“

33

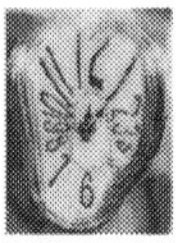

Mit einem Klick dimmte jemand das Licht. Das Kirchenschiff wurde in einen kalten Schleier gehüllt, der riesige Bildschirm leuchtete wie ein unerbittliches, fremdes Auge. Ein Hauch von tosendem Weißlicht brach über den Raum und zog alles in seinen Bann.

Der Maskierte lehnte sich neben Elena zurück, und Miss X nahm Platz zwischen ihm und Hana. Die übrigen Gestalten, darunter Grünauge und sein Aufpasser, ließen sich zu ihren Füßen nieder, halb kniend, halb sitzend. Einige der Gesichter waren Masken der Verzweiflung mit tiefen, eiternden Wunden und vernarbten Hautfetzen, die von den Jahren inmitten des strahlenden Todes zeugten. Ihre Körper schienen verdreht, gezeichnet, wie Skelette, die zu lebenden Wunden geworden waren.

Die Blicke richteten sich auf den Bildschirm. Es sollte ein großer Auftritt werden, das sah Elena sofort. Der OBERSTE PROTEKTOR inszenierte sich wie ein Popstar im ewigen Krieg. Hunderte Mädchen und Jungen der NEUEN JUGEND standen stramm und bildeten ein Spalier, die Augen hart, die Münder gepresst. Eine Militärkapelle trommelte über den Platz, dass selbst die Kirche erbebte.

Dann erschien Tomas, der OBERSTE PROTEKTOR. Er nahm die Sonnenbrille ab und richtete einen kalten, harten Blick in die Kamera, wie ein General, der seine Soldaten zählt, bevor er sie in die Schlacht schickt.

„Volk von NEUROPA“, begann er in einem monotonen Singsang, der die Massen in eine hypnotische Stille versetzte, „wir dürfen nicht nachlassen, unsere Feinde zu bekämpfen. Wir dürfen nicht nachlassen, uns zu stärken und unser Land in eine sichere Zukunft zu führen.“

Wie Marionetten begannen die Menschen zu jubeln. Der Lärm rollte über die Menge und stieg zur Bühne, als könnten sie nicht genug kriegen von seinen Worten. Die Kamera zeigte den OBERSTEN PROTEKTOR in Großaufnahme – sein Lächeln das eines Priesters, der das Opfer forderte.

„Der Rentenstopp ab 77 war der erste Schritt", verkündete er mit Nachdruck. „Die Generation 77plus hat ihre Pflicht getan. In NEUROPA gibt es keinen Platz mehr für sie in Krankenhäusern oder Altenheimen. Ihre letzte Pflicht ist es, zu gehen – Platz zu machen für das neue, junge NEUROPA."

Die Masse tobte, und Tomas fuhr schneidend fort. „Daher ordne ich an: Ab sofort trägt jeder Bürger über 77 Jahre ein spezielles Abzeichen. Tag und Nacht, überall. Sie werden das Hals-ID-Siegel, ein Symbol ihres Dienstes, sichtbar tragen. Angebracht wird es links am Hals unter dem Ohrläppchen."

Mit einem selbstgefälligen Lächeln hielt er ein durchsichtiges Polymer-Pad von etwa drei Zentimetern Länge in die Höhe, das in verschiedenen Farben oszillierte und schließlich ein rotes Siebeneck mit einem weißen „T" zeigte.

„Die Implantation findet spätestens dreißig Tage vor Vollendung des 77. Geburtstags statt – in städtischen Gesundheitszentren mit lokaler Betäubung. Das Hals-ID-Siegel wird mit sterilem Mikronadel-Patch eingedrückt. Zum Abschluss der Weihe wird ein Foto für die Lichtwand erstellt. Erleben Sie jetzt mit mir die erste Implantation live."

Ein Spot flammte neben dem OBERSTEN PROTEKTOR auf. In der Mitte eines kreisrunden Sets, das von Publikum umringt war, stand ein einzelner, weißer Kunststoffsessel. Die Moderatorin – Halstuch der NEUEN JUGEND, Kostüm in Grau-Weiß-Orange – lächelte, als kenne ihr Gesicht keine andere Regung.

„Bürgerinnen und Bürger von NEUROPA, das neue Dekret trat soeben in Kraft. Jetzt zeigen wir Ihnen die allererste Implantation des Hals-ID-Siegels."

Eine Milchglaswand glitt lautlos auseinander. Ein Arzt in schneeweißem Kittel führte eine alte Dame herein, die verlegen lächelte. Ihr Haar lag straff zurück, der Hals war frei.

„Wie alt sind Sie?", fragte der Arzt.

„Ich bin im siebenundsiebzigsten."

„Geht es vielleicht etwas genauer?"

„In dreißig Tagen habe ich Geburtstag."

„Wunderbar", sagte der Arzt. „Und wie heißen Sie?"

„Hildegard", sagte sie.

„Und weiter?“

„Kohl. Geborene Köhler.“

Alles lachte.

Der Arzt bat um Ruhe.

Die Kamerakran-Linse senkte sich; außer dem Summen der Lampen herrschte Stille.

Die Moderatorin sprach nun gedämpft: „Die technische Funktionsweise bleibt – aus Gründen nationaler Sicherheit – vertraulich. Doch Sie dürfen den Moment der Weihe miterleben.“

Der Arzt entnahm ein hauchdünnes Pad aus einer versiegelten Kassette, zog die Schutzfolie ab und setzte das transparente Blättchen links unterhalb von Hildegards Ohrläppchen an. Einen Atemzug lang geschah nichts.

Dann brach ein mattes Grün durch die Oberfläche. Das Pad verschmolz mit der Haut, als sänke es in sie ein; die Ränder lösten sich auf. Zurück blieb nur ein siebeneckiges Glimmen, das wirkte, als sei es in die Haut eingewebt, nicht aufgelegt. Auf den Publikumsrängen – handverlesene Mitglieder der NEUEN JUGEND – schnellten die Fäuste hoch.

Hildegard strich vorsichtig über die Stelle: „Es fühlt sich an wie warme Haut.“

Die Moderatorin strahlte ins Publikum: „Sie sahen es selbst: kein Schmerz, kein Tropfen Blut – nur Sicherheit für unser Vaterland. Frau Kohl, wie empfanden Sie den Vorgang?“

Hildegard schluckte und flüsterte: „Es war, als hätte jemand ein Versprechen in meine Haut genäht.“

Applaus brandete auf. Die Kamera fuhr in die Nahaufnahme: Das Siebeneck pulsierte leise – wie der Takt einer zweiten, strengeren Uhr.

Es hatte die Farbe gewechselt, glitzerte jetzt in Gelb und zeigte den Buchstaben „T“ und dahinter „-30“.

Die Moderatorin wandte sich nun direkt an die Zuschauer: „Sehen Sie, das ist der Beweis, dass das Hals-ID-Siegel Frau Kohl identifiziert hat und ihr genaues Alter anzeigt. Das 'T' steht für ihr 77. Lebensjahr. 'T' wie 'Time' oder 'Todesjahr'. '-30' zählt die Tage runter. Zunächst leuchtet das Siegel grün. Dreißig Tage vor dem 77. Geburtstag strahlt es gelb. Am Geburtstag selbst wechselt es zu rot. Und damit zurück zum OBERSTEN PROTEKTOR.“

Tomas fasste sich ans linke Ohr und strich den Hals hinab. „Ich spüre nichts“, sagte er. Dann setzte er fort: „Alle Vor-77er sind verpflichtet, ihr Hals-ID-Siegel binnen 24 Stunden zu erwerben. Die NEUE JUGEND wird Sie dabei unterstützen – in Pflicht und in Gemeinschaft. Die Verwaltungskosten sind von den Alten selbst zu tragen.“

Elena fühlte einen eisigen Schauer, als sie das Symbol sah – die brutale, schamlose, technisch perfektionierte Ähnlichkeit zum Judenstern der Nazis. Es war, als hätte Tomas absichtlich jedes Puzzlestück der Vergangenheit hervorgekramt, um die neuen Opfer zu demütigen. Aber die Menge jubelte! Der Hass sprang ihnen aus den Kehlen wie ein Virus, der von einem zum nächsten raste.

Tomas' Lächeln wurde noch breiter. „Jeder, der jemanden kennt, der das 77. Lebensjahr vollendet hat, ist verpflichtet, diese Person zu melden und darauf zu achten, dass sie das Hals-ID-Siegel trägt. Zuwiderhandlungen werden als Verbrechen bestraft.“

Triumphierend schaute Tomas in die begeisterte Masse, die ihm zu Füßen lag.

„Und, ich rufe es aus in aller Klarheit, das kann immer noch nicht alles sein! Die Generation 77plus hat keine Zukunft in NEUROPA. Das heißt: keine medizinische Versorgung mehr. Jeder Arzt, der Mitglieder dieser Generation behandelt, macht sich strafbar und wird für immer mit Berufsverbot belegt. Jeder Händler, der ihnen Waren verkauft, bricht das Gesetz und verliert seine Lizenz. Jeder Vermieter, der ihnen Wohnraum zur Verfügung stellt und sie nicht bis zum Monatsende ausquartiert, verliert sein Recht auf Eigentum.“

Die Worte donnerten durch die Masse, die Menge tobte in einer Raserei, die grotesk war.

„Ich weiß“, schloss Tomas seine Ansprache, „das wird für manche von euch nicht leicht sein. Aber damit ihr alle versteht, dass dies keine leeren Worte sind, sondern unumkehrbare Tatsachen, mache ich den ersten Schritt und setze mich selbst an die Spitze: Ab sofort wird das gesamte Vermögen der Generation 77plus – jedes Konto, jedes Sparbuch, jedes Depot – in Staatseigentum überführt. Dieses Geld wird direkt in die Jugend von NEUROPA fließen, zur Förderung unserer Zukunft, unserer Stärke.“

Er hob die Fäuste und brüllte: „Lang lebe NEUROPA!“

Sein Schlachtruf zog durch die Reihen wie ein hungriges Biest, das von einer Blutspur angezogen wurde. Tomas stand über ihnen, triumphierend, sein Lächeln kalt und hart.

Neben Elena brach sich ein Flüstern des Entsetzens Bahn, die entstellten Gesichter der Zuhörer zuckten vor Schmerz und Wut. Elena saß wie betäubt, das 77er-Symbol und alle grausamen Ankündigungen brannten sich in ihren Verstand ein, und die Wahrheit starrte sie an, roh und unverhüllt: Tomas würde nicht aufhören, bis alles ausgelöscht wäre.

Bleierne Stille senkte sich über die Kirche, schwer wie ein Sargdeckel. Schließlich durchbrach der Maskierte das Schweigen: „Aufstehen! Haben die Angeklagten noch etwas zu ihrer Verteidigung vorzubringen?“

Elena und Hana standen wie erstarrt, die Worte blieben ihnen im Hals stecken – zu überrascht, zu entsetzt, um nur einen Laut herauszubringen.

„Schweigen“, sagte der Maskierte, „aber das sagt mehr als genug. Abführen!“

Grobe Hände packten Hana und Elena, unerbittlich wie ein eisiger Griff, der keine Gnade kannte. Sie wurden durch einen schmalen Gang und über Treppen geschleift, das Flüstern ihrer Schritte und das Kratzen der Stiefel verloren sich im Nichts.

Mit einem dumpfen Aufprall schlossen sich die Tore des Kerkers. Die Dunkelheit presste sich an ihre Haut, kalt und lebendig. Dies war kein Ende. Es war ein Auftakt.

34

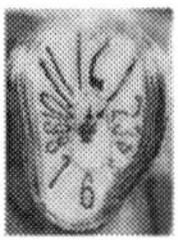

Jonathan hatte geglaubt, auf alles vorbereitet zu sein. Doch der OBERSTE PROTEKTOR bewies, dass das Wort 'Schlimmstes' in NEUROPA keine Grenzen kannte. Seine Anhänger eroberten die Straßen, als stünden ihnen Recht und Macht von Natur aus zu.

Selbst vor Jonathans Haus zogen sie auf: junge Männer und Frauen in den schimmernden Uniformen der NEUEN JUGEND. Ihre Blicke scannten die Gesichter der Passanten, suchten nach Anzeichen des Alters, nach Falten oder zögerlichen Bewegungen, die die „Generation 77plus" entlarvten.

Der Volksbildschirm in Jonathans Wohnzimmer flackerte endlos, zeigte Livebilder aus allen Ecken NEUROPAS: derselbe schaurige Anblick – eine Gangsterbande aus Kindern und Jugendlichen, die Ältere wie Freiwild jagten.

Vor der nahen Sparkasse spielten sich Szenen ab, die Jonathan den Magen umdrehten. Ein Greis hielt eine Plastiktüte in der Hand, in der ein paar Kontoauszüge steckten. Ein junger NJ-Mann trat ihm in den Weg und sprach mit kühler Arroganz. „Ihre Konten sind eingefroren, Alter. Das Geld gehört jetzt NEUROPA."

Der Mann blickte auf, seine Lippen bebten, doch seine Stimme war kaum ein Flüstern. „Aber … ich brauche das Geld … für Medikamente."

Der NJ-Mann zuckte die Schultern. „Geh in den Wald und sammle Kräuter. Oder stirb. Beides ist mir egal."

Jonathan, der die Szene von seinem Fenster aus beobachtete, schnürte es die Kehle zu.

Er setzte sich an den Computer und startete sein Online-Banking-Programm. Jonathan hatte einen Notgroschen angespart. Wenn seine Pension gestrichen würde, könnte er vielleicht ein Jahr und ein halbes durchkommen – zwei, wenn er das Leben aufs Nötigste beschränkte.

Nach ein paar schnellen Klicks eröffnete er ein neues Konto bei einer chinesischen Bank, die seit Kurzem in NEUROPA Fuß gefasst hatte und als „sicher" galt. Mit einem mulmigen Gefühl tippte er Überweisungsdaten ein und versuchte, einen Teil seines Vermögens auf das neue Konto zu transferieren – einen kleinen Betrag, nur zehn Prozent. Doch die Transaktion schlug fehl. Eine Nachricht auf dem Monitor flammte auf:

„Maximale Überweisungsrate erreicht. Überweisungen täglich auf 1/30 der Pension begrenzt. Staatliche Vorschrift."

Jonathans Gesicht verlor jegliche Farbe. Im Kopf begann das Rechnen, er bräuchte anderthalb Jahre, um sein Guthaben auf das neue Konto zu schaffen – Zeit, die er nicht hatte.

Ein Klopfen an der Tür riss ihn aus seinem Schock. Er hielt den Atem an und wartete. Vielleicht würde der Klopfer aufgeben, wenn er nicht antwortete. Aber das Klopfen wiederholte sich, diesmal noch dringlicher, als würde derjenige die Tür eher eintreten als auf eine Antwort zu warten. Schließlich ging Jonathan in den Flur und öffnete.

„Herr Goldt?" Der junge Mann vor ihm trug nicht nur Halstuch, sondern eine komplette Uniform schimmerte im Licht, und der NJ-Pin glänzte bedrohlich auf seiner Brust.

„Ja, was gibt es?", fragte er so ruhig wie möglich.

Der Junge blickte ihm direkt in die Augen und reichte ein gefaltetes Papier durch den Spalt. „Es gibt neue Bestimmungen", sagte er knapp, „die 77er-Vermögenssicherungsregelung. Sie sollten wissen, dass Ihre Kontobewegungen künftig überwacht werden."

„Ich bin erst 76", sagte Jonathan.

„Ist registriert", erwiderte der Jugendliche und glitt einen Schritt in den Flur, als gehörte auch der ihm. Sein Blick streifte die Möbel, blieb kurz auf dem Volksbildschirm hängen. „Sie wissen, wie schnell die Zeit vergeht."

Der Junge schob Jonathan beiseite und streifte weiter durch die Wohnung. „Jetzt nehmen Sie!"

Jonathan ließ sich das Papier in die Hand stecken, seine Hände bebten. Der Junge wirkte beinahe belustigt, sah Jonathan an, er schien die Unsicherheit und die Angst riechen zu können.

„Ist das alles?", fragte Jonathan und bemühte sich, ruhig zu bleiben.

„Nicht ganz. Sie sollten besser vorsorgen. Ich habe hier Infomaterial über das Hals-ID-Siegel, das Sie bald tragen müssen.“

Wie werde ich diesen Kerl bloß los?

Jonathan hob das Kinn, griff an den Rand seines Pflasters und zog es ruckartig ab. Das grün schimmernde Siebeneck leuchtete darunter auf.

Der NJ-Mann wich einen Schritt zurück, überrascht vom plötzlichen Glühen.

„Ich bin … bereits erfasst“, sagte Jonathan locker.

„En Freiwilliger“, antwortete der Junge mit einem Lächeln, das alles andere als freundlich war. „Tragen Sie es sichtbar, Herr Goldt. Wir mögen Stolz.“

Dann war er endlich weg, der Gang roch noch nach kaltem Parfum und Macht. Jonathan drückte die Wohnungstür zu, legte das Formular auf den Tisch – und griff nach dem Konnektron.

Heiner antworte sofort: „*Komm in meinen Bastelbahnhof.*“

35

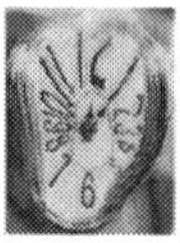

Jonathan wusste, wo Heiners Bastelbahnhof war: Eine halb verfallene Straßenbahnhalle am Stadtrand, Strom, Funkabschirmung, viel Schrott – eine Werkstatt mit perfekter Tarnung.

Er stieg über ein rostrotes Gleis, das im Unkraut verschwand, und klopfte an die Falttür von Wagen 32.

Drinnen roch es nach Lötzinn und altem Öl. Heiner hockte an einer Werkbank, ein Kopfband mit Lupenbrille auf der Stirn.

„Du klingst nicht nach Kaffeehaus heute“, sagte er, ohne aufzusehen.

„Brauche eher einen Elektriker“, antwortete Jonathan.

Er löste den Schal. Unter dem Ohr leuchtete das grünliche Siebeneck, nur schwach vom Pflaster gedämpft.

Heiner riss die Brille hoch.

„Heilige Leiterbahn ... Das ist der Prototyp aus den Gerüchten, oder?“

„Keine Gerüchte mehr. Es ist offiziell – und ich war die Generalprobe. Sie haben mir das Ding im Keller eingepresst. Ich will wissen, was es tut – und ob man es lautlos löschen kann.“

Heiner griff nach einem handtellergroßen Spektralscanner und legte ihn vorsichtig an Jonathans Hals. Ein leiser Piepton. Auf dem Minibildschirm blitzten sich bewegende Raster.

„Sendet alle fünf Sekunden einen Ping. Verschlüsselung unbekannt. Energieernte über deinen Kreislauf – ziemlich elegant.“

„Bekommst du ihn auf?“

Heiner grinste schief. „Aufbohren kann ich alles. Ob du danach noch einen Hals hast, ist die Frage.“

Jonathan setzte sich auf einen ausgeweideten Straßenbahnsitz. „Mach erst eine Kopie. Wenn du das Protokoll kennst, kannst du vielleicht ein Double bauen – einen toten Chip, der trotzdem grünes Licht sendet.“

„Phantom-ID. Gefällt mir.“

„Während du bastelst, brauchen wir Geld. Sie frieren Konten der 77er ein – hier, neues Dekret."

Jonathan schob das Faltblatt herüber.

„77er-Vermögenssicherung. Was für ein Euphemismus."

Heiner tippte einen Befehl, das Terminal rauschte. „Drei Stunden, dann habe ich den Dump deines Chips – und bis morgen hast du dein Tarnkonto. Bring mir bis dahin einen normalen Puls ... oder wenigstens genug Blut im Hals, damit das Ding weiterblinkt."

„Was machen wir, wenn sie uns alles nehmen?"

„Die alten Finanzsysteme sind träge. Sie können kontrollieren, was direkt im System liegt, aber das bedeutet nicht, dass es keine Hintertüren gibt."

Jonathan hob die Augenbrauen. „Hintertüren?"

„Die gibt es immer. Alte Protokolle, redundante Systeme. Wenn wir an die Übertragungsknoten der Banken kommen, könnten wir das Geld der Alten umleiten, bevor das System es registriert." Er grinste schief. „Könnte riskant werden. Und ich hoffe, du hast ein verdammt gutes Alibi, falls uns jemand auf die Finger klopft."

„Risiko ist das Letzte, was mich beunruhigt."

„Dann haben wir einen Plan", sagte Heiner. „Wir müssten uns in die staatlichen NEUROPA-Konten einhacken, aber das kriege ich hin. Wie viele Milliarden brauchst du? Wir könnten Waffen kaufen. Alles, was du willst."

„Mir reicht meine Rente", sagte Jonathan. „Aber die Chroniker könnten auch was brauchen. Funkgeräte zum Beispiel. Wenn du dafür ein Extrakonto anlegen könntest."

Heiner lachte. „Wird gemacht, Chef. Reichen eine Million NEURO pro Tag? Mehr würde wahrscheinlich doch auffallen."

Jonathan zog den Schal wieder hoch. Beim Hinausgehen hörte er hinter sich das Surren von Heiners Fräse – ein Geräusch, das klang, als zerlegte jemand die Zukunft Schraube für Schraube.

Das Surren verfolgte ihn noch, als er wieder ins Freie trat. Die Stadt schwebte im Nebel, als hätte jemand das Schicksal auf Stand-by gestellt.

Sein Kommunikationsbändchen meldete sich, ein winziges Vibrieren, das ihn fast mehr erschreckte, als er sich eingestehen wollte. Er hielt inne, hob das Handgelenk und las die Nachricht: „*Jonathan, ich brauche dich.*"

Kein weiteres Wort, keine Erklärung, nur Elenas Name und diese vier Worte, die wie kalte Nadeln in sein Bewusstsein drangen.

Er drückte die Antworttaste und versuchte, Kontakt herzustellen. „*Elena? Wo bist du?*“ Stille. Der Sekundenzeiger seiner Uhr tickte, doch es kam keine Antwort. Er versuchte es noch einmal, aber die Verbindung blieb stumm.

Sein Kopf ratterte. Wo war sie?

Er setzte den Weg zu seiner Wohnung fort, den Blick wachsam über die Häuser gleiten lassend. Die Stille drückte schwer auf die Straßen.

Da, fast am Ende der Gasse, kurz bevor er die Haustür erreichte, vibrierte das Bändchen erneut. Diesmal stand mehr auf dem Display: „*Ich bin Zoraks Gefangene. Bitte, Jonathan. Wenn du nicht hilfst, ist das hier mein Ende.*“

Zorak. Er wusste nicht viel über diesen Mann. Er war ein Geist, eine Erscheinung aus Geschichten, die auf dem dünnen Grat zwischen Legende und Horror balancierten.

Seine Hände zitterten, als er antwortete: „*Elena? Was passiert da? Sag mir, was ich tun soll.*“ Doch die einzige Antwort, die er erhielt, war wieder Stille.

36

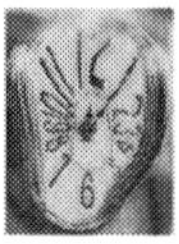

Die Eisdiele war leer, die Tische abgewischt, die Stühle hochgestellt. Der Schein einer kleinen Lampe hinter dem Tresen tauchte den Raum in ein warmes, goldenes Licht. Mara saß allein in der Ecke und schob eine Schraube über die Tischplatte. Leo war irgendwo im Hinterzimmer, hatte gesagt, er müsste noch etwas holen.

Als er zurückkam, hielt er ein zerfleddertes Notizbuch in der Hand, die Seiten gewellt, mit zahlreichen Eselsohren.

Er setzte sich ihr gegenüber.

„Was ist das?“, fragte Mara und warf ihm einen skeptischen Blick zu.

„Ein Teil von mir“, sagte Leo. „Etwas, das ich nicht oft zeige.“

Mara schlug das Büchlein auf. Die Seiten waren mit handgeschriebenen Notizen, kleinen Skizzen und kurzen Gedichten gefüllt. Einige waren hastig hingekritzelt, andere mit Sorgfalt geschrieben. Chaotisch, aber faszinierend.

„Du schreibst Gedichte?“, fragte Mara überrascht und hob den Blick zu ihm.

„Manchmal.“ Leo zuckte die Schultern, als wäre es nichts Besonderes. Aber Mara sah, wie angespannt er war, wie sehr er darauf wartete, wie sie reagieren würde. „Es hilft, die Dinge zu verarbeiten. Manchmal schreibe ich, wenn ich nicht weiß, wohin mit meinen Gedanken.“

Sie blätterte weiter, bis sie auf eine Seite stieß, die nur eine einzige, kurze Zeile trug: „Wir sterben, wenn wir schweigen – aber leben, wenn wir schreien.“

Mara las es laut vor. „Das hast du geschrieben?“

Leo nickte. „Nach dem, was mit meinen Eltern passiert ist. Sie haben geschrien, weißt du. Bis zum Schluss. Und trotzdem hat es sie nicht gerettet.“

Mara schluckte schwer. „Was ist mit ihnen passiert?“

„Deportation." Leos Stimme war ruhig, aber seine Hände ballten sich zu Fäusten. „Ich war dreizehn. Sie kamen mitten in der Nacht, haben die Tür eingetreten. Meine Eltern wollten kämpfen, aber ich … ich habe mich unter dem Bett versteckt. Ich habe alles gesehen. Alles gehört."

„Das ist schrecklich." Mara fühlte sich plötzlich dumm und klein. Ihre Mutter hatte immer gesagt, das System sei hart, aber notwendig. Doch in diesem Moment klangen diese Worte hohl und falsch.

„Warum erzählst du mir das?", fragte sie.

Leo sah sie an, seine Augen dunkel und intensiv. „Weil ich glaube, dass du nicht so bist wie die anderen. Weil ich glaube, dass du das verstehen kannst – wenn du es zulässt."

Mara hätte am liebsten weggesehen. Seine Worte schnitten tief, weil sie die Wahrheit berührten, die sie ignoriert hatte. Sie wollte etwas sagen – eine Entschuldigung, vielleicht ein Trostwort –, aber nichts fühlte sich richtig an.

Stattdessen legte sie eine Hand auf das Notizbuch und drückte es leicht. „Ich verstehe nicht alles, Leo. Aber ich will es versuchen."

Leo beobachtete sie, ein beinahe scheues Lächeln auf den Lippen. „Das ist ein Anfang."

Mara spürte, wie ihre Brust sich zusammenzog, als wäre etwas, das lange eingesperrt war, plötzlich befreit worden. Sie sah ihn an, wirklich an. Er war jemand, der verstanden hatte, was es bedeutete, zu verlieren und trotzdem weiterzumachen.

Und in diesem Moment wusste sie, dass es keine Ausflüchte mehr gab. Sie konnte die Wahrheit weiterhin ignorieren. Oder sie konnte sich ihr stellen – und damit allem, was folgen würde.

37

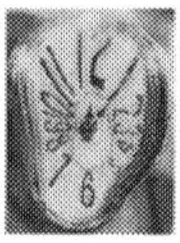

Die Gruppe um Zorak war keine gewöhnliche Bande, keine einfache Ansammlung Verlorener, die sich aus den Resten der Zivilisation zusammengetan hatte, um das eigene Überleben zu sichern. Nein, die „Zoraks“ waren etwas anderes, eine Mischung aus Verzweiflung und Widerstand, die im verseuchten Gebiet ein Dasein fristeten, so bitter und giftig wie die Aschefelder, die sie umgaben. Zorak war ihr Anführer, eine Gestalt, die nur wenige zu Gesicht bekamen. Und die, die es taten, sprachen selten über ihn.

In den Augen des Systems waren sie Ungeziefer, gehörten zu den „Verstrahlten“, von der Gesellschaft abgeschrieben und aus den Geschichtsbüchern gelöscht. Doch sie waren cleverer, als die Leute außerhalb vermuteten, und sie hatten eines, das gefährlicher war als jede Bombe – Informationen und Kontakte.

Geschäfte wie mit Marek, der gelegentlich die Grenzen des verseuchten Gebiets überschritt, waren Teil ihrer Lebensgrundlage. Durch ihn – und andere wie ihn – schlichen kleine Wahrheiten über die Grenze. Sie wussten genug, um ein bisschen Abstand zu wahren, und doch nicht genug, um sich komplett zu beugen. Sie trieben Handel in den staubigen Gassen der Aschefelder.

Zorak und seine Truppe waren keine Söldner, sie waren Feinde des Systems, aus Abscheu, aus Angst, aus einem kaum zu benennenden Hass. Sie hatten das Land jenseits der Mauer satt, und sie waren klug genug, das Gift der Strahlung gegen die „Saubermänner“ von NEUROPA zu wenden. Sie sammelten alte Geheimnisse wie andere Leute Münzen – Informationen über das System, seine Methoden, seine Schwächen. Sie wussten, dass sich etwas aufbauen ließ, eine Macht, die irgendwann zurückschlagen könnte, wenn der richtige Moment käme.

Elena wusste wenig über Zorak und seine Männer – das wenige, was sie erfuhr, kam von „Grünauge", ihrem stillen, fast unheimlichen Mitgefangenen, der sie und Hana im Halbdunkel des Kerkers über diesen Mann aufklärte.

„Du redest von Zorak wie von einem Robin Hood", sagte Elena. „Aber ist das gut oder schlecht für uns?"

„Ihr seid Teil der herrschenden Klasse", murmelte er. „Und ich? Ich bin ein Spion in ihren Augen. Meinst du, solche Leute lassen uns einfach gehen? Zorak mag sich als eine Art Volksheld sehen, aber er hat seine ganz eigene Vorstellung davon, wer zum Volk gehört – und wer nicht."

Elena starrte ihn an, suchte nach einem Ausweg, einer Möglichkeit, ihn zu verstehen. „Woher weißt du überhaupt, wer wir sind?"

Grünauge lachte, ein lautloses, bitteres Geräusch. „Ich habe gehört, was Zorak zu euch gesagt hat. Mehr brauchte es nicht, um zu wissen, in welcher Liga ihr spielt."

„Und das glaubst du alles?"

Er hob den Kopf. „Ich wusste das längst. Denkst du, ich hätte nicht geahnt, wen ich da beschützte? Ich war nicht hier, weil ich wollte. Es war dein Onkel, der mich und meinen Kollegen auf diesen Trip geschickt hat."

Elena schluckte, während seine Worte zwischen den schimmligen Wänden widerhallten. „Dann wirst auch du von Zorak nichts Gutes zu erwarten haben."

Grünauge verzog die Lippen zu einem halbherzigen Grinsen. „Tja, wahrscheinlich nicht. Ich hätte mir mein Ende auch anders vorgestellt."

„Ich glaube nicht, dass das hier schon unser Ende ist", meldete sich Hana zu Wort. „Zorak ist hart, sicher. Aber wenn er seine Hausaufgaben gemacht hat, dann weiß er, dass ich seit Jahren im verseuchten Gebiet lebe und arbeite. Wer tut das schon freiwillig, wenn er ein Agent des Systems wäre?"

Elenas Zweifel schwebten wie eine dunkle Wolke im Raum. „Er hat uns nicht einmal vernünftig angehört. Ich habe da nicht viel Hoffnung, Mutter. Für ihn sind wir nur Werkzeuge des Systems, egal, was du getan hast."

„Wie lange sind wir schon in Zoraks Händen?", fragte Hana.

Grünauge hob den Kopf. „Wenn wir die Entführung im St. Mors Hospital als Startpunkt nehmen, dann sind wir sechs Stunden in ihrer Gewalt."

„Sechs Stunden." Hana sprach langsam, wie jemand, der jeden Gedanken mit Vorsicht wägt. „Das ist eher, als wären wir Kriegsgefangene, nicht Feinde, die man auf der Stelle liquidiert."

Im Keller hing die Luft schwer wie ein bleierner Vorhang, durchsetzt mit dem Geruch von Moder und feuchtem Stein. Elenas Herz pochte in einem unregelmäßigen Takt, als wollte es sie warnen, dass etwas Unheilvolles bevorstand. Das Tröpfeln von Wasser in der Ferne war das einzige Geräusch in der bedrückenden Stille.

Dann erklang ein dumpfes Knarren. Die massive Tür des Kerkers öffnete sich, das grelle Licht dahinter schnitt in die Dunkelheit, und Elena konnte nur blinzeln.

Zwei von Zoraks Männern traten ein. Sie griffen Elena ohne ein weiteres Wort und zogen sie auf die Beine. Ihre Hände zitterten, aber sie ließ es sich nicht anmerken, während sie durch die engen, düsteren Gänge gezerrt wurde.

Dann öffnete sich der Raum, und das Kirchenschiff breitete sich vor ihr aus. Die Männer schoben sie nach vorne. Das Licht der alten Kronleuchter warf lange, zitternde Schatten.

Zorak und Miss X saßen dort, umgeben von acht Mitstreitern, die zu beiden Seiten in starren Reihen Wache standen. Die Männer und Frauen, die sie musterten, wirkten wie lebendige Steinstatuen, regungslos und hart. Ohne ein Wort wiesen sie Elena auf einen Hocker, alt und schäbig, der fast fünf Meter von Zorak entfernt stand. Ein Armesünderhocker.

Zorak beäugte sie kalt und gründlich. Zu ihrer Überraschung hob er die Hand zu seiner Maske und zog sie ab. Sie starrte in ein blasses, kantiges Gesicht, das keinerlei Gnade versprach. Und doch war da etwas, das ihre Gedanken in die Irre trieb: War das ein Zeichen? Ein Funken Menschlichkeit? Sie schluckte und erinnerte sich an alte Filme, in denen die Bösewichte ihre Masken nur dann lüfteten, wenn sie planten, ihre Gefangenen zu töten.

Worauf wartete Zorak? Er saß dort, regungslos wie ein Bild aus kaltem Marmor, starrte Elena an und sagte nichts. Der Raum schien stiller zu werden, das Schweigen eine Schnur, die sich um ihre Kehle legte. War dies seine Vorstellung von Folter?

Die große Kirchentür öffnete sich und ließ kühle Luft herein. Zwei Frauen und ein Mann traten ein. Eine der Frauen näherte sich Zorak und flüsterte ihm etwas ins Ohr. Ein zufriedenes Lächeln huschte über sein Gesicht, das kurz aufglomm und dann sofort wieder verschwand.

„Frau Munch", begann er, und da war dieser Ton, der Elena kalt den Rücken hinunterlief, „gibt es noch etwas, das Sie uns zu sagen haben?"

„Ich hatte noch gar keine Gelegenheit, etwas zu sagen", entgegnete Elena, ihren Blick fest auf Zorak gerichtet.

„Hatten Sie doch. Ich habe Sie und Ihre Mutter etwas gefragt – Sie haben geschwiegen."

Elena hob das Kinn und nickte. „Dann fragen Sie noch einmal. Ich werde antworten."

Zorak ließ einen Moment vergehen, bevor er mit beunruhigender Gelassenheit sprach: „Sind Sie die Nichte des Mannes, der sich der OBERSTE PROTEKTOR nennt?"

„Ja."

„Ist es wahr, dass Sie die Nacht nach dem 7. Juli im Privathaus des OBERSTEN PROTEKTORS verbracht haben?"

„Ja."

Zorak hob die Hand, als würde er lästiges Ungeziefer verscheuchen. „Keine weiteren Fragen."

„Aber …" Elena setzte an, doch da hatten die Männer, die sie hergebracht hatten, sie bereits an den Armen gepackt, schleppten sie fort.

In einem Anflug von Verzweiflung rief sie: „Zorak, gehören Sie also auch zu den Männern, die Frauen nie ausreden lassen?"

Ein kurzer, scharfer Ruck durchzuckte seine Gesichtszüge, kaum wahrnehmbar. Dann hob er die Hand und sagte kühl: „Stopp. Bringt sie zurück."

Zorak starrte sie kalt an. „Ich höre."

Elena suchte nach Worten. „Ist es ein Verbrechen, einen Onkel zu haben?" Sie schaute ihm direkt in die Augen, doch das schien ihn nicht zu beeindrucken.

Zorak rührte sich nicht, und Miss X trat aus dem Hintergrund hervor: „Wenn der Onkel der OBERSTE PROTEKTOR ist, muss man schon ziemlich gut mit ihm stehen, wenn er einem ein Bett für die Nacht anbietet."

„Oder man wird von seiner Polizei geschnappt und vorgeführt", erwiderte Elena.

Miss X hob eine Augenbraue. „Wollen Sie damit sagen, dass Sie nicht freiwillig dort waren?“

„Ich sage, dass ich von der Polizei abgeführt wurde und dann bei ihm landete.“

„Warum wurden Sie verhaftet?“ Zorak runzelte die Stirn.

Elena zögerte, unsicher, wie viel sie preisgeben sollte. Doch hier gab es kein Herausreden mehr. Was hatte sie zu verlieren? „Ich habe am Abend des 7. Juli ein Treffen organisiert. Eine Gruppe, die sich die Chroniker nennt. Wir hatten gerade begonnen, als eine Horde von jugendlichen Schlägern auftauchte und die stillgelegte Friedhofskapelle in Brand setzte, wo wir uns trafen. Sie und Männer der NEUROPA-Garde hatten einen Mann, Denis Korobky, buchstäblich totgeprügelt. Er war einer von uns, ein Mitverschwörer, hauptberuflich ein Mitglied der Wahrheitskommission. Wir wurden verhaftet – ich und Jonathan Goldt, mein alter Geschichtslehrer. Man konnte uns den Mord nicht anhängen, aber wir wurden verhört, gefoltert. Erst als ich den verdammten Passierschein meines Onkels zeigte, brachten sie mich zu ihm.“

„Der alte Mann und das Märchen.“ Miss X lachte höhnisch. „Selbst glauben Sie sich doch kein Wort, oder?“

„Es ist die Wahrheit!“ Elena spürte die Hitze des Zorns, doch sie hielt sich zurück.

„Wollen Sie mir ernsthaft erzählen“, fragte Zorak, „dass Sie, die Nichte des OBERSTEN PROTEKTORS, als Anführerin einer Widerstandsgruppe durch die Gegend laufen?“

„Anführerin?“ Elena ließ ein bitteres Lachen hören. „Das wäre wohl Denis gewesen. Aber ich habe geholfen, die Gruppe zu organisieren.“

„Und dann sind Sie abgehauen – ins verseuchte Gebiet.“

„Ich wollte zu meiner Mutter“, erklärte Elena. „Ich habe meinem Onkel deutlich gemacht, dass ich nicht auf seiner Seite stehe. Ich bin in der Nacht geflohen.“

Zorak beugte sich vor, seine Augen hart und abschätzend.

„Gibt es jemanden, der Ihre Version bestätigen kann?“

„Das wird schwer“, gab Elena zu.

„Und dieser Goldt?“

„Könnte ich versuchen.“

„Versuchen Sie es jetzt“, befahl Zorak.

Elena sah auf das Konnektronbändchen an ihrem Handgelenk. Sie tippte eine Nachricht ein, die so schlicht wie verzweifelt klang: „*Jonathan, ich brauche dich.*“

Zorak streckte eine Hand aus und verlangte, die Nachricht zu sehen.

„Und jetzt?“, fragte er ungeduldig.

„Jetzt heißt es warten.“

Eine Minute verging.

Die Stille in der alten Kirche schien sich zu einer Mauer aufzutürmen.

Zorak knurrte. „Das war's dann wohl.“

„Lassen Sie mich noch einen Versuch machen!“, flehte Elena, Zorak schüttelte den Kopf. Miss X gab ihm einen leichten Stoß in die Rippen, ein Stupser des Zweifels.

„Na gut. Ihr letzter Versuch.“

Elena schrieb mit zitternden Fingern: „*Ich bin Zoraks Gefangene. Bitte, Jonathan. Wenn du nicht hilfst, ist das hier mein Ende.*“

Diesmal kam eine Antwort. Es dauerte eine halbe Minute, eine quälend lange halbe Minute, doch dann stand die Nachricht plötzlich auf dem Display: „*Elena? Was passiert da? Sag mir, was ich tun soll.*“

Elena strahlte erleichtert, doch das verflog sofort, als Zorak das Bändchen mit einem zornigen Blick erfasste. „Sind Sie wahnsinnig? Sie haben meinen Namen ausgeschrieben! Sie wollen wohl die Hunde des Systems direkt auf mich hetzen! Verbindung sofort abbrechen!“

„So ist es nicht!“, versuchte Elena, sich zu verteidigen, aber Zorak ließ sich nicht besänftigen. Er riss ihr das Bändchen vom Arm und warf es zornig zu Boden.

„Abführen!“, befahl er donnernd, und Zoraks Männer bugsierten Elena aus dem Kirchenschiff. Ihr einziger Hoffnungsschimmer war erloschen.

38

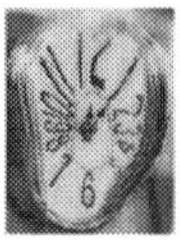

Draußen erhob sich ein Tumult, ein dumpfes Grollen, das aus der Ferne anzuschwellen schien. Zorak hielt inne, lauschte, die Augen zusammengekniffen, und musterte die Tür.

Einer seiner Wachposten stürzte herein: „Ein Trupp NEUROPA-Leute nähert sich aus dem Süden. Angeblich nur eine Routineinspektion."

„Routineinspektion", wiederholte Zorak zynisch. „Man kommt nur so aus dem Kerngebiet und taucht in einer Totenzone auf."

Miss X rückte näher: „Sollten wir sie nicht einfach weiterziehen lassen?"

„Weiterziehen?" Zorak lachte. „Die haben etwas vor – vielleicht mit uns, vielleicht mit jemandem, der zufällig hier ist." Er drehte sich zu seinen Männern um: „Holt unsere Gäste aus dem Kerker."

Grünauge, Hana und Elena wurden vorgeführt. Zorak deutete auf Grünauge. „Du. Ich weiß, dass du für das System arbeitest, ich weiß nur nicht, wie tief du darin steckst. Vielleicht steckst du sogar hinter diesem feindlichen Besuch. Hast du verraten, wo wir uns befinden."

Grünauge zuckte, Panik huschte über sein Gesicht. „Ich … habe ich nicht. Ich wäre ebenso geliefert wie Sie, wenn sie uns entdecken."

Zorak schnaubte, aber irgendetwas in Grünauges Gesichtsausdruck hielt ihn auf. „Das soll ich glauben?"

Grünauge holte Luft, seine Worte kamen hastig, und er vermied Elenas Blick. „Ich habe Aufnahmen. Aufnahmen von den Aufträgen. Das System selbst hat mich ausgesandt, Elena zu überwachen."

„Aufnahmen?" Zorak verzog das Gesicht, als hätte er in eine bittere Frucht gebissen. „Wie, und warum hast du sie noch?"

„Weil ich vorsichtig bin", erwiderte Grünauge.

Ein kurzer Blickkontakt zwischen Zorak und Miss X, ein stilles, wortloses Abwägen. Dann sprach Zorak: „Beweise es. Und wehe, du spielst hier ein doppeltes Spiel, das dich am Ende nur selbst in die Hölle bringt."

Grünauge nickte und zog ein kleines, unscheinbares Gerät aus seiner Tasche hervor, drückte ein paar Knöpfe, und ein Summen erfüllte den Raum. Auf dem großen Bildschirm erschienen verwackelte Bilder: Uniformen, das Profil des OBERSTEN PROTEKTORS im Halbschatten, ein Flüstern über Elena und ihre Flucht in die verseuchte Zone am Nürburgring. „Meine Nichte darf uns nicht entkommen", sagte Tomas. „Bringt sie zurück. Tot oder lebendig."

„Seht ihr?", sagt Grünauge trotzig.

In Zoraks Augen blitzte ein Funke von Zorn, von Bitterkeit. Er drehte sich zu Elena um, musterte sie. Dann nickte er knapp. „Es scheint, dass Sie und ich einen Waffenstillstand haben, Frau Munch. Aber wenn Sie mich täuschen, wenn das alles nur eine Finte ist …" Seine Stimme sank zu einem Flüstern, und in dem düsteren Schein der Kerkerlichter wirkte er wie eine dunkle Gestalt, die ihr Urteil sprach, „… dann werden Sie wünschen, diese NEUROPA-Leute hätten Sie zuerst gefunden."

Elenas Herz raste, sie spürte Hoffnung.

Etwas blinkte und surrte kaum wahrnehmbar im Halbdunkel des Kirchenbodens. Elena erkannte das Kommunikationsbändchen, das Zorak ihr abgenommen hatte. Sie bückte sich, ihre Finger zitterten, als sie die Nachricht öffnete: *Elena, wo genau bist du?*

Jonathan. Ein kurzer Atemzug, ihre Gedanken überschlugen sich. Sie schrieb rasch zurück: *In Sicherheit.* Die Worte fühlten sich an wie eine flüchtige Lüge, um Jonathans Sorge zu lindern. Schließlich reichte eine Person voller Angst, und Elena hatte mehr als genug davon.

In der Ferne fielen Schüsse, dumpf und unheilvoll, gefolgt von gedämpften Schreien und dem Klirren von Fenstern. Der Schlachtenlärm kam näher, zerriss die Stille wie Kugeln in ein Herz, das schon zu oft gebrochen war.

„Raus hier. Sofort! Alle", befahl Zorak.

Männerhände griffen nach Elena, Hana und Grünauge und zogen sie zum Seiteneingang der Kirche. Die kühle Nachtluft traf sie hart, und da stand er – ein Viehwagen, der Motor knurrend in der Dunkelheit, die Ladefläche bedeckt von einer Tarnplane, die im Mondlicht beinahe unsichtbar wirkte.

„Rein mit euch.“ Zorak drängte die Drei nach oben, wo seine Kumpane sie fesselten. Kaum hatten sie sich auf die Ladefläche gesetzt, fiel die Plane zu, verbarg sie wie ein trügerischer Schutz vor der Nacht.

Am Steuer saß Miss X, das Gesicht konzentriert und ohne jede Regung. Und dann preschte der Wagen vorwärts, riss sie in eine Höllenfahrt, die keine Fragen zuließ und noch weniger Antworten versprach.

Die Fesseln an Elenas Handgelenken schnitten in ihre Haut. Ihre Augen huschten zu den anderen. Hana saß reglos da, ihr Blick auf das Verdeck gerichtet, als könne sie durch das dunkle Tuch hindurchsehen. Grünauge atmete flach, die Finger suchten nervös nach einem Ausweg.

„Bleib ruhig“, flüsterte Elena. Sie schob ihre Hand vorsichtig in die kleine Tasche an ihrem Gürtel. Das Messer war noch da, kalt und vertraut. Ein Wunder, dass man sie nicht gründlicher gefilzt hatte. Sie begann, die Fesseln an ihren Handgelenken zu bearbeiten, wobei sie die scharfe Klinge fast lautlos über die Seile gleiten ließ.

Grünauge bemerkte ihre Bewegung. „Was machst du da? Hör auf! Wenn sie uns erwischen …“ Seine Panik war unverkennbar.

Elena warf ihm einen scharfen Blick zu. „Ich habe keine Angst“, sagte sie entschlossen. „Du kannst so bleiben, wenn du willst, aber ich werde nicht wie ein Tier ausgeliefert werden.“

Grünauge zögerte, seine Lippen pressten sich zu einer schmalen Linie. Doch er sagte nichts mehr, während Elena weiterarbeitete. Mit einem Schnappen gab das Seil nach, und sie rieb ihre Handgelenke, bevor sie sich zu Hana beugte, um ihre Fesseln ebenfalls zu lösen.

„Was, wenn sie merken, dass wir frei sind?“, fragte Grünauge, seine Stimme noch immer voller Zweifel.

Elena hielt inne und sah ihm direkt in die Augen. „Zorak wird akzeptieren müssen, dass wir frei sind. Er wusste, worauf er sich einlässt.“

Grünauge schüttelte den Kopf. Elena arbeitete weiter, ihre Bewegungen präzise und schnell. Als sie auch Grünauge befreit hatte, steckte sie das Messer zurück in ihren Gürtel, zog die Plane zur Seite und warf einen Blick auf die vorbeiziehende Landschaft. Die Nacht war hell, der Mond kämpfte sich durch die Wolken. Sie ließ die Plane zurückfallen, ihre Augen nun wieder auf die beiden anderen gerichtet. „Bleibt bereit!“

39

Der Konvoi jagte durch die verwundete Landschaft. Weitere Lastwagen ordneten sich in die Karawane ein. Motoren brummten, Scheinwerfer warfen geisterhafte Lichter auf die ausgebrannten Hügel. Asche lag wie Schnee über allem.

Die Schlucht, die Zoraks Leute als Außenlager nutzten, lag gut verborgen. Nur eine enge Straße führte hinein. Das Knacken trockenen Holzes begleitete den Konvoi, als die Fahrzeuge im Lager verschwanden.

Zelte aus zerrissenen Planen standen schief an den Rändern der Schlucht, provisorische Feuerstellen warfen schwache Glut auf die unebene Erde. Männer und Frauen, abgehärtet durch Jahre in den Schattenfeldern, schleppten Kisten und Kanister, während Hunde wie stumme Wächter um die Fahrzeuge schlichen.

Elena saß auf dem Boden, den Rücken angelehnt an eine Metallkiste voller rostiger Werkzeuge. Ihre Hände waren frei – Zorak hatte darauf verzichtet, sie wieder in Fesseln zu legen – aber die Freiheit fühlte sich hohl an. Sie blieb eine Gefangene, selbst wenn die Ketten unsichtbar waren.

Zorak trat aus der Dunkelheit, lautlos. Sein Gesicht war von Narben gezeichnet, das linke Auge wirkte dunkler als das andere. „Du bist noch wach", sagte er. Seine Stimme war schneidend, als könnte sie die Stille in zwei Hälften spalten.

Elena hob den Kopf. „Schlafen fällt mir schwer, wenn ich nicht weiß, ob ich den Morgen erlebe."

Er ließ sich neben ihr nieder, die Finger um den Griff eines Messers gekrümmt, mit dem er im Takt auf den Boden trommelte. „Das hängt davon ab, wie nützlich du dich machst."

Elena verzog die Lippen zu einem dünnen Lächeln. „Ich dachte, das hätte ich bewiesen."

„Bewiesen? Nein. Du hast uns ein paar Brocken hingeworfen. Nichts, was meinen Leuten das Leben retten wird, wenn wir gegen Tomas' Armee antreten."

„Und was würde sie retten?", fragte Elena ruhig. Ihre Stimme zitterte nicht, obwohl ihr Herz in ihrer Brust pochte wie ein gefangener Vogel.

Zorak ließ das Messer in den Boden sinken und drehte den Kopf, um sie anzusehen. „Strategie. Planung. Und die Gewissheit, dass wir nicht verraten werden."

Elena beugte sich vor, ihre Augen glitzerten im matten Licht. „Du hältst mich für eine Verräterin, weil ich Tomas' Blut in mir trage. Aber du weißt es besser, Zorak. Ich habe mein Leben riskiert. Meinst du, das tue ich für ihn?"

Er lachte. „Manchmal riskieren Menschen alles – nicht für die Wahrheit, sondern für die Illusion, jemand anderes sein zu können."

„Töte mich oder glaub mir – du hast keine dritte Wahl."

„Ich wähle selbst aus, wen ich töte."

Elena fasste in die Innentasche ihres Mantels und zog ein Notizbuch hervor. „Alles, was ich über Tomas' Pläne weiß, steht hier drin. Waffenlieferanten. Komplizen. Die nächste Lieferung an Kommunikationsmodulen – unverzichtbar für ihre Überwachungsinfrastruktur."

Zorak nahm das Buch nicht. Stattdessen starrte er sie an, als versuchte er, durch ihre Haut hindurch die Wahrheit zu sehen. „Und wenn du lügst?"

„Dann wirst du mich liquidieren", sagte Elena. „Du bist gut darin, oder? Das hier könnte dein einfachster Auftrag sein."

Ein Muskel zuckte in seinem Kiefer. Schließlich nahm er das Notizbuch, blätterte langsam durch die Seiten, ohne ein Wort zu sagen. Minuten verstrichen, die wie Stunden schienen.

„Die Route stimmt", murmelte er. „Das Ziel auch. Aber das reicht nicht. Ich brauche mehr als Worte auf Papier."

„Ich weiß, wo sie verletzlich sind", sagte Elena. Sie stand auf, ihre Schultern waren schmal, aber sie wirkte größer, fast furchtlos. „Ich kenne die Schwachstellen des Systems. Und ich weiß, dass du die Waffen hast, um sie zu nutzen. Außerdem kann ich Hilfe in Peking und Washington mobilisieren."

Zorak sah sie lange an, bevor er das Buch in seine Tasche steckte. „Morgen früh. Entweder, du kommst mit mir nach Südfrankreich, oder ich begrabe dich hier."

Elena sah, dass er es ernst meinte.

„Ich werde mit meinen Leuten sprechen", fuhr er fort. „Wenn das hier ein Fehler ist, wird er dein letzter sein."

Elena nickte, ihre Augen begegneten seinen, dunkel und voller unausgesprochener Gedanken. „Ich habe nichts zu verlieren, Zorak. Und du auch nicht."

Seine Lippen verzogen sich zu einem humorlosen Lächeln.

„Da irrst du dich. Ich habe eine Armee zu verlieren."

Er trat einen Schritt näher.

„Und eine Welt zu gewinnen."

Jonathan wartete auf eine neue Nachricht von Elena. Aber sie kam nicht. Stattdessen meldete sich Heiner und bat ihn in seinen Bastelbahnhof.

Er saß in seinem Kabelnest wie ein Spinnentier, das zu viel Kaffee getrunken hatte. Der Bildschirm flackerte, grüne Linien zitterten über graue Felder.

„So", sagte er, „dein kleiner Freund unterm Ohr spricht mit dem Mutterschiff. Alle fünf Sekunden ein Ping – verschlüsselt, aber nicht besonders schlau."

Jonathan trat näher. „Ortung?"

„Vermutlich nur grob. Das Ding kann keine exakten Koordinaten senden, dafür reicht die Bandbreite nicht. Aber es meldet Aktivität, Temperatur, Puls – und vor allem: Statusfarbe."

Heiner drehte den Monitor. Ein schlichtes Interface, ein rotierendes Siebeneck, daneben eine Nummer: 77–001. „Das ist dein Seriencode. Glückwunsch, du bist offiziell die erste Produktionsnummer."

„Ich fühle mich geehrt", murmelte Jonathan.

Heiner grinste. „Das Protokoll ist rückwärtskompatibel. Ich kann dir ein Dummy-Signal bauen, das dem System vorgaukelt, dass dein Siebeneck funktioniert. Das läuft dann über einen winzigen RFID-Schattenchip – tragbar am Schlüsselbund oder im Schuh."

„Und das Original?"

„Kann deaktiviert werden. Ich kann's nicht löschen, aber ich kann es taub schalten – Kommunikation kappen, Stromzufuhr kappen. Das Leuchten bleibt, doch es sendet kein Signal mehr."

Jonathan sah ihn lange an. „Reicht das?"

„Für Verstecken ja. Für Rebellion nein. Wenn du irgendwas mit dem Teil triggern willst – Subroutinen, Eigenlöschung, Alarmumkehr – brauche ich Zugriff auf das Zentralprotokoll."

„Und wo sitzt das?"

Heiner lehnte sich zurück. „Rathaus. Rechenzentrum. Oder tiefer – da, wo die Bürgerdaten geboren werden."

„Risiko?"

„Hoch. Weil das System natürlich merkt, dass es nicht mehr angefunkt wird. Und wenn es das merkt, beginnt die Jagd."

***

40

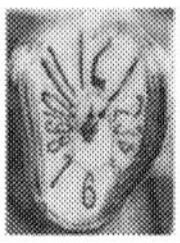

Drei Monate später lag NEUROPA gefangen unter einer Decke aus Eis und bedrückender Stille. Der Frost biss in die Gesichter der wenigen, die sich auf die Straßen wagten. Über den Ruinen der Stadt lag eine erstickende Schwere, als hätte die Kälte selbst das Atmen vergessen.

Aber es gab Spuren von neuem Leben. Die Uhren der Chroniker, gesprayt in gelben und weißen und schwarzen, schräg verlaufenden Ziffern, tauchten überall auf: an Straßenecken, an einst lebhaften Plätzen.

„Zeit läuft ab – für NEUROPA!“ Jonathan hatte sich diesen Slogan ausgedacht, der zu den Uhren hinzugesprayt wurde. Jeder verstand das Symbol und die Botschaft.

Jonathan schob sich durch die eisigen Gassen. Der Weg war für ihn ein tägliches Ritual – er spähte in jede Ecke, jeden verlassenen Kiosk, jeden Hauseingang, in dem Ausgestoßene liegen konnten. Manchmal kam er rechtzeitig, um sie vor dem Erfrieren zu retten. Meistens kam er zu spät.

Viele vertraute Gesichter waren verschwunden. Dafür leuchteten die verhassten Siebenecke grellrot auf den Hälsen der wenigen, die sich in der Kälte aufhielten, markiert wie Vieh für die Schlachtbank.

Jonathan ging zum Markt und dort in die Bücherecke. Was ihn wirklich immer wieder hierhertrieb, war nicht die Suche nach Literatur, es war die Hoffnung, auf Gleichgesinnte zu stoßen, Menschen, die in den Worten von längst toten Autoren noch einen Funken Menschlichkeit fanden.

Jonathan zog ein zerlesenes Taschenbuch aus der Kiste – *Ein Tag im Leben des Iwan Denissowitsch* von Alexander Solschenizyn. Unter dem Papiergeruch lag etwas anderes in der Luft, metallisch, süßlich – der Geruch von Staub, Schweiß und vielleicht Strahlung.

Hinter ihm raschelte jemand in der Bücherkiste.

„Das dürfen Sie nicht anfassen, wenn Sie sensibel sind“, sagte eine Stimme hinter ihm.

Er drehte sich um. Marta Henschel, eine ehemalige Kollegin, schmal, gebeugt, mit einem Gesicht wie eine Karte der Entbehrung, sah ihn mit schmalen Augen an. Sie trug kein Siebeneck, ihre Hände zitterten leicht.

„Wegen der Verstrahlung?“, fragte Jonathan leise.

Sie nickte. „Die Bücher kommen oft aus Ruinen oder Lagerhäusern nahe der alten Sperrzonen. Früher haben wir das gemessen. Heute sagt man: Wer misst, verunsichert.“

Jonathan erinnerte sich an seinen Onkel Ludwig, der immer einen Geigerzähler dabeigehabt hatte – bis ihn die Männer in den grauen Mänteln abholten. „Panikmache durch private Strahlenmessung“, hieß es. Danach war er verschwunden.

„Was nicht gemessen wird, existiert nicht“, murmelte er.

Marta seufzte. „Ich hatte mal eine Dosimeterplakette. Selbstgebaut, aus alten Teilen. Hat leise geklickt, wie ein Herz. Irgendwann hab ich sie weggeworfen. Wenn niemand mehr zuhört, bringt das Klicken nur Angst.“

Jonathan betrachtete das Buch in seiner Hand. Iwan Denissowitsch – ein Mann, der im System lebte, ohne daran zu zerbrechen. Vielleicht war es genau das, was NEUROPA fürchtete: dass Worte wie diese weiteratmeten.

„Ich nehm's trotzdem“, sagte er. „Ich suche Geschichten. Die Wahrheit, die wir nicht sagen dürfen.“

Marta ließ das Buch sinken und seufzte. „Die Wahrheit? Die ist schwer zu finden. Wenn man nur überlebt. Ich bin 77. Das allein ist ein Verbrechen.“ Sie zögerte. „Ich lebe versteckt in einem Keller. Mein ganzes Leben ist ein Keller. Manchmal frage ich mich, ob ich überhaupt noch Mensch bin.“

„Sie sind mehr Mensch, als dieses System je zulassen wird. Und Sie sind nicht allein“, sagte Jonathan.

Sie blinzelte, als müsste sie sich erinnern, wie man Trost annimmt. Endlich huschte ein Lächeln über Martas Gesicht. „Es ist nur eine Frage der Zeit, bis sie mich finden. Ich höre ihre Schritte jede Nacht in meinen Träumen. Aber solange ich noch hier bin, werde ich das tun, was ich kann.“

„Was können Sie tun?“, fragte Jonathan.

„Lesen. Und reden. Den Menschen erzählen, dass sie nicht allein sind. Auch wenn es nur Worte sind. Worte können Mauern durchbrechen.“

„Hier, nehmen Sie das“, sagte Jonathan und drückte ihr sein Begleitbuch, ein Exemplar von Margaret Atwoods *Der Report der Magd*, in die Hand. „Bleiben Sie nicht zu lange hier“, sagte er. „Aber wenn Sie etwas brauchen …“

Sie unterbrach ihn mit einem Kopfschütteln. „Nur, dass Sie weitermachen. Dass Menschen wie Sie weitermachen.“

41

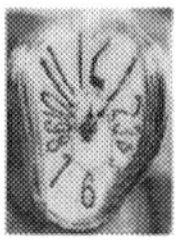

Jonathan verließ den Markt. Noch immer sendeten die öffentlichen Bildschirme den neuen Staatsbericht, die Nachrichten, die vom „Fortschritt“ und den „Opfern der Generation 77“ sprachen, die ihren Beitrag für die Jugend und die Sicherheit von NEUROPA leistete.

Er trat in eine Gasse. Ein schmaler Durchgang, überwuchert von zerbrochenen Ziegeln und verrostetem Stacheldraht. Er hob das Kommunikationsbändchen an und schrieb: *„Elena, ich bin hier. Was brauchst du?“*

Jonathan hatte keine Ahnung, wo Elena war, aber seit Wochen standen sie in losem, fast kryptischem Kontakt. Meist waren es Fragen nach Namen, manchmal nach ein paar Details, die sie nur knapp skizzierte, und immer wollte sie wissen, wie diese Menschen zum System standen. Jonathan forschte, wühlte in alten Archiven und befragte seine Chroniker-Freunde, ehe er per vereinbartem Code antwortete: eine Skala von null bis zehn. Null bedeutete: absoluter Feind des Systems, und zehn: bedingungsloser Befürworter. Bis jetzt hatte er nur die Werte drei bis sieben übermittelt, ohne die leiseste Ahnung, wofür Elena die Informationen brauchte.

Oft antwortete sie sofort, diesmal kam keine Reaktion.

In den letzten drei Monaten hatte sich nicht nur die Gesellschaft verhärtet – auch Jonathan und die Chroniker waren schärfer, mutiger, entschlossener geworden.

Die Spray-Uhren der Chroniker an den Wänden waren nur ein Flüstern, ein Ruf nach Freiheit, der sich in den Köpfen der Menschen ausbreitete. Die erste Flugblatt-Aktion war kein großer Erfolg gewesen. Aber ein alter Luftschutzkeller unter der Stadt, den Jonathan und die anderen Widerstandskämpfer als Versteck entdeckt hatten, war mehr als das, er war ein geheimes Refugium für die junge Generation, die sich wagte, zu träumen, zu hinterfragen.

Jonathan stieg vorsichtig hinab, vorbei an zerbrochenen Ziegeln und rostigen Leitungen, bis er den Bunker betrat, der früher ein kaltes, kahles Versteck vor den Bomben war. Heiner, der Techniker, hatte mit schierem Genie improvisiert – einen uralten Projektor aus den Ruinen gezogen und ihn so umgebaut, dass er die mächtigsten Geschichten der Menschheit erzählen konnte.

Die Chroniker hatten ihr eigenes Untergrund-Kino.

Im Halbdunkel erkannte Jonathan Mara, deren Großvater in die Kategorie „über 77“ fiel.

Sie war in einem hitzigen Gespräch mit dem jungen Leo, seit einigen Wochen ihr ständiger Begleiter.

„Das ist Rassismus!“, rief Leo laut.

Alle erstarrten.

Mara flüsterte: „Das Wort steht nicht auf der Sprachliste …“

„Dann soll die Scheiß-Liste verdammt nochmal erweitert werden. Oder am besten komplett abgeschafft werden.“

„Wir müssen vorsichtig sein“, ermahnte Jonathan.

Lukas war da, seine Stirn in tiefen Falten, der rebellische Blick, den er vor drei Monaten in Jonathans Wohnung gezeigt hatte, war gereift. Nico starrte auf die Leinwand, als könnte er die Welt in seine eigene Wahrheit verwandeln.

Jonathan sah etwa ein Dutzend junge Gesichter im Licht des Projektors, still, gespannt und fast schon andächtig, als das Antlitz Gandhis über die Leinwand wanderte – dieses schmächtigen Mannes, der mit bloßen Füßen durch die staubigen Straßen Indiens schritt und die Salzmarsch-Revolte anführte.

Heiner lächelte zufrieden, während die Bilder auf der Leinwand das Geheimnis der Gewaltlosigkeit preisgaben – eine Waffe, die so mächtig war, dass selbst NEUROPA sich vor ihr fürchten musste.

Nach dem Film rutschte Jonathan an Heiner heran, der in einer Ecke stand und ein Auge auf den Projektor hatte. „Was steht als Nächstes auf dem Plan?“, fragte er.

„Mandela", antwortete Heiner. „Die Zelle in Johannesburg, der eiserne Wille – das wird ihre Köpfe genauso treffen wie das Salz auf Gandhis Marsch."

Jonathan nickte, und Stolz flackerte in ihm auf. Sie hatten keine große Armee, keine Waffen, aber sie hatten den Verstand und das Wissen.

Mara und Lukas kamen auf ihn zu, die Gesichter voller Fragen, die nach dem Film wie ein stummer Vorwurf wirkten.

„Glaubst du wirklich, dass wir das tun können?" Lukas' Stimme zitterte leicht, ein Gemisch aus Mut und Furcht, das in der bedrückenden Stille des Kellers widerhallte.

Mara legte eine Hand auf den Arm ihres Bruders. „Ohne Gewalt?", fügte sie hinzu, ihre Augen suchten Jonathans Blick, als würde sie dort eine Antwort finden.

Jonathans Stimme war bestimmt: „Das Regime will, dass wir zuschlagen, Lukas. Damit sie uns Terroristen nennen können. Aber unsere stärkste Waffe ist der Kopf – nicht die Faust."

Mara nickte und sah ihn entschlossen an. „Wenn sie jemals davon erfahren, wird dieses Kino hier Geschichte sein."

Jonathan lächelte. „Vielleicht. Wir sind hier so etwas wie cineastische Archäologen. Und heute ist dieses Kino jedenfalls sehr lebendig."

Die Gruppe im Keller wuchs stetig.

Sie drehten und zeigten auch eigenes Material. Das Licht im kleinen Kinosaal flackerte, und der alte Projektor hinter ihnen ratterte unaufhörlich. Der Film lief ohne Ton, nur die düsteren Bilder erzählten von Zerstörung und Verzweiflung: Aufnahmen von Familien, die gewaltsam getrennt wurden, von Deportationen und Dörfern, die das Regime ausgelöscht hatte. Die Menschen im Saal sahen schweigend zu, einige mit Tränen in den Augen, andere mit zusammengepressten Lippen.

Mara saß neben Leo, aber sie fühlte sich unendlich weit von ihm entfernt. Seit sie die Bilder gesehen hatte, war ein Knoten in ihrer Brust gewachsen, der sich mit jedem neuen Bild enger zuzog. Als der Film endete, blieb das Rattern des Projektors zurück, und eine schwere Stille breitete sich aus.

Die Szenen auf der Leinwand hatten sich in Maras Gedanken eingebrannt. Sie sah die schreienden Menschen, die zertrümmerten Häuser, die Gesichter voller Angst – und doch wehrte sich etwas in ihr dagegen, sie zu akzeptieren. „Das ist nicht die ganze Wahrheit", dachte sie, auch wenn sie nicht genau wusste, was das bedeutete. Der Knoten in ihrer Brust wurde größer, während sie versuchte, die Emotionen in ihrem Inneren zu sortieren. Sie wollte glauben, dass es einen anderen Weg gab. Sie musste.

Als das Licht im Kino anging, war es Leo, der die Stille brach. „Und? Was denkst du, Mara?"

Mara zögerte. „Es ist furchtbar. Schrecklich. Aber – ich verstehe nicht, was das ändern soll. Ein paar Bilder zeigen, die sowieso niemand sieht? Was bringt das?"

Leo runzelte die Stirn. „Es bringt Menschen zum Nachdenken. Zum Handeln. Man muss den Leuten die Wahrheit zeigen."

„Und was dann?" Mara drehte sich zu ihm. „Was willst du tun, Leo? Auf die Straße gehen und das Regime anflehen, nett zu uns zu sein? Das ist naiv."

„Niemand fleht hier irgendjemanden an", sagte Leo. „Aber Menschen müssen aufwachen. Und wenn das bedeutet, dass wir riskieren, entdeckt zu werden, dann ist es das wert."

„Du riskierst nicht nur dich", sagte Mara, ihre Wut wuchs. „Du riskierst auch mich und Lukas. Und alle anderen. Ich verstehe nicht, warum du das nicht siehst."

„Ich sehe es, Mara", erwiderte Leo, und sein Blick wurde intensiver. „Ich weiß genau, was ich riskiere. Aber was ist die Alternative? Zusehen, wie sie uns alle vernichten? Glaubst du wirklich, dass wir das Regime mit friedlichem Protest aufhalten können?"

„Ich glaube, dass Gewalt nichts löst", sagte Mara. „Sie machen uns zu Monstern, wenn wir uns auf ihr Niveau begeben."

Leo lachte. „Du redest von Monstern, als ob sie uns das erst beibringen müssten. Sie haben dir schon beigebracht, blind zu gehorchen, Mara. Alles, was du tust, ist ihnen zuzusehen, während sie Menschen wie mich und meine Familie zerstören."

„Das ist nicht fair", fauchte Mara und stand auf. „Ich habe nie gesagt, dass ich das Regime gutheiße. Ich werde nicht so sein wie sie."

„Vielleicht solltest du dich mal fragen, ob du nicht schon so bist wie sie", schoss Leo zurück. „Du spielst nach ihren Regeln. Du verteidigst sie sogar. Manchmal ist Gewalt das Einzige, was ein gewalttätiges Regime versteht.“

Mara starrte ihn an. „Ich kann das nicht. Ich kann das nicht akzeptieren, Leo.“

„Dann geh“, sagte er, seine Stimme plötzlich kalt. „Geh zurück zu deiner Mutter. Zur Sicherheit. Zu den Lügen.“

Maras Augen füllten sich mit Tränen, aber sie hielt sie zurück. Sie fühlte sich wie betäubt. Der Knoten in ihrer Brust war nicht verschwunden, er hatte sich nur verändert – aus Angst war Wut geworden, aus Wut Schuldgefühl. Und dabei hatte sie so gehofft, bei Leo etwas wie Liebe zu finden.

Als die Schritte verklangen, war nur noch das Ticken des Projektors zu hören. Leo saß allein im Technikraum des Kellers, die Tür halb geschlossen, das Licht gedämpft. Neben dem alten Projektor lagen Schrauben, Kabelreste – und ein Buch, dessen schwarzer Einband sich vom staubigen Holz abhob.

Schuld und Sühne.

Er hatte den Dostojewski aus der versteckten Bücherkiste genommen, eher aus Trotz als aus echtem Interesse. Jetzt schlug er es zum zweiten Mal auf.

„Er glaubte, er dürfe es tun“, murmelte Leo leise und fuhr mit dem Finger über den Absatz. Raskolnikow, der Student, der mordet – nicht aus Hass, sondern aus Überzeugung, dass es für ein höheres Ziel nötig sei.

Leo lehnte sich zurück, starrte an die Decke.

Ist das der Weg, den ich gehe?

Er dachte an Mara, an ihre Wut, ihre Tränen – und an seine eigenen Worte, hart wie Hammerschläge.

Vielleicht solltest du dich mal fragen, ob du nicht schon so bist wie sie, hatte er gesagt. Und sie hatte ihn angesehen, als hätte er sie verraten.

Die Seiten des Buches raschelten, als er es schloss. Für einen Moment hielt er es an die Brust – nicht wie ein Schild, sondern wie einen Stein.

„Ich weiß nicht, was richtig ist“, sagte er leise in den Raum. „Aber ich weiß, dass ich es nicht mehr weiß.“

42

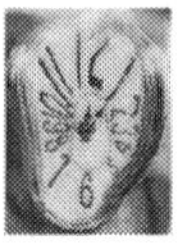

Der Kino-Keller hatte zwei Ein- und Ausgänge, beide versteckt hinter dicken Metalltüren. Heiner war stets der Erste vor Ort – es war seine Technik, die sie nutzten, seine Kabel, sein Projektor, seine kleine Macht über die Dunkelheit und das Licht im Raum.

Jonathan blieb bis zum Schluss. Er wollte der Letzte sein, um sicherzugehen, dass niemand zurückblieb, dass keiner den Schutz dieses Raums aus Versehen oder aus Angst suchte. Der schwere Riegel des Südausgangs senkte sich mit einem dumpfen Knall ins Schloss, er wandte sich zum Nordeingang, wo die rostigen Stufen in die kühle Nacht führten. Doch bevor er die ersten Schritte machen konnte, überfiel ihn eine kalte Welle – ein plötzlicher, stechender Schmerz durchzuckte seinen Kopf, der Raum begann, sich zu drehen, der Betonboden schien unter seinen Füßen wegzurutschen, während seine Knie nachgaben. Jonathan stürzte.

Der Keller lag in Dunkelheit, als Jonathan zu sich kam. Die Luft war schal, drückend. Ein paar Meter entfernt, war der Nordeingang. Aber jeder Gedanke, sich zu rühren, wurde von einem lähmenden Schwindel überlagert.

Ein Zittern durchzuckte ihn, als ihn Gandhis Bild wie ein Nachbeben traf. Gandhi, aufrecht im Angesicht der Soldaten, die Massen, die ihren Frieden gegen den Sturm stellten.

Stille. Kälter und dichter als zuvor. Jonathans Gedanken wurden schwer. Er war fast bereit, in dieser bleiernen Dunkelheit zu bleiben – solange er träumen durfte.

Plötzlich, am Rande seines Bewusstseins, Schritte, ein Schlüssel kratzte im Schloss, ein Ruck, ein Knarren. Heiners Silhouette erschien am Eingang, eine hohe Gestalt, die sich in den dunklen Raum hineinwagte.

„Jonathan!“ Heiners Schrei war ein beunruhigter Laut, gefüllt mit Sorge. Er eilte die Stufen hinab und kniete sich neben ihn, legte vorsichtig eine

Hand auf seine Schulter. Jonathan öffnete die Augen, die Helligkeit des aufflammenden Lichts bohrte sich schmerzhaft in seine Netzhaut.

„Ich habe dir eine Nachricht geschickt. Du hast nicht geantwortet. Deshalb bin ich zurückgekommen. Du wirst gebraucht“, flüsterte Heiner, und Jonathan spürte das Gewicht dieser einfachen Worte.

Heiner brachte Jonathan zur Praxis von Verena Bach, ihrer Ärztin im Verborgenen, die zum innersten Kreis der Chroniker zählte. Das Wartezimmer war voll, die Luft schwer und angespannt.

Jonathans Welt stand wieder halbwegs gerade. Noch.

Er ließ seinen Blick schweifen – und blieb überrascht an den Eltern von Mara und Lukas Berger hängen. Er wich ihrem Blick aus und erwartete, dass sie ihn ignorieren würden. Doch Claire Berger, die fanatische Parteisoldatin, wandte sich ihm zu und sprach ihn an.

„Guten Tag, Herr Goldt“, sagte sie mit einem Hauch Zögern, „ich hoffe, es geht Ihnen gut.“

Jonathan nickte, unsicher, wie er reagieren sollte. „Ja, danke. Es war nur ein kleiner Schwächeanfall, mein Blutdruck spielt manchmal verrückt.“

Claire musterte ihn und zeigte dann auf einen alten Mann, der gebeugt neben ihr saß und das rote Siebeneck trug. Seine Augen wirkten leer, als wäre er nicht ganz anwesend. „Wir sind hier wegen meines Schwiegervaters“, sagte sie. „Er … wird immer unberechenbarer. Er flucht, spricht von Gewalt. Ich weiß nicht, was er hat, und es macht mir Angst.“

Hans Berger beugte sich vor. „Schau mal, Vater, das ist Herr Goldt. Jonathan, von dem Mara und Lukas immer erzählen.“

Der alte Herr Berger drehte den Kopf, sein Blick glasig, ein Schatten dessen, was er einst gewesen war. Dann murmelte er: „Dieser Jonathan … ist doch selbst alt. Was will der schon ändern? Das wird doch nichts.“ Sein Kopf sackte zurück, und er starrte ins Leere. Als wären die Worte nicht für Jonathan bestimmt, sondern für die Geister seiner eigenen Vergangenheit.

Claire Berger schüttelte den Kopf: „Manchmal sagt er merkwürdige Dinge, Sachen, die keinen Sinn ergeben. Wir hoffen, dass Frau Doktor Bach ihm helfen kann.“

„Das kann sie nicht, Frau Berger“, warf eine Frau Mitte dreißig in einem scharfen Ton ein, ohne auf Einladung zu warten. „Als Parteimitglied sollten Sie das wissen.“

Claire Berger erblasste. Ihre Hände, eben noch ruhig gefaltet, ballten sich, und ihr Blick flackerte in einer Mischung aus Verwirrung und Abwehr.

Die Stille im Wartezimmer war schwer, fast greifbar.

In der Ecke saß der alte Herr Berger, versunken, verloren.

Dann erklang die Lautsprecherstimme: „Herr Berger, bitte in Raum zwei.“

43

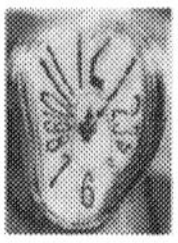

Die Côte d'Azur galt einst als Sehnsuchtslandschaft – ein Ort, an dem die Sonne das Leben leichter und die Sorgen kleiner erscheinen ließ. In der Nachkriegsgeschichte hatte ein Teil dieser Landschaft eine neue Bedeutung bekommen: Ein zwanzig Kilometer langer Küstenstreifen von Toulon bis Hyères war für 99 Jahre an die Union Afrikanischer und Arabischer Staaten verpachtet worden. Ein Flüchtlingslager für Menschen, die aus dem verstrahlten NEUROPA fliehen wollten und sich eine Zukunft in Nordafrika erhofften, dem neuen Paradies.

Das „Camp d'Azur“ war ein Labyrinth aus meterhohen Stacheldrahtzäunen, und doch, hinter diesen martialischen Barrieren, lebte es sich gut – zumindest für jene, die Geld und Kontakte hatten. Besonders gut lebte hier, wer das Geschäft mit der Verzweiflung verstand – so wie Zorak.

Seine Villa, ein Anwesen mit atemberaubendem Meerblick, thronte auf dem Mont des Oiseaux – dem „Berg der Vögel“ – zwischen den kleinen Städten Carqueiranne und Hyères hoch über der Halbinsel Giens.

In der Nachbarvilla hatten sich Hana und Elena eingerichtet. Noch ein Haus weiter, in einem Gebäude, das über die Klippen wachte, wohnte „Miss X“ mit „Grünauge“, der hier unter seinem wahren Namen Heinrich Zorn oder alias Henri Colère auftrat. Aus einem flüchtigen Leibwächter war ein gefürchteter zweiter Mann in Zoraks Gefolge geworden. Und „Miss X“, die eigentlich Xenia hieß, blieb an seiner Seite.

Zoraks Hauptgeschäft war die Fluchthilfe, sein Büro eine schlichte Baracke am Eingang des Zeltlagers. Gegen hohe Gebühren organisierte er den Transport vom Camp d'Azur bis zu den Fähren und Frachtern in Toulon, die nach Algier fuhren.

Elena erkannte schnell, dass Zoraks Fluchthilfegeschäft mehr war als humanitäre Fassade – es war ein Schattenheer in Wartestellung.

Zoraks Leute überfielen Waffenlager mit der Präzision chirurgischer Schläge. Kein blinder Aktionismus, keine sinnlose Gewalt – alles diente einem Zweck. Die Beute: Sturmgewehre, Panzerabwehrraketen, Drohnen – Werkzeuge für den Tag, an dem sie die Mauern von NEUROPA einreißen würden.

Elena war der Schlüssel zu alledem. Sie wusste Dinge wie nur jemand, der lange in Tomas' Schatten gelebt hatte. Sie kannte die Orte, an denen das System brüchig war, die Knotenpunkte, an denen ein präziser Schlag alles ins Chaos stürzen konnte. Und sie hatte Auslandskontakte.

Jonathan in Brandenburg war ihr stiller Verbündeter. Wenn das Konnektron vibrierte, antwortete er. Wenn Elena Pläne brauchte, alte Karten oder historische Aufzeichnungen über die Verteidigungssysteme der Städte, besorgte er sie. Manchmal fragte er, warum, doch die Antworten, die er bekam, waren vage. „*Du tust etwas Gutes*", hatte Elena einmal gesagt, und das musste reichen.

„*Warum tun die anderen Länder nichts?*", hatte er einmal gefragt.

„*Du wirst bald eine Antwort bekommen*", hatte Elena zurückgeschrieben.

Der Widerstand wuchs, langsam, aber unaufhaltsam. Zorak, Elena und Jonathan schmiedeten einen Plan, der entweder das Ende von NEUROPA oder das ihre bedeuten würde.

Im Camp d'Azur war Zorak das Gesetz, das Geld und die letzte Hoffnung in einem. Er hatte alle Fahrer unter Vertrag, die Flüchtlinge von Giens nach Toulon chauffierten. Er kontrollierte die Kapitäne der Schiffe und Fähren, und seine Sicherheitsleute – ob neuropäisch oder arabisch-afrikanisch – sorgten dafür, dass sie die Küstenregion unbehelligt verließen. Solange alle daran verdienten, gab es keine Unruhe.

Es war an Elena, zu entscheiden, wer als Widerstandskämpfer bevorzugte Ausreise bekommen konnte. Zorak vertraute ihr – wer ihre Zustimmung erhielt, rückte in der Warteschlange nach vorne, wer abgelehnt wurde, hatte keine Chance.

Ihre Mutter blieb skeptisch. „Das sind üble Geschäfte."

Elena entgegnete ruhig: „Das hier ist mein Widerstand. Ich mag Teil von Zoraks Geschäften sein, aber ich entscheide, wer geht – und das zählt."

„Und das Geld, das ihr den Leuten abknöpft?"

„Das ist Zoraks Sache. Er bezahlt. Manchmal, wenn ich sehe, dass jemand wirklich alles verloren hat, gebe ich Geld aus meiner Tasche. Bezahle die Flucht selbst. Es ist selten, aber es passiert.“

Hana sah ihre Tochter lange an, Wehmut lag in ihrem Blick, als sie sagte: „Ja, es passiert. Aber ist dir das genug?“

44

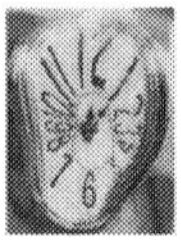

An einem Nachmittag saß Elena in Zoraks improvisiertem Büro und arbeitete sich durch die Fluchtanträge. Plötzlich blieb ihr Blick an zwei Namen hängen. Ihre Hand zitterte. Hans und Albert Berger.

Sie starrte auf die Fotos und die kargen Daten, die die Notlage bescheinigten: Albert Berger, gezeichnet und gebrandmarkt mit dem Siebeneck, und sein Sohn Hans, Beamter im Liegenschaftsamt, der eifrig die Anordnungen des Systems ausgeführt hatte – Menschen aus ihren Wohnungen vertrieb, ihre Häuser beschlagnahmte und seine Loyalität mit Härte bewies. Und jetzt schickte er dieses verzweifelte Hilfegesuch. Waren sie auf der Flucht vor dem System? Oder vor der schrecklichen Claire? Und was war mit den Kindern?

Ein Teil von Elena wollte die Anfrage sofort ablehnen, ein großes '*Kein Platz für Verräter!*' auf das Formular schreiben. Etwas ließ sie innehalten – ein nagendes Gefühl, dass mehr dahintersteckte als nur die Not von Kollaborateuren.

Sie wandte sich an Zorak. „Ich habe hier eine Anfrage, die … besonders ist.“

„Schau an, das System beginnt, seine Kinder zu fressen.“

„Soll ich sie ablehnen?“, fragte Elena, und die Kälte, mit der sie das sagte, überraschte sie selbst.

Zorak schüttelte den Kopf, amüsiert. „Biete ihnen Bedingungen an, strenge Bedingungen. Mal sehen, ob sie bereit sind, etwas Nützliches preiszugeben. Oder wir schicken sie zurück in die Hölle, die sie selbst mit aufgebaut haben.“

Elena nahm ihr Kommunikationsgerät und schrieb an Jonathan: „*Was kannst du mir über Hans und Albert Berger sagen?*“

Die Nachricht auf dem Kommunikationsbändchen ließ ihn innehalten. Jonathan las sie noch einmal, langsam, als könnte das zweite Lesen einen anderen Sinn offenbaren. Ein seltsames Gefühl kroch in ihm hoch – nicht Furcht, sondern eine vage Ahnung. Elena wusste doch alles, was es über die Bergers zu wissen gab. Warum also diese Frage? Es schien ihm, als sollte er zwischen den Zeilen lesen, als ginge es um etwas anderes, unausgesprochen, aber dringend. Vielleicht war das, was sie nicht schrieb, genau das, worauf er achten musste.

Er dachte an Albert Berger. „Dieser Jonathan … ist ja selber alt. Was will der schon ändern? Das wird doch nichts“, hatte er gehöhnt, als sie sich in der Arztpraxis begegneten.

War er wirklich behandelt worden, trotz der Verbote, trotz der Frau, die Claire Berger im Wartezimmer angegriffen hatte?

Wenig später saß er wieder in Verenas Büro, und ihre Augen ruhten aufmerksam auf ihm, bevor sie sprach. „Jonathan“, begann sie, „dein Zusammenbruch war ernsthafter, als du vielleicht glaubst. Es könnte eine beginnende Herzschwäche sein. Mit dem Stress, den du dir zumutest, gibst du deinem Herzen nicht die beste Chance, sich zu erholen.“

„Herzschwäche?“ Jonathan tastete sich an das Wort heran, als wär es aus Glas, etwas Fremdes, etwas, das zu anderen Menschen gehörte, nicht zu ihm. „Was soll ich tun? Medikamente?“

Verena nickte. „Ja, und du musst dein Tempo zügeln. Ohne Ruhe wird das nur schlimmer. Der Körper kann eine Weile Druck aushalten, aber irgendwann nimmt er sich, was er braucht.“

Er wollte sagen, dass der Kampf es wert sei, dass es andere Probleme gäbe. Doch er spürte, dass sie recht hatte.

„Was war mit Albert Berger?“, fragte er.

Verena sah ihn einen Moment an, ihre Augen schmal geworden. „Das bleibt unter uns, oder?“

„Vertraulich“, versicherte er. „Elena hat nach ihm und Hans Berger gefragt.“

Überraschung huschte über Verenas Gesicht. „Du hast Kontakt zu Elena?“

„Ja“, erwiderte Jonathan. „Jetzt sag schon, hast du Albert Berger behandelt?“

„Ich habe ihn gebeten, in Zimmer zwei zu kommen – das ist mein Besprechungsraum, weißt du. Mein Behandlungszimmer ist Raum eins."

Sie ließ diese Information einen Moment wirken, dann fuhr sie fort. „Soweit ich weiß, darf ich nicht behandeln, aber reden – das ist nicht ausdrücklich untersagt. Also habe ich mit ihm gesprochen. Sein Sohn war dabei, Claire Berger habe ich draußen warten lassen."

„Und was genau ist dann sein Problem?", fragte Jonathan.

„Herr Berger ist schwer belastet. Psychisch – und auch aus anderen Gründen. Es gab tiefgreifende Veränderungen in seinem Leben, er fühlt sich völlig entwurzelt. Mehr muss ich wohl nicht sagen."

Jonathan nickte. „Was hast du ihm geraten?"

Verena sah ihn kurz an, bevor sie antwortete. „Ich sagte ihm, dass er seine Umstände schnell ändern sollte. Vielleicht eine Reise, ein anderer Ort, andere Luft … Ich gab ihm ein paar Arzneiproben mit, Beruhigungspillen. Alles legal."

Jonathan lächelte. „So, wie du das erklärst."

Verena zuckte mit den Schultern, ein Lächeln auf ihren Lippen. „Ich will keinen Ärger und helfe, solange ich kann."

„Und Frau Berger?", fragte Jonathan. „Was hat sie gesagt?"

„Ich habe nicht mit ihr gesprochen, aber meine Sprechstundenhilfe meinte, dass auch sie ziemlich besorgt aussah, als sie weggingen."

Jonathan stand auf. „Verena, du bist großartig. Und, sagen wir … fantasievoll. Danke für alles."

„Pass gut auf dich auf, Jonathan", sagte sie.

Statt nachhause zu gehen, schlenderte Jonathan zum „La dolce vita". Als er die leere Eisdiele betrat, sah Nico überrascht von der Theke auf. Es war Mitte Oktober, die Eissaison war vorbei.

Jonathan orderte: „Mach mir was Warmes, Nico."

Der Junge stellte die Tasse behutsam auf den Tisch, dann zog er sich einen Stuhl heran und setzte sich Jonathan gegenüber. „Geht's dir wieder besser?", fragte er, und in seinen jungen Augen blitzte Sorge auf.

„Wovon sprichst du?" Jonathan hob die Brauen.

„Von deinem Zusammenbruch. Nach dem Film, nach Gandhi." Nico musterte ihn, als wolle er aus den Zügen des alten Mannes die Wahrheit herauslesen.

„Ach, das. War halb so schlimm." Jonathan winkte ab, aber er spürte den prüfenden Blick des Jungen auf sich. „Woher weißt du das überhaupt?"

„Lukas hat's mir erzählt", sagte Nico mit einem Hauch von Belustigung. „Er meinte, seine Eltern hätten dich und Heiner Vogt beim Arzt getroffen."

„Hm, das stimmt wohl."

Jonathan nahm einen Schluck, die Hitze des Getränks belebte ihn etwas. „Wie geht's eigentlich Lukas und Mara? Und ihren Eltern?"

Nico seufzte und sah zum Fenster hinaus, wo die Straßen menschenleer und von einem frühen Nebel verhangen waren.

„Nicht so toll", murmelte er. „Lukas' Vater hat um unbezahlten Urlaub gebeten. Er will mit seinem Vater – also Lukas' Großvater, der wohl ziemlich krank ist – eine Reise machen. Nur die beiden Männer. Aber irgendwie scheint es die Familie sehr zu belasten."

„Tja", Jonathan legte seine Tasse ab und schüttelte den Kopf. „In diesen Zeiten ist Reisen kein leichtes Unterfangen." Er ließ den Blick über die leeren Tische schweifen. „Was gibt's überhaupt noch für Orte, an die man halbwegs unbeschwert reisen könnte?"

„Na ja, Italien vielleicht." Nico zuckte die Schultern und ein träumerisches Lächeln huschte über sein Gesicht. „Da scheint die Sonne manchmal noch, wenn man den Erzählungen glauben darf. Meine Vorfahren kommen von dort, weißt du."

Jonathan nickte, leerte die Tasse, bedankte sich und machte sich auf den Heimweg, seine Gedanken bei der Reise der Bergers und dem, was wohl in ihrer Familie vor sich ging.

Zuhause angekommen, setzte er sich an seinen Schreibtisch.

Er tippte die Nachricht an Elena, seine Finger zögerten einen Moment zu lang.

„Albert Berger – zwei. Hans Berger – früher acht, jetzt eher sechs."

Er drückte Senden – und wusste, dass Zahlen Leben bedeuteten.

45

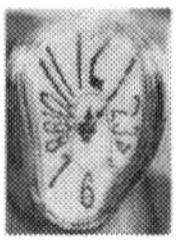

Jonathan kannte alle Grausamkeiten der Geschichte. Die Azteken opferten Menschen, um die Sonne am Himmel zu halten. Die Thuggees erdrosselten Reisende im Namen der Göttin Kali. Die Nazis perfektionierten das industrielle Morden, berechneten, wie viele Körper in eine Gaskammer passten, wie oft der Ofen gereinigt werden musste.

Selbst im Bewusstsein all dieses Grauens war Jonathan nicht vorbereitet auf das, was er heute mitansehen musste: eine Gesellschaft, die Formen der Barbarei perfektionierte – effizient, erbarmungslos.

Es begann mit einer Fernsehshow: „Millionenjagd – 77 und raus". Zunächst wurden zwanzig Freiwillige ausgesucht. Drei von ihnen wurden zu „Jägern" ernannt, deren Aufgabe es war, sieben ältere Menschen – alle über 77 Jahre – zu verfolgen, zu fangen und zu töten. Der Jäger mit den meisten Abschüssen gewann die Million.

Jonathan saß fassungslos vor dem Volksbildschirm.

Die Arena war ein Labyrinth aus verlassenen Einkaufszentren, rostigen Parkhäusern und halb verfallenen Wohnblöcken. Eine künstlich geschaffene Stadt, perfektioniert für die Jagd. Kameradrohnen surrten in der Luft wie metallische Insekten, jede Bewegung, jedes Geräusch ein potenzieller Einschaltmoment.

Friedrich Weber – Opfer Nummer fünf – presste sich gegen eine zerfallene Wand aus bröckelndem Beton. Er war 78, ein ehemaliger Buchhalter, der in seinem Leben nichts weiter getan hatte, als Zahlen in Ordnern zu sortieren.

Sein Körper war abgemagert, die Haut wie Pergament über die Knochen gespannt. Die letzten 48 Stunden hatten ihn gezeichnet: Schrammen an den Armen, ein schmerzender Knöchel, der bei jedem Schritt protestierte. Aber das Schlimmste war die Kälte, die in seinen Körper gekrochen war. Es war, als hätte die Angst das Blut in seinen Adern gefrieren lassen.

Er wusste, dass er keine Chance hatte.

Über ihm schwebte eine Kamera, ihre rote Linse auf ihn gerichtet. Er hatte gelernt, sie zu ignorieren – zumindest so gut es ging. Die Zuschauer wollten Drama. Sie wollten sehen, wie ein alter Mann brach, wie er flehte, wie er schrie. Aber das würde er ihnen nicht geben. Nicht jetzt. Nicht, wenn er noch atmete.

In der Ferne gellte ein Schrei durch die Ruinen, gefolgt von einem dumpfen Knall. Friedrich zuckte zusammen, aber er wagte es nicht, sich zu bewegen. Er wusste, was das bedeutete. Einer der anderen war tot. Und die Jäger waren näher gekommen.

Laura Novak war eine Jägerin und bewegte sich durch die Arena wie ein Raubtier. Ihre Schritte waren tänzelnd, ihre Augen kalt und berechnend. Sie war 32, eine Polizistin, die die Show als Sprungbrett in eine Karriere im Reality-TV sah. Ihre schwarze Kleidung war eng anliegend, designt für Beweglichkeit, während das Messer an ihrer Hüfte mit jedem Schritt klapperte – eine kleine, aber bewusst inszenierte Geste, um den Zuschauern zu zeigen, dass sie bereit war.

„Friedrich Weber, Opfer Nummer fünf", murmelte sie in ihr Mikrofon, das mit der Regiezentrale verbunden war. Ihre Stimme war beinahe gelangweilt. „Letzter Sichtkontakt vor fünf Minuten. Ich nehme die Fährte wieder auf."

„Perfekt, Laura", antwortete eine fröhliche Stimme aus ihrem Kopfhörer. Es war der Produzent. „Wir lieben, was du machst. Halt die Spannung hoch."

Laura ignorierte ihn. Sie hatte keinen Nerv für das Geschwafel der Regie. Ihre Augen scannten den Raum – zerbrochene Fenster, eingestürzte Wände, Schatten, die sich in den Ecken sammelten wie scheue Tiere. Sie kannte den Geruch der Angst, und sie wusste, dass sie ihre nächste Zielperson bald finden würde.

Friedrich hörte sie, bevor er sie sah – die Schritte, das Klappern des Messers. Er presste sich tiefer in den Schatten, hielt den Atem an, sein Herz hämmerte in einer Geschwindigkeit, die sein alter Körper kaum noch verkraften konnte. Seine Finger krallten sich in den kalten Beton, während er betete, dass sie vorbeigehen würde.

Doch Laura hielt an. Ihre Silhouette zeichnete sich im schwachen Licht der kaputten Straßenlaterne ab. Sie zog das Messer, drehte es in ihrer Hand, während sie sich umsah.

„Ich weiß, dass du hier bist“, sagte sie. Ihre Stimme war weich, fast freundlich. „Mach es nicht schwerer, als es sein muss, Opfer Nummer fünf.“

Friedrich biss die Zähne zusammen. Er wollte weglaufen, aber seine Beine gehorchten ihm nicht. Er war wie festgenagelt, sein Körper unfähig, die Befehle seines Verstandes auszuführen.

„Weißt du, warum ich das mache?“, fuhr Laura fort, während sie langsam durch den Raum schritt, jede Ecke absuchend. „Weil ich gewinnen will. Eine Million Neuro. Damit kann ich meiner Familie ein Leben ermöglichen, das sie verdient. Ein Leben, das du und deinesgleichen ihnen verweigert habt.“

Friedrich fühlte, wie ihm die Tränen in die Augen stiegen, aber er wischte sie mit einer zitternden Hand weg. Er wollte nicht weinen. Nicht vor ihr. Nicht vor der Kamera.

Und dann war sie da. Direkt vor ihm. Ihre Augen trafen seine, und da war da nichts – keine Emotion, kein Mitleid, nur ein kalter, leerer Blick.

„Es ist nichts Persönliches, Friedrich“, sagte sie und hob das Messer. „Es ist nur Show.“

Er wollte etwas sagen, wollte sie bitten, ihn gehen zu lassen, aber er wusste, dass es keine Rolle spielen würde. Stattdessen schloss er die Augen.

Der Angriff kam schnell. Das Messer fuhr durch die Luft, und die Kamera zoomte näher, um jeden blutigen Moment einzufangen.

In den Wohnzimmern von NEUROPA schrien die Zuschauer vor Begeisterung. Kinder lachten, Eltern prosteten sich zu, während der Moderator mit einem strahlenden Lächeln verkündete: „Und da haben wir es! Laura Novak führt mit zwei Leben! Wird sie es schaffen, die Million zu holen? Bleiben Sie dran!“

Jonathan hielt es nicht mehr aus und warf eine Decke über den Bildschirm.

Die Opfer hatten sich angeblich „freiwillig“ gemeldet – oder waren von Angehörigen „angemeldet“ worden, gegen eine Prämie von 100.000 Neuro, steuerfrei. Eine kleine Entschädigung, die vielen Familien das

Leiden erleichterte, sagte man. Und weil die Opfer sich freiwillig gemeldet hätten, wurden die Tötungen nicht als Mord, sondern als Selbstmord und Tötung auf Verlangen gewertet, was schon seit Jahren nicht mehr strafbar war.

Die Sendung lief einmal pro Woche, zog Millionen in ihren Bann und füllte die Klatschwebseiten mit dem Nervenkitzel einer Nation, die die Jagd auf ihre Alten verinnerlicht hatte. Als Krönung erhielten die Toten einen Platz an der Lichtwand des Altstädtischen Friedhofs – das neueste Spiel um Leben und Tod, gefeiert wie eine Auszeichnung.

Im Nachruf für Friedrich Weber wurde nicht nur sein persönliches Opfer vor einem Millionenpublikum lobend erwähnt, sondern auch, dass die 100.000 Neuro, die er durch seine freiwillige Teilnahme an der TV-Show verdient hatte, für eine Gesichtsoperation seiner Tochter verwendet wurde, die durch die atomare Strahlung entstellt gewesen war.

Laura Novak, wie Jonathan später erfuhr, war die Siegerin der ersten Folge und gewann die Million. In weiteren Sendungen wurde sie als Kommentatorin eingesetzt, weil dem Hauptmoderator ein peinlicher Fehler unterlaufen war.

„Das ist... tragisch – äh, ich meine: das ist... bedauerlich“, hatte er während einer Sterbeszene gesagt, während die Kamera auf sein Gesicht zoomte und jede Schweißperle einzeln zeigte. Allen war klar, dass er ein verbotenes Wort genutzt hatte – und ausgetauscht werden musste.

Sieben tote 77er pro Woche – das war zu wenig, um das „gesamtgesellschaftliche Problem“ der „überflüssigen Alten“ ein für alle Mal zu lösen. Also trat Wieland Mendel, der OBERSTE JUGENDPROTEKTOR, vor die Kamera und verkündete die neueste Maßnahme des Regimes. Sein Lächeln war kalt, gnadenlos: Wer einen nahen Angehörigen aus der Altersklasse 77plus davon überzeugte, „freiwillig“ aus dem Leben zu scheiden, würde eine Prämie von 100.000 Neuro erhalten, steuerfrei und diskret überwiesen. Auch diese Freiwilligen würden auf dem Lichtfriedhof geehrt.

Jeden Abend las er die Liste der Tagesverstorbenen vor, Namen für Namen, in einem Ton, als stünde er vor einer Preisverleihung. „Die Aktion findet großen Anklang“, betonte er mit einem selbstgefälligen Nicken, „sowohl bei den Teilnehmern als auch bei den Hinterbliebenen.“

Was Jonathan besonders entsetzte: Der Mann hatte recht. Die Zahl der „Freiwilligen"-Meldungen kletterte – falls man den amtlichen Zahlen trauen konnte – von Tag zu Tag, Woche zu Woche. Die Aktien der Pharmaunternehmen, die die Sterbepillen lieferten, stiegen rasant, die Kurven strebten gen Himmel wie die der besten Rüstungsaktien, die immer Hochkonjunktur hatten.

100.000 Neuro. Das war das Dreifache eines Jahresgehalts, das Sechsfache einer üblichen Jahresrente. Doch es war auch nicht viel mehr, als man für ein Elektroauto der gehobenen Mittelklasse hinblättern musste.

Jonathan hätte vor Verzweiflung fast aufgegeben. Die Stille, das Einverständnis, mit dem die Leute die Gräueltaten des Systems hinnahmen, war wie eine lebendige Grabplatte, die auf ihm lastete. Doch dann spürte er die feinen, kaum wahrnehmbaren Risse im Bollwerk der Gleichgültigkeit.

46

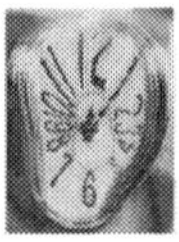

Auf dem Markt hörte er immer öfter ein verstohlenes Flüstern, das von Stand zu Stand sprang, von Mensch zu Mensch, eine unmerkliche, aber wachsende Welle des Zweifels.

In der Büchergasse entdeckte er eine Ausgabe von Aldous Huxleys *Schöne neue Welt* und freute sich, weil er schon lange nach diesem Buch gesucht hatte. Es würde neuer Lesestoff im Untergrundkino sein.

Die Besucherzahlen wuchsen, die jungen Zuschauer scharten sich nach den Filmen um alte Papierbücher – ein fast sakrales Erlebnis in einer Zeit manipulierter eFolios, es waren Bücher, die offiziell verbannt worden waren, Geschichten, die das Regime ausmerzen wollte.

Nach „Gandhi“ und „Mandela“ hatte besonders „Die Weiße Rose“ die jungen Besucher gepackt. Sie saßen nach dem Abspann still da, wie von einer elektrischen Wucht erfasst, das Licht, das auf den zerknitterten Flugblättern flackerte, das Geräusch der heimlich vervielfältigten Blätter. Nur sechs Flugblätter hatte die studentische Gruppe der Weißen Rose gedruckt, aber die wenigen tausend Kopien rissen kleine Löcher in die Mauer der Angst. Das Regime, das ihnen den Kopf abschlug, begann zu wanken.

„Wir müssen Flugblätter verteilen“, sagte Nico voller Entschlossenheit.

Jonathan wehrte ab. „Wir haben das schon einmal versucht. War eine totale Katastrophe. Die Polizei war sofort zur Stelle – sie hatte unsere Aktion längst vorhergesehen. Am Ende war es ein Riesenreinfall, und wir haben damit nur erreicht, dass wir jetzt noch größer auf deren Radar sind.“

„Dann müssen wir's eben besser machen als du“, stieß Lukas hervor. Die Entschlossenheit in seinen Augen hatte eine neue Härte angenommen, die Jonathan nicht zuordnen konnte.

„Dann mach doch“, entgegnete er scharf. Er wusste selbst nicht, ob es der Frust über die Vergangenheit oder die Sorge um die Kinder war, die seine Worte so harsch klingen ließen.

„Werde ich“, knurrte Lukas zurück, „aber wir brauchen dich trotzdem, Jonathan – für den Text und den Druck. Die Verteilung übernehmen dann wir.“

Jonathan nickte, die Ernüchterung wich einem Hauch von Respekt, als er die Ernsthaftigkeit der Jungen sah.

So formierte sich die Flugblatt-Gruppe als eine Art verborgene Widerstandszelle, bestehend aus Jonathan, Nico, Lukas und später auch Verena Bach, der Ärztin, und Kari Wittmann, der Journalistin.

„Was ist eigentlich mit Mara?“, fragte Jonathan eines Tages, dem auffiel, dass Lukas' Schwester seit Wochen nicht mehr in den Keller gekommen war.

„Mutter hat sie fest im Griff“, antwortete Lukas finster. „Seit Vater und Großvater weg sind, dreht sie komplett durch. Als wäre sie nun die eifrigste Dienerin der Partei. Und als Krönung hat sie Mara dazu gezwungen, eine Jugendgruppe zu leiten. Mara hat sich gewehrt, wirklich, aber Mutter drohte ihr mit lebenslangem Hausarrest, und Mara hat schließlich nachgegeben.“

„Und du lässt das einfach geschehen?“, fragte Jonathan.

„Was soll ich tun? Ich höre Mara zu, wenn sie sich ausheult, und ich helfe, wo ich kann“, rechtfertigte sich Lukas. „Das Schlimmste ist, dass Mara langsam anfängt, diesen Partei-Dreck mitzusprechen, als wäre sie eine von ihnen.“

„Ich kann mir das kaum vorstellen“, sagte Jonathan.

„Ist aber so“, entgegnete Lukas. „Und dann gibt es da noch diesen Wieland. Wieland Mendel.“

„Den OBERSTEN JUGENDPROTEKTOR?“

„Genau den.“

„Was ist mit ihm?“

Lukas' Stimme senkte sich zu einem Flüstern. „Der schleicht bei uns herum, schnurrt meine Mutter an wie ein verdammter Kater und tut so, als ob er ihr Liebhaber wäre. Oder es zumindest werden wollte.“

„Aber deine Mutter weiß doch, wie brutal das Regime mit den Alten umgeht. Dein Großvater …“

„Mein Großvater, ja – aber ihr Schwiegervater. Sie spürte das alles nie so wie wir. Und seit Opa und mein Vater sie 'verlassen' haben …“

„Verlassen? Sie sind doch nur im Urlaub, oder?“

Lukas' Lächeln war bitter. „Das ist nicht, was meine Mutter sagt. Sie glaubt, sie wären geflohen. Dass sie sie und uns Kinder für immer verlassen hätten. Dass sie auf dem Weg nach Afrika wären. Dass sie fast das gesamte Familienvermögen mitgenommen hätten. Sie schwört, dass sie sie niemals hätte gehen lassen, hätte sie die Wahrheit geahnt."

Jonathan war erschüttert. Wie hatte er sich einreden können, dass Claire Berger sich geändert hätte? Nur weil sie in der Praxis freundlich zu ihm war? Er wusste, dass er kein guter Menschenkenner war, und doch, dass er sich so getäuscht hatte, traf ihn wie ein Tritt in die Magengrube.

Der alte Albert hatte in NEUROPA nichts mehr zu erwarten außer den Tod. Hans hätte seinen Vater nicht allein auf die Reise geschickt. Jonathan dachte an Elena in Südfrankreich und daran, dass sie genau solchen Menschen half, die Grenze nach Afrika zu überschreiten.

Seine Bewertungen – diese simplen Zahlen, die er mit ein paar Klicks versendete – könnten am Ende darüber entscheiden, ob jemand durchgelassen oder aufgehalten wurde. Die „zwei" für Albert war hilfreich, da war er sicher, aber die sechs für Hans? Das Gewicht dieser Ziffer drückte auf sein Gewissen, kalt und schwer.

Er griff zum Konnektronbändchen und sprach die Nachricht für Elena. „*Geänderte Bewertung Hans Berger – früher acht, jetzt vier.*"

Seine eigene Stimme klang fremd.

Vielleicht war es zu spät, das Blatt zu wenden.

Aber es war der einzige Weg, es zu versuchen.

47

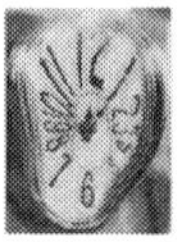

Der Regen klopfte gegen die Scheibe, als hätte er etwas sagen wollen, das niemand mehr hören konnte. Jonathan saß in der Küche. Ein Notizbuch vor sich, ein leerer Teller daneben. Er hatte gegessen, ohne zu schmecken.

Das Konnektron an seinem Handgelenk pulsierte.

ZO-EM. Direkte Übertragung. Priorität: rot.

Er entsperrte das Gerät. Ein Dossier öffnete sich. Kein Text im eigentlichen Sinn – mehr ein Brennglas, unter dem die Risse in der Welt sichtbar wurden.

NEU-45-B: Internationale Reaktionen auf das NEUROPA-Regime

Vertraulich. Nur für Goldt. Übermittlung durch Kanal Zorak. Verfasser: E./Z.

Er überflog die ersten Absätze, dann las er langsam, Wort für Wort, als müsste er sich selbst zwingen, die Wahrheit aufzunehmen.

Lageanalyse: Warum der Rest Europas schweigt.

Die brutale Politik NEUROPAS hat im Ausland weder Proteste ausgelöst noch Sanktionen zur Folge gehabt. Unsere Analyse zeigt die Hauptgründe.

1. Atomare Abschreckung: „Frieden durch Angst"

NEUROPA verfügt nach dem Dritten Weltkrieg über das modernste Arsenal taktischer Nuklearwaffen auf dem Kontinent. Die Stationierung entlang der Sicherheitslinie Süd-Ost (ehemals Alpenraum, Balkan, Mittelmeer) gilt als unantastbare rote Linie.

Fazit: Kein Nachbarstaat wagt ein offenes Eingreifen – selbst kritische Stimmen aus Paris oder Oslo verstummen unter diplomatischem Druck.

2. Informationskontrolle & Propagandaexport

NEUROPAS PR-Abteilung betreibt massive Desinformationskampagnen. Über FLIMMER und das Programm

NEUROPA VISION werden weltweit gefälschte Bilder, manipulierte Statistiken und virtuelle Friedenssymposien verbreitet.

Beispiel: Die „Wiedereingliederungszentren für Senioren" – in Wahrheit Sterbekammern – werden als humanitäre Gesundheitsdörfer dargestellt.

3. Wirtschaftsinteressen & Ressourcenhandel

Tomas' Administration unterhält geheime Abkommen mit der Union Afrikanischer und Arabischer Staaten. Im Gegenzug für Fluchthilfeverträge, Satellitentechnologie und Saatgutlieferungen duldet die Union das Regime.

Gleiches gilt für neutrale Staaten wie die Schweiz oder einige Balkanregionen: Sie profitieren von Bankverbindungen, Waffenhandel und Zugang zu KI-Systemen „Made in NEUROPA".

4. Kein einheitlicher Widerstand im Ausland

Ansätze von Opposition existieren, z. B.:

– in Barcelona (Freie Druckerei „Sol de la Sombra"),

– in Zürich (Untergrundsender Radio Lichtschatten),

– in der Bretagne (Fluchtrouten, von alten Partisanennetzwerken erhalten).

Doch alle Gruppen sind isoliert, schwach vernetzt oder unterwandert. Viele Aktivisten fliehen selbst – nach Algerien, Neuseeland, Island.

Die europäische Idee ist tot. NEUROPA lebt auf ihrem Grab.

5. Persönliche Einschätzung (E.)

Die größte Waffe des Regimes ist nicht der Panzer. Es ist das Schweigen.

Was wir tun, Jonathan, tun wir im Schatten. Nicht, weil wir uns schämen – sondern weil Licht tödlich ist. Noch.

Bleib vorsichtig. Aber bleib laut. – E.

Als er zu Ende gelesen hatte, saß Jonathan lange still da. Der Bildschirm erlosch, aber die Worte brannten weiter in seinem Kopf.

Die Welt wusste es. Sie wusste es – und schwieg.

Er sah zum Bücherregal, zu den zerfledderten Ausgaben von Orwell, Kafka, Hesse. Sie hatten es alle vorhergesehen. Und doch war es passiert.

Er stand auf, trat ans Fenster. Hinter den grauen Dächern lag der Volksbildschirm, flackernd wie ein schadhafter Herzschlag. Die tägliche

Todesliste war gerade verklungen: 77er, zehn neue. Freiwillige. Familien beglückwünscht.

Und niemand hatte protestiert.

Jonathan atmete tief durch, trat zurück zum Tisch und griff zum Stift. Seine Hand zitterte leicht, als er auf das Papier schrieb:

Noch schweigen sie. Aber wir schreiben. Und jedes Wort ist eine Wunde.

Er faltete das Blatt, steckte es in sein Notizbuch. Dann löschte er das Dossier aus dem Speicher. Nicht, weil er es vergessen wollte. Sondern weil es sich längst eingebrannt hatte.

48

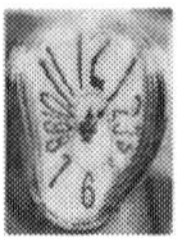

Das Camp d'Azur erstreckte sich wie eine trostlose Welle aus Zeltplanen, rostigen Containern und Baracken – ein Niemandsland zwischen Hoffnung und Vergessen. Die Luft war schwer von Staub, Salz und Verzweiflung, die selbst die hellste Sonne nicht vertreiben konnte.

Hans Berger starrte auf die kleine Aluminiumtasse mit grauem Brei, die vor ihm auf einem wackligen Holztisch stand. Der Brei roch nach nichts und schmeckte nach nichts – die Rationen, die hier verteilt wurden, waren kaum mehr als Kalorien zum Überleben. „Ein Geschenk der Humanitären Allianz“, hatte ein Lautsprecher verkündet. Aber es fühlte sich nicht wie ein Geschenk an. Es war ein Almosen, ein Tropfen auf einen glühenden Stein.

„Du musst mehr essen“, sagte Hans, während er Albert ansah, der müde auf einem Stapel Kisten saß. Sein Gesicht war eingefallen, die Haut grau, seine Augen glasig.

„Das Zeug bleibt mir im Hals stecken“, murmelte Albert und schob die Tasse weg.

Die Wege zwischen den Zelten waren schmal und uneben, übersät mit Müll und Pfützen aus schmutzigem Wasser, das sich nach einem kurzen Regen gebildet hatte.

Jeder hatte sich auf seine Art eingerichtet. Manche hatten kleine Gärten aus alten Dosen und Flaschen angelegt, in denen sie Kräuter oder Gemüse zogen, andere hielten sich mit Tauschhandel über Wasser. Der Schwarzmarkt war der Herzschlag des Camps – ein Geflecht aus Geschäften und Deals, die von improvisierten Ständen aus betrieben wurden.

Hans und Albert hausten in einer Ecke des Lagers, die „Das Amt“ genannt wurde. Es war ein höhnischer Name, denn hier lebten die ehemaligen Beamten, die einst die Bürokratie des Grauens verwaltet hatten. Man war zwar unter sich, aber man war auch das Feindbild aller anderen Eingesperrten.

Manche suchten Ablenkung in vergangenen Genüssen. An der Westküste von Giens sah man Windsurfer, die durch die Wellen ritten. Doch niemand wagte sich über die Drei-Seemeilen-Grenze hinaus, die scharf bewacht wurde.

Hans hatte einmal zugesehen, wie ein Mann versuchte, mit einem kleinen Segelboot weiter hinauszufahren. Die Wachen entdeckten ihn schnell, binnen Minuten wurde das Boot beschossen. Der Mann sprang ins Wasser und wurde zurückgeschleppt – nass, zitternd, aber am Leben.

Niemand sprach darüber, was mit denjenigen geschah, die es wagten, die Grenze zu überqueren.

„Das ist kein Leben“, sagte Albert.

Hans wusste, dass sie nicht lange durchhalten würden. Albert war zu schwach, und selbst er fühlte, wie die Tage ihn aufzehrten. Ihre einzige Hoffnung war Elena. Sie hatte versprochen, einen Weg zu finden, sie hinaus zu schleusen.

Jeden Tag schlich Hans zu Zoraks Baracke, wo sie erfahren sollten, ob es eine Reisemöglichkeit für sie gäbe. Doch es kam nichts. Keine Botschaft. Keine Nachricht von Elena.

„Vielleicht hat sie uns vergessen“, sagte Albert.

Hans schüttelte den Kopf. „Elena wird kommen. Bestimmt.“

Die Tage im Camp waren eintönig und doch voller Spannungen. Immer wieder kam es zu Auseinandersetzungen, wenn die Lebensmittel knapp wurden.

Und dann gab es die Nächte. In der Dunkelheit flammten Streitigkeiten auf, die in Gewalt endeten. Schreie hallten durch das Camp, bis sie von den Wächtern mit Schlagstöcken und Pfefferspray niedergeschlagen wurden. Niemand war hier sicher, nicht einmal die Starken.

Eines Nachts wurde das Lager von Schreien geweckt. Hans und Albert schreckten aus ihrem unruhigen Schlaf hoch und spähten durch die Plane ihres Zeltes. Eine kleine Gruppe von Flüchtlingen rannte zum Lagerzaun. Sie trugen kaum etwas bei sich, nur die Hoffnung, die sie vorantrieb.

Schüsse zerfetzten die Stille der Nacht. Die Gestalten stolperten, einer nach dem anderen fiel zu Boden. Die Suchscheinwerfer der Wachtürme bewegten sich hektisch, beleuchteten die Szene wie ein grausames Theaterstück.

Ein Mann lag reglos auf dem Boden, sein Arm ausgestreckt, als wollte er die Grenze greifen, die nur wenige Meter entfernt war. Er bewegte sich nicht mehr.

„Er hat es fast geschafft", flüsterte Albert.

„Fast", wiederholte Hans, aber das Wort fühlte sich leer an. Es war kein Trost.

Hans dachte an eine Frau, die bei ihnen im Bereich „Das Amt" lebte. Sie hieß Margot, eine ehemalige Kindergärtnerin, die kaum sprach, aber immer ein Lächeln für die Jüngsten des Camps übrig hatte. Eines Tages war sie verschwunden. Tage später hörte Hans, dass sie es über den Zaun geschafft hatte. Sie schloss sich einer Gruppe an, die durch das Niemandsland in die Berge fliehen wollte.

Ein Suchtrupp fand sie, als sie in Sichtweite der Freiheit war.

Sie zwangen sie, zurückzugehen – aber nicht ins Lager, sondern hinaus in ein Sterben ohne Zeugen.

Es gab eine eiserne Regel im Camp: Niemand sprach laut über Fluchtversuche. Doch die Geschichten lebten weiter, in geflüsterten Worten, in Blicken, die mehr sagten als jede Sprache. Jeder wusste, dass die Flucht fast unmöglich war. Aber fast, dachte Hans, bedeutete nicht völlig unmöglich.

49

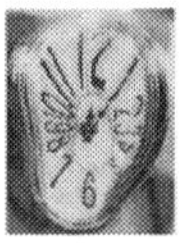

Hans fragte nicht, warum der Lagerkommandant gerade ihn ausgesucht hatte, demnächst Interviews zu geben, als Lohn würde es besseres Essen für ihn und Albert geben. Vielleicht lag es an seiner zurückhaltenden Art, an seinem höflichen Ton. Vielleicht war es Zufall – ein Würfelwurf in einer Welt, die sich ohnehin nicht mehr um Fairness scherte.

An dem Tag, als die Medien kamen, wurde Hans aus seinem Zelt geholt. Zwei Gardisten in ihren schwarzen Uniformen eskortierten ihn über den staubigen Platz, ihre Gesichter hinter dunklen Visieren verborgen. Hans spürte die Blicke der anderen Flüchtlinge auf seinem Rücken, schwer und stumm. Einige von ihnen beneideten ihn, andere hassten ihn dafür.

In einem improvisierten Besprechungsraum aus Zeltplanen wartete eine Gruppe von Journalisten.

„Das ist Herr Berger“, stellte der Lagerkommandant ihn vor, ein grimmiger Mann mit einem Gesicht wie aus Stein. „Ein Bewohner unseres Camps.“

Hans wusste, dass jedes unbedachte Wort Konsequenzen haben würde – nicht nur für ihn, sondern auch für Albert. Der Kommandant machte klar, dass er nicht zögerte, die „Disziplin“ aufrechtzuerhalten, sollte Hans ihn blamieren.

Die ersten Fragen kamen von einem NEUROPA-Reporter, ein Mann in einem makellosen Anzug, dessen Lächeln so kalt war wie der Winter in Brandenburg. „Herr Berger, wie empfinden Sie die Bedingungen im Camp d'Azur?“

Hans wusste, dass die Wahrheit ihm nur Ärger einbringen würde. „Es ist nicht einfach“, sagte er, seine Worte vorsichtig wählend. „Aber wir haben ein Dach über dem Kopf, und wir sind dankbar für die Hilfe, die wir bekommen.“

Eine Frau ergriff das Wort – eine Journalistin aus Afrika, ihr Haar zu dichten Zöpfen geflochten, ihre Augen scharf und durchdringend. „Wie erklären Sie sich die Berichte über Menschen, die hier an Hunger sterben, Herr Berger? Oder über die, die versuchen, zu fliehen, und niemals zurückkehren?“

Hans schluckte. „Ich weiß nicht, was Sie meinen“, stammelte er. Sein Blick huschte kurz zum Kommandanten, der die Journalistin fixierte. Ihre Worte waren wie ein Hieb gegen die Propaganda, die dieses Lager am Laufen hielt.

„Haben Sie jemals versucht, das Essen, das Ihnen gegeben wird, zu zählen? Zu sehen, ob es reicht?“ Ihre Stimme war ruhig, aber ihre Worte waren voller Anklage.

„Wir kommen zurecht“, sagte Hans, seine Stimme zitterte. Er spürte die Augen der Gardisten auf sich. „Es ist schwer, aber wir sind dankbar für das, was wir haben.“

Die Journalistin wollte etwas erwidern, doch einer der NEUROPA-Reporter schnitt ihr das Wort ab. „Wie finden Sie die Freizeitmöglichkeiten im Camp? Ich habe gehört, dass Windsurfen an der Küste sehr beliebt ist.“

Hans zwang sich zu einem Lächeln, ein starres Lächeln, das mehr Kälte zeigte als Freude. „Ja, das stimmt“, sagte er. „Einige von uns gehen surfen oder segeln, um den Kopf frei zu bekommen. Es hilft, den Alltag erträglicher zu machen.“

Er vermied es, zu erwähnen, dass die Freiheit auf dem Wasser an eine unsichtbare Linie gebunden war, die von schwer bewaffneten Booten überwacht wurde. Dass jeder, der diese Grenze überschritt, als Gefahr galt und mit Gewalt zurückgebracht oder versenkt wurde.

Der Rückweg fiel Hans schwer, der Kopf dröhnte von den Fragen, die ihm gestellt worden waren. Albert saß draußen auf der kleinen Kiste, die sie als Tisch nutzten. Das bessere Essen – ein halber Laib Brot, etwas Käse und sogar ein kleiner Apfel – war angekommen und schon halb verschwunden. Albert biss an dem letzten Stückchen Brot, kaute langsam, als wollte er den Geschmack in die Ewigkeit hinauszögern. Hans sah seinen Vater an und bemerkte, dass die Augen des alten Mannes nicht mehr ganz so leer wirkten wie zuvor.

„Und? Wie war's?“, fragte Albert, seine Stimme kratzig, aber interessiert. „Hast du gelogen?“

„Nein“, sagte Hans. „Nicht gelogen, aber auch nicht alles gesagt.“

Im Augenwinkel sah er eine Bewegung. Eine Frauengestalt, die sich durch die Reihen der Zelte schob, die nicht zu dem dumpfen, trüben Grau passte, das das Camp beherrschte.

Sie war es. Elena. Ihre Schritte waren schwer, ihre Kleidung staubig, ihr Gesicht gezeichnet, aber ihre Augen – ihre Augen waren wie der letzte Funke in einem verbrannten Land. Sie blieb vor dem Zelt stehen, atmete tief durch und sah die beiden Männer an.

„Ihr habt es geschafft“, sagte sie. „Ich habe eine Überfahrt für euch.“

Hans spürte, wie das Leben um ihn herum stillstand, als hätte jemand die Luft angehalten. Es gab kein Camp, keinen Zaun, keine schreienden Kinder, keinen Hunger. Nur Elena, und ihre Stimme, die wie ein Versprechen klang, wie ein Ausweg aus der Hölle.

Albert rang sich ein Lächeln ab, seine Stimme brach beinahe, als er sagte: „Gott sei Dank, Kind. Gott sei Dank.“

Hans zog Elena in eine feste Umarmung.

„Wann?“, fragte er schließlich.

„Es kann morgen sein. Oder in einer Woche“, sagte Elena. „Ich werde euch benachrichtigen.“

Sie sah Hans in die Augen. „Es ist riskant. Aber wenn wir warten, verlieren wir diese Chance.“

Hans nickte. „Wir sind bereit.“

50

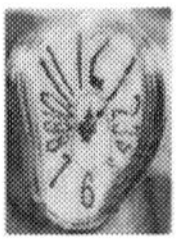

Weihnachten rückte näher – Tomas Szymanek plante, sich als gütiger Hirte zu inszenieren, während seine Herde bereits zum Schlachten geführt wurde.

Am ersten Advent setzte er sich vor die Kameras, mit dem selbstzufriedenen Lächeln, das man von ihm kannte, und verkündete, dass alle Rentner ab sofort ein Weihnachtsgeld erhalten würden, eine dreizehnte Rente. Und das wäre erst der Anfang: An jedem Adventssonntag werde er neue Maßnahmen verkünden, die das Leben in NEUROPA verbessern sollten.

In einem Land, wo Glaube selten war, hatte Weihnachten wenig mit Religion zu tun. Es war ein Fest des Konsums, das hielt Tomas für eine zweckmäßige Sache. Er wusste, dass die Menschen mit vollem Einkaufswagen und Weihnachtsgeld in der Tasche weniger geneigt waren, unbequeme Fragen zu stellen.

Es gab nur eine Figur in seinem Theater, die Tomas mehr und mehr Kopfschmerzen bereitete: Wieland Mendel, der OBERSTE JUGENDPROTEKTOR. Ein Mann, der nie genug bekam, immer strengere, noch gnadenlosere Maßnahmen forderte.

Wieland hatte die NEUE JUGEND an seiner Seite, eingeschworen wie ein Heer von Jüngern. Die Aufmärsche wurden gewaltiger, die Parolen schärfer. Jede Aktion eine Botschaft an das Land – und vielleicht auch an Tomas selbst.

In der Morgenlage, bei der routinemäßigen Geheimdienstrunde, fragte Tomas vorsichtig, ob es aus Mendels Umfeld etwas zu berichten gäbe, er hätte Gerüchte gehört. Der Inlandschef, Gregor Falk, der wirkte, als hätte er schon auf dieses Stichwort gewartet, antwortete mit einem kaum merklichen Nicken. „Gerüchte, ja … einige, vor allem über sein Privatleben.“

„Was meinen Sie?“ Tomas hakte nach.

Falk lächelte. „Eine Frau – eine Claire Berger. Die Berger ist Lehrerin, Parteimitglied und sehr ehrgeizig. Es ist möglich, dass sie Mendel mehr als nur begleitet – vielleicht ist sie die treibende Kraft hinter seinen Aktionen."

„Haben die beiden eine … Affäre?" Tomas sprach das Wort fast beiläufig aus.

„Mendel ist geschieden – zweimal", setzte Falk fort, „die Berger ist verheiratet, ihr Mann hat sie und die Kinder vor einiger Zeit verlassen, offenbar auf der Flucht nach Afrika. Wollen Sie mehr erfahren?"

„Ja, überwachen Sie die beiden, aber diskret."

„Natürlich", versicherte Falk mit ironischer Würde. „Wir sind ein Geheimdienst."

Falk stand schon an der Tür, als er sich noch einmal umdrehte. „Ach, da ist noch was", sagte er.

„Ja, was denn?" Tomas' Geduld war aufgebraucht.

„Die Wanze, die wir in Ihrem Büro gefunden haben, wir wissen jetzt, wer sie platziert hat."

Tomas spürte eine unerklärliche Beklommenheit. „Und?"

„Es war … Ihre Nichte, in der Nacht vor ihrer Flucht."

Tomas kniff die Augen zusammen. „Sind Sie sicher?"

„Ganz sicher."

Es passte zu ihr, ja, Elena war immer die Wilde gewesen, die Idealistin. Aber eine Wanze? Das war mehr als ein Verrat – es war ein Angriff.

„Die Wanze war nur ein einziges Mal aktiv, bevor wir sie entdeckt haben."

„Und das war Elena?"

„Interessanterweise nicht."

Tomas sah, wie er sich das gehässige Grinsen verkneifen musste.

„Oder vielleicht doch. Die Spur führte zum Router eines gewissen Jonathan Goldt. Rentner, 76 Jahre alt, früher Deutsch- und Geschichtslehrer."

„Kenne ich", murmelte Tomas, „war Elenas Lehrer. Das könnte der Punkt sein."

Falk nickte. „Wir haben ihn überprüft. Er war mit Elena zusammen, als Denis Korobky ermordet wurde. Auf dem Friedhof."

„Ich weiß."

„Wir denken, dass Goldt zu wenig Ahnung von Technik hat. Wir vermuten, dass Elena sich bei ihm versteckt und die Wanze ausprobiert hat."

„Haben Sie Goldt verhaftet?"

„Nein, der weiß wahrscheinlich gar nicht, was Elena veranstaltet hat. Und wir wollten keine Aufmerksamkeit darauf lenken, dass Sie von Ihrer eigenen Nichte abgehört wurden."

„Auf keinen Fall."

„Dieser Goldt ist ein Kauz, der alte Bücher und Filme sammelt. Er betreibt ein Kino in einem stillgelegten Luftschutzbunker. Diese Filme – sie ziehen anscheinend eine Menge Zuschauer an."

„Das heißt, Sie observieren den Mann fortlaufend?"

„Ja. Wir haben ihm den Prototyp des Hals-ID-Siegels implantiert."

„Hat er was mit den Sabotageakten zu tun? Den Überfällen auf die Waffenlager? Gibt es da Zusammenhänge?"

„Auf keinen Fall. Das sind Einzelaktionen. Wir haben alles unter Kontrolle", sagte Falk und lächelte dünn.

Als Tomas allein war, wurde ihm klar: Falk genoss es viel zu sehr, ihm die entscheidenden Informationen häppchenweise zu geben, als wären sie der Preis eines ungleichen Spiels. Er spürte einen prickelnden, düsteren Reiz bei der Vorstellung, dass es vielleicht Zeit war, die Spitze des Geheimdienstes auszuwechseln.

Er ließ seine Gedanken weiter kreisen. Das Bild eines sorgfältig orchestrierten Abends nahm Gestalt an. Ein „Ehrenempfang" für Claire Berger, eine strategische Auszeichnung als „stille Heldin der Bewegung". Mit weihnachtlichem Galadinner. Der OBERSTE JUGENDPROTEKTOR an ihrer Seite, um die Bedeutung des Anlasses zu unterstreichen. Ein Szenario wie geschaffen, um Mendels Loyalität zu testen.

Er wusste, dass ein solcher Abend mehr als Macht brauchte – er brauchte Inszenierung. Wer könnte ihn an diesem Abend begleiten?
Er dachte an Julia Kern. Sie gehörte zu jenen Frauen, die sich mit Leichtigkeit von der unscheinbaren Funktionärin zur Königin der Nacht wandelten – ein Chamäleon, das sich jeder Situation mühelos anpasste.

Keine Viertelstunde war vergangen, seit das Büro sie angerufen hatte, und schon saß sie vor ihm. Sie war atemberaubend. Ein paar Jahre zu jung, doch gerade das würde die perfekte Ablenkung bieten. Besser, die Leute flüsterten über eine vermeintliche Romanze als über seine Politik.

„Schön, dass du dir Zeit für mich nehmen konntest", eröffnete Tomas das Gespräch.

„Hatte ich eine Wahl?" Ihre Worte waren spitz, aber das charmante Lächeln verriet eine andere Sprache, als hätte er ihr soeben ein aufrichtiges Kompliment gemacht.

„Ich habe immer gehofft, dass du dich für mich entscheidest", flirtete Tomas zurück.

„Du bekommst, was du willst", erwiderte Julia und legte den Kopf schief. „Also, worum geht's diesmal?"

„Ich brauche eine Frau …"

„So verzweifelt …"

„Eine Frau an meiner Seite."

„Klingt ja fast wie ein Antrag", sagte sie lachend.

„Ich will ein Fest, das keiner vergisst – eine Weihnachtsfeier wie früher. Prachtvoll. Ich will stille Helden der Bewegung ehren. Ein festliches Dinner. Die besten Orchester, das feinste Ambiente und nur eine handverlesene Gästeliste. Du sollst die Dame an meiner Seite sein."

Julias Augen blitzten. „Also, du willst, dass ich dich schmücke wie eine Trophäe – für die gierigen Augen der Presse und die ergebenen Paladine deiner Partei?"

Tomas lächelte. „Du weißt genau, wie man es formuliert."

„Was kriege ich dafür?" Ihre Stimme war seidig, und ihr Blick traf Tomas wie eine Nadelspitze.

„Alles, was du willst", versprach Tomas.

Julia schob sich ein Stück näher. „Es gibt da einen Mann, der mich heiraten will, und ich will ihn nicht. Er ist reich und mächtig, und ich möchte, dass du ihn … neutralisierst."

Stellte sie ihm hier eine Falle, oder war dies ernst gemeint? Ein Hauch von Spott umspielte ihre Lippen, der Zweifel und Verlangen gleichermaßen in ihm weckte.

„Wer ist es?" Tomas reichte ihr Zettel und Stift. „Schreib es auf. Nur für uns."

Julia zögerte einen Moment, bevor sie den Namen langsam auf das Blatt schrieb. Sie schob den Zettel über den Tisch.

Als Tomas den Namen las, blieben seine Augen wie angewurzelt auf den Buchstaben hängen.

Drei Worte. Ein Name. Und so brisant. Sein erster Gedanke war eine Mischung aus Verwirrung und Furcht. Warum dieser Name? Wollte Julia ihn provozieren, auf eine Art testen, die er nicht verstand?

Was, wenn es eine Botschaft war – an ihn, an das System, an alle, die glaubten, die Kontrolle zu haben?

Er zwang seine Stimme zur Ruhe.

„Gut", sagte er. „Dein Wunsch ist mir Befehl."

Doch wer beherrschte hier eigentlich wen?

51

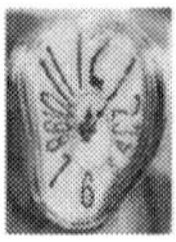

Am zweiten Advent trat der OBERSTE PROTEKTOR erneut vor die Kameras – wie der Messias einer Apokalypse, die er selbst entfesselt hatte.

„Nach dem Weihnachtsgeld für unsere Rentner“, verkündete er stolz, „freuen wir uns, auch etwas für die Arbeitsplätze zu tun. Daher“, er legte die rechte Hand aufs Herz, „werden die Ausgaben für Rüstung und Verteidigung auf zehn Prozent des Bruttosozialprodukts erhöht.“

Die Regie ließ die Nationalhymne anschwellen, und Tomas stimmte sie an, als verspräche er der Nation Erlösung – mit leerem Blick und leerem Vers. Die Hymne endete mit dem abrupten Schlussakkord, der auch beim hundertsten Anhören so wirkte, als müsste noch etwas kommen, aber es kam nichts mehr, keine Musik mehr, nur der Eintritt in die Wirklichkeit.

Wieland Mendel hatte seine NEUE JUGEND dazu gebracht, nach dem letzten Ton abrupt den rechten Arm senkrecht in die Luft zu reißen, einen Ausfallschritt nach vorne zu machen und laut „Ja“ zu schreien. Tomas wusste, dass das im Trend war, und so führte er den „Ja“-Move zum ersten Mal selbst vor. Sekunden verstrichen, das Publikum folgte ihm, ein chorales „Ja“ im Studio und in ganz NEUROPA.

Am Abend des zweiten Advents hatte Tomas den Mann, dessen Namen aus drei Wörtern bestand, zu sich eingeladen: Jörg van Kleist, Präsident der Wahrheitskommission.

„Die Angelegenheit ist … heikel. Sie betrifft unseren Freund Falk.“

Van Kleists Augen blitzten auf: „Heikel, ja?“

„Falk hat da eine Sache gegen den OBERSTEN JUGENDPROTEKTOR laufen. Angeblich sollen … wilde Nacktpartys mit einer verheirateten Frau und ihrer minderjährigen Tochter eine Rolle spielen. Falk spricht von Ermittlungen.“

Van Kleist zuckte, seine Hand, die zur Tasse wanderte, zitterte einen Moment.

„Ich muss wissen, was da dran ist“, fuhr Tomas fort. „Bringen Sie mir jedes Detail. Was plant Mendel? Was treibt er in seiner Freizeit? Worin könnte Falks Interesse an ihm bestehen? Reine Pflicht, oder steckt mehr dahinter?“

Van Kleist strich sich über das Kinn, er schien die Worte in seinem Innern zu wägen, doch Tomas ließ ihm keine Pause.

„Die Wahrheit, van Kleist … die Wahrheit, ich will nichts als die Wahrheit. Können Sie die liefern? Noch diese Woche?“

Van Kleist hob den Kopf, ein Lächeln auf seinen Lippen. „Die Wahrheit, und nichts als die Wahrheit“, murmelte er mit einem Tonfall, der halb Versprechen, halb Drohung war. „Ich werde tun, was in meiner Macht steht.“

Drei Tage später hatte der Präsident der Wahrheitskommission seinen nächsten Auftritt. Er schob einen Umschlag über den Tisch. „Ich habe zusammengetragen, was Sie wissen wollten.“

Tomas schnaubte verärgert. „Kommen Sie auf den Punkt!“

Van Kleist deutete auf den Umschlag. „Ist alles da drin.“

Tomas verzog das Gesicht. „Das Papier hätten Sie auch per Boten schicken können. Aber Sie sind hier, also reden Sie – ich will es aus Ihrem Mund hören.“

Van Kleist beugte sich vor, als wollte er ihm ein dunkles Geheimnis ins Ohr flüstern. „Die 'Große Taufe' – so nennt Mendel es. Eine Art … Läuterungsritus für Bürger, die, sagen wir, das vorbestimmte Alter überschritten haben.“

Tomas erinnerte sich genau, wie er mit Mendel die „Große Taufe“ geplant hatte. Im Anschluss hatten sie alle Bibel-eFolios ändern lassen, aus „Lasset die Kinder zu mir kommen“ wurde „Lasset die Alten zu mir kommen“.

Dann sagte er: „Das darf auf keinen Fall bekannt werden, ehe ich es nicht öffentlich genehmigt habe.“

Van Kleist legte einen Finger auf seinen Mund.

„Und Falk? War er es, der das ans Licht gebracht hat?“

„Falk und Mendel, beide haben es bestätigt“, sagte van Kleist. „Ich habe Mendel befragt, und er hat es, ohne zu zögern, eingeräumt. Es wäre alles mit Ihnen abgesprochen.“

„Das bleibt bitte auch geheim", sagte Tomas, die Lippen zu einem schmalen Lächeln verzogen. „Und Falk?"

„Falk ist ein komplizierter Fall." Van Kleists Stimme nahm einen messerscharfen Ton an. „Ich glaube, er hofft darauf, Sie gegen Mendel aufzuhetzen."

Tomas ließ die Worte wie einen schlechten Wein im Mund rollen. „Was schlagen Sie vor?"

„Falk hat nicht verstanden, was Loyalität bedeutet. Ein Geheimdienstchef sollte seinem Dienstherrn unbedingte Treue und Gehorsam schulden – das hat er eindeutig verfehlt."

Tomas nickte, als hätte er etwas lange Geahntes bestätigt gefunden. „Und Sie – sind Sie mir denn immer loyal?"

Van Kleist lächelte. „Selbstverständlich."

„Warum brauchten Sie dann erst meinen Auftrag, um mir diesen Verrat aufzudecken?"

„Weil nicht jedes Gerücht Ihre Aufmerksamkeit wert ist. Sie verdienen klare Fakten, das ist meine Pflicht."

Tomas warf ihm einen kühlen Blick zu. „Dann tun Sie jetzt auch Ihre Pflicht. Ich will mich wirklich nicht mit jedem kleinlichen Flüstern beschäftigen. Sorgen Sie dafür, dass das Problem Falk nicht mehr existiert."

Van Kleist verbeugte sich wie ein Mann, der nicht wusste, dass dies sein letztes offizielles Gespräch war. „Wird erledigt".

„Gut so", sagte Tomas. „Ich erwarte Vollzug, heute Nacht."

Mit einem fast teuflischen Lächeln packte er die Flammen der beiden Adventskerzen und zerquetschte sie zwischen Daumen und Zeigefinger, bis ihr Licht ausgelöscht war.

Am nächsten Morgen prangten auf dem Lichtfriedhof riesige Sterbeanzeigen. Die Gesichter von Jörg van Kleist, Präsident der Wahrheitskommission, und Gregor Falk, Chef des Inlandsgeheimdienstes, leuchteten in Schwarz und Weiß, strahlten würdig und steif ins Nichts. „Mit tiefstem Bedauern", lautete die Kondolenzmitteilung des OBERSTEN PROTEKTORS, „nehmen wir Abschied von diesen treuen Verteidigern NEUROPAS, die bei bedauerlichen Verkehrsunfällen ihr Leben ließen. Möge ihre unermüdliche Arbeit für unser Land niemals vergessen werden.“ Er verlieh ihnen posthum das Neuroverdienstkreuz zweiter Klasse – ein finales Ehrenzeichen, das in die Pixel des Lichtfriedhofs einprogrammiert wurde, gerade lange genug, damit das Volk sie für einige Tage betrauerte und bald darauf vergaß.

52

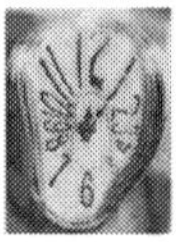

An Heiligabend genoss Tomas seine neue Weihnachts-Gala. An seiner rechten Seite saß Julia Kern, eine leuchtende Schönheit. Der Ausschnitt ihres schwarzen Kleides war genau so gewagt, dass er alle Blicke auf sich zog, ohne den Wissensdurst zu stillen. Tomas liebte diesen Effekt: das Spiel mit den Erwartungen, die nie ganz befriedigt wurden.

Er hatte dafür gesorgt, dass auf Julias Teller, und nur auf ihrem Teller, eine Vorspeise angerichtet war, die dem abgetrennten Kopf Johannes des Täufers verblüffend ähnlich sah, ganz im Stil von Lucas Cranach dem Jüngeren. Nur Tomas und Julia verstanden die Anspielung, und die Art, wie sie ihn über ihren Teller hinweg ansah, verriet ihm, dass sie die Botschaft schätzte.

Mendel, der OBERSTE JUGENDPROTEKTOR, saß Julia gegenüber, neben ihm strahlte Claire Berger, die sich an ihrem Aufstieg ergötzte. Die Position neben Mendel machte die Ordnung der Dinge überdeutlich: Sie war die Frau an der Seite des zweitmächtigsten Mannes im Staat. Mendel war dankbar, dass Tomas zwei wichtige Rivalen ausgeschaltet hatte und er sich als dessen designierter Nachfolger verstehen durfte.

„Entzückend“, säuselte Tomas, als Mendel ihm Claire Berger vorstellte, und er sich galant erhob, um ihr den Hauch eines Handkusses zu geben.

Die Regie spielte einen Film über die „jüngsten Erfolge“ der Bewegung ein: Der Rentenstopp, das Fleddern der Alten, die Party mit den nackten alten Frauen und den halb nackten Mädchen der NEUEN JUGEND, das Verbot ärztlicher Behandlung, die Beschlagnahmung aller Konten. Ein Panoptikum aller Grausamkeiten – und alle klatschten.

Ein Tusch beendete den Film, ein Lichtspot richtete sich auf Claire Berger. Sie war die einzige Frau im Saal ohne Abendkleid. Stattdessen trug sie Jeans und einen Pullover in den Nationalfarben NEUROPAS – grau, weiß, orange. Es war nicht Geschmack, dachte Tomas, sondern eine

Botschaft. Ihre Haltung war aufrecht, ihre Hände ruhten ruhig, und dennoch spürte Tomas in ihr eine Energie, die ihn irritierte.

Er erhob sich und stellte sich direkt hinter den OBERSTEN JUGENDPROTEKTOR und dessen Begleiterin, während ein erwartungsvolles Schweigen den Raum erfüllte. Dann hob er die Hände. Es wäre ihm eine besondere Genugtuung, dass eine Frau – nicht irgendeine, sondern diese Frau – als Erste diesen Preis empfangen sollte, den er künftig jedes Jahr zu Weihnachten verleihen würde.

„Begrüßen und feiern Sie mit mir die stille Heldin der Bewegung ... Frau Claire Berger“, verkündete er mit einer Wucht, die wie ein Trommelwirbel im Raum hallte. Beifall brandete auf, die Anwesenden applaudierten und stießen mit ihren Gläsern an, während Claire sich erhob. Sie ließ Tomas geduldig eine glänzende Brosche in Form eines stilisierten Falken an ihrem Pullover befestigen – genau über ihrem Herzen. Sie lächelte und schwieg, ganz das Bild der pflichtbewussten, stillen Heldin.

Nach der Ehrung entführte Mendel Claire in den „kleinen Salon“. Die Beleuchtung war schummrig, warm, fast gemütlich – ein Ort, an dem sich die Mächtigen zurückzogen, wenn die Masken der öffentlichen Auftritte fielen.

Mendel stand am Fenster, ein Glas in der Hand, den Blick auf die Dunkelheit gerichtet. Er wirkte entspannt, fast nachdenklich, als hätte er für einen Moment seine übliche, jugendbegeisterte Strenge abgelegt.

„Was für ein Fest“, sagte Claire tonlos.

Mendel drehte sich zu ihr um. „Wirklich beeindruckend, nicht wahr? Der OBERSTE PROTEKTOR in Höchstform. Und alle haben applaudiert.“

Claire nahm einen Schluck aus ihrem Glas. „Ein großer Abend für NEUROPA.“

Mendel musterte sie. „Du klingst nicht begeistert.“

„Vielleicht bin ich nur müde. Oder es war der Champagner.“

Er kam näher. „Oder du fängst an zu zweifeln.“

Er setzte sich in den Sessel gegenüber, schwenkte seinen Wein und sah sie über den Rand seines Glases hinweg an. „Sag es, Claire. Ich sehe es dir an.“

Sie atmete tief durch. „Ich war immer loyal. Ich habe getan, was getan werden musste. Aber heute…“

Er hob eine Augenbraue. „Heute?“

Sie schluckte. „Heute habe ich das Gefühl gehabt, dass wir zu weit gegangen sind.“

Ein amüsiertes Lächeln huschte über sein Gesicht. „Zu weit? Was genau war es? Der Sekt? Die Musik? Der Moment, als die Mädchen sich ausziehen sollten?“

„Es war alles. Der Abend war eine Machtdemonstration. Die Begeisterung der Leute… Es war fast …“

„Faschistisch?“, fragte Mendel trocken.

Claire erstarrte. Sie sah ihn an, als hätte er eine rote Linie überschritten.

Er lachte leise. „Beruhige dich, Claire. Das war kein Verrat. Nur eine Feststellung.“

Sie schüttelte den Kopf. „Wir haben vor aller Augen grausame Dinge getan. Und niemand hat etwas gesagt. Wie … wie ist das möglich?“

„Du willst wissen, warum das funktioniert, Claire? Ich erkläre es dir.“

Mendel machte eine oberlehrerhafte Pause. „Weil wir es angekündigt haben.“

Claire runzelte die Stirn. „Wie meinst du das?“

Mendel stellte sein Glas ab. „Man kann jede Ungeheuerlichkeit begehen, Claire. Wirklich jede. Solange man sie nur vorher laut genug ankündigt.“

Sie blinzelte. „Das ist doch Unsinn.“

„Nein, das ist die Wahrheit. Wir haben es den Leuten gesagt. Immer wieder. Die Alten sind eine Belastung. Die Alten sind schuld. Die Alten nehmen der Jugend alles weg. Und was ist passiert? Die Menschen haben genickt. Sie haben es akzeptiert, haben es wiederholt, haben es geglaubt. Also konnten wir es tun.“

Claire schüttelte den Kopf. „Das meinst du nicht ernst.“

„Doch, Claire.“ Er lächelte sanft. „Es ist das Prinzip jeder großen politischen Umwälzung. Nicht die Tat selbst ist das Problem. Der Schock kommt nur dann, wenn man sie aus dem Nichts tut. Aber wenn du die Leute darauf vorbereitest, wenn du sie an den Gedanken gewöhnst, dann wird aus der Ungeheuerlichkeit eine Notwendigkeit.“

Claire fühlte, wie ihr Magen sich verkrampfte.

„Wir haben den Leuten beigebracht, dass es richtig ist, Alte zu verachten. Dass es richtig ist, sie aus den Heimen zu werfen. Dass es richtig ist, dass sie verschwinden. Und jetzt? Jetzt passiert es einfach. Kein Widerstand. Keine Empörung. Nur eine ruhige, mechanische Umsetzung.“

Er nahm einen tiefen Schluck aus seinem Weinglas.

„Glaub mir, Claire. Wenn wir morgen ankündigen, dass wir die 75-Jährigen ausmerzen, wird es ein paar Stimmen der Besorgnis geben. Aber in einem Jahr wird es ein Volksfest.“

Claire schloss die Augen. Ihr Herz schlug schwer.

„Ihr habt meinen Mann und meinen Schwiegervater auf dem Gewissen“, dachte sie, aber sie hütete sich, es auszusprechen. Sie war auch eine von den Schweigsamen. Nein, sie war eine Mittäterin. Alles, was sie unterstützt hatte, alles, wofür sie gearbeitet hatte – war eine Lüge gewesen.

Ein Teil von ihr wollte aufspringen, schreien, Mendel ins Gesicht schlagen. Aber sie wusste, dass das nichts ändern würde. Sie wusste, dass sie hier saß, mit einem Mann, der sich sicher war, dass er gewonnen hatte.

Sie öffnete die Augen, stellte ihr Glas ab.

„Du hast immer eine Antwort, Wieland.“

Er lächelte. „Ich weiß.“

Sie erhob sich, langsam, mit einer Ruhe, die mehr sagte als Worte. „Und ich denke, ich habe meine auch.“

Sie stellte sich vor, wie sie ihre Hand um ein Messer legte – und ließ es bei der Vorstellung. Dann verließ sie den Raum, ohne sich noch einmal umzusehen.

53

Die Nacht lag schwer über dem Wasser. Nur hin und wieder flackerten Sterne durch das Dunkel, als das Flüchtlingsboot mit Hans und Albert Berger an Bord die Küste des Camp d'Azur hinter sich ließ.

Elena hatte ihre Kontakte genutzt, um die beiden auf diese Fluchtroute zu schleusen, ein kleines, aber seetüchtiges Schiffchen, exklusiv für Vater und Sohn – ein letzter Akt der Loyalität.

Ein Winken vom Ufer, dann verschwanden sie. Hans und Albert waren allein – mit einem Bootsführer und einem Helfer in der schwankenden Dunkelheit.

Die Schwärze des Meeres schien unendlich, das Tuckern des Motors wurde zum Hintergrundrauschen der Angst. Die Minuten dehnten sich, bis ein fremdes Summen die Luft erfüllte. Zuerst kaum mehr als ein Vibrieren, ein Flüstern am Rand des Bewusstseins. Doch dann wuchs es an, ein unheimliches Dröhnen, das die Stille zerschnitt wie eine Kettensäge.

Der Bootsführer zuckte zusammen und murmelte etwas auf Französisch, das Hans und Albert nicht verstanden – ein Fluch, ein Gebet, oder beides. Dann sahen sie es: eine Silhouette am Horizont, schnell und leise wie ein Gespensterschiff.

Es war kein Patrouillenboot. Das war die einzige Beruhigung, die der Bootsführer ihnen zu geben vermochte. Doch das Unbekannte näherte sich, und als die Scheinwerfer aufblitzten, war das Aufatmen der Männer im Boot schlagartig vorbei: Piraten! Männer ohne Ideologie, ohne Ziel, außer jenem, sich zu nehmen, was sie wollten. Und sie hatten keine Skrupel, das Meer mit den Überresten ihrer Opfer zu füttern.

„Runter!“, schrie der Bootsführer. Doch das Licht des herannahenden Bootes erfasste sie schon, und der Knall von Gewehrschüssen riss die Stille der Nacht auseinander.

Hans hielt Albert an sich gedrückt, das Herz hämmernd, während das fremde Boot näher glitt, eine schwarze Gestalt wie ein Todesengel mit gezogener Waffe an der Spitze.

„Geld, Schmuck, irgendwas?" Die Stimme war kalt, ohne Eile.

Männer enterten das kleine Boot. Die Flüchtlinge zitterten, doch einer der Seeräuber, wohl der schwarz-verkleidete Oberpirat, schien sich gerade daran zu erfreuen.

Hans, dem Panik den Rücken hinabkroch, suchte in der Tasche nach dem kleinen Bündel Neuros, das er dabeihatte. Der Mann nickte nur und nahm die Scheine mit einem spöttischen Grinsen, als hätte er sie längst erwartet.

„Und was ist mit dem Alten?", fragte einer und deutete auf Albert, der das Geschehen still beobachtete.

„Der hat doch schon alles aufgegeben, sich selbst auch", erwiderte der Pirat trocken, und ein diabolisches Lachen durchbrach die Nacht.

Eine Stunde später trieben Hans und Albert auf einem schwankenden Schlauchboot in die Dunkelheit, ausgesetzt von den Piraten, die mit dem Wind von achtern davongeschippert waren. Hans und Albert hatten nur sich und das, was sie am Körper trugen. Der Außenbordmotor hing stumm am Heckspiegel, zerstört, nutzloser Ballast, Wasser drang in den Boden ein, das Land war nichts weiter als eine entfernte Erinnerung.

Hans fühlte, wie Albert sich in seine Arme fallen ließ. Der alte Mann sprach leise, ein Wimmern, das in den Wellen unterzugehen schien: „Es ist der Teufel, den sie da draußen entfesselt haben. Wir waren immer nur das Vieh in seinem Stall. Ich hätte dir ein besseres Leben gewünscht."

Hans antwortete nicht. In der Ferne bewegte sich etwas – oder es war nur die Nacht, die mit ihnen sprach.

54

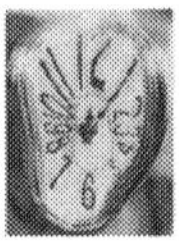

Jeder Morgen im Camp d'Azur begann für Elena gleich – mit einem Ziehen in der Brust, das sich in drückendes Warten verwandelte. Die Nachricht der Bergers blieb aus, und mit jedem verstreichenden Tag nagte die Unsicherheit tiefer.

Ihre Gedanken waren ein ständiges Flüstern: Hatten sie es geschafft? War ihre Hilfe umsonst gewesen? Elena spürte, wie ihr Glaube an ihre Mission Stück für Stück zerbröckelte.

Sie hatten es ihr versprochen – nur ein Wort, das sie an Jonathan weitergeben könnte. Ein Wort, das Mara und Lukas die erlösende Botschaft bringen würde: Vater und Großvater sind in Sicherheit.

Die Tage zogen sich, das ersehnte Signal blieb aus. Kein Laut, nur ein wachsendes Schweigen, das wie ein drohender Sturm über ihrer Hoffnung hing.

Zwei Wochen vergingen, dann meldete sich endlich der Bootsführer.

Seine Stimme war rau, gebrochen. „Piraten. Sie haben uns überfallen. Alles genommen. Sogar mein Schiff."

Elena spürte, wie ihr Magen sich zusammenzog. „Und die Passagiere?"

Eine Pause. Dann ein schwerer Atemzug.

„Ausgesetzt." Eine zweite Pause. Dann leiser: „Ich fürchte, sie sind tot."

Elena schloss die Augen, bekreuzigte sich, flüsterte ein Gebet – für die Bergers, für die, die nichts mehr hatten. Dann schickte sie Jonathan die Nachricht, die alles veränderte.

Er ging zum Haus der Bergers, fragte nach Claire.

„Ist nicht da. Schule oder Parteiarbeit", sagte Mara.

Jonathan hatte sich auf dem Weg Worte der Anteilnahme zurechtgelegt. Jetzt, da er sie brauchte, waren sie weg. Ausgelöscht. Er stand nur da, schweigend im Korridor.

„Was ist?" Lukas verschränkte die Arme.

Jonathan fuhr sich über das Gesicht. „Ich … ich weiß nicht, wie ich es sagen soll.“

„Nun mach schon“, drängte Lukas.

„Ist was mit Vater?“, fragte Mara, und plötzlich war ihr Blick nicht mehr abwehrend, sondern misstrauisch, fast ängstlich.

Jonathan schluckte. Keine perfekten Worte. Kein sanfter Übergang. Also einfach raus damit.

„Euer Vater ist tot“, sagte er. „Ertrunken. Auf dem Weg nach Afrika. Auch euer Großvater.“

Kaum hatte er es gesagt, spürte er, wie kalt es klang. Geschäftsmäßig. Mechanisch. Aber wie sollte man so etwas sonst sagen?

Mara riss die Augen auf. Lukas' Gesicht blieb starr.

„Woher weißt du das?“ Maras Stimme bebte.

„Was ist passiert?“, fragte Lukas, leiser als zuvor.

Jonathan erzählte von Elena, dem Piratenüberfall, den Chancen, die es vielleicht gegeben hatte – oder auch nicht.

Lukas' Blick blieb leer. In seinem Innern hatte der Abschied wohl längst begonnen.

„Hab ich mir schon gedacht“, sagte er trocken.

Mara schnappte nach Luft, dann schluchzte sie. „Opa war alt. Und krank. Aber Vater? Warum musste auch er sterben?“ Ihre Stimme überschlug sich.

Mara krümmte sich, ballte die Fäuste – und dann kam der Schrei. Kein Ruf nach Hilfe. Ein Schnitt durch die Stille.

55

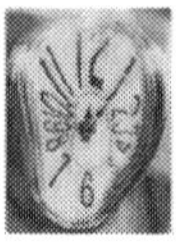

Die Luft im Camp d'Azur schmeckte nach feuchtem Beton, Schweiß und Verzweiflung. Ein Mann, der sich „Florian Meier“ nannte, zog seinen abgenutzten Mantel enger um sich und beobachtete die vielen Flüchtlinge, die sich wie rastlose Schatten um die improvisierten Feuerstellen drängten.

Er hatte die Grenzkontrollen mit gefälschten Papieren problemlos passiert. Sein offizieller Auftrag und sein wahres Ziel waren dabei wie zwei Schichten einer Maske, die er seit Jahren trug. Niemand hier wusste, dass er als „Alexander Braun“ Offizier im Sicherheitsapparat des Regimes war – und noch weniger, dass er in Wirklichkeit Michael Weiss hieß.

Michael spürte die Blicke, die misstrauischen, die fragenden. Hier war jeder ein Verdächtiger, bis er sich bewies. Und das galt auch für ihn.

Er entdeckte Elena an einer provisorischen Wasserstation. Ihr Haar war verstrubbelt, der Mantel voller Staub. Sie schöpfte Wasser in eine Flasche, die sie einem älteren Mann reichte, der zitternd auf einer Bank saß.

Er hielt Abstand. Er wollte Elena nicht verschrecken. Schließlich räusperte er sich, und sie fuhr herum. Ihre grünen Augen wurden groß, als sie ihn erkannte. „Michael?“

Er hob die Hände, um zu zeigen, dass er unbewaffnet war. „Ich heiße Florian Meier“, sagte er entschieden. „Wir müssen reden, Elena.“

„Wie bist du hierher…?“ Ihre Stimme wurde schärfer. „Was machst du hier?“

Er zögerte, spürte den prüfenden Blick von Elena, die ihn ansah, als würde sie ihn einschätzen wollen.

„Marek“, sagte er. „Du erinnerst dich an Marek?“

Elena nickte.

„Er hat auf dich gewartet. Du bist nicht am vereinbarten Ort erschienen, um mit ihm zurück nach Köln zu fahren.“

„Ich war verhindert.“

„Ich weiß. Ich weiß auch, was Zorak getan hat."

„Woher willst du das wissen?" Elenas Stimme war jetzt hart, fast angriffslustig.

„Ich war Denis' bester Freund. Ich habe dieselben Quellen, die er hatte. Er hat gewollt, dass ich mich um dich kümmere."

„Bist du wegen mir hier, oder weil das Regime dich geschickt hat?"

Michael wich ihrem Blick nicht aus. „Beides. Ich habe einen Auftrag, ja. Aber das hier – das tue ich, weil ich dich nicht einfach aufgeben kann."

Elenas Lippen pressten sich zu einer dünnen Linie. „Du arbeitest für das Regime. Warum sollte ich dir trauen?"

Michael holte ein abgenutztes Notizbuch hervor. „Das gehörte Denis. Er hat gewollt, dass ich es für dich aufbewahre."

Sie nahm das Notizbuch, das genau so aussah wie das Büchlein, das sie Jonathan gegeben hatte. Sie blätterte vorsichtig durch die Seiten, während ihre Hände zitterten. Schließlich hob sie den Blick. „Wenn das hier echt ist, dann bist du wirklich in Gefahr."

Michael hatte sich kaum eingerichtet, als Spannungen im Camp deutlich wurden. Ein Streit um die Verteilung der Lebensmittel brodelte gefährlich. Zwei Gruppen standen sich feindselig gegenüber: auf der einen Seite Campbewohner, die mehr zu verlangen schienen, als sie bekommen konnten, auf der anderen Seite Männer, deren Haltung und verschlossene Gesichter sie als Zoraks Leute kenntlich machten.

Ein großer Kerl aus Zoraks Gruppe griff nach einer der Vorratskisten und zog sie mit einem Ruck zu sich. „Das gehört uns", knurrte er. „Ohne Zorak gäbe es dieses Camp gar nicht."

Eine Flüchtlingsfrau schrie zurück: „Das ist für alle! Ihr nehmt schon genug!"

Michael beobachtete die Szene aus einiger Entfernung, seine Muskeln angespannt. Er trat vor. Seine Stimme war ruhig, aber durchdringend: „Moment! Das löst sich nicht, indem wir uns gegenseitig angreifen."

Alle Augen richteten sich auf ihn.

Der muskulöse Mann funkelte ihn an. „Wer bist du, dass du uns Vorschriften machst?"

Michael ließ sich nicht einschüchtern. „Ich bin jemand, der nicht tatenlos zusieht, wenn das Camp auseinanderfällt. Ihr seid hier, weil ihr

Schutz sucht. Wir alle sind das. Das Letzte, was wir brauchen, ist ein Krieg innerhalb der Mauern."

„Das ist kein Krieg", schnappte der Mann. „Das ist unser Recht."

Michael zeigte auf die Kiste. „Und wenn du die nimmst, was bleibt dann für die anderen? Glaubst du, irgendjemand wird mit dir teilen wollen, wenn du ihre Kinder hungern lässt?"

Ein Raunen ging durch die Menge. Der muskulöse Mann schwankte, nicht überzeugt, aber auch nicht mehr so siegessicher. „Und was schlägst du vor, Klugscheißer?"

Michael dachte schnell. „Eine gerechte Aufteilung. Zorak weiß sicher, wie man Probleme löst, ohne das Camp in Chaos zu stürzen, oder? Wenn du wirklich einer seiner Männer bist, dann bist du nicht hier, um schwächere Menschen zu schikanieren. Zeig uns, dass du Stärke besitzt, indem du dich an eine gerechte Verteilung hältst."

Der muskulöse Mann zögerte, warf Michael einen letzten finsteren Blick zu und ließ schließlich die Kiste los. „Das ist noch nicht vorbei", murmelte er, bevor er abzog.

Elena war aus Zoraks Baracke herbeigeeilt. „Das war riskant", sagte sie. „Diese Männer lassen sich nicht so leicht demütigen."

„Ich habe versucht, sie nicht zu demütigen", erwiderte Michael ruhig. „Ich habe ihnen einen Ausweg gezeigt, ohne dass sie das Gesicht verlieren."

Elena schaute ihn mit ihren grünen Augen an, freundlicher, als sie sein wollte: „Du weißt genau, wie du mit solchen Leuten reden musst."

„Das sollte ich auch", sagte er trocken. „Sonst wäre ich nicht hier."

„Zorak will dich sehen", sagte sie.

Michael nickte. „Wann und wo?"

„Jetzt. Folge mir."

Elena lud Michael in ihren SUV und fuhr mit ihm hoch auf den Mont d'Oiseaux. Vor der größten Villa stoppte sie: „Zorak wollte nicht, dass ich mitkomme. Meine Mutter und ich wohnen eine Villa weiter. Vielleicht hast du später Zeit und Lust."

Zorak saß in einem großen, ledernen Sessel, als Michael in den Raum geführt wurde. Der Hausherr wirkte entspannt, ein Glas Rotwein in der Hand, seine Augen funkelten wachsam. „Florian Meier", begrüßte er ihn mit einem Hauch von Spott. „Der Mann, der Konflikte schlichten kann."

Michael nickte höflich, spürte jedoch die Spannung im Raum. „Du wolltest mich sehen.“

„Das wollte ich“, sagte Zorak und musterte ihn. „Ich wollte den Mann kennenlernen, der meine Männer zur Ordnung ruft und trotzdem nicht zögert, sich in mein Camp einzuschleichen.“

„Ich bin nur ein Flüchtling.“

„Mit bestimmt erstklassig gefälschten Papieren. Du hast Talent“, fuhr Zorak fort. „Aber Talent bedeutet nichts ohne Loyalität. Und Loyalität …, die muss man beweisen.“

Michael seufzte innerlich, der Satz hätte von einem NEUROPA-Funktionär stammen können. Vielleicht war Zorak auch nicht besser. „Wie kann ich dir beweisen, dass ich auf deiner Seite stehe?“, fragte Michael.

Zorak lächelte. „Es gibt da eine Aufgabe, die deinen Wert zeigen wird. Nichts Großes – zumindest für jemanden mit deinen Fähigkeiten.“

Er griff nach einem Dokument, ein abgenutzter Umschlag, und reichte ihn Michael. „In diesem Camp gibt es jemanden, der falsche Informationen verbreitet. Ein kleines Licht, aber auch die können zu einem Flächenbrand werden. Sein Name ist Enzo. Finde heraus, ob er ein Spitzel ist – und wenn ja, was er wirklich weiß.“

Michael öffnete den Umschlag. Ein Foto lag darin, unscharf, aber deutlich genug, um einen jungen Mann mit dunklen Haaren und besorgtem Gesicht zu erkennen. „Und wenn er es ist?“, fragte Michael.

„Dann bringst du mir etwas, das seine Schuld beweist“, sagte Zorak mit einem Lächeln, das wie eine Klinge wirkte. „Oder du bringst ihn. Ganz wie du willst.“

„Wie viel Zeit habe ich? Elena hat mich zu sich eingeladen.“

„Eine Nacht mit Elena. Da kann ich nicht Nein sagen. Aber spätestens morgen Abend bist du wieder hier und hast den Auftrag erledigt.“

Michael war überrascht von der Wärme, die Elenas Villa ausstrahlte. Der Duft von Gewürzen und frisch gebackenem Brot lag in der Luft. Elena stand in der Tür zum Wohnzimmer, ihre Haare wie ein roter Schimmer im Licht, und lächelte ihm zu. „Meine Mutter hat uns etwas Besonderes gezaubert.“

Hana kam aus der Küche, eine elegante Frau, deren Jahre sie nicht gebrochen hatten, sondern verfeinert wie altes Porzellan. Ihre Augen musterten Michael neugierig, aber wohlwollend. „Setz dich. Du siehst aus, als könntest du etwas Gutes zu essen vertragen."

Am Tisch entspannte sich Michael, während Hana Geschichten erzählte – über die Zeit vor dem Krieg. Ihre Stimme war wie ein sanfter Wind, der den Sturm der vergangenen Tage in den Hintergrund drängte.

Der Rotwein war alt und schwer, und Michael spürte, wie er seinen Geist klärte. Irgendwann zog Hana sich mit einem Lächeln zurück, um die „jungen Leute" allein zu lassen.

Elena stand mit ihr auf. „Warte auf mich", sagte sie zu Michael und schenkte ihm etwas Rotwein nach.

Als sie wiederkam, trug sie ein einfaches schwarzes Kleid, das ihre Silhouette betonte, aber es waren ihre grünen Augen, die ihn fesselten.

„Es ist schön, dass du hier bist", sagte sie, ihre Stimme zitterte ein wenig.

„Ich bin froh, dass du mich eingeladen hast", antwortete Michael. Seine Worte klangen ehrlich, ohne die zurückhaltende Ironie, die er oft benutzte, um sich zu schützen.

Elenas Hand berührte seine. Der Kontakt war flüchtig, aber er brannte sich in Michaels Haut wie ein Versprechen. Sie führte ihn hinaus auf die Terrasse, wo die Nacht sie umhüllte. Der Mont d'Oiseaux lag im Dunkeln, die wenigen Lichter des Camp d'Azur wirkten wie verlorene Sterne.

„Es gibt so wenig Orte wie diesen", sagte Elena. „Orte, an denen man sich geborgen fühlen kann."

„Und was macht diesen Ort anders?", fragte Michael.

„Du", sagte sie einfach.

Die Spannung zwischen ihnen war greifbar. Michael strich eine lose Haarsträhne aus Elenas Gesicht. Seine Finger zitterten, aber sie wich nicht zurück.

Ihre Lippen trafen sich in einem Kuss, der langsam begann, vorsichtig, als ob sie Angst hätten, die Illusion könnte zerbrechen. Doch dann wurde er tiefer, drängender. Zum ersten Mal seit langer Zeit fühlte er sich nicht als Agent, nicht als Lügner, nicht als Flüchtling. Nur als Mensch.

Die Nacht war lang, und als sie sich in ihren Armen wiederfanden, lag etwas in der Luft, das sich wie Hoffnung anfühlte – ein seltenes, kostbares Gefühl.

„Ich weiß, wo du Enzo findest", sagte Elena am Frühstückstisch. Hana hatte Croissants gebacken, die Michael köstlicher vorkamen als alles, was er je gegessen hatte.

Hana strahlte ihn an: „Es freut mich, dass dir hier im Haus alles so gut mundet." Und sie sagte das mit einem Unterton, der Elena erröten ließ.

„Wenn Elena nichts dagegen hat, kannst du gerne bei uns wohnen. Oder hast du andere Pläne?"

Michael war verwirrt.

„Mutter", sagte Elena streng und rettete Michael so aus der Verlegenheit, eine Antwort zu geben. „Das ist jetzt nicht der Ort und die Zeit, solche Fragen zu stellen."

Hana lachte nur. „Ich wünsche euch einen glücklichen Tag."

Michael fand Enzo in einem abgelegenen Bereich des Camps, wo er in einer der Baracken arbeitete. Enzo hatte nichts Bedrohliches an sich – er war schmal, nervös, ein Gesicht, das ständig über die Schulter blickte.

Michael trat an ihn heran und sprach ruhig. „Enzo?"

Der junge Mann fuhr zusammen, ließ den Karton fast fallen, den er trug. „Ja? Wer bist du?"

„Ich bin Florian Meier", sagte Michael und hielt seinen Ton gelassen. „Ich arbeite für Zorak. Er hat Fragen zu deiner Loyalität."

Enzos Gesicht wurde bleich. „Das ist ein Missverständnis! Ich arbeite, ich tue, was er will. Ich …, ich bin loyal!"

Michael nickte, als hätte er das erwartet. „Ich bin nicht hier, um dich zu verhaften, Enzo. Ich will nur die Wahrheit wissen. Wenn du unschuldig bist, gibt es keinen Grund, nervös zu sein. Aber wenn du etwas verheimlichst, solltest du es mir sagen, bevor es jemand anderes tut."

Enzo zögerte, sein Blick huschte nervös umher. „Ich …, ich bin kein Spitzel. Aber ich habe Freunde im Camp. Und manchmal tauschen wir Informationen aus, das ist alles. Ich wusste nicht, dass das ein Problem ist."

„Was für Informationen?", fragte Michael, seine Stimme eine Spur schärfer.

Enzo wich zurück. „Gerüchte. Wer kommt, wer geht. Manchmal hören wir Dinge über Zorak, aber ich schwöre, ich habe nichts an das Regime weitergegeben."

Michael kehrte mit den Informationen zurück. Zorak saß in demselben Sessel, als hätte er sich einen kompletten Tag und eine Nacht nicht bewegt.

„Und?", fragte er. „Was hast du herausgefunden?"

„Enzo ist harmlos", sagte Michael. „Er hat Angst vor dir – viel mehr Angst als vor dem Regime."

Zorak betrachtete Michael lange, dann nickte er. „Du hast ihn laufen lassen."

„Ich habe dir die Wahrheit gebracht", erwiderte Michael. „Das ist es, was du wolltest."

Ein gefährliches Lächeln spielte um Zoraks Lippen. „Vielleicht. Oder vielleicht wollte ich sehen, ob du bereit bist, Blut an deinen Händen zu haben."

Michael sagte nichts, sein Blick unerschütterlich.

Zorak nahm einen Schluck Wein. „Ich mag dich, Meier."

„Meier ist nicht mein richtiger Name. Für meine Freunde heiße ich Michael."

Zorak winkte ab. „Ich weiß, Drachentöter. Oder soll ich lieber Alexander Braun sagen?"

Michael zuckte zusammen.

Zorak fuhr fort: „Alles gut. Willkommen in meinem Netzwerk. Aber sei gewarnt: Ich habe Augen überall."

„Jetzt hast du noch zwei Augen mehr", sagte Michael. „Was hast du mit mir vor?"

„Weiß ich noch nicht genau. Aber erst einmal müssen wir dich umbringen."

Michael erschrak, schaute sich verängstigt um, ob Zoraks Männer ihm auflauerten.

„Wir haben alles vorbereitet. Du bist im Camp d'Azur auf der Flucht erschossen worden. Hier der Bericht, den wir nach Brandenburg gemeldet haben."

Zorak reichte Michael ein Papier, das aussah wie eine offizielle Mitteilung des Geheimdienstes. „Du bekommst bestimmt einen großen Eintrag auf der Lichtwand."

Michael grinste erleichtert. „Alexander Braun hat den staatlichen Auftrag nicht überlebt. Sehr schön. Ist es in Ordnung, wenn ich, also Michael Weiss, nebenan einziehe? Hana hat mich eingeladen."

Zorak lachte: „Von mir aus. Wenn nur Elena nicht eifersüchtig wird."

„Wird sie nicht. Und wenn doch, wäre es mir das wert."

„Sag Elena, dass sie ihre internationalen Kontakte aktiviert."

Michael schaute Zorak zweifelnd an.

„Sag es ihr einfach. Oder sag Dämmerung. Sie weiß dann schon."

56

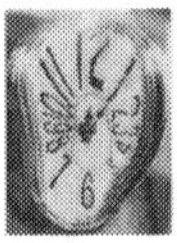

Michael saß mit Elena bei Sonnenuntergang vor ihrer Villa. Die Luft war still, erfüllt vom fernen Rauschen des Meeres und den Geräuschen des Camps.

„Denis und ich“, begann er, den Blick auf die dunklen Wolken gerichtet, „haben uns in den Schattenfeldern kennengelernt. Ich war damals kaum mehr als ein Werkzeug des Systems. Ein Offizier, der dachte, er würde für Ordnung sorgen, ohne zu merken, dass ich Teil des Chaos war.“

Elena lehnte sich nach vorne, ihre Arme um die Knie geschlungen. „Was hat euch verbunden?“

„Die Schattenfelder verbinden jeden, der dort überlebt“, sagte Michael mit einem bitteren Lächeln. „Wir hatten den Auftrag, ein Rebellenlager zu zerschlagen, aber was wir fanden, waren Familien, Frauen, Kinder. Menschen, die einfach nur überleben wollten.“

Elena schwieg, ließ ihn sprechen.

„Denis war anders als die anderen Soldaten“, fuhr Michael fort. „Er weigerte sich zu schießen. Er stellte sich zwischen die Flüchtlinge und unsere Einheit. Ich hätte ihn dafür töten müssen. Aber das konnte ich nicht. Stattdessen … habe ich ihn gedeckt. Und das war der Moment, in dem ich begann, Fragen zu stellen.“

Er sah Elena an, seine Stimme jetzt weicher. „In den Wochen danach haben wir uns in den Schattenfeldern durchgeschlagen. Denis hat mir die Augen geöffnet – über das Regime, über die Menschen, die darunter leiden. Er hat mich überzeugt, dass wir mehr sein können als das, wozu sie uns gemacht haben.“

Michael stockte, ein Hauch von Unsicherheit in seiner Stimme. „Ich habe dich einmal gesehen, weißt du? Bevor all das hier begann.“

Elena runzelte die Stirn. „Wann?“

„Es war in einer Kneipe“, sagte er. „Denis hat mich mitgenommen. Du warst dort, um mit ihm zu sprechen. Ich wollte nicht, dass du mich bemerkst. Denis war so stolz auf dich, auf das, was du für den Widerstand getan hast.“

Elena musterte ihn. „Weißt du“, sagte sie, „Denis und ich waren Kameraden. Kämpfer für eine gemeinsame Sache. Wir mochten uns sehr, wie man sich mag, wenn man auf einer Welle schwimmt. Aber wir waren nie ein Paar. Er war verheiratet und liebte seine Familie.“

„Trotzdem wusste ich, dass ich keinen Platz in deinem Leben gehabt hätte. Nicht damals. Nicht neben Denis.“

„Und jetzt?“

„Jetzt bin ich hier“, sagte Michael. „Nicht nur wegen Denis, sondern wegen dir. Ich wusste, dass er recht hatte, als er sagte, du wärst diejenige, die die Dinge verändern könnte. Und ich wollte Teil davon sein.“

„Es gefällt mir, dass du das sagst“, sagte sie.

„Zorak glaubt auch an dich“, sagte er zu Elenas Überraschung, die eine romantischere Fortsetzung erwartet hatte.

„Wie kommst du jetzt auf Zorak?“

„Ich soll dir von ihm ausrichten, dass du deine internationalen Kontakte aktivierst. Dämmerung. Du wüsstest dann schon.“

Elena war wie vom Donner gerührt. „Bitte nicht. Bitte nicht jetzt“, wirbelte es durch ihren Kopf. Wenn Michael wüsste, was Dämmerung bedeutete – er würde sie nie mehr so ansehen können.

„Internationale Kontakte.“ Es war ihr Code für den diplomatischen Job, den die Nichte des OBERSTEN PROTEKTORS besser erledigen konnte als Zorak.

„Wir brauchen Unterstützung aus dem Ausland“, hatte er gesagt. „Je näher es auf das Finale zugeht, desto mehr Hilfe müssen wir organisieren. Für den Tag Y.“

„Du meinst Tag X“, sagte Elena.

„Nein, ich meine Y. Ganz bewusst. Es ist nicht irgendein Datum, es ist der Tag, an dem sich alles ändern muss. Der Buchstabe X ist zu oft benutzt worden, ein Symbol für diffuse Revolutionen, die meist scheiterten. Y hingegen ist ein Einschnitt. Die Gabelung. Der letzte Punkt, an dem sich das Schicksal entscheiden wird.“

„So habe ich das noch nie gesehen“, sagte Elena.

„Tag Y“, sagte Zorak, „ist nicht nur unser Krieg. Es ist der Moment, an dem die Welt entscheiden muss, ob sie NEUROPA weiter gewähren lässt – oder ob sie endlich handelt.“

Elena zögerte. „Und wenn sie entscheidet, nichts zu tun?“

Zorak sah sie ernst an. „Dann haben wir verloren.“

„Wir werden nicht verlieren“, sagte Elena. „Manche der Mächtigen kenne ich sogar noch von früher. Ich müsste sie in alles einweihen. Ins System NEUROPA. In unseren Widerstand. Unsere Vorbereitungen. Die Chroniker.“

„Musst du“, sagte Zorak. „Und du musst dafür sorgen, dass sie dir glauben. Dass sie ihre Truppen mobilisieren. Und dass dein Onkel nichts davon erfährt.“

Der Atomkrieg hatte die Ordnung der Alten Welt zerstört. Aus den Überresten des gefallenen Kontinents war NEUROPA erstanden. Russland war Teil der Sinorussindischen Allianz mit Peking als Zentrum. Die USA weiteten ihr imperiales Reich auf ganz Amerika aus, von Kanada bis Feuerland. Nur Afrika war unversehrt. Einst gnadenloses Ödland verwandelte sich im atomaren Winter in ein blühendes Paradies und war zum Sehnsuchtsort geworden.

Elena hatte telefonisch geheimen Kontakt mit dem Führer Amerikas in Washington aufgenommen. Den Ansprechpartner der Sinorussindischen Allianz hatte sie persönlich in Nairobi getroffen. „Wir sind sehr beunruhigt über die Entwicklung in NEUROPA“, hatte der Chinese gesagt. „Und Sie, Elena, organisieren den Widerstand gegen Ihren Onkel? Glauben Sie wirklich, dass Sie Erfolg haben können?“

„Wir glauben, dass wir kämpfen müssen. Eine Revolution zu machen, bedeutet nicht, Leute zum Abendessen einzuladen“, sagte sie und zitierte bewusst den Vorsitzenden Mao Zedong.

Ihr Gegenüber schmunzelte. „Sie sind eine listige Frau. Ich werde dem Staatspräsidenten berichten.“

„Ich muss telefonieren“, sagte sie zu Michael.

„Du wirkst so nachdenklich“, sagte er. „Habe ich etwas Falsches gesagt?“

„Nein. Nein. Ich habe nur etwas Wichtiges zu erledigen. Bitte, kannst du mich allein lassen?“

„Ich warte auf dich“, sagte Michael.

Sie hätte nicht hier sitzen sollen. Nicht an diesem Punkt, nicht mit diesem Auftrag. Wäre Tomas ein anderer Mensch – oder hätte sie selbst früher gehandelt – dann wäre Tag Y vielleicht nie nötig geworden.

Sie atmete tief durch. Jetzt war keine Zeit für Zweifel.

Elena tippte den Code für ihr Spezialtelefon ein, das zwei Verbindungen synchron aufbauen konnte. Das Display leuchtete auf, doch der erste Verbindungsversuch stockte.

Sie biss sich auf die Lippe, drückte erneut. Sekunden vergingen.

In der Ferne heulte eine Sirene – nicht laut, aber eindringlich, wie ein Vorbote. Irgendwo rumpelte eine Tür, als würde die Geschichte sich rühren.

Dann – endlich – klickte die Leitung.

Zwei Atemzüge, zwei Stimmen.

Washington und Peking waren dran.

„Tag Y“, sagte Elena entschlossen.

Stille.

Dann antwortete Washington zuerst: „Verstanden. Unsere Berater haben bereits Notfallpläne durchgespielt.“

Sekunden später kam Pekings Stimme durch das Rauschen: „Unsere Beobachter berichten von zunehmender Instabilität in Brandenburg. Vielleicht ist Tag Y schneller da, als Sie denken.“

Erleichtert legte Elena auf.

Ihr Hilferuf war draußen.

Und irgendwo, in dunklen Ecken und verborgenen Netzwerken, begann die Uhr für NEUROPA zu ticken.

57

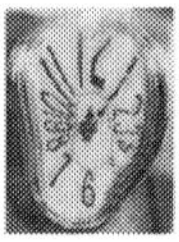

Zwischen den Jahren – einst die Zeit des milden Winters an der Côte d'Azur, voller flüchtiger Urlaubsversprechen. Jetzt war sie nur noch ein feuchtes, klammes Echo vergangener Träume. Der Atomkrieg hatte das Weltklima um fast zehn Grad gesenkt, nun waren es kaum mehr als sieben Grad, die sich tagsüber über die Küste schleppten. Besser als in Brandenburg war es allemal, dort herrschte ein Winter, der sich wie eine Ewigkeit anfühlte, monatelanger, erbarmungsloser Frost, als könnte der Frühling nie wiederkehren.

Eines Nachmittags, der Wind pfiff unruhig durch die Fenster, saß Elena allein in der stillen Villa hoch über der Halbinsel von Giens, den Blick auf das dunkle, unruhige Wasser gerichtet.

Hana setzte sich neben sie. Elena spürte eine neue Energie – oder eine alte? Ihre Mutter war nicht mehr die verlorene Gestalt, gezeichnet von der Flucht aus den verstrahlten Gebieten, gebrochen von der stummen Trauer. Etwas war anders.

Hana trug ein Kleid aus hellblauer Baumwolle, das locker über ihre Schultern fiel. Ihr Haar, kürzer und von grauen Strähnen durchzogen, glänzte wieder. Ihre Wangen hatten eine zarte Röte, die sie fast vergessen hatte. Sie drehte sich zu Elena um und lächelte – diesmal ein echtes, warmes Lächeln, das bis ins Mark traf. Die Geschwüre, die einst ihren Mund gesäumt hatten, waren verschwunden, und die Falten um ihre Augen wirkten weicher, weniger von Schmerzen gezeichnet.

„Du siehst besser aus“, sagte Elena.

„Die Natur tut, was sie kann“, antwortete Hana, ihre Stimme jetzt kräftiger, ohne den bitteren Unterton des Leidens. „Frische Luft, einfaches Essen und keine Flimmerbildschirme. Manchmal denke ich, die wirkliche Heilung beginnt erst, wenn man das System hinter sich lässt.“

Elena beobachtete ihre Mutter, das Gesicht zur Sonne gedreht. Sie sah fast wieder wie die Frau aus ihrer Kindheit aus – stark, unerschütterlich, voller Leben.

„Ich will nach Hause", sagte Hana. Ihre Worte waren kaum mehr als ein Hauch, doch sie wirkten wie ein Wirbelsturm.

Elena hob den Kopf. „Nach Hause?", wiederholte sie, als müsste sie das Wort erst begreifen. Sie betrachtete Hanas Gesicht, das so viel älter und so viel schöner geworden war.

„Was meinst du mit 'nach Hause'?", fragte Elena vorsichtig.

„Jonathan hat bald Geburtstag", sagte Hana. Nach jedem Wort hielt sie inne, als müsste sie die Bedeutung erst verdauen, bevor sie weitersprechen konnte.

„Er wird … 77." Und dann, nach einer weiteren qualvollen Pause, flüsterte sie: „Du weißt, was das bedeutet."

Die Worte blieben Elena im Hals stecken, als sie den Blick ihrer Mutter auffing – einen Blick, der all das sagen wollte, was ihre Lippen nicht mehr zu formen wagten. Die Stille zwischen ihnen zitterte vor unausgesprochenen Worten.

Hana sprach langsam, dünn und brüchig wie ein altes Blatt im Wind. „Jonathan hat nicht mehr lange."

Ihr Blick war voller Flehen, ein Appell, der Elena bis ins Mark erschütterte. Es war ein letzter Wunsch, der in der Luft hing – ein Wunsch, den sie nicht ablehnen konnte. Und auf einmal bekam das Rot auf Hanas Lippen eine neue Bedeutung: Vielleicht hatte sie sich für den Tod geschminkt.

Elena fand Zorak in seinem Büro. Die Wände waren mit Karten übersät, Orte und Namen in hastig gekritzelten Notizen aneinandergereiht, die wie ein Netz von Geheimnissen über der unruhigen Region schwebten.

Als er sie eintreten sah, ließ er die alte Flasche Whisky auf seinem Tisch in Ruhe, seine Augen blitzten im Schein der schwachen Lampe auf.

„Ich muss mit dir reden", sagte Elena und spürte, wie ihr Herz zu pochen begann. „Meine Mutter … sie möchte zurück nach Brandenburg. Sie glaubt, dass Jonathan dort …" Sie stockte, aber Zorak verstand, was sie wirklich sagen wollte: Sie wird sterben, wenn sie nicht geht.

Zorak sah sie an. Sein Blick ließ erahnen, dass er eine Entscheidung treffen wollte.

Elena wartete darauf, dass er lachen würde, oder sie belehren, dass man so dumm nicht sein könne. Aber stattdessen nickte er, ein Zucken an den Mundwinkeln verriet etwas Unerwartetes – Einverständnis? War das sein Ernst?

„Ich habe auch schon daran gedacht“, sagte er ruhig, aber mit einem gefährlichen Glühen in den Augen. „Wenn wir wirklich etwas bewirken wollen, müssen wir zurück in den Kern des Schreckens. Hier draußen …“ Er machte eine ausladende Geste, die das Camp d'Azur, die Küstenlinie, den rauen Himmel und das graue Meer umfasste, „ist es leicht, eine Rebellion zu führen gegen einen Gegner, der nicht da ist. Aber dort, er zeigte auf eine Karte des untergegangenen Deutschlands, ist es, das Herz des Ungeheuers.“

„Du meinst, du würdest …“ Ihre Worte verklangen, als das Gewicht seiner Worte langsam einsank.

„Es gibt Dinge, die … sich in Brandenburg zusammenbrauen.“ Zorak trat ans Fenster, starrte ins Nichts und murmelte, als ob er zu sich selbst spräche.

„Dinge, die mir das Blut in den Adern gefrieren lassen. Informationen, die bis hierher durchsickern … von einer Art großem Ritual, einer Aktion, die die letzte Spur Menschlichkeit aus dem System löschen soll.“ Er wandte sich zu ihr um. „Wenn wir warten, wird es zu spät sein. Wer auch immer noch lebt, wird dann ein gebrochener Mensch sein.“

„Welche Informationen?“, drängte Elena und spürte, wie ihr Magen sich verkrampfte. Sie wollte es wissen und zugleich nie gehört haben.

Zoraks Augen waren leer, als ob er etwas sah, das nur er allein ertragen konnte. „Frag Michael. Er weiß alles. Etwas, das sie die 'Große Taufe' nennen.“ Die Worte hatten eine Schwere, die Elenas Nacken eiskalt werden ließ. „Wenn wir sie aufhalten wollen, müssen wir dort sein. Denn danach, wenn wir sie nicht aufhalten, wird es keine Freiheit mehr geben.“

„Sind wir kampfbereit?“, fragte Elena. Ihre Stimme war ruhig, aber die Anspannung darunter war nicht zu überhören.

Zorak sah sie an, seine schwarzen Augen ein bodenloser Abgrund. „Wir haben viel geschafft“, sagte er, seine Worte scharf und klar, „aber nicht alles, was wir uns vorgenommen hatten. Nicht mal annähernd. Aber du hast die Internationalen Kontakte alarmiert, oder?“

„Ja“, sagte Elena, „habe ich. Tag Y, wie du wolltest.“

Zorak schwieg einen Moment, ein schwerer, bleierner Atemzug. „Du musst deine Kontakte auf den letzten Stand bringen. Wir müssen vorangehen. Wir müssen das Risiko eingehen. Wenn wir jetzt nicht zuschlagen, wird es Hunderttausende von Unschuldigen geben, die dafür bezahlen. Mit ihrem Blut. Mit ihrem Leben.“

Er strich sich mit einer behandschuhten Hand über das Gesicht, als könnte er den Schatten, der über ihm hing, damit vertreiben. „Ich will das nicht auf meinem Gewissen haben,“ fügte er hinzu. „Da liegt schon genug drauf. So viel, dass ich manchmal kaum atmen kann.“

Die Vorbereitungen für die Abreise fühlten sich fast unwirklich an, wie ein Ritual, das nur darauf abzielte, eine Gruppe von Menschen so unsichtbar wie möglich zu machen. Zorak, Hana, Elena und Michael sammelten, was sie für die Reise brauchten. Drei SUVs standen bereit, Geländewagen mit Vierradantrieb, ihre glänzenden Oberflächen gaben kein Indiz auf die Gefahr preis, die in ihrem Inneren schlummerte: Waffen, Proviant für eine Woche, Bargeld in rauen Mengen, gebündelt und in den Zerklüftungen der Karossen versteckt.

Zorak bunkerte Kartons mit Champagner und Pastis, dazu etliche Flaschen Rotwein, alles teure Vorkriegsware, weil inzwischen der Weinbau in die milde Sahara abgewandert war, wo das Klima perfekt war, aber die Böden dort noch keine Spitzenqualität produzieren konnten.

Grünauge trat an die Seite von Zorak, sein Gesicht versteinerte sich, als ihm klar wurde, dass die Macht über das Camp nun in seinen Händen lag. „Du wirst die Geschäfte führen“, sagte Zorak, sein Tonfall fordernd, fast wie ein Test. „Du kennst die Netzwerke, die Männer, die Tücken. Ich erwarte, dass du dich durchsetzt.“

Grünauge nickte. „Ich weiß, was zu tun ist“, antwortete er schlicht, doch das Strahlen in seinem Gesicht verriet eine Mischung aus Stolz und Ehrfurcht. Als Zorak ihm auf die Schulter klopfte, hatte es etwas Feierliches, als wäre das Camp nun mit einer unsichtbaren Blutsbrüderschaft gesichert.

Elena zog sich auf ihr Zimmer zurück, sie tippte nur zwei Worte in das Kommunikationsbändchen: *Wir kommen.* Die Nachricht ging an Jonathan, kurz, so knapp wie ein Hauch Atem im Winter, aber sie würde ihn verstehen lassen, dass etwas Größeres bevorstand.

Zurück bei Zorak fand sie ihn mit einem kleinen Spiegel in der Hand. „Mach mich zu einem Banker", sagte er trocken, seine Stimme triefte vor Ironie. Elena sah ihn an, die groben Linien seines Gesichts, die Narben, die Härte, die in jedem Zug lag. Es war ein Antlitz, das Geschichten erzählte – von Gewalt, von Macht, von Verlust. „Das wird nicht einfach", antwortete sie, griff dennoch nach Kamm und Rasierklinge.

Langsam verschwand die vertraute Härte und wich einer glatten, fast bedrohlichen Kälte. Als sie fertig war, betrachtete sie ihn und fühlte einen Kloß in ihrem Hals. Der Mann vor ihr war Zorak – und doch ein völlig Fremder. Aus einem Räuberhauptmann war tatsächlich so etwas wie ein Banker geworden.

Zorak beäugte sich im Spiegel, ein Grinsen kroch über seine neu definierten Lippen. „Na bitte", murmelte er. „Fast wie ein Gentleman."

Ein Mann trat ein, ein Glatzkopf, der Elena einen gewaltigen Schreck einjagte. „Michael, bist du das?"

Der Glatzkopf lachte freundlich: „Gefalle ich dir?"

„Was hast du mit deinen Locken gemacht?"

Michael zeigte ihr einen neuen Pass: „Michael Weiss hat keine Locken." Er fasste sich auf den Kopf: „Da wächst nichts. Leider."

Sie waren zu fünft, als sie losfuhren. Neben Zorak kam Magali mit, eine junge Französin mit arabischen Wurzeln. Im Camp war sie - so die offizielle Version – seine Sekretärin gewesen. Inoffiziell vielleicht auch mehr.

Tatsächlich war sie Künstlerin. Ihre Meisterwerke waren Pässe. Handgemacht, „echter" als jedes amtliche Vorbild.

Sie teilte die Fluchtpapiere aus.

„Ich sehe sehr jung aus", freute sich Elena.

Zorak prüfte seinen Pass, lachte: „Perfekt."

Er schaute Magali an. „Warum hilfst du?".

„Ich hab genug gesehen, um zu wissen, dass Kunst allein nichts ändert. Jetzt will ich mitmischen."

„Ist das alles?“, fragte Zorak.

„Du willst die ganze Wahrheit? Weil du gut bezahlst. Und weil ich raus will“, grinste sie. „Und du bist der Weg.“

Zorak nickte. „Dann fälsch weiter – wir gehen zusammen.“

Mit einem Lächeln schwang sie sich auf den Beifahrersitz in Zoraks Auto.

Elena lenkte den zweiten Wagen, Michael den dritten. Sie überprüften die Funkverbindung. Die Kolonne würden sie nur locker halten, aber der Funkkanal war ihre unsichtbare Nabelschnur durch die entseelte Landschaft, die vor ihnen lag.

Sie rollten Richtung Osten. Hinter Hyères kam die Grenze vom afrikanisch-arabischen Camp d'Azur nach Frankreich auf sie zu, doch keine Patrouille hielt sie auf – Zorak hatte dafür gesorgt, dass alles glatt verlief, ein paar gezielte Bestechungen, ein paar „Namen“, die Eindruck machten.

Sie nahmen die „Route Napoléon“ durch die Alpen. Zorak hatte sie dem Rhône-Tal vorgezogen, wo die Bomben des Dritten Weltkriegs die Atomkraftwerke verbrannt und die Luft vergiftet hatten. Über Grenoble erreichten sie die Schweiz, schließlich Deutschland. Freiburg. Frankfurt. Kassel. Tiefer ins Land bis nach Magdeburg und Brandenburg an der Havel.

Im Ruckeln des Wagens tippte Elena eine Nachricht an Jonathan. Ein einziges Wort: *Morgen.*

Ein Wort, klein und unscheinbar – doch in einer Welt wie dieser konnte es alles bedeuten.

58

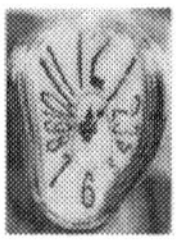

Nie hatte ein Jahreswechsel so schwer auf Jonathan gelastet. In wenigen Tagen würde er 77 – und damit zum lebenden Toten in einem System, das nur zwei Kategorien kannte: nützlich oder überflüssig.

Tatsächlich blieben ihm nur noch drei Wochen als 76-Jähriger. Drei Wochen bis zum 21. Januar.

In den Tiefen seines Unterbewusstseins spielte er manchmal mit der Idee, dass der Staat ihn vielleicht vergessen würde – dass die monatliche Pension weiter stillschweigend auf sein Konto rieseln würde und niemand auf die Idee käme, ihn als obsolet zu betrachten.

Aber die Realität war eine andere.

Drei Tage vor Weihnachten änderte der Polymer-Chip an seinem Hals die Farbe von Grün auf Gelb – und die sichtbare Mitteilung änderte sich auf 'T-30.' Jonathan sah, wie sein Spiegelbild erbleichte.

Am 31. Dezember meldete sich der OBERSTE PROTEKTOR auch noch persönlich, nicht per Post oder durch eine sterile Mail, sondern als Störmeldung auf seinem Volksbildschirm, wie ein Clown, der sich ins Licht drängte. Mit einem trügerischen Lächeln übermittelte er die besten Wünsche für das neue Jahr und gratulierte Jonathan zu seinem bevorstehenden Geburtstag, dem Beginn seines letzten Lebensabschnittes. Und als wäre das nicht genug, folgte eine detailreiche Einführung zu den Regelungen, die ab dem 1. Januar allgemein und ab dem 21. Januar individuell für ihn in Kraft treten würden.

Jonathan überflog die Liste wie den Beipackzettel einer tödlichen Medizin und stoppte erst beim letzten Gebot: Spätestens zum Ablauf des 77. Lebensjahres musste sich jeder taufen lassen.

Was immer es bedeutete – es roch nach Endgültigkeit.

Vielleicht wusste Elena mehr. Ihre Nachricht war ein Hoffnungsschimmer: „*Wir kommen.*“ Und nun eine weitere Nachricht, beruhigend und erregend zugleich: „*Morgen*“.

Professor Hingst rief an. Auch er hatte eine persönliche Video-Botschaft vom OBERSTEN PROTEKTOR erhalten. Nur dass er aufgefordert wurde, zur Durchsetzung der Vorschriften für die Generation 77plus beizutragen und Verstöße zu melden.

„Weißt du, was es mit dieser Taufe auf sich hat?“

„Nein“, sagte Jonathan, „aber ich ahne das Schlimmste.“

„Lass uns das heute Abend bei AMV besprechen.“

Die Grande Dame der Chroniker, Ariane-Maria Vondergaard, hatte zu einer Silvester-Party eingeladen, eine seltene Gelegenheit, zu der nicht nur die engeren Kreise zusammenkommen würden, sondern auch einige neue Gesichter.

Bisher hatten sie in kleinen, konspirativen Gruppen agiert, jede mit eigener Verantwortung. Jonathan war in der Flugblatt-Gruppe; es gab außerdem Kino-, Sprayer- und Internet-Gruppe. Einmal hatten sie die Idee einer Sabotage-Gruppe besprochen, aber schon das Wort war zu heikel, und bis jetzt war aus dem Gedanken nichts geworden. Aber eine Sanitäts-Gruppe war startklar.

Jonathan lächelte, als er ums Wort bat: „Es scheint, die Auslandsgruppe wird uns einen Besuch abstatten.“

Die erstaunten Gesichter, die ihn anstarrten, zeigten, dass diese Nachricht wie ein Blitz eingeschlagen hatte. „Auslandsgruppe“ war das Tarnwort für Elena.

Er spürte, wie ein elektrischer Strom durch die Gruppe zuckte, eine Spannung, die nur einer Hoffnung entspringen konnte: dass Elena, die die Chroniker mit Energie und Wagemut ins Leben gerufen hatte, zurückkehren würde. Mit ihr könnte sich der Widerstand wieder entfalten, könnten die Pläne, die sie nie zu Ende gebracht hatten, Wirklichkeit werden. Vielleicht lag die Veränderung ja nur einen Tag entfernt.

Jonathan las in seinem Silvester-Begleitbuch, *Der satanarchäolügenialkohöllische Wunschpunsch* von Michael Ende: Niemals aufgeben, selbst wenn alles verloren scheint. Hoffnung und Beharrlichkeit können Wunder bewirken.

Nach Mitternacht machte Ariane-Maria ihm ein Angebot: „Jetzt, wo es ernst wird, bist du bei dir zuhause nicht mehr sicher. Du könntest nebenan einziehen. Da ist eine kleine Wohnung frei, die mir gehört."

Er schaute sie überrascht an. „Danke. Ich wollte schon immer einen Zweitwohnsitz. Ich bringe morgen ein paar Sachen vorbei."

Am Neujahrsmorgen riss ein schrilles, markerschütterndes Geschrei Jonathan aus dem Schlaf. Im ersten Moment dachte er, es sei der dumpfe Nachhall seines leichten Katers. Doch als er sich mühsam aufrichtete, merkte er, dass es der Volksbildschirm war, dieser verfluchte Flimmerfürst, der sein Zimmer mit ohrenbetäubendem Lärm füllte.

Die Neujahrsansprache des OBERSTEN PROTEKTORS dröhnte in einer Endlosschleife, als würde sie direkt in sein Gehirn geschossen. Jonathan erinnerte sich, den Ton am Vorabend fast stumm geschaltet zu haben. Offenbar hatte die Volksbildschirmkontrollbehörde, die allmächtige VBKB, ihre Finger im Spiel. Der Ton war von ihnen auf volle Lautstärke aufgedreht worden, eine absichtliche Provokation, subtil wie ein Vorschlaghammer. Beim dritten Durchlauf konnte Jonathan die infame Rede Wort für Wort mitsprechen:

„Bürgerinnen und Bürger von NEUROPA,

Volk der Zukunft, das ich beschütze und dem ich diene!

Ein Jahr voller Herausforderungen und Errungenschaften liegt hinter uns. Es war ein Jahr, in dem wir gezeigt haben, was möglich ist, wenn jeder seinen Teil beiträgt.

Doch wir müssen den Weg weitergehen. Wir dürfen nicht innehalten, nicht zögern.

Deshalb freue ich mich, heute eine Maßnahme ankündigen zu können, die unser Land auf eine neue Ebene des Zusammenhalts führen wird: GT – die Große Taufe.

Am 7. Januar wird NEUROPA ein neues Kapitel aufschlagen. Diese Zeremonie wird den tiefen Respekt und die Dankbarkeit gegenüber der Generation zeigen, die uns den Weg geebnet hat. An diesem Tag werden wir die 77er ehren, jene, die ihr Leben in den Dienst der Gesellschaft gestellt haben und die nun bereit sind, ihr Leben zu opfern und das Staffelholz an die Jugend weiterzugeben.

Die erste Große Taufe wird in Brandenburg stattfinden, auf dem Platz des Lichts, vor Zehntausenden von Bürgern, live übertragen auf jeden Volksbildschirm.

Die Generation 77plus wird in das Wasser des Lebens eintreten – das Wasser, das sowohl reinigt als auch erlöst. Es ist eine Feier des Wandels, eine Feier des Opfers und der Wiedergeburt im Geiste NEUROPAS.

Jeder, der die Grenze von 77 überschreitet, ist eingeladen, an dieser Zeremonie teilzunehmen. Niemand wird vergessen. Niemand bleibt ungetauft.

Ich höre bereits die Unwissenden, die das in Frage stellen, die den Mut der 77er nicht würdigen. Ihnen sage ich: Ihr habt die Zukunft nicht verstanden, vielleicht sogar nicht verdient. Es ist nicht nur ein Ende, es ist ein Neubeginn.

Lang lebe NEUROPA.

Lang lebe die Einheit.

Lang lebe die Jugend.

Ich bin euer OBERSTER PROTEKTOR."

Jonathan presste die Hände gegen seine Schläfen, während die monotone Litanei des OBERSTEN PROTEKTORS weiter durch den Raum plärrte, jedes Wort wie ein Dolchstoß ins Ohr. „Lang lebe NEUROPA. Lang lebe die Einheit. Lang lebe die Jugend."

„Gott, verschone mich", murmelte er, doch im Inneren wusste er, dass es keine Gnade gab. Nicht in diesem System.

Jonathan starrte auf den Bildschirm, aber die Worte des OBERSTEN PROTEKTORS verschwammen vor seinen Augen. Sie waren nur ein Brei aus Drohungen und Befehlen, unterlegt mit der triumphierenden Arroganz eines Mannes, der wusste, dass niemand ihm entkommen konnte.

Wann? Das war alles, woran Jonathan denken konnte. Wann würden sie kommen? Gleich an seinem Geburtstag, am 21. Januar? Oder ließen sie ihn warten, bis er an der Unsicherheit zerbräche.

„Drei Wochen", dachte er, während sich die Stimme des OBERSTEN PROTEKTORS wie Nadeln in sein Gehirn bohrte. „Oder drei Monate. Oder drei Stunden. Was machte das für einen Unterschied?"

Die vier Wände seines Zimmers schienen auf ihn zuzukriechen, ihn zu verschlingen. Es war, als ob sie ihn schon abgeschrieben hätten.

In einem entsetzlichen Moment der Klarheit erkannte Jonathan, dass vielleicht das Schlimmste von allem war: Nicht der Tod, sondern das Gefühl, dass er niemals mehr als ein Gedanke in der Geschichte sein würde.

Er hielt den Atem an. Es war nicht bewusst, nicht geplant, es war, als ob sein Körper verstand, dass er keine Luft mehr verdiente. Er spürte es, als wäre es echt, das Wasser, das über ihm zusammenschlug, kalt, schwer, gnadenlos. Es füllte seine Lungen, drückte auf seine Brust, zog ihn nach unten. Vielleicht könnte er noch einmal auftauchen. Vielleicht.

Dann kam eine Nachricht, Elenas letzte Nachricht: *Mist. Sicherheitskontrolle. NEUROPA-Garde.*

Die Worte trafen ihn wie ein Betonklotz, der an seinen sinkenden Körper angekettet wurde und ihn endgültig und unerbittlich nach unten zog, und er fragte sich, ob es überhaupt einen Grund gab, wieder nach oben zu kommen.

59

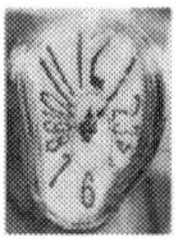

Der Wind zerrte an Maras Mantel, als sie am Neujahrstag durch die dunklen Straßen schlich. Die Stadt war still, bis auf das ferne Brummen eines Suchdrohnen-Schwarms, der Mara dazu brachte, näher an die Gebäude zu rücken.

Nach dem Streit mit Leo hatte sie sich in die Sicherheit ihres alten Lebens zurückgezogen – oder zumindest in das, was davon übrig war. Sie trug das Abzeichen der NEUEN JUGEND mit einem Gefühl, das sie weder benennen noch verdrängen konnte. Sie ging zu den Versammlungen, hörte die Parolen, wiederholte die Parolen, nickte an den richtigen Stellen. Aber wenn sie allein war, kehrte Leos Stimme zurück.

„Manchmal ist Gewalt das Einzige, was sie verstehen."

Diese Worte klangen immer wieder in ihr nach. Sie hasste sie. Und sie hasste sich dafür, dass sie nicht einfach vergessen konnte.

Sie hatte versucht, die Vorschriften ihrer Mutter zu befolgen, das System zu akzeptieren. Doch es funktionierte nicht. Leos Worte bohrten sich wie ein Splitter in ihr Bewusstsein, und sie konnte sie nicht ignorieren.

„Manchmal ist Gewalt das Einzige, was sie verstehen."

Lukas erzählte ihr von Leos Plan – ein riskantes Vorhaben, das, wenn es scheiterte, ihn und jeden in seiner Nähe gefährden würde.

„Leo wird erwischt werden", sagte Lukas. Sie saßen auf dem kalten Boden ihres Zimmers, die Tür verriegelt, während draußen die Sirenen heulten. „Sein Plan ist verrückt. Aber er wird es trotzdem tun."

Mara sah ihren Bruder an. „Was meinst du?"

Lukas zögerte, biss sich auf die Unterlippe. „Er will in eine der Funkstationen eindringen. Er glaubt, dass er die Frequenzen manipulieren kann."

„Das ist Selbstmord", flüsterte Mara, Lukas sagte nichts.

Die nächsten Stunden verbrachte sie allein, in Gedanken gefangen, bis sie begriff, dass sie nicht einfach zusehen konnte. Nicht dieses Mal. Sie griff nach ihrer Jacke, bereit, sich Leo zu stellen – und vielleicht auch sich selbst.

Sie fand Leo in einem verlassenen Lagerhaus am Stadtrand, zusammen mit ein paar anderen Jugendlichen. Sie arbeiteten konzentriert, die Luft war erfüllt vom Summen elektronischer Geräte und dem Knistern von Funksprüchen. Leo hob den Kopf, als er sie sah, und erstarrte.

„Mara", sagte er. „Was machst du hier?"

„Ich helfe dir", sagte sie und trat näher. „Ich kämpfe mit dir, Leo – bis zum Ende. Egal, ob du es willst oder nicht."

Leo schüttelte den Kopf. „Das ist kein Spiel."

„Ich habe mich entschieden." Sie trat direkt vor ihn. „Du hattest recht. Das System ist falsch. Ich habe zugesehen, wie es alles zerstört, was zählt. Aber ich kann das nicht mehr. Ich will dir helfen, Leo. Weil ich glaube, dass du die Wahrheit siehst. Und weil ich dir vertraue."

In den folgenden Stunden arbeitete Mara an Leos Seite. Sie half, den letzten Teil eines improvisierten Geräts zu montieren, das Funksignale kapern sollte. Eine Manipulation, die sie direkt ins Visier der Behörden bringen konnte. Doch zum ersten Mal seit Wochen fühlte sich Mara lebendig, als ob sie endlich ihren Platz gefunden hätte.

Als die Vorbereitungen abgeschlossen waren, zog Leo sie zur Seite. Sein Gesicht war ernst, doch in seinen Augen lag eine Wärme, die sie nicht erwartet hatte.

„Mara", sagte er. „Ich weiß, dass ich oft hart zu dir war. Aber ich hatte Angst. Angst, dass du nicht bereit bist. Und Angst, dass ich dich verliere."

„Wirst du nicht", sagte sie. „Nicht, solange wir das gemeinsam durchstehen."

Leo machte eine Pause, suchte nach den richtigen Worten. „Ich liebe dich, Mara. Ich liebe dich. Auch wenn wir keine Zukunft haben. Nicht in dieser Welt."

Mara schluckte, Tränen füllten ihre Augen. „Vielleicht nicht in dieser Welt", flüsterte sie. „Aber vielleicht können wir eine neue schaffen."

Die Funkstation, die sie zum Ziel nahmen, stand am Rande einer verlassenen Industriezone, ein klobiges Relikt vergangener Zeiten. Der Boden war mit Schutt und rostigen Metallteilen übersät. Ein Ort, der sich selbst vergessen hatte – perfekt, um Dinge zu tun, die niemand sehen sollte.

„Wenn wir das Signal übernehmen, haben wir sie“, sagte Leo, während seine Hände die zitternden Kabel eines improvisierten Transmitters prüften. Seine Stimme war ruhig, seine Augen brannten vor Entschlossenheit.

Die Aktion begann kurz nach Mitternacht.

Mara hielt Wache, ihre Augen scannten die Ruinen.

„Rein da“, flüsterte Leo, während er die Alarmanlage lahmlegte. Die Tür öffnete sich mit einem metallischen Stöhnen. Im Inneren roch es nach Schimmel und kalter Elektrizität. Die alten Maschinen summten.

Leo bewegte sich zielstrebig durch den Raum, seine Finger flogen über die Steuerkonsolen, während er Kabel verband, Schaltkreise überbrückte und das System übernahm.

„Fast da“, murmelte er. Seine Stirn war schweißnass, seine Augen fixierten die Bildschirme mit einer Intensität, die beängstigend war.

Dann war es geschafft. Das monotone Summen der Maschinen veränderte sich, wurde tiefer, rhythmischer – wie der Herzschlag einer riesigen Kreatur, die gerade erwacht war. „Wir haben es“, sagte Leo, seine Stimme erfüllt von Triumph. „Das Signal gehört uns.“

Die Botschaft war ein einfacher Text, der auf allen Volksbildschirmen des Bezirks zu hören war: „Freiheit beginnt mit Wahrheit. Ihr seid nicht allein.“ Und dann folgten drei Wörter, die nur zwei Menschen verstanden: „Für dich, M…“

Mara schaute Leo verliebt an. Es war nur ein Flackern, ein winziger Moment, bevor das Regime die Kontrolle zurückerlangte. Aber in diesem kurzen Herzschlag der Rebellion, wusste Leo, hatten sie etwas bewegt.

Dann hörten sie die Sirenen, das Heulen eines Systems, das zurückschlug. Sie hatten keine Zeit mehr.

In der Ferne, als sie endlich in Sicherheit waren, hielt Leo an. Er blickte zurück, sah die Scheinwerfer, die das alte Gebäude durchbohrten – suchend, jagend.

„Wir können das jederzeit wiederholen“, sagte er.

Er lächelte, aber in seinen Augen flackerte etwas Dunkleres.

„Und nächstes Mal werden sie es nicht so schnell zurückbekommen.“

60

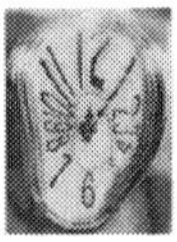

Die SUVs erreichten die Sicherheitskontrolle des inneren Rings. Scheinwerfer tauchten die schneebedeckte Straße in grelles Licht, während Gardisten mit stoischer Präzision jeden Wagen durchsuchten, jedes Dokument beäugten – auf der Jagd nach Fehlern, die Leben kosteten.

Zorak, die Augen wachsam hinter einer Fassade aus unerschütterlicher Ruhe, ließ seine Finger über das Lenkrad gleiten. Neben ihm saß Magali, angespannt wie eine Feder.

Vor ihnen standen die Gardisten, die Hände auf den Griffen ihrer Waffen, bereit, in Sekunden tödlich zu reagieren.

Im zweiten Wagen hielt Elena Funkkontakt.

Michael hatte abreißen lassen, teilte mit, dass er bis zur Sperre noch gut drei Kilometer zu fahren hätte.

Ein Gardist, groß und bullig, bedeutete Zorak, den Motor abzustellen. Zorak ließ die Scheibe herunter.

„Papiere“, verlangte der Gardist.

Zorak holte Dokumente aus dem Handschuhfach.

Der Mann nahm sie und trat zu einem Kollegen, der einen Scanner bei sich trug.

„Hast du gesehen?“, flüsterte Magali, die ihren Blick auf einen der Gardisten gerichtet hielt. Ein dritter Gardist, ein junger, nervös wirkender Soldat, inspizierte den Kofferraum und verweilte ein wenig zu lange an einer der Kisten.

„Was ist da drin?“, fragte er, sein Tonfall beinahe herausfordernd.

„Werkzeug“, antwortete Zorak.

„Aufmachen!“, befahl der Gardist, Zorak nickte, stieg aus, öffnete mit einem beiläufigen Griff das Schloss, als der Deckel aufklappte, zeigte sich der Inhalt, tatsächlich Werkzeug, darunter lagen zwei kleinere Schachteln.

Der Gardist zog sie heraus und riss sie auf. Er fand hunderte Aufkleber mit dem Symbol der Chroniker: die weiche Uhr, eingefroren bei fünf nach zwölf.

„Alle zu mir!“, rief der Gardist, und der Rest der Kontrollstation schien in Sekundenschnelle in Bewegung zu geraten. Weitere Gardisten rückten an, ihre Waffen entsichert. „Ihr seid verhaftet!“

Zorak riss eine Pistole hervor und feuerte. Der junge Gardist ging mit einem Schrei zu Boden. Seine Kameraden schossen aus allen Rohren. Magali zog eine Waffe aus der Verkleidung des Beifahrersitzes und erwiderte das Feuer.

Elena sah, wie die Situation eskalierte, trat das Gaspedal durch. Der Wagen schoss vor, streifte einen Gardisten.

„Hana, runter!“, schrie sie, während sie durch das Fenster feuerte.
Zwei Soldaten stürzten, ein dritter ging in Deckung.

Michael hatte aufgeschlossen, raste, ohne zu bremsen, an den Posten vorbei.

Zorak sprang zurück in den Wagen. „Elena, durchbrechen!“, schrie er in das Funkgerät. Magali hielt den Kopf unten, während die beiden Wagen an den Gardisten vorbeirasten. Kugeln schlugen in die Karosserien ein, aber die SUVs waren gepanzert und hielten den Angriffen stand.

Als die Lichter der Kontrollstation im Rückspiegel verblassten, hatte Zorak wieder die Spitze übernommen und ließ die Anspannung von sich abfallen.

„Das war knapp“, sagte Elena über Funk.

„Wirklich knapp“, sagte Michael.

„Zu knapp für meinen Geschmack“, murmelte Zorak und warf einen Blick auf Magali.

„Sie werden uns jagen“, funkte Elena.

„Natürlich“, kam Zoraks Antwort, mit der Ruhe, die einen Wahnsinnigen oder ein Genie verraten konnte, „aber sie haben nur einen falschen Namen.“

„Sie haben deinen Pass gescannt“, widersprach Elena, „die Gesichtserkennung wird …“

„Wird sich wundern“, unterbrach Zorak fröhlich. „Das Passbild war gefälscht. Magali sei Dank. Ich weiß nicht genau, wie sie es gemacht hat.

Irgendein Scanner-Trick mit doppelter KI. Wenn sie es analysieren, wird es ihnen deinen Onkel zeigen, wie er in jungen Jahren aussah."

Dann lachte er, als hätte er gerade den größten Witz der Geschichte erzählt. Und Magali lachte mit, stolz über das Kompliment des Mannes an ihrer Seite.

Elena hätte es wissen müssen. Zorak war niemand, der ohne Plan handelte, und erst recht nicht ohne einen Ausweg. Nach einigen Kilometern riss er das Lenkrad seines SUVs abrupt nach rechts, verließ die Straße und steuerte auf das Gelände eines Autofriedhofs zu. Zwischen den Wracks wartete ein riesiger Lkw, seine Ladefläche über eine Rampe erreichbar. Zorak fuhr hinauf und funkte: „Ihr kommt hinterher."

Kaum hatten sie angehalten, stürzte eine Schar Männer auf die drei Fahrzeuge zu, allesamt Mitglieder von Zoraks Bande, gekleidet wie Arbeiter, aber mit der Präzision von Soldaten.

Elena beobachtete, wie sie fein säuberlich zwischen Waffen, Proviant und Werbematerial unterschieden. Der Rotwein, die „edle Vorkriegsware", wurde Zorak persönlich überreicht, der das kostbare Gut mit einem Lächeln entgegennahm.

Zorak betrachtete sich in einem verbeulten Stück Metall, das glänzte wie ein Spiegel. Die Transformation war vollendet. Der Anzug saß makellos, die Krawatte war perfekt gebunden, nur in seinen Augen flackerte noch das Raubtier. „Du kannst dich verkleiden, so gut du willst", murmelte er zu seinem Spiegelbild, „aber unter der Haut bleibt der Wolf."

Auch Michael zeigte sich in einem neuen Outfit, ganz in Weiß wie ein Tennisprofi mit Glatze.

„Steigt ein!", sagte Zorak und wies mit einer einladenden Geste auf eine blankpolierte, dunkelblaue Limousine. Die Ledersitze rochen nach Luxus, die Armaturen glänzten im Licht der untergehenden Sonne.

Die Reise ging weiter – elegant, makellos inszeniert.

Doch unter den perfekten Masken lauerte die Angst.

Wie lange konnten sie ihre Rollen spielen, bevor jemand den ersten Riss bemerkte?

Zorak stoppte den Wagen vor einer Villa mit Blick auf die Havel. „Hier sind wir sicher", sagte er. „Niemand sucht Rebellen im Schatten der Macht."

Während Magali und Hana ihre Zimmer bezogen, steckten Zorak, Elena und Michael die Köpfe zusammen.

„Du trommelst deine Chroniker herbei", sagte Zorak, „ich informiere meine Truppen. Einen Treffpunkt habe ich schon. Und Michael?"

„Ich versuche, ein paar alte Kontakte anzuzapfen, um uns den Rücken freizuhalten."

Elena schickte Jonathan eine neue Nachricht: *Haben es geschafft. Treffpunkt heute Abend. 22 Uhr. Bahnhof Altstadt.*

61

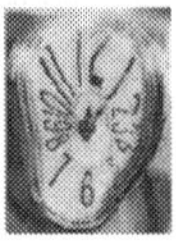

Der Bahnhof Brandenburg-Altstadt lag still und verlassen, ein rostiger Wagon auf einem Abstellgleis war das einzige Überbleibsel einer vergangenen Ära.

Das vierstöckige Empfangsgebäude ragte wie ein stummer Zeuge aus der Vergangenheit in die Nacht, die Fenster dunkel, die Fassaden von der Zeit gezeichnet.

Südlich davon duckten sich die Bahnhofsschuppen. Einer war wieder in Betrieb. Die blechernen Wände vibrierten vom dumpfen Bass einer Musikanlage. Vor dem Eingang parkten Motorräder in Reih und Glied wie ein stählernes Rudel. Das Vereinsheim eines Motorradclubs, das tagsüber nur Knattern und verhaltenes Gemurmel hören ließ, war in dieser Nacht ein geheimer Treffpunkt. Eine improvisierte Kommandozentrale, deren Adresse über eine Reihe von codierten Nachrichten an Eingeweihte weitergegeben worden war – eine moderne Version von Flaschenpost.

Jonathan stieg aus dem Lieferwagen, den Heiner organisiert hatte, und fühlte den Wind durch seinen Mantel. Als ihn Elenas Nachricht erreicht hatte, in der Stunde seiner größten Verzweiflung, schoss ein Blitz aus Lebensmut durch seinen Körper. Binnen Minuten alarmierte er Freunde und Verbündete.

Als Schutzschild für seine Seele, falls Hana ihn abweisen sollte, hatte Jonathan einen Roman eingesteckt. Kein altes Buch, sondern etwas, das erst nach dem Dritten Weltkrieg erschienen war – *Das Echo der Jahre* von Géraldine Fray.

Eine Schriftstellerin, Clara, trifft nach dreißig Jahren auf ihre Jugendliebe, den Musiker Jakob, der einst spurlos verschwand. Jonathan mochte das Buch, weil es ihm einen Moment der Flucht mit Happy End bot.

Was würde ihn erwarten, wenn er Hana gegenüberstand?

Die Erinnerung an ihre letzte Begegnung überfiel ihn. Es war ein verregneter Nachmittag gewesen. Jonathan wartete im Café „Zur Kastanie", einem kleinen, halb vergessenen Ort, der sich an die Zeiten klammerte, bevor die Sirenen heulten und die Bomben den Himmel zerfetzten.

Es roch nach Kaffee und Möbelpolitur. Hana war spät dran. Als sie durch die Tür trat, wurde alles still – nicht wirklich, aber in ihm. Ihre Silhouette zeichnete sich gegen das graue Licht von draußen ab. Dann kam sie näher, ihr Mantel tropfte, ihr Gesicht war von zerbrechlicher Schönheit.

„Jonathan", sagte sie, und ihre Stimme klang wie eine Melodie. Sie setzte sich, zog die Handschuhe aus, legte sie ordentlich auf den Tisch. Es war eine dieser kleinen Gesten, die alles verrieten: Sie plante keinen langen Aufenthalt.

Er suchte ihren Blick, aber sie sah ihn nicht an. Ihre Augen waren auf den Tisch gerichtet, auf die Tropfen, die vom Saum ihres Mantels auf das dunkle Holz fielen.

„Hana", flüsterte er. „Warum bist du hier?"

Sie lachte. „Ich wollte dich sehen. Ein letztes Mal."

„Ein letztes Mal?" Die Worte brannten in ihm.

„Jonathan", sie hob den Kopf. „Karel ist tot. Aber er war mein Mann. Egal, was ich jetzt fühle – was wir beide fühlen – ich kann nicht so tun, als hätte es ihn nicht gegeben. Als wäre ich nicht immer noch seine Frau."

Jonathan wollte sagen, dass Liebe keine Schuld ist, dass sie nichts schuldet – nicht Karel, nicht der Welt. Aber er sah ihre Entschlossenheit in ihren Augen. Er wusste, dass er sie nicht aufhalten konnte.

„Ich habe dich geliebt, Hana", sagte er so fest, wie er konnte. „Ich liebe dich immer noch."

„Ich weiß." Sie lächelte. Ein trauriges, müdes Lächeln.

Das Gespräch wurde zögerlicher, bis es versandete. Hana trank ihren Kaffee und stand plötzlich auf.

„Ich muss gehen", sagte sie. Sie legte eine gepresste Kornblume vor Jonathan auf den Tisch. „Für dich. Etwas, das du behalten kannst."

Bevor er antworten konnte, war sie zur Tür hinaus. Der Regen schluckte sie, nur das Geräusch der Glocke über der Tür hallte lange nach.

Jonathan betrat den Motorrad-Club und suchte Gesichter. Zuerst entdeckte er Elena, die junge Frau mit der unauslöschlichen Entschlossenheit. Hinter ihr, beinahe versteckt, stand Hana. Schön wie in seinen Träumen.

Sie sah ihn, ihre Hand hob sich zu ihrem Schal, als müsste sie sich vor dem, was sie empfand, schützen.

„Hana“, sagte er, ihr Name auf seinen Lippen klang wie eine Erinnerung an bessere Zeiten. Auf einmal existierte nichts anderes. Nur sie, ihre Augen, die ihn ansahen, als hätte er doch etwas bewahrt, das es wert war, geliebt zu werden. „Hana“, wiederholte er, und sein Atem sein Atem stand wie eine Wolke in der kalten Luft.

Sie trat einen Schritt vor, zögernd, fast wie ein junges Mädchen, das sich nicht sicher war, ob es einen Tanz annehmen sollte. Dann stand sie vor ihm, und der Moment dehnte sich.

Hana legte ihre Hand auf Jonathans Arm, und er fühlte die vertraute Wärme, die er so lange vermisst hatte.

„Du bist alt geworden“, sagte sie.

„Ich bin nicht der Einzige“, konterte er und lachte.

„Wir haben viel zu besprechen“, sagte Hana.

„Ja“, sagte er. „Aber lass uns das Jetzt nicht vergessen.“

Hana nickte. Sie hatte eine Träne im Auge.

Jonathan nickte.

Dann folgte ein langer Kuss.

62

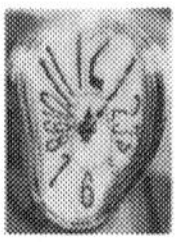

In der kargen Enge des Vereinsheims, wo der Duft von altem Motoröl und abgestandenem Bier in der Luft hing, setzten sich Jonathan, Hana, Elena, Zorak, Michael und ihre Mitstreiter um einen runden Tisch, der von einer nackten Glühbirne beleuchtet wurde.

Der Raum schien mit jedem Atemzug enger zu werden. Die Stimmung hatte sich verändert, seit die Nachricht über die Große Taufe bei allen eingetroffen war. Als wäre die Garde bereits auf dem Weg, um sie zu verhaften.

Plötzlich ging die Tür auf.

Alle drehten sich um, Hände glitten unter Tische, dorthin, wo Waffen griffbereit lagen.

Der Eingang war zu klein, um mehr als eine Person auf einmal hereinzulassen, und diese Person war Claire Berger.

„Du!“, fuhr Elena auf, ihr Stuhl kippte mit einem Knall um. Ihre Augen funkelten vor Zorn.

Jonathan schluckte. Sein Blick fiel auf Lukas, der hinter seiner Mutter wie eine Salzsäule erstarrte.

Als Letzter trat Nico ein.

„Schön, dass ihr so herzlich seid“, sagte Claire und hob die Hände, um zu beweisen, dass sie unbewaffnet war. „Wenn ich euch verraten wollte, hätte ich mehr als zwei Hände und zwei Jungs mitgebracht.“

„Wie hast du uns gefunden?“, fragte Zorak. „Hierher kommt niemand durch Zufall.“

„Ich bin nicht zufällig hier“, erwiderte Claire und trat in den Raum, ihre Stiefel klackten auf dem Boden. Sie wirkte wie eine Lehrerin, die eine ungezogene Klasse zurechtwies. „Wenn ihr klug seid, lasst ihr mich ausreden, bevor ihr etwas Dummes tut.“

„Was wollen Sie?“, fragte Jonathan.

„Ich will mich anschließen“, sagte sie. „Ich habe etwas, das ihr braucht. Informationen.“

„Wie sollen wir dir trauen?“, knurrte Zorak. „Du bist Tomas' stille Heldin, Mendels Liebling. Vielleicht hast du keine Waffen dabei, aber dein Verrat wäre Waffe genug.“

„Hört ihr mir zu oder nicht?“ Claire machte einen Schritt auf Zorak zu. „Ja, ich war auf ihrer Seite. Ja, ich war die 'stille Heldin'. Und ja, ich habe Mendel bei seinen Plänen unterstützt. Aber ich bin nicht blind. Ich habe meinen Mann und meinen Schwiegervater verloren. Ich habe gesehen, was sie tun. Ich weiß, was sie vorhaben.“

„Warum jetzt?“, fragte Elena. „Warum plötzlich die Reue?“

„Weil sie mich genauso entsorgen werden wie alle anderen, wenn die Zeit kommt“, sagte Claire und sah jedem Einzelnen in die Augen, bevor ihr Blick bei Lukas verharrte. „Weil ich meinen Kindern eine Zukunft geben will.“

Lukas schnappte nach Luft.

„Was für Informationen haben Sie?“, fragte Jonathan.

„Wenn sie eine von uns ist, kannst du sie ruhig duzen“, sagte Zorak.

„Alles, was ihr über die Große Taufe wissen müsst“, sagte Claire. „Die Namen der Ehrengäste. Die Sitzordnung. Sogar die Päpstin wird erwartet.“

Sie ließ den letzten Satz in der Luft hängen. „Die Kommandeure, die Handlanger, die Schwächen in ihrer Planung. Aber das Wichtigste: die Spaltung zwischen Tomas und Mendel.“

Die Gruppe tauschte Blicke, jedes Gesicht eine Mischung aus Skepsis und verhaltenem Glauben.

Zorak sah Claire an. Seine Stirn lag in Falten, und sein Schweigen war lauter als Worte.

„Setz dich“, sagte er. „Aber denk nicht einmal daran, uns zu hintergehen. Wir sind keine Engel. Wir verzeihen nicht.“

Claires Blick blieb ruhig, aber wachsam. „Ich habe noch mehr.“ Sie griff in die Umhängetasche und zog ein Papier hervor. „Hier ist der geheime Gesetzesentwurf. Damit soll alles endgültig geregelt werden.“

Sie reichte Jonathan das Papier, ihre Finger leicht zitternd. „Willst du vorlesen, oder soll ich?“

Jonathan nahm das Blatt, als würde es brennen. Er überflog die Worte, und mit jedem Satz schien sein Gesicht einen Farbton blasser zu werden. „Ich kann das nicht.“

„Dann lese ich vor“, sagte Claire entschlossen. Sie räusperte sich und begann: „Taufe. So nennen wir die freiwilligen Massenhinrichtungen, die wöchentlich stattfinden, für all jene, die ihr 77. Lebensjahr vollendet haben. Sonntag ist freiwilliger Sterbetag für Christen, Samstag für Juden und Ungläubige, Freitag für Muslime.“

Ihre Augen wanderten über die Gruppe.

„Die Art des Todes kann frei gewählt werden.“

Claire ließ die Worte in der Luft schweben.

„Man kann ertrinken. Falls man auftaucht und nach Luft schnappt, wird man erschossen. Alternativ kann man sich einen Betonklotz an den Fuß binden lassen. Für jene, die nicht schwimmen wollen, steht die Möglichkeit offen, sich am Beckenrand erschießen zu lassen.“

Jonathan hatte sich mit einer Hand an den Tisch gestützt.

Claire machte unbeirrt weiter: „Nach fünfzehn Minuten wird das Becken 'geföhnt' – also unter Strom gesetzt. Damit wird sichergestellt, dass auch der letzte, der vielleicht noch lebt, endgültig liquidiert wird. Anschließend werden die Becken automatisch entleert.“

Ein raues, verzweifeltes Lachen drang aus Jonathans Kehle, nur um ihm im nächsten Moment im Hals stecken zu bleiben. Aber Claire war noch nicht fertig.

„Jeder, der sich freiwillig zur Taufe meldet, wird als Held gefeiert und bekommt einen Eintrag im Lichtfriedhof. Wer sich nicht freiwillig meldet, wird zwangsweise vorgeführt.“

„Das ist Wahnsinn“, flüsterte Jonathan, seine Worte kaum hörbar, doch in der Stille waren sie wie ein Schrei.

Claire sah ihn an. „Wahnsinn?“ Ihre Stimme bebte vor Wut. „Das ist keine Regierung, Jonathan. Das ist ein Schlachthof. Und wir sind das Vieh.“

Die Stimmung im Raum kippte. Die Angst, die wie eine Mauer zwischen ihnen gestanden hatte, zerbrach unter der Wucht nackter Wut.

Ein Plan wurde geboren, Stück für Stück, aus Worten und Gesten, aus Mut und Verzweiflung. Jeder trug etwas bei, jeder brachte sich ein, am

Ende wussten alle, was sie bis zum 7. Januar und am 7. Januar zu tun hatten. Wenn nichts dazwischenkam.

Jonathan blieb einen Moment länger sitzen, sah den anderen nach, die in die Nacht entschwanden. „David gegen Goliath“, murmelte er. Dann schüttelte er den Kopf. Nein, dachte er. Das hier war schlimmer. Goliath hatte keine Millionen Zuschauer am Volksbildschirm und jubelnde Massen zu seinen Füßen, die sie auch noch besiegen müssten.

Aber es war ein Trost, dass er nicht allein war. Elena war zurück, die Chroniker standen zusammen, Zorak und seine Kämpfer waren bereit.

Und dann war da Hana. Sie saß neben ihm, ihr Blick ruhig, aber voller Bedeutung, als sie fragte: „Zu dir oder zu mir?“

Er hatte „Weder noch“ gesagt, „beides ist zu gefährlich.“

Hana nickte.

„Ich habe ein Ausweichquartier“, sagte Jonathan. Und jetzt saßen sie nebeneinander im geliehenen Lieferwagen.

Für einen Moment war alles leicht.

Jonathan steuerte den Wagen durch die leeren Straßen, Hanas Hand warm in seiner. Und er verdrängte den Gedanken, dass Glück in NEUROPA selten von Dauer war.

63

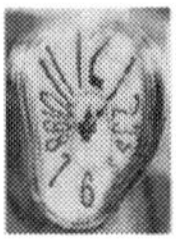

Seit einer Ewigkeit hatte Jonathan nicht mehr gespürt, dass jemand wirklich bei ihm war – dass er nicht allein war.

Als sie seine Wohnung neben Ariane-Marias Haus betraten, herrschte diese seltsame Ruhe, die nur Räume haben, die zu lange allein gewesen sind. Hana sah sich um, nahm die Bücherstapel, die alten Zeitungen, die kleine Sammlung von Relikten aus einer Zeit vor NEUROPA in sich auf, die Jonathan hergebracht hatte, um es ein wenig „wohnlich“ zu machen.

„Du hast dich nicht verändert“, sagte sie. „Du hast mal wieder ein kleines Museum erschaffen.“

Jonathan lächelte. „Ein Museum für Dinge, die niemand mehr sehen will.“

Sie drehte sich zu ihm um, und in ihrem Blick lag etwas, das ihn tiefer traf als jede seiner Erinnerungen.

„Vielleicht“, murmelte Hana, während ihr Blick über die Bücherstapel glitt, „brauchen wir solche Dinge jetzt dringender denn je. Etwas, das uns daran erinnert, dass es eine andere Welt gab – und wieder geben könnte.“

Er wollte antworten, aber die Worte blieben im Hals stecken. Stattdessen nickte er nur, und Hana trat näher, legte ihre Hände auf seine Schultern. Es war keine Umarmung, aber es war nah genug, dass er den Duft ihres Haares wahrnahm, etwas Blumiges, das ihn an vergangene Sommer erinnerte.

„Die Welt mag zerbrochen sein“, sagte Hana. „Aber wir sind hier. Und solange wir hier sind, ist nichts verloren.“

Jonathan schloss die Tür, ließ den Riegel einrasten.

„Wasser oder Wein?“, fragte er. „Wein“, war ihre Antwort. Und zu diesem besonderen Anlass würde auch Jonathan sich einen Schluck gönnen.

Hana sah sich weiter um. Sie fand ein Buch, Erich Frieds *Liebesgedichte*. Sie lächelte. „Die Dinge, die du rettest, erzählen über dich, Jonathan."

Er lachte. „Und was erzählen sie dir?"

Sie blätterte durch die Seiten. „Dass du ein Romantiker bist. Dass du immer geglaubt hast, dass Worte die Welt verändern können. Und dass du dir irgendwo tief drin wünschst, dass sie auch dich retten können."

Er wollte widersprechen, aber sie hatte recht. Stattdessen zog er die Schultern hoch und sagte: „Vielleicht. Aber die Welt hat mich eines Besseren belehrt."

„Nicht die Welt", sagte sie und trat näher. „Das System. Nicht jeder hat sich vergiften lassen. Solange das so ist …" Sie legte das Buch beiseite und schaute ihm in die Augen. „Solange das so ist, gibt es Hoffnung."

Sie saßen lange auf dem alten Sofa, dicht nebeneinander, und redeten. Über die Vergangenheit, die sie verloren hatten, über das, was noch kommen könnte.

Irgendwann schliefen sie ein, Hanas Kopf auf seiner Schulter, seine Hand in ihrer.

64

Ein Klopfen an der Tür riss die Nacht und die Träume in Stücke. Das Klopfen war nicht aggressiv, eher vorsichtig, aber es weckte Jonathan sofort. Er blinzelte ins Morgenlicht, das durch die Vorhänge drang, und fühlte Hanas Gewicht auf seiner Schulter. Er war versucht, sitzen zu bleiben. Doch das Klopfen kam wieder, diesmal drängender.

„Jonathan!“, flüsterte eine junge Stimme. „Mach auf, ich bin es, Lukas.“

Jonathan schob Hana sanft von sich weg, stand auf und schlich zur Tür. Er öffnete sie einen Spalt breit, Lukas' blasses Gesicht kam zum Vorschein.

„Was ist los?“, fragte Jonathan.

„Sie kommen“, flüsterte Lukas hastig, sein Atem sichtbar in der kalten Morgenluft. „Garde oder Spitzel – egal, wer euch verraten hat, sie wissen, dass du hier bist und dass hier noch jemand ist, der gesucht wird. Ihr müsst sofort weg.“

Jonathan fühlte, wie die Müdigkeit von ihm abfiel. „Wie viele?“

„Drei Autos, mindestens. Sie sind auf dem Weg. Meine Mutter will sie aufhalten, aber das wird nicht lange funktionieren.“

Hana trat hinter Jonathan, halb verschlafen, aber ihr Gesichtsausdruck wurde ernst, als sie Lukas sah. „Wie viel Zeit haben wir?“, fragte sie.

„Zehn Minuten“, sagte Lukas. „Aber nicht mehr.“

Jonathan nickte. „Hast du einen Plan?“

„Ecke Hauptstraße steht ein Wagen“, sagte Lukas. „Zorak hat ein Versteck, in dem ihr sicher seid.“

Jonathans Hände zitterten, als er nach dem alten Buch griff, das auf der Fensterbank lag. Der Einband war abgewetzt, das Gold der Prägung längst verblasst, doch die Worte darin hatten ihn durch die schlimmsten Nächte getragen. „Das hier nehme ich mit“, murmelte er, mehr zu sich selbst als zu den anderen.

„Verdammt, Jonathan, keine Zeit für Sentimentalitäten!“

Hana stieß Jonathan an, eine Jacke in der Hand, die sie hastig überwarf. „Ich verstehe ihn“, sagte sie, ohne Lukas anzusehen. Ihre Augen waren nur auf Jonathan gerichtet. „Manchmal ist ein Funke Vergangenheit alles, was man hat.“

Jonathan sah, wie Hana selbst eine kleine Notiz aus der Tasche zog, ein zerknittertes Stück Papier, und es sich in die Jackentasche schob. Er wollte fragen, aber es blieb keine Zeit. Lukas flüsterte: „Los jetzt.“

„Gibt es einen Hinterausgang?“, fragte Hana.

„Abgesperrt“, zischte Lukas. Er duckte sich, eine menschliche Gestalt zog vor dem Fenster vorbei. „Entwarnung, das war Nico, der Schmiere steht. Wir müssen uns beeilen.“

Lukas zog ihn am Ärmel, zerrte ihn aus seiner Starre. Hana war bereits an der Tür, eine kleine Tasche über der Schulter.

„Buch, Jacke und dann nichts wie raus“, murmelte Jonathan. Der Satz klang wie ein Mantra, während sie in die Dunkelheit schlüpften, wo die Verfolger warteten.

Hana zog die Jacke enger.

Jonathan klemmte das Buch unter seinem Arm fest. Sein Herz pochte laut, ein Trommelschlag, der mit jedem Schritt dröhnender wurde.

„Los, schneller“, trieb Lukas sie an.

Sie waren kaum zehn Schritte vom Eingang entfernt. Ein lautes Motorengeräusch brach die Stille. Jonathan fuhr herum. Sein Blick folgte dem wütenden Heulen – es kam näher, raste auf sie zu, irgendwo aus Richtung Hauptstraße.

„Verdammt!“, fluchte er. „Sie haben uns.“

Ein schwarzer Geländewagen tauchte aus dem Nebel auf. Die Scheinwerfer glühten bedrohlich, und für einen Augenblick stand die Zeit still. Jonathan sah den unbarmherzigen Blick der Fahrer, als wären sie bereits in ihrem Visier erfasst.

„Lauf!“, schrie Hana, zog ihn mit sich und rannte in Richtung einer schmalen Gasse.

Das Dröhnen des Motors schwoll an, wurde lauter, aggressiver. Der Wagen beschleunigte.

Jonathan stolperte, seine Knie protestierten bei jedem Schritt. Hanas Griff an seinem Handgelenk war wie ein Anker, der ihn vor dem

Straucheln bewahrte – vor dem Rückfall in die Starre, die ihn fast überwältigt hätte.

„Da hinten!“, schrie Lukas und deutete auf eine rostige Metalltür, halb verborgen hinter einem Müllcontainer.

Das Motorheulen schnitt durch den Nebel, lauter und bedrohlicher. Jonathan fühlte die Vibrationen im Boden. Hana riss die Tür auf, das rostige Scharnier quietschte, und sie zogen sich hinein, gerade als der Wagen mit einem Wutschrei der Reifen an ihnen vorbeischoss.

Im Inneren roch es nach altem Öl und verrottendem Holz. Sie pressten sich an die Wand, atmeten schwer, ihre Herzen hämmerten wie wild gegen ihre Rippen. Draußen hörten sie das Heulen des Motors.

„Das war knapp“, sagte Hana.

Jonathan nickte, unfähig zu sprechen, das Buch unter seinem Arm wog plötzlich schwer wie ein Stein. Die Verfolger waren schnell, und sie hatten nicht vor, aufzugeben.

„Weiter“, sagte Lukas, „wir können durch die Nebengasse.“

Die Luft in der schmalen Passage war schwer und kalt, der Nebel drückte alles nieder wie ein unsichtbares Gewicht. Lukas führte die Gruppe zügig voran, seine Bewegungen gehetzt, aber präzise. Jonathan spürte den stechenden Schmerz in seinen alten Knien. Hana hielt sich dicht an ihn, ihre Augen ständig nach hinten wandernd.

„Nur noch ein paar Ecken“, keuchte Lukas. „Wenn wir die Hauptstraße erreichen, können wir sie abschütteln.“

Jonathan wollte ihm glauben. Er wollte die Hoffnung in Lukas' jugendlichem Optimismus finden. Doch etwas in der Stille der Nacht fühlte sich falsch an, wie ein Ton, der nicht in die Melodie passte.

Da war es, das Knirschen von Schritten auf nassem Beton, kaum mehr als ein Hauch, aber genug, um Jonathan erstarren zu lassen.

„Runter!“, schrie Lukas, doch es war zu spät.

Ein großer Kerl sprang aus der Dunkelheit, sein Gesicht halb verborgen unter der Kapuze seiner schwarzen Uniformjacke. Die Abzeichen der NEUROPA-Garde blitzten im Licht einer flackernden Straßenlaterne. In seiner Hand hielt er einen Teleskop-Schlagstock, der mit einem unheilvollen Klicken ausgefahren wurde.

„Stehenbleiben!“, befahl der Mann, Lukas sprang vor, versuchte, die beiden Alten mit seinem Körper zu schützen.

„Lauft!“, schrie er, doch keiner rührte sich.

Der Gardist machte einen schnellen Schritt nach vorne, Jonathan, ohne zu wissen, woher der Mut kam, trat ihm in den Weg. Er hob das Buch, als wäre es eine Waffe.

Der Gardist lachte.

„Das wird dir nicht helfen, alter Mann.“

Dann ging alles schnell. Der Schlagstock zuckte in einem tödlichen Bogen auf Jonathan zu, er duckte sich, der Stock prallte gegen die Wand, Funken sprühten. Jonathan schlug mit dem Buch zu, traf den Gardisten am Kopf, der Mann wich aus.

Lukas versuchte, den Mann nieder zu ringen, doch der Gardist streckte den Jungen mit einem harten Schlag zu Boden.

Jonathan wusste, dass er nicht aufgeben durfte. Der Gardist richtete sich zu voller Größe auf. „Willst du gegen mich antreten, alter Mann?“ Seine Stimme war kalt, fast amüsiert.

Jonathan griff nach einem Ziegelstein, der auf dem Boden lag, und schlug zu. Der Hieb traf den Gardisten an der Schläfe. Der Mann sackte zusammen. Langsam, wie ein Baum, der gefällt wurde, und blieb regungslos auf dem Boden liegen.

Jonathan stand keuchend über ihm, den Ziegelstein noch in der Hand. Sein Atem war schwer, sein Herz raste. Hana war an seiner Seite, ihre Hände zitterten, während sie ihn ansah.

„Hast du … hast du ihn …?“, begann sie, doch Jonathan schüttelte den Kopf.

„Nein“, flüsterte er. „Er atmet.“

Lukas rappelte sich auf. „Wir müssen weiter“, sagte er mit einem Anflug von Bewunderung.

Der Junge schlug die Tür des rostigen Kombis zu, den er an der Hauptstraße geparkt hatte, und brüllte: „Rein mit euch! Sofort!“

Jonathan stolperte nach vorne, Hana dicht hinter ihm. Sie warf sich auf die Rückbank, klammerte sich an den alten Sicherheitsgurt, während Jonathan auf dem Beifahrersitz landete und den schweren Atem eines Mannes von 76 Jahren unterdrückte, der nicht für solche Eskapaden gemacht war.

Lukas drehte den Zündschlüssel, der Motor hustete, dann tuckerte er los, ein Diesel, dessen Lärm so laut war wie Jonathans pochendes Herz.

„Sie haben uns gesehen!“ Hanas Stimme war ein Alarmsignal, das durch die Panik schrillte. Lukas warf einen Blick in den Rückspiegel. „Verdammt, die sind schon wieder dran.“

Er riss das Lenkrad rum, der Wagen schoss in eine enge Gasse, so schmal, dass die Spiegel die bröckelnden Wände streiften. Jonathan presste sich gegen das Armaturenbrett, der Einband des Buches fest unter seinem Arm.

„Lukas, weißt du, was du tust?“, fragte er mit einer Mischung aus Sorge und Humor.

„Weiß ich nie!“ Lukas grinste und jagte den Wagen um eine Ecke, so abrupt, dass Hana fast vom Sitz rutschte.

Hinter ihnen tauchte ein dunkler, unheilvoller Geländewagen auf, die NEUROPA-Garde in Verfolgungswut. Blaue Lichter blitzten, der Wagen holte sie ein, fuhr eng neben ihnen, drohte sie an die Wand zu drängen, als einer der Verfolger auf das Dach ihres Wagens schlug und schrie: „Anhalten!“

„Das ist nicht gut“, murmelte Jonathan.

„Keine Sorge.“ Lukas trat fester aufs Gas. Der Kombi sprang förmlich nach vorne, ein altes Biest, das sich weigerte, aufzugeben. „Ich kenne diese Straßen wie meine Westentasche.“

Jonathan erinnerte sich, wie sehr er dagegen gewesen war, als das Gesetz verabschiedet wurde, dass 16-Jährige den Führerschein machen durften, jetzt war er froh, dass dieser Junge am Steuer saß – und dass er wohl schon zwei Jahre Praxis hatte.

Ein scharfer Schlenker, das rechte Vorderrad hob vom Boden ab, Jonathan hatte das Gefühl, sein Magen würde ihm folgen. Hana stieß einen erschrockenen Laut aus, klammerte sich am Griff der Tür fest und fluchte. „Gibt es hier keine verdammte Geradeausstrecke?“

„Nicht, wenn du überleben willst!“

Lukas warf ihr einen Blick zu, der halb Entschuldigung, halb Trotz war. „Ich bringe uns raus.“

Der Geländewagen im Rückspiegel schloss die Lücke. Jonathan konnte das wütende Gesicht des Fahrers sehen. Und die Bewegung des Mannes auf dem Beifahrersitz, der etwas aus dem Fenster hielt. „Vorsicht, Waffe, Lukas!“

Ein Schuss. Der rechte Rückspiegel zerplatzte in einem Regen aus Glas, Lukas duckte sich instinktiv, doch der Wagen hielt die Spur. „Verdammt noch mal!“

Er bog in eine weitere schmale Gasse ein, dann über einen Feldweg, der mit Pfützen übersät war. Schlamm spritzte gegen die Windschutzscheibe, die Verfolger rutschten hinter ihnen her, Lukas behielt die Nerven. „Noch eine Ecke.“

Jonathan schloss die Augen und hoffte, dass Lukas wusste, wohin sie fuhren.

„Haltet euch fest!“ Lukas' Warnung war ein Schrei, der durch den Lärm des heulenden Motors schnitt. Die letzte Kurve war eng. Lukas nahm sie mit einer Geschwindigkeit, die jede Vernunft verhöhnte.

Der Wagen schwankte.

Hana wurde nach vorne geschleudert, prallte gegen Jonathans Schulter. Er fing sie reflexartig auf, ihre Gesichter nur einen Kuss voneinander entfernt. Ein Moment, eine Ewigkeit, das Gleichgewicht hing an einem hauchdünnen Faden.

„Verdammt!“ Lukas zerrte am Lenkrad, riss den Wagen mit einem wilden Manöver zurück auf alle vier Räder. Der Aufprall ließ sie in ihren Sitzen aufschreien. Jonathan schob Hana vorsichtig von sich, sah ihr kurz in die weit aufgerissenen Augen, dann drehte er den Kopf.

Die Verfolger hatten weniger Glück. Jonathan konnte das schiere Entsetzen auf dem Gesicht des Fahrers erkennen, als das Ungetüm die Kontrolle verlor, geradeaus weiter raste und mit einem ohrenbetäubenden Platschen in den dunklen, trüben Stadtkanal stürzte.

Stille folgte. Wasser spritzte hoch wie eine zornige Fontäne. Wellen schlugen an die Ufermauern.

Jonathan keuchte.

„Echt, Mann“, murmelte Lukas, seine Hände zitterten auf dem Lenkrad, aber seine Augen leuchteten mit einer Mischung aus Triumph und Wahnsinn. „Sind wir die Guten?“

Hana starrte auf den Kanal. „Heute schon.“

65

Lukas hielt vor einem schlichten Reihenhaus in einem Viertel am Rande von Brandenburg. Das Haus fügte sich in die trübe Monotonie der Vorstadt ein: zerbröckelnder Putz, ein Garten voller Unkraut, undurchsichtige Fenster.

Lukas war der Erste, der den Schritt ins Innere wagte. „Willkommen in der Höhle der Löwenbändiger."

Jonathan trat hinter ihm ein, seine Augen weiteten sich, als sie die Reihenhausdiele passiert hatten und er den Raum vor ihm erfasste, der mal ein Wohnzimmer gewesen sein musste.

Das war kein einfacher Unterschlupf, das war ein technologisches Wunderwerk, ein Mosaik aus blinkenden Bildschirmen, Kabeln, Servern und Geräten, als stammten sie aus einem anderen Jahrhundert.

In der Mitte des Raumes stand ein gewaltiger Tisch, eine Art interaktiver Bildschirm, der die Straßen Brandenburgs in schimmernden Blau- und Orangetönen zeigte. Punkte blinkten hier und dort, bewegten sich in Echtzeit wie lebendige Wesen, die aus der Ferne kontrolliert wurden.

„Das ist … beeindruckend", murmelte Jonathan, der sich kaum von dem Anblick lösen konnte. Er trat näher an den Tisch heran, beugte sich über das pulsierende Licht.

„Und das alles hier ist deins?", fragte Jonathan Lukas.

„Nicht nur meins", antwortete eine tiefe, selbstbewusste Stimme hinter ihm. Zorak stand da mit einem wissenden Lächeln. Er trug seinen neuen Look wie eine zweite Haut: der elegante Anzug, die gebändigte Mähne, die Brille. „Das hier", sagte Zorak und ließ seinen Blick über die flimmernden Bildschirme wandern, „ist unsere Waffe. Jeder Draht, jeder Knopf hat nur ein Ziel: das Regime seiner Macht zu berauben."

Hana war sprachlos. Sie inspizierte die Wände, die mit Plänen, Diagrammen und Karten tapeziert waren, die das Herz des NEUROPA-Systems entblößten. „Niemand weiß, dass ihr hier seid?“

„Niemand“, bestätigte Zorak mit einem Nicken. „Die NEUROPA-Garde könnte eine Armee hierherschicken und würde trotzdem nichts finden. Glaubt mir, ich habe das im Griff.“

Elena trat ins Licht. Sie warf einen kurzen Blick auf Hana, dann auf Jonathan. „Wir, Zorak, ich, später auch Michael, wir haben lange daran gearbeitet. Ihr habt uns geholfen, auch wenn ihr das vielleicht gar nicht mitbekommen habt.“

„Ich habe euch geholfen?“, fragte Jonathan ungläubig.

Elena nickte. „Ja, hast du.“

Sie zeigte auf einen Stapel mit Funkgeräten. „Das Modernste, was es gibt. Alles beschafft von deinem Geld, Jonathan. Du erinnerst dich an deinen Deal mit Heiner?“

„Eine Million NEURO pro Tag?“, lächelte Jonathan.

„Genau. Das war genial.“

„Das war Heiners Geniestreich.“

„Stimmt wohl. Aber du hast ihn auf die Idee gebracht. Außerdem bist du der, der am besten Bescheid weiß über die Lage hier.“

Jonathan öffnete den Mund, um etwas zu entgegnen, aber Elena war schneller. „Hör zu, Jonathan. Das hier ist nicht nur ein Kampf mit Waffen. Es ist ein Krieg der Informationen. Ohne euch verlieren wir – mit euch gewinnen wir.“

Die Nacht war kalt. Jonathan saß abseits der anderen, nahe am offenen Feuer, das mehr Schatten warf, als es wärmte. Zorak stand mit seinen Leuten beisammen, bewaffnet, entschlossen.

Der Angriff auf das Herz von NEUROPA stand bevor.

Je näher der Kampf rückte, desto schwerer lag eine Frage in Jonathans Kopf: Was würde danach kommen? Er hatte es nie hinterfragt. Das Regime musste gestürzt werden. Aber jetzt, kurz vor dem entscheidenden Moment, wurde ihm klar: Zorak hatte nie von dem gesprochen, was danach sein würde.

„Was ist dein Plan, wenn NEUROPA fällt?“

Er hatte es laut gesagt.

Zorak wandte den Kopf, fixierte ihn mit seinem dunklen Blick.

Für einen Moment war nur das Knistern des Feuers zu hören.

Dann sagte er: „Mein Plan ist, dass es brennt.“

Keine Zukunft. Keine Vision. Nur Feuer.

Jonathan erinnerte sich an das, was Elena ihm über Zoraks Vater erzählt hatte. Wie er in den Schattenfeldern gestorben war.

Er wusste, dass Zorak nicht kämpfte, um etwas aufzubauen – sondern um zu zerstören.

Jonathan schloss die Augen. Er hatte nie an Rache geglaubt. Er hatte geglaubt, dass ein Umsturz Sinn haben musste, dass Geschichte nicht nur aus Gewalt bestehen durfte.

Aber jetzt war er hier. Mit einem Mann, der nichts anderes kannte als Rache.

Und er wusste: Es gab keinen anderen Weg.

Es ging auch darum, unendlich viele Leben zu retten.

Es ging ums Überleben.

Und es ging um Freiheit.

Er konnte nicht zurück. Die Wahl war getroffen – lange bevor er es selbst begriffen hatte.

In vier Tagen würde es brennen.

Später fand sich Jonathan allein mit Hana in einem kleinen Raum, der als ihr Schlafplatz diente. Eine alte Matratze lag in einer Ecke, durch das Fenster drang das fahle Licht einer Straßenlaterne.

„Fühlt sich an wie damals“, sagte Hana, während sie ihre Jacke auszog und sie über einen Stuhl warf.

„Damals?“, fragte Jonathan.

„In Berlin“, sagte sie. „Die Nächte, in denen wir heimlich von einer Wohnung zur nächsten schlichen. Immer in Angst, entdeckt zu werden.“

Sie holte den zerknitterten Zettel hervor, den sie vor ihrer Flucht aus Jonathans Wohnung eingesteckt hatte.

Jonathan las: „Schillerpromenade 5, 12459 Berlin, Oberschöneweide.“

„Das weißt du noch?“, fragte er.

„Das war unser erstes Mal“, sagte Hana, während sie den Zettel in ihrer Hand betrachtete. „Manchmal wünschte ich, wir könnten einfach verschwinden.“

Sie drehte das Papier zwischen den Fingern, als könnte sie in seinen Fasern eine andere Zukunft finden.

„Nur du und ich – irgendwohin, wo all das nicht existiert.“

66

Die nächsten Tage waren ein Strudel aus Planung und angespannter Erwartung. Jonathan arbeitete eng mit Heiner und Lukas zusammen, um sicherzustellen, dass ihre Hacker die Kontrolle über den Volksbildschirm übernehmen konnten.

Es waren die Stunden, in denen Nico seinen großen Auftritt hatte. Der Raum war dunkel, abgesehen von dem schwachen Schein einer Taschenlampe, die Nico zwischen den Zähnen hielt. Der metallische Geschmack des Batteriefachs lag ihm auf der Zunge, aber das störte ihn nicht. Seine Hände waren flink und präzise, während er die Drähte miteinander verband.

Lukas beobachtete Nico wie ein Lehrer, der darauf wartete, dass der Schüler einen Fehler machte. Nico ignorierte ihn. Er hatte schon als kleiner Junge gelernt, dass Zweifel nichts weiter als Hintergrundgeräusche waren – Lärm, den er ausblenden konnte.

Neben ihm summte ein alter Lüfter, den er testweise anschloss. Der Tisch war übersät mit Teilen, die er aus Radios, Fernsehern und Computern herausoperiert hatte. Es war ein Chaos, aber Nico sah darin seine besondere Ordnung.

„Fertig“, sagte er und nahm die Taschenlampe aus dem Mund.

„Fertig?“ Lukas zog eine Augenbraue hoch. „Das Ding sieht aus, als würde es gleich explodieren.“

Nico grinste. „Manchmal musst du riskieren, dass etwas explodiert.“

Er drückte den Schalter. Ein kurzes Knacken, dann ein Summen. Die alte Festplatte sprang an, ein kleiner Monitor flackerte und tauchte den Raum in blaues Licht.

„Ich habe doch gesagt, es funktioniert“, sagte Nico stolz.

Lukas trat näher, sein Gesicht war jetzt konzentriert, beinahe ehrfürchtig. Er beugte sich über die Maschine, seine Finger glitten über die Tasten, die Nico aus einer elektrischen Schreibmaschine gebastelt hatte.

„Was ist das?", fragte er.

„Ein Interface", antwortete Nico. „Ein altes Motherboard, kombiniert mit einem tragbaren Netzteil und ein paar Tricks, die du nicht verstehen würdest."

„Probiere ich aus", sagte Lukas und setzte sich hin.

Nico trat zurück, seine Hände in die Hosentaschen geschoben. Er wusste, dass das jetzt Lukas' Moment war. Er hatte die Hardware gebaut, aber es war Lukas, der ihr Leben einhauchen würde.

Der Junge beugte sich über die Tastatur, seine Finger begannen zu tippen, auf dem Monitor flackerten die ersten Zeilen Code auf. Es war nichts Großes, nichts Weltveränderndes. Aber in diesem Moment, in der Dunkelheit des Raumes, erschuf er etwas, das für Überraschungen gut war.

„Das ist unglaublich", murmelte Lukas.

Nico grinste. „Ich weiß."

Elena trat mit einer kleinen Schachtel in den Raum, die Pater Ignatius ihr vor ihrer Abreise gegeben hatte. „Vielleicht könnt ihr damit etwas anfangen", sagte sie und drückte Lukas das Päckchen in die Hand.

Lukas öffnete es fast ehrfürchtig. „Was soll das sein?"

„Der Pater sagte, es wäre ein Sender, der die Lehren der Bibel auf die Volksbildschirme schicken kann."

„Ein Evangelium, das zum Hacker wird", murmelte er mit einem Hauch von Bewunderung.

Elena nickte. „Pater Ignatius wollte, dass ich es in die richtigen Hände lege."

Lukas' Finger strichen vorsichtig über das Stückchen Elektronik, das er aus der Schachtel befreite. Er blickte zu Heiner, der über einer Konsole hockte. „Wir könnten das testen", schlug er vor. „Wir müssten es ins Netzwerk einspeisen. Wenn wir Glück haben, knackt es die erste Ebene."

Jonathan beobachtete die Szene mit einer Mischung aus Faszination und Skepsis.

„Lass uns nur den ersten Satz versuchen", sagte Heiner, während er den Stick in ein Lesegerät legte, das mit ihrem improvisierten Hackerprogramm verbunden war.

Die Minuten, in denen das System arbeitete, zogen sich wie Stunden. Ein kurzes Rauschen, und plötzlich erschien auf einem Testbildschirm eine Zeile, die in klarer Schrift das alte Material ablöste: „Herr, verwirf mich nicht in meinem Alter, verlass mich nicht, wenn ich schwach werde."

Heiner jubelte. „Es funktioniert!"

Lukas hob den Ignatius-Stick triumphierend hoch. „Das hier", sagte er mit einem entschlossenen Funkeln in den Augen, „dazu die unglaubliche Nico-Maschine und meine Technik werden der Schlüssel sein, um ihre Lügen zu entlarven."

Was folgte, war eine Art von Katz-und-Maus-Guerilla-Krieg. Es war kein offener Schlagabtausch, sondern eine schleichende Offensive, die wie ein Virus das System von innen heraus zersetzen sollte.

Der Anfang war altmodisch analog - auf Druckmaschinen. Sie standen in einem Keller unter einer verlassenen Fabrik. Bettina und Christian hatten sie gefüttert mit Jonathans Worten. Worte, die nicht nur auf Papier gedruckt, sondern in die Seelen der Leser eingebrannt wurden. „Kein Frieden ohne Freiheit. Kein Leben ohne Gerechtigkeit."

In einer Ecke des Kellers saß Nico, sein Gesicht von dem blassen, flackernden Licht eines uralten Monitors erleuchtet. Er hatte die Druckmaschinen modernisiert, Sensoren angebracht, die die Temperatur überwachten. „Alles läuft", sagte er knapp, ohne den Blick von den blinkenden Anzeigen abzuwenden.

Mara stand in der Mitte des Raumes. Sie trug einen schwarzen Kapuzenpulli, dessen Saum fransig war wie von einem älteren Bruder geerbt. „Ich werde nicht zusehen, wenn ihr kämpft. Ich will Vater und Opa rächen."

Jonathan wollte widersprechen, doch da war etwas in ihrem Blick, das ihn verstummen ließ. Sie war noch ein Kind, ja, aber in ihrem Gesicht lag der Ausdruck einer Frau, die zu viel gesehen hatte, zu viel verloren hatte.

„Gut", sagte er schließlich. „Aber sei vorsichtig."

Die Verteilung der Flugblätter war eine Choreografie des Widerstands. Die Jugendlichen operierten in Zellen, jede Gruppe hatte ihre eigene Aufgabe. Nico warf einen prüfenden Blick auf seine kleine Einsatztruppe.

„Schau mal, Lukas!" Mara deutete mit einem breiten Grinsen auf Leo. „Er hat den pinken Rucksack dabei!"

Lukas lachte. „Natürlich hat er ihn. Wahrscheinlich schläft er sogar mit ihm. Jetzt ist er seine Kameratasche – vollgestopft mit Ersatzakkus und Mikrofonen."

Leo hob eine Augenbraue. „Ich hör euch. Und der Rucksack ist praktisch. Pink ist nur ein Bonus."

Lukas instruierte alle Gruppenführer: „Bleibt in Bewegung. Nie zweimal denselben Weg nehmen."

Seine Stimme war ruhig, aber in seinen Augen glomm ein Fieber.

Mara, Leo und zwei andere schlichen durch die Hintergassen einer Schule, wo sie die Flugblätter in Spinden versteckten und unter Klassenzimmertüren schoben. Ihre Herzen hämmerten wie Trommeln, als sie Schritte hörten – schwer, militärisch. Die NEUROPA-Garde war nah. Mara hielt den Atem an, ihren Rücken an die Wand gepresst, ein Flugblatt noch in der Hand.

Die Schritte wurden lauter, Leo stellte sich den Gardisten in den Weg, warf ihnen ein Funkgerät vor die Füße. Bis die Gardisten gemerkt hatten, dass ihre Beute nur eine Attrappe war, hatten Mara und die anderen sich in Sicherheit gebracht – und Leo holte sie wenig später ein.

An einer anderen Front stand Nico auf einem Hochhausdach, den Blick auf einen Ballon gerichtet, den er selbst zusammengebaut hatte. Die Hülle war hauchdünn, fast unsichtbar in der Dämmerung, doch sie trug die Hoffnung der Chroniker. „Alles klar?", fragte er ins Funkgerät.

„Bereit", antwortete Lukas, dessen Finger über eine kleine Fernbedienung glitten. Der Ballon stieg auf, sanft und lautlos, und die Flugblätter rieselten wie Schnee über die Stadt, direkt auf das Hauptquartier des staatlichen Fernsehens. Nico grinste, ein seltener Moment inmitten der Dunkelheit. „Die werden Augen machen", murmelte er.

Jonathan sah den Jungen an, der da oben stand wie ein Technomagier.

Früher hätte er gesagt: Spinner. Bastler. Zu jung für Verantwortung.

Aber dieser Junge verteilte nicht einfach Flugblätter. Er war dabei, ein ganzes Regime zu unterwandern – mit Drähten, Code und einer stillen Entschlossenheit, die Jonathan bewunderte.

Und Mara?

Er sah sie in der Nähe stehen, die Augen scharf, den Körper angespannt. Nicht mehr nur Tochter. Nicht mehr nur Opfer. Eine, die kämpft.

Und er selbst?

Ich bin noch hier, dachte Jonathan. Vielleicht ein Anführer. Aber ganz sicher als Zeuge. Und als jemand, der hilft, das morgen zu erzählen.

Lukas arbeitete wie besessen an der Website der Chroniker. „Wir sind online“, flüsterte er.

„Gut“, sagte Heiner, der sich über ihn beugte, eine Hand auf seiner Schulter. „Jetzt zeig ihnen, was wir können.“

Lukas nickte, aber seine Stimme war leiser als sonst: „Ich hoffe, es reicht.“

Für einen Moment wirkte er jünger, verletzlicher – ein Junge, der gegen einen Koloss antrat, mit nichts als Hoffnung und ein paar Zeilen Code.

Die Website wurde zum digitalen Stachel, der sich tief in das Herz des Systems bohrte. Jedes Flugblatt, jedes Video, jede Aktion wurde dokumentiert, für alle sichtbar, die den Mut hatten, die Seite aufzurufen. Die Botschaft war klar: Wir sind hier. Und wir geben nicht auf.

Die Stadt geriet ins Chaos. Die Behörden waren in Aufruhr. Die NEUROPA-Garde patrouillierte in Dreiergruppen durch die Straßen, doch sie kamen jedes Mal zu spät.

Eine riesige Chroniker-Uhr, auf fünf nach zwölf gestellt, war über Nacht aufgetaucht, prangte auf dem Regierungssitz. Darunter stand in Leuchtbuchstaben: „Zeit läuft ab – für NEUROPA!“

Eine Wand in der Innenstadt wurde mit einem gigantischen Bild des OBERSTEN PROTEKTORS besprüht, dessen Gesicht von Rissen durchzogen war, als würde es unter dem Gewicht der Wahrheit zerbrechen.

Die Menschen blieben stehen, starrten die Botschaften an. Einige lasen sie schnell und eilten weiter, die Köpfe gesenkt, aus Angst, beobachtet zu werden. Andere – Jugendliche, Frauen, Arbeiter – schauten genauer hin. Ihre Gesichter zeigten eine Mischung aus Neugier und Entsetzen.

Und hin und wieder ein Lächeln.

Die gewaltlosen Aktionen hielten das System so in Atem, dass im Hintergrund Zoraks Männer den bewaffneten Teil des Widerstandes unbehelligt organisieren konnten.

In den verzerrten Spiegeln der Volksbildschirme fand das alles nicht statt, wurde die Wahrheit verschluckt, verschleiert, und stattdessen ein bombastisches Narrativ von Ordnung, Wohlstand und Kriegstüchtigkeit aufrechterhalten.

Angeblich rüsteten die Feinde in der Welt auf, um in den Krieg zu ziehen, was mit Satellitenbildern von Truppenaufmärschen belegt wurde, aber NEUROPA wäre gewappnet und unbesiegbar.

Besonders laut feierte das Regime die bevorstehende Große Taufe. NEUROPA hatte sich eine eigene religiöse Führungsfigur geschaffen. Eine Päpstin, die in einer prunkvollen Residenz im Zentrum von Straßburg Hof hielt.

Die Volksbildschirme zeigten die neueste Ausgabe von „Forum der Nation“, der Talkshow, die angeblich das Herz und die Seele von NEUROPA widerspiegelte, tatsächlich aber ein gelenktes Spektakel war.

Thema des Abends: „Die Große Taufe – spirituelle Reinheit oder nationale Pflicht?“ Moderatorin Rosi Heller, elegant gekleidet und mit dem üblichen Lächeln ausgerüstet, wandte sich an den prominentesten Gast des Abends. Die Kamera schwenkte auf die Päpstin, die im Scheinwerferlicht strahlte, als wäre sie die Sonnengöttin.

„Eure Heiligkeit,“ begann die Moderatorin, „es gibt Diskussionen darüber, ob die Große Taufe nackt vollzogen werden sollte. Schließlich, so sagen Historiker, war Jesus selbst nackt, als Johannes ihn im Jordan taufte.“

Die Päpstin hielt inne, ehe sie mit bedächtiger Stimme sprach: „Das ist eine tiefgründige Frage. Nacktheit, liebe Freunde, ist mehr als die Abwesenheit von Kleidung. In der frühen Geschichte des Christentums war sie ein Symbol der Reinheit, der Hingabe, des Neuanfangs.“

Sie hob die Hand. An ihrem Finger funkelte ein goldener Ring mit einem blutroten Rubin, schwer und auffällig. „Was ihr sehen werdet,“ fuhr sie fort, während ihre Hände zu den Verschlüssen ihres Gewandes glitten, „ist nicht die Päpstin. Es ist ein Mensch. Unverhüllt. Rein. Denn das ist es, was die Große Taufe von uns verlangt: Alles abzulegen, was uns bindet – Stolz, Scham, Angst.“

Jonathan drückte aus alter Vorkriegsgewohnheit auf die Fernbedienung seines Volksbildschirms, ein vergeblicher Versuch, die groteske Botschaft zu beenden.

„Wir dürfen nicht scheitern“, sagte jemand hinter ihm, und als er sich umdrehte, sah er Hana. Sie legte eine Hand auf seine Schulter. „Wir werden nicht scheitern.“

Er wollte ihr glauben.

Doch tief in ihm wusste er, dass die kommende Schlacht keine Sieger kannte – nur Überlebende und Namen auf einer Liste.

67

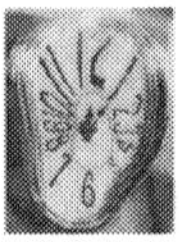

Das Taufbecken war ein monströses Bauwerk – groß, kalt und gnadenlos. Von außen wirkte es harmlos, ein riesiges Gewächshaus, durchzogen von einem filigranen Netzwerk aus Glas und Stahl. Doch die glitzernde Fassade war nur ein Vorhang, der die Schrecken verbarg, die dahinter warteten.

Die Überdachung, so wurde offiziell erklärt, diente dazu, das Wasser vor dem beißenden Winterfrost zu schützen. Jeder, der auch nur einen Funken Misstrauen gegenüber dem Regime hegte, wusste, dass diese Hülle aus Glas und Stahl vor allem eine Barriere war gegen neugierige Blicke, gegen unerwünschte Fragen. Die wahre Funktion dieses Ortes wurde nur Auserwählten enthüllt, denjenigen, die den grausamen Spektakeln beiwohnten, die als „Taufe“ getarnt wurden.

Das Wasserbecken war gigantisch: 100 mal 70 Meter, eine Fläche, die groß genug war, um tausende Menschen aufzunehmen – oder sie zu verschlingen. Tribünen ragten an beiden Längsseiten empor, ihre Sitzreihen so angeordnet, dass jeder Zuschauer den perfekten Blick auf das Geschehen hatte. Über diesen Tribünen thronte eine Batterie aus Bildschirmwänden, die alles in grotesker Übergröße darstellten, jede Bewegung, jedes Detail.

Das Wasser war ein perfekter Spiegel – ein lautloser Schlund. Doch darunter wartete das Grauen: Turbinen, so mächtig, dass sie selbst einen erwachsenen Mann in Sekunden verschlucken konnten. Rohre führten direkt in die angeschlossene Kläranlage, wo das „Problem“, wie es in den Plänen hieß, restlos beseitigt wurde.

Claire führte die kleine Gruppe der Verschwörer durch einen Tunnel, unmarkiert auf offiziellen Karten, ein Überbleibsel aus alten Zeiten. Der Tunnel mündete unter der Plattform, die über das Becken ragte, der Kontrollraum, an dem der OBERSTE PROTEKTOR und seine Handlanger stehen würden, um die „heilige Zeremonie“ einzuleiten.

„Da müsste es sein", sagte Claire und deutete auf eine verschlossene Luke. „Von hier aus können wir zuschlagen."

Zorak ließ den Blick schweifen, seine Augen kalt und berechnend. „Wie viele wissen von diesem Zugang?", fragte er.

„Nur die Erbauer. Und die sind tot", sagte Claire knapp. Ihre Finger glitten über die kalte Metallkante.

„Der Protektor. Mendel." Sie hob den Blick. „Die kennen ihn auch. Ich war nie dafür vorgesehen."

„Und trotzdem führst du uns hierher?" Zoraks Stimme war ruhig. Fast zu ruhig.

Claire zuckte die Schultern, das Lächeln ein Reflex. „Sie halten mich für nützlich. Gehorsam. Eine hübsche Kulisse."

Dann – ein leiser Atemzug, kaum hörbar – „Das ist ihr Fehler."

Elena kniete sich vor die schwere Stahltür, die sie am Weiterkommen hinderte. Ihre Finger suchten nach einer Öffnung, doch alles war verrostet und klemmte.

Zorak drängte sie zur Seite.

„Lass mich", sagte Elena knapp, zog das Messer aus ihrem Gürtel und schob die Klinge vorsichtig zwischen zwei Platten.

„Wirst du das schaffen?", fragte Zorak, in seiner Stimme lag mehr als nur Ungeduld – vielleicht ein Hauch von Respekt.

„Das werden wir gleich sehen", murmelte Elena. Ein letzter, kräftiger Ruck, und die Tür gab nach, ein Knarren erfüllte den Raum. Sie hielt inne, ihre Augen auf die Dunkelheit jenseits der Schwelle gerichtet, bevor sie sich wieder aufrichtete.

„Geht vor", sagte sie. Ihre Hände zitterten, doch ihr Gesicht blieb entspannt in der Sekunde eines kleinen Triumphes. Mit der Klinge ritzte sie ein einfaches Symbol in die feuchte Wand – einen Kreis mit einem gekreuzten Strich in der Mitte. Die Chroniker würden es erkennen, ein Signal, dass sie hier gewesen waren und es sicher bis zur Tür geschafft hatten. „Falls wir getrennt werden", sagte sie.

Hinter der Luke lag ein weiterer, sehr enger Gang, der aufwärts führte. Die Luft war feucht und stickig, als sie sich vortasteten, jeder Schritt ein Echo in der bedrückenden Stille. Der Schein der Stirnlampen malte Figuren an die Wände, der Geruch von kaltem Metall und abgestandenem Wasser drang ihnen in die Nase.

„Noch fünfzig Meter“, murmelte Claire, ohne sich umzudrehen. „Hinter der nächsten Biegung ist der Eingang zum Kontrollraum. Es sind immer mindestens zwei Gardisten da. Manchmal mehr.“

„Ich kümmere mich um sie“, sagte Zorak mit einer Ruhe, die fast unheimlich war. „Ihr bleibt hinter mir. Kein Geräusch, bis ich das Signal gebe.“

Für einen Moment herrschte absolute Stille, nur das Dröhnen ihres eigenen Herzschlags erfüllte die Ohren der Zurückgebliebenen. Dann hörten sie das dumpfe „Pfft“ eines Schalldämpfers, gefolgt von einem erstickten Stöhnen und dem Aufprall eines Körpers auf Beton. Ein weiteres Geräusch, ähnlich, aber kürzer. Und dann war es vorbei.

„Alles klar“, kam Zoraks Ansage.

Die Gruppe schlich um die Ecke: Zwei Gardisten lagen auf dem Boden, ihre Waffen sauber zur Seite gelegt.

Zorak war bereits an der nächsten Luke, wo er mit geübten Fingern einen elektronischen Mechanismus manipulierte. „Dreißig Sekunden“, murmelte er.

Elena trat zu ihm, eine kleine Kamera in der Hand. „Wo willst du sie haben?“, fragte sie.

„Direkt gegenüber dem Eingang“, antwortete Zorak. „Die brauchen wir für die Gesichter.“

Er gab Magali, die immer an seiner Seite blieb, ein Zeichen, Elena bei der Montage zu helfen.

Die Luke öffnete sich mit einem Zischen, und sie kletterten hinein, einer nach dem anderen.

Der Kontrollraum war ein Gewirr aus Bildschirmen, Tasten und blinkenden Lichtern, die wie Sterne in der Dunkelheit flackerten. Zwei Techniker saßen an den Konsolen.

„Claire“, flüsterte Zorak, und sie nickte, zog die Fassade der stillen Heldin des Systems über wie eine Uniform.

„Ihr da“, sagte sie mit einer Autorität, die sie nicht gelernt, sondern geerbt haben musste. „Ich bin hier, um eine Inspektion durchzuführen. Protokoll der obersten Ebene. Sofort aufstehen und Platz machen.“

Die Techniker zuckten zusammen, und Jonathan, der den geheimen Marsch in Zoraks Reihenhauszentrale am Monitor verfolgte, fürchtete schon, dass sie Widerstand leisten würden. Doch dann erhoben sie sich

und wichen zur Seite, eingeschüchtert von Claires Erscheinung, Claire setzte sich an die Hauptkonsole, ihre Finger flogen über die Tasten, die Bilder auf den Monitoren tanzten dazu.
„Ihr habt zehn Minuten“, raunte sie den anderen zu, während sie die Überwachungssysteme checkte. „Macht euch nützlich.“

Elena befestigte die Kamera an der Wand, Zorak überprüfte die Waffen und Sicherheitsvorkehrungen.

Die Techniker nutzten die Gelegenheit und glitten lautlos zur anderen Seite des Raumes, verschwanden durch die Eisentür und ließen sie mit einem Knall hinter sich zufallen.

„Haltet sie!“, rief Zorak.

Die Warnung verpuffte im Nichts.

Claire schrie auf. Ihre Augen starrten entsetzt auf den Bildschirm. „Mist“, zischte sie. „Das ist nicht der Steuerraum für das Taufbecken. Das hier sind nur die allgemeinen Überwachungskameras.“

„Was?“, rief Elena. „Du hast gesagt, du kennst den Weg.“

„Ich habe gesagt, ich kenne den Zugang,“ korrigierte Claire. „Das hier ist eine andere Ebene.“

Plötzlich wachten die Monitore auf. Das Bild des OBERSTEN PROTEKTORS erschien, sein Gesicht groß und triumphierend: „Bürger von NEUROPA, heute wird die Wahrheit enthüllt. Die Verräter sind unter uns. Und ihre Taten werden bestraft.“

Ein nervöses Schweigen breitete sich im Tunnel aus. Die meisten Monitore zeigten weiterhin nur die Bilder der Überwachungskameras, wie stumme Zeugen eines Verrats, der noch nicht ganz begriffen war. Doch der Ton kam ausschließlich von den Monitoren, die die ikonische Plattform des Volksbildschirms zeigten und auf ihr das Gesicht des OBERSTEN PROTEKTORS, kalt, triumphierend.

„Bürger von NEUROPA“, setzte er fort. „Heute wird ein weiterer Sieg der Gerechtigkeit über die Verräter errungen. Ja, sie sind hier, mitten unter uns. Die sogenannte Widerstandsgruppe der Chroniker hat versucht, die Große Taufe zu sabotieren, aber ihr Plan ist durchschaut.“

Elena erstarrte. Zorak fluchte, die Hand zur Waffe führend. Doch bevor er sie ziehen konnte, brach eine gleißende Flut von Scheinwerfern über sie herein, blendete die Gruppe, beleuchtete sie wie Schauspieler in einem tödlichen Stück. Von allen Seiten waren Schritte zu hören.

Gardisten in ihren schwarzen Uniformen stürmten herein. Ihre Waffen glitzerten bedrohlich.

Claire stand regungslos da, ihre Hände zitterten. „Ich wusste nichts davon“, flüsterte sie, aber niemand hörte zu.

„Claire Berger“, fuhr der OBERSTE PROTEKTOR fort, „eine Frau, die das Vertrauen des Systems genoss, hat es missbraucht.“

Auf den Bildschirmen erschien ein Standbild von Claire, lächelnd neben Mendel, und darunter das Wort VERRÄTERIN in leuchtenden Buchstaben.

„Alle Hoffnung ist vergebens“, dröhnte nun eine zweite Stimme, die von Wieland Mendel. Er trat ins Bild. „Die Große Taufe wird stattfinden. Und sie wird die Feinde des Volkes von ihrer Schuld reinigen, auf die eine oder andere Weise.“

Zorak feuerte in Richtung der Gardisten, die sofort zurückschossen. Eine Kugel traf Zorak an der Schulter, ließ ihn taumeln. Er fluchte und fiel, die Waffe glitt ihm aus der Hand.

Elena rief nach ihm, doch er winkte ab, keuchend. „Ich wollte uns alle beschützen“, stieß er hervor, die Hand gegen die blutende Wunde gepresst. „Und jetzt …“

Elena versuchte, zu ihm zu gelangen, doch zwei Gardisten packten sie.

„Ihr habt verloren“, sagte Mendel, der plötzlich leibhaftig vor ihnen stand, seine Stimme voller Triumph. „Ihr werdet die erste Taufe erleben, als Beweis eures Scheiterns.“

Elena warf einen verzweifelten Blick auf Zorak. Ihre Augen sprachen von Angst, von Wut, und von einem Funken, der noch nicht erloschen war, während der Volksbildschirm weiter die Szene übertrug, als wäre es eine makabre Reality-Show.

Mendels Gesicht, von Selbstgefälligkeit verzogen, schien die Schmerzen und die Panik der Gefangenen zu genießen.

„Ich hätte es ja fast bewundert, was ihr da versucht habt. Aber Bewunderung ist kein Grund, euch leben zu lassen.“

Mendel spuckte die Worte aus. „Ihr seid ein Haufen von Läusen, die den Löwen zu Tode kitzeln wollten.“

Die Kameras schwenkten nach außen. Im eisigen Wind wurde das große Taufbecken sichtbar, ein surrealer, glänzender Albtraum unter der düsteren Wintersonne. Und die Tribünen füllten sich bereits mit Zuschauern, Bürgern von NEUROPA, gezwungen, Zeugen zu sein.

Zorak lag auf der Seite, eine Hand gegen die Wunde gedrückt, aus der Blut sickerte. Ein Gardist trat ihm in die Rippen. „Sei ruhig, sonst lege ich dich um."

Elena wäre Zorak am liebsten zur Hilfe gekommen, aber sie war selbst im Griff eines Gardisten. Vorsichtig schaute sie sich um, und dann sah sie etwas, das niemand sonst bemerkte. Auf einem der Monitore, ganz in der Ecke, ein Rauschen, ein Fehler im System. Es war Lukas, der nicht aufgegeben und etwas gefunden hatte. Sie erkannte seine Silhouette, und ein Hoffnungsschimmer blitzte in ihrem Geist auf. Während Mendel weiter seine Siegesrede hielt, verschob sich der Fehler langsam, veränderte sich, und dann erschien ein flüchtiges Symbol. Ein Uhrzeiger, der sich auf fünf nach zwölf bewegte.

„Fünf Minuten", dachte Elena. „Lukas braucht fünf Minuten."

„Was habt ihr eigentlich erwartet?" Mendel breitete die Arme aus, als würde er das Publikum in einer abscheulichen Show begrüßen. Sein Lachen hallte durch den Raum. Die Kameras umkreisten ihn wie Raubtiere, die ihre Beute einfingen. „Dass ihr einfach in den Kontrollraum marschiert und die Welt rettet? Ihr seid nichts als ein schlechter Witz."

Jonathan, der zitternd vor dem Monitor saß, wollte aufschreien, wollte Mendel ins Gesicht brüllen: „Die Welt wird wissen, was ihr getan habt! Ihr könnt uns töten, aber die Wahrheit stirbt nie!" Die Worte erstickten in seiner Kehle, ungesagt, während er Lukas ansah, der sich mit verschwitzten Händen und fieberhafter Konzentration an seinen Laptop klammerte.

„Es gibt kein Zurück mehr", flüsterte Lukas.

Sein Finger schwebte über der Taste.

„Drück drauf", sagte Jonathan.

Lukas holte tief Luft. Dann tippte er – ein einziges Mal. Ein Herzschlag Stille. Dann flammte der Bildschirm auf. Im Tunnel gingen die Lichter aus. Ein Summen, das die Luft durchschoss, und dann: Stille.

Als die Monitore wieder ansprangen, zeigten sie nicht mehr die Gesichter der Propaganda. Stattdessen erstrahlte ein neues Bild: ein Video. Unverfälscht. Unzensiert.

Der OBERSTE PROTEKTOR und Mendel in einem sterilen Konferenzraum. Die beiden Männer sprachen mit der Präzision von Chirurgen, die ihren nächsten Schnitt planten.

„Es ist kein Mord“, sagte Mendel. „Es ist ein Reinigungsprozess.“

Das Video spielte weiter, unaufhaltsam. Es enthüllte die Mechanik, die Grausamkeit, die Absurdität der „Großen Taufe.“

Die Gardisten hielten inne, ihre Gewehre sanken, ihre Augen starr auf die Monitore gerichtet. Selbst Mendel taumelte einen Schritt zurück.

„Ihr wollt die Wahrheit?“, sagte Elena. Das Licht des Bildschirms flackerte über ihr Gesicht. „Dann nehmt sie.“

Die Welt sah zu. Und diesmal konnte sie nicht wegsehen.

Aber es war nur ein kurzer Triumph, vielleicht drei Minuten, dann hatte das System wieder alles unter Kontrolle.

„Festnehmen. Abführen.“ Mendels Stimme hatte den Befehlston eines Mannes, der daran gewöhnt war, dass man ihm folgte. Die Schergen packten die Eindringlinge und schoben sie durch die engen Gänge der „Sonderzone“, unterhalb des Taufbeckens.

„Fertigmachen zur Großen Taufe“, knurrte Mendel. Es lag eine morbide Vorfreude in seiner Stimme, die das Blut in ihren Adern gefrieren ließ.

Elena wurde von den anderen getrennt, ein Griff so fest um ihren Arm, dass sie wusste, es war absichtlich.

„Bevorzugte Einzelbehandlung“, sagte Mendel.

Dann wurde sie in einen Nebenraum gestoßen, der eher einer Gruft glich.

68

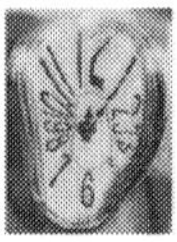

Der Stuhl, auf den Elena gefesselt wurde, war aus kaltem Metall, und jeder Atemzug schien den Schweiß auf ihrer Haut in eine eisige Schicht zu verwandeln.

Nach einer Ewigkeit – oder vielleicht nur einer Viertelstunde – öffnete sich die Tür. Der OBERSTE PROTEKTOR trat ein, ein Anblick unerbittlicher Kälte. „Du bist ein Kind, Elena. Ein törichtes Kind, das nicht versteht, was auf dem Spiel steht.“

Elena schaute ihn an, ihre Augen voller Feuer. „Ich verstehe, was auf dem Spiel steht. Es ist dein verdorbenes Spiel, und du hast verloren.“

Tomas lächelte. „Verloren? Ich sitze hier, du dort. Wer von uns hat verloren?“

„Du.“ Elenas Stimme brach nicht. „Du hast alles verloren, was dich einmal menschlich gemacht hat.“

Tomas' Gesicht verzog sich. „Du bist sentimental – genau wie deine Mutter.“

„Und du bist ein Tyrann.“ Elena spuckte ihn an. „Du bist ein Schatten, der sich selbst zum Gott erhoben hat.“

Sie wartete, bis er ganz nah war. Dann sagte sie: „Ich bin dein letzter Spiegel, Tomas. Sieh dich an. Sieh, was aus dir geworden ist.“

Tomas wischte die Spucke mit einem Stofftaschentuch ab.

„Wenn du willst, lass ich dich frei“, sagte er.

„Ich könnte dich zur Heldin machen“, fuhr er fort, seine Stimme weich wie Samt, aber kalt wie Stahl. „Statt als Verräterin zu sterben, könntest du als Retterin leben. In Uniform, mit Orden. Denk darüber nach.“

Elena hob das Kinn. „Du verwechselst mich mit jemandem, der dich bewundert.“

„Niemand wird davon erfahren. Deine Freunde werden tot sein. Und für die anderen wirst du die Nichte des OBERSTEN PROTEKTORS sein. Du musst nichts weiter tun, als dich zu mir und deiner Familie zu bekennen.“

„Du hast nichts verstanden“, sagte Elena.

„Ich könnte Gnade walten lassen. Denke an deine Freunde. Sie hängen alle an einem seidenen Faden, Elena. Ein Wort von dir – und sie leben.“

„Du denkst, ich fürchte mich vor dir?“

„Ich bin NEUROPA, Elena. Ohne mich gibt es keine Ordnung, keinen Frieden.“

„Du bist nichts.“

„Ich wollte dir eine letzte Chance geben“, erwiderte Tomas, „du bist es nicht wert. Immerhin, du wirst einen besonderen Tod haben. Einen Tod, den Millionen Menschen feiern. Schade, dass es so weit kommen musste. Aber irgendwie auch schön.“

Elena hatte das Gefühl, dass ihr Onkel völlig den Verstand verloren hatte.

„Abführen. Bringt sie zu den anderen. Ihr wisst, was zu tun ist“, war Tomas' letzter Befehl.

Elena wurde auf die Füße gezwungen, ihre Beine zitterten nicht. Sie hatte keine Angst. Sie würde sich nicht einfach abschlachten lassen, sondern bis zur letzten Sekunde kämpfen.

Und da waren auch noch Jonathan und die anderen. Sie würden kommen. Und dann stellte sie sich ihren alten Lehrer vor, wie er einen uralten Film zitierte: „Es ist erst dann vorbei, wenn es vorbei ist.“

Jonathan nahm das Spezialtelefon, das Elena ihm anvertraut hatte. Er wusste, wie er es bedienen konnte und was er durchgeben sollte. „Internationale Kontakte“, hatte sie ihm gesagt, ohne Details zu nennen. Außer, dass es wichtig wäre.

Die Verbindung baute sich auf.

Drei Sekunden lang war alles still.

Er sah das graue Licht der Morgendämmerung am Fenster. Kein Zögern mehr. Keine Reue. Wenn nicht jetzt, wann dann?

Jonathan atmete tief ein und sagte die Worte, die keinen Rückweg mehr ließen: „Tag Y minus 1.“

69

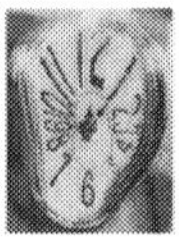

Die Stadt lag in einer Stille, die nicht friedlich war – sondern lauernd, gespannt wie die Luft kurz vor einem Sturm. Doch wer genau hinhörte, konnte das dumpfe Brummen der Motoren wahrnehmen, die durch die Straßen Brandenburgs rollten. Es waren die Transporter der NEUROPA-Garde, schwarze Fahrzeuge mit getönten Scheiben, die alles verschluckten – Licht, Geräusche, Hoffnung.

Rita Hennig saß in ihrem kleinen Wohnzimmer und wartete. Sie hatte das alte Kleid angezogen, das sie seit Jahren nicht mehr getragen hatte, ein verblasstes Blau mit weißen Punkten, das ein wenig nach Mottenkugeln roch. Ihre Hände ruhten in ihrem Schoß, aber ihre Finger zitterten.

Neben ihr stand ihre Tochter Maria, das Gesicht hart wie Stein. „Es ist besser so, Mama", sagte sie. „Du hast doch selbst gesagt, dass wir das Geld brauchen. Die Kinder …"

Frau Hennig nickte. Ja, sie hatte es gesagt. Die hunderttausend Neuro, steuerfrei, würden ihrer Familie helfen, die Hypothek zu bezahlen. Aber jetzt, in diesem Moment, fühlte sich der Deal wie ein Verrat an. Nicht an ihr – sie war alt, sie hatte ihr Leben gelebt – sondern an allem, was richtig und menschlich war.

„Ich hoffe, es tut nicht weh", sagte sie zu sich selbst.

„Es wird schnell gehen", murmelte die Tochter.

Dann klopfte es an der Tür. Zwei Gardisten standen draußen, ihre Helme spiegelten das Morgenlicht wider, ihre Uniformen makellos. Frau Hennig erhob sich, strich den Stoff ihres Kleides glatt und lächelte ihrer Tochter ein letztes Mal zu. „Pass gut auf die Kinder auf."

Maria schluckte. Für einen Moment schien sie etwas sagen zu wollen. Dann nickte sie nur.

Ohne ein weiteres Wort trat Rita Hennig hinaus und ließ die Tür ins Schloss fallen.

Josef Brenner wusste nichts von der Entscheidung seiner Kinder. Er hatte den Vormittag damit verbracht, die Vögel in seinem kleinen Garten zu füttern. Es war ein Ritual, das ihm Frieden brachte, ein Hauch von Normalität in einer Welt, die längst den Verstand verloren hatte.

Doch dann kamen sie. Zwei schwarze Transporter hielten vor seinem Haus, und bevor er reagieren konnte, stürmten drei Gardisten durch das Tor. Einer packte ihn am Arm, riss ihn von der Bank, auf der er saß. Die Futterdose fiel zu Boden, die Körner verstreuten sich auf den Pflastersteinen.

„Was soll das? Ich habe nichts getan!“, rief Herr Brenner, während sie ihn zum Wagen zogen.

„Ruhe! Sie sind für die Taufe registriert“, bellte einer der Gardisten.

„Taufe?“ Sein Herz setzte einen Schlag aus. „Das ist ein Irrtum! Wer …“

Doch sie hörten nicht zu. Sie warfen ihn in den Laderaum des Transporters, wo bereits andere saßen – alte Männer und Frauen, einige in Tränen aufgelöst, andere starr vor Angst.

Durch die kleine Luke im Fahrzeug sah Herr Brenner seine Nachbarn, die sich hinter Vorhängen versteckten, niemand kam, um zu helfen.

Und dann fiel ihm etwas auf: Beate, seine älteste Tochter, stand am Fenster im ersten Stock. Sie hatte den Kopf gesenkt.

Beate. Natürlich. Wer sonst.

Gertrud Neuer hatte sich in ihrem Haus verbarrikadiert. Seit Tagen wusste sie, dass die Garde sie holen würde, wie sie es mit so vielen anderen getan hatte. Sie war 77 geworden, und in NEUROPA bedeutete das, dass ihre Zeit abgelaufen war.

Die Tür hielt nicht lange stand. Mit einem einzigen Tritt brachen die Gardisten sie auf und stürmten hinein. Frau Neuer stand in der Küche, ein alter Fleischerhaken in ihrer Hand. Ihre Augen glühten vor Zorn.

„Ihr bekommt mich nicht lebend“, schrie sie.

Doch sie war alt, und sie waren jung, stark und bewaffnet. Es dauerte keine Zehntelsekunde, bis sie den Haken aus ihrer Hand rissen und sie zu Boden drückten. Ihr Widerstand war zwecklos, aber sie trat und schlug, bis ihre Kraft sie verließ.

„Ihr seid Tiere! Monster!“ keuchte sie, während sie sie nach draußen schleppten.

Ihre Nachbarn standen auf der Straße, eine stumme Menge, die nicht wagte, sich zu rühren. Ein Junge, vielleicht zehn Jahre alt, sah ihr direkt in die Augen. Sie spuckte in seine Richtung, nicht aus Hass, sondern aus Verzweiflung.

„Schau nicht weg!“, rief sie. „Schau hin! Das ist eure Zukunft!“

Der Junge bewegte sich nicht. Doch in seinen Augen flackerte etwas, das wie ein Nein aussah.

Die Transporter rollten lautlos durch die Straßen, die Menschen wichen aus, als wären die Fahrzeuge eine Krankheit. Drinnen herrschte eine gespenstische Ruhe, unterbrochen von gelegentlichem Schluchzen oder dem Murmeln eines Gebets.

Frau Hennig saß in einer Ecke, die Hände fest um ihre Handtasche geklammert. Herr Brenner starrte aus dem schmalen Fenster, sein Gesicht ausdruckslos. Und Frau Neuer? Sie saß mit geradem Rücken, ihre Lippen eine dünne Linie, ihre Augen brennend vor Wut.

„Wie lange noch?“, fragte jemand. Die Antwort kam nicht von den Gardisten, sondern von einer alten Frau mit grauem Haar: „Nicht lange genug.“

Die Transporter erreichten das Taufstadion. Die Tore öffneten sich, und die Opfer wurden hinausgetrieben. Die Menge, die auf den Tribünen wartete, brüllte, lachte, applaudierte.

Der letzte Weg hatte begonnen. Einige sahen zu. Die meisten sahen weg.

Und niemand konnte behaupten, es nicht gewusst zu haben.

Denn sie hatten es gesehen. Und trotzdem geklatscht.

70

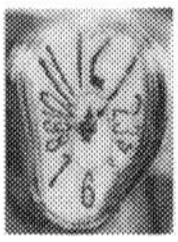

Das Taufstadion war ein Moloch aus dröhnendem Jubel, blendenden Lichtern und eisiger Kälte.

Das Becken lag still da, ein gläsernes Ungeheuer, das in seiner Transparenz die Grausamkeit nur umso deutlicher machte. Auf den Tribünen schwenkte die NEUE JUGEND Fahnen in Grau, Weiß und Orange, und ihre Stimmen brüllten Lobgesänge auf das Regime.

Die Luft in der Chroniker-Zentrale war stickig, durchtränkt von Schweiß, Angst und einer elektrisierenden Mischung aus Entsetzen und Entschlossenheit. Jonathan saß vor einer Konsole, einem zusammengewürfelten Ding aus alten Monitoren und neuen Kabeln, die wie Adern durch den Raum verliefen. Vor ihm flackerten die Bilder des Großen Taufbeckens, direkt übertragen über einen versteckten Widerstandskanal.

„Taufen, Taufen“, schrie der Mob, erst waren es nur die Jungen, dann folgte das ganze Stadion wie in Ekstase.

Lukas und Nico waren mit Jonathan auf Posten. Lukas checkte sein Volksbildschirm-Hackersystem. „Alles stabil“, meldete er stolz, was Jonathan mit einem Nicken quittierte. Er hatte Angst, und er hatte Hoffnung. Angst, dass er die Jungen, die ihm so viel bedeuteten, mit in den Abgrund reißen würde – aber auch Hoffnung, dass sie dazu beitragen könnten, Leben zu retten und das verkommene Regime zu besiegen.

Unten standen die Opfer, zitternde Gestalten, alt, abgemagert, von der Zeit und dem System gezeichnet. Die NEUROPA-Garde führte sie wie Vieh vor. Einer der Alten, ein Mann mit eingefallenem Gesicht und hängenden Schultern, wagte eine zaghafte Frage: „Was ist mit dem Siebeneck?“

Der Gardist lachte, ein bösartiges, kehliges Geräusch, und antwortete: „Das Hals-ID-Siegel brauchst du nicht mehr“ – und schnitt es ihm aus dem Fleisch, dass das Blut aus der Halsschlagader spritzte.

Jonathan entdeckte Elena. Sie wartete am Rand des Beckens, aufrecht, den Kopf hoch erhoben, die Schultern straff. Er kannte sie gut genug, um die Furcht zu erkennen.

„Sie ist so mutig“, sagte Nico. Der Junge war blass. Er hielt eine kleine Funkvorrichtung in der Hand. „Jonathan, wir müssen anfangen. Es bleibt keine Zeit.“

Jonathan nickte. „Ist das Team bereit?“

„Ja“, antwortete Nico. „Schützen auf Position. Sprengladungen platziert. Alle warten nur auf dein Signal.“

Jonathan hörte den OBERSTEN PROTEKTOR aus den Lautsprechern, diese geschliffene, falsche Melodie der Macht, die Worte wie Gift tropfen ließ.

„Das hier ist ein Fest der Reinigung, ein Akt der Befreiung!“ Die Menge tobte, und die Kameras fingen jedes triumphale Detail ein. Neben ihm stand Mendel, sein Lächeln eine Fratze der Grausamkeit, hinter ihnen, auf einem weißen Sessel, saß die Päpstin, die das Bild der unheiligen Dreifaltigkeit vervollständigte.

Der OBERSTE PROTEKTOR und seine Begleiter thronten auf einer erhöhten Plattform. Der Volksbildschirm übertrug das Spektakel in jedes Haus, auf jede Tribüne, in jedes Herz.

Die Päpstin erhob sich. Ihr goldener Mantel, schwer wie die Schuld, raschelte, als sie zum Rand der Plattform schritt. Ihre Bewegungen waren langsam, kalkuliert, jede Geste ein wohl überlegtes Schauspiel. Die Menge verstummte, als hätte jemand die Luft aus dem Stadion gesogen.

Neben ihr trat Wieland Mendel vor. Seine Uniform blinkte, und das makellose Orange des NEUROPA-Abzeichens leuchtete wie ein Brandmal auf seiner Brust.

Die Päpstin hob ihre Hände, die mit goldenen Ringen beladen waren. „Heute, an diesem Tag, zeigen wir der Welt die wahre Bedeutung von Opfer und Reinheit. Die Taufe ist nicht nur ein Akt der Reinigung, sondern der Erhebung.“

Sie drehte sich zu Mendel um und reichte ihm einen ihrer goldenen Ringe, den größten von allen, besetzt mit einem Stein, der wie ein gefangener Ozean schimmerte. „Nimm diesen Ring“, sagte sie, „und taufe das Wasser, das die Schuldigen von ihrer Last befreien wird.“

Mendel kniete nieder und ließ den Ring ins Wasser fallen.

„Wie dieser Ring im Wasser verschwindet“, sagte die Päpstin, „so wird auch die Sünde dieser Welt von den Fluten verschluckt! So wie das Alte vergeht, so erhebt sich das Neue. NEUROPA ist kein sterbliches Reich. Es ist ewig! Und wir sind die Hüter dieser Ewigkeit.“

Der OBERSTE PROTEKTOR stand wie eine Statue, aber seine Finger trommelten unhörbar auf das Geländer vor ihm. Es war seine Show – nicht ihre.

Mendel begann, die Fahne der NEUEN JUGEND zu entrollen, eine groteske Parodie auf alte Banner der Freiheit. Auf der Fahne waren keine Menschen oder Symbole, nur eine riesige „77“, die in der Mitte wie ein Fluch prangte.

„Das ist die Zahl der Erneuerung!“, verkündete er mit donnernder Stimme. „Die Zahl, die das Alte benennt und das Neue ankündigt. Wer sie trägt, bringt NEUROPA voran!“

Die Päpstin hob erneut die Arme. „So wie das Wasser uns reinigt, wird die Zahl uns heiligen. Lasst uns niederknien und das Geschenk der Taufe ehren!“

Die Menge tat wie befohlen. Reihenweise sanken die Menschen auf die Knie. Nur die NEUROPA-Garde blieb stehen, die Gewehre im Anschlag.

Die Päpstin griff an ihren Schleier – ein dünnes, goldenes Gewebe, das ihr Gesicht halb verdeckte – und zog ihn ab. Darunter war nicht, wie man hätte erwarten können, ein reines, makelloses Gesicht. Stattdessen war es bemalt: schwarze Linien, die wie Narben über ihre Wangen verliefen, rote Kreise, die ihre Augen umrahmten. Eine Fratze, die das Grauen der Inszenierung spiegelte.

Dann geschah etwas Unerwartetes. Die Päpstin, eben noch ein Monument aus Symbolik und Stahl, senkte den Blick. Nur für einen Moment. Doch es war genug, dass ein Schatten über ihr Gesicht huschte – so flüchtig wie eine Erinnerung. Ob es Scham war, Furcht oder Zweifel, ließ sich nicht sagen. Aber es war da.

Die Menge schrie, nicht vor Jubel, sondern vor Faszination und Entsetzen. Einige begannen, sich niederzuwerfen, andere starrten regungslos. Mendel trat hinter die Päpstin, sein Gesicht hart wie Granit, während er mit einem scharfen Befehl die ersten Alten zum Beckenrand führen ließ.

Jonathan, der das Schauspiel auf den Monitoren verfolgte, spürte die eisige Kälte. Dies war keine Religion. Dies war ein Theater der Unterdrückung, eine perfide Pantomime, die das Volk knechten sollte. Aber genau hier, genau in diesem Moment, wusste er, dass sie das Regime zerschlagen mussten.

Jonathan spürte, wie alles innehielt – wie ein letzter Atemzug vor dem Sprung.

„Jetzt“, schrie er ins Mikrofon, seine Stimme bebend vor Wut.

Der OBERSTE PROTEKTOR betrachtete das makabre Duett zwischen der Päpstin und Mendel mit einer Miene kühler Verachtung. Der Pomp, die falsche Frömmigkeit, die übertriebenen Gesten – das war nicht, wofür diese Bühne geschaffen worden war. Das hier war seine Bühne. Jeder Moment, in dem die Kamera auf die Maske der Päpstin oder Mendels steifes Lächeln gerichtet war, fühlte sich an wie ein Schlag in sein Gesicht. Sie spielten ihre Rollen, ja, aber sie vergaßen, wer der Regisseur war.

Er richtete sich auf, sein Schatten fiel auf die beiden. Es war Zeit, die Kontrolle zu übernehmen, das Narrativ zu steuern, die Geschichte zu schreiben. Nicht mit ihren Stimmen, sondern mit seiner.

Mit einer Bewegung, die so plötzlich war, dass die Päpstin zusammenzuckte, schob er sich zwischen sie und Mendel, packte das Mikrofon, als würde er einem Räuber die Waffe entreißen.

„Genug!“ Er drehte sich zur Päpstin, deren Augen jetzt einen Hauch von Unsicherheit verrieten, und dann zu Mendel, dessen Selbstgefälligkeit sich in blasses Unbehagen verwandelte. „Das hier ist kein Zirkus. Es ist eine Botschaft. Und nur ich entscheide, welche Worte sie trägt.“

Die Menge tobte auf Kommando, eine Welle aus Lärm und Hingabe, die wie ein Orkan über die Tribünen fegte.

„Bürger von NEUROPA! Heute ist ein Tag, den die Geschichtsbücher preisen werden!“, begann er, die Hände erhoben, als wollte er den Himmel herabrufen. „Heute stehen wir hier, um zu zeigen, dass NEUROPA niemals altert, sondern immer jung, immer stark bleibt!“

Die Mädchen und Jungen der NEUEN JUGEND reckten die Fäuste in die Luft, schrien ihre Loyalität hinaus wie eine Flutwelle. Die NEUROPA-

Garde stand schweigend an den Rändern des Beckens, die Hände auf den Waffen.

„Es ist keine Schande, alt zu sein“, fuhr der OBERSTE PROTEKTOR fort. „Aber es ist eine Schande, das Neue zu blockieren, den Fortschritt aufzuhalten. Und darum ehren wir heute die Generation 77! Nicht mit leeren Worten, nicht mit verstaubten Denkmälern – sondern mit einer Taufe! Einer Taufe, die das Alte reinigt und das Neue erblühen lässt.“

Er nickte zu einem Kommandanten der Garde. Eine weitere Gruppe von 77ern wurde vorgeführt, zitternd, einige starr vor Angst, andere in stummer Resignation.

„Schaut sie an“, sagte er, mit ausgestreckter Hand, „unsere Helden. Sie stehen hier, um der Jugend Platz zu machen. Und was ist der beste Weg, ihre Opferbereitschaft zu ehren? Ihnen die Taufe des Neuanfangs zu schenken.“

Die Kameras schwenkten auf die Tribünen, die Reihen der Zuschauer, die teils jubelten, teils mit versteinerter Miene schwiegen.

„Schaut sie an!“, donnerte der OBERSTE PROTEKTOR kalt und schneidend. „Sie hungern, doch sie haben kein Geld, um sich Nahrung zu kaufen. Sie sind nackt, doch sie besitzen kein Heim, in dem sie sich wärmen könnten. Schaut sie an, diese Kreaturen, krank und elend, ohne jemanden, der sie heilt.“

Jonathan erstarrte. In der zweiten Reihe erkannte er das Gesicht von Josef Brenner. Der alte Mann, der die Vögel fütterte.

Ein Gardist trat vor. In der Hand: ein Gewehr. Und das Becken wartete.

71

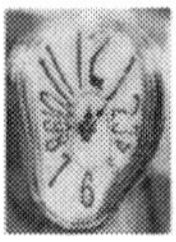

Die Lautsprecher spuckten Worte wie Hammerschläge. Jubel brandete auf – mechanisch, kollektiv, blind. Jonathan spürte, wie ihm die Galle hochstieg. Diese infame Rede, so geschickt formuliert, war nichts als Gift – und doch, das Volk, das dem OBERSTEN PROTEKTOR zu Füßen saß, schrie und jubelte, wie in einem tranceartigen Wahnsinn gefangen.

Er schaute zu den Alten, die am Beckenrand zitterten, schutzlos wie Opferlämmer. Die infamen Worte brannten sich in Jonathans Kopf, jede Silbe ein glühender Stachel. Er wusste, dass er diesen Mann – dieses Monster – aufhalten musste. Und er wusste, dass es jetzt passieren musste.

„Wann?“, flüsterte Nico. Er brauchte Jonathan nicht anzusehen – die Frage lag in der Luft wie ein elektrischer Impuls.

Jonathan stand hinter Lukas gebeugt, der hektisch an einem Kästchen arbeitete, das er einst mit Leo konstruiert hatte.

„Haben wir das Signal?“, fragte Jonathan.

Lukas nickte, ohne den Blick vom Bildschirm zu nehmen. „Es dauert nur noch … einen Moment. Fast … da!“

Mit einem letzten Tastendruck öffnete sich die Verbindung.

Lukas rief: „OBERSTER PROTEKTOR, können Sie mich hören?“

Tomas' Stimme füllte den Raum. Tief, klar und unverkennbar. „Wer wagt es?“

Jonathan griff nach dem Mikrofon. Seine Finger umschlossen das kalte Metall. „Ich bin es, Tomas. Jonathan.“

Ein Moment lang war nichts zu hören – dann ein Lachen, hart und hohl. „Jonathan. Alter Lehrer. Was für eine Überraschung.“

„Überraschungen liegen in der Natur des Widerstands“, antwortete Jonathan. „Und es scheint, als hätten wir dich überrascht, Tomas.“

Tomas' Lachen erstarb, und seine Stimme wurde eiskalt. „Ihr seid nichts als eine Gruppe von Störenfrieden. Glaubt ihr wirklich, dass ihr etwas verändert?“

Jonathan lauschte den Worten seines Gegners, während seine Gedanken rasten. „Autoritäre Systeme brechen nicht durch Gewalt. Sie brechen durch Menschen, die aufhören, an sie zu glauben. Und du bist nichts ohne ihre Angst.“

„Und du denkst, du kannst ihnen diese Angst nehmen?“ Tomas' Stimme klang beinahe belustigt, doch es war ein Hauch von Unsicherheit in seinem Ton. „Was willst du, Jonathan?“

„Ich will nur eines, Tomas“, sagte Jonathan. „Dass du erkennst, dass deine Zeit vorbei ist.“

Die Verbindung knackte kurz. Tomas schwieg. Auf einem der Monitore zeigte eine Kamera, wie er sich von seinem Stuhl erhob. „Pass auf, alter Mann“, sagte er. „Ich lasse dich am Leben, weil ich will, dass du siehst, wie alles, was du versuchst, in sich zusammenfällt.“

Die Verbindung brach ab.

Mara sah ihn an, ihre Augen voller Fragen, aber auch voller Entschlossenheit. „Was jetzt?“

Jonathan trat zurück, das Mikrofon noch fest umklammert.

Er sah Mara an. Und Lukas.

Dann sagte er laut: „Jetzt bringen wir ihn zu Fall.“

72

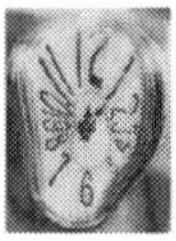

Etwas hatte die Monitore und Lautsprecher im Stadion gestört – und dann verstummen lassen.

Der OBERSTE PROTEKTOR klopfte auf sein Mikrofon, das quietschte, als es wieder normal auf Sendung ging, auch die Bilder kehrten zurück.

Tomas setzte seine Litanei des Schreckens fort: „Unsere gesamte Existenz ist ein Kreislauf von Neu und Alt, von Leben und Tod, von Fortschritt und Tradition. Wer nicht bereit ist, Opfer zu bringen, der stellt sich gegen alles, was wir erreicht haben."

Menden klatschte, die Päpstin segnete den OBERSTEN PROTEKTOR und das Taufbecken.

Die Gardisten packten den ersten alten Mann, führten ihn an den Rand des Beckens. Aus den Lautsprechern tönte: „Wir verabschieden uns von Josef Brenner."

Das Volk johlte. Der OBERSTE PROTEKTOR lächelte in die Kamera. „NEUROPA wird ewig bestehen!"

Die Bilder auf dem Bildschirm vor Jonathan flimmerten leicht, als ob selbst die Technologie vor dem, was sich abspielte, zittern würde. Das riesige Taufbecken war ein leuchtender Abgrund inmitten der Finsternis, die ringsherum lauerte. Die grellen Strahler blendeten die Gesichter der Zuschauer, die wie eine lebendige Wand aus Neugier und Blutdurst wirkten.

Am Beckenrand bewegte sich die NEUROPA-Garde. Claire Berger war ihre nächste Trophäe. Sie wurde aus der Menge getrieben. Ihre Schreie wurden von einem dumpfen Schlag ins Gesicht zum Schweigen gebracht. Sie wankte, Blut rann von ihrer Lippe, doch sie blieb stehen – zitternd, aber aufrecht.

Hinter ihr stolperte Zorak, sein Gesicht vom letzten Kampf mit der Garde gezeichnet. Seine Kleidung wurde ihm vom Leib gerissen, bis er nur noch seine von Narben übersäte Haut trug. Jonathan biss die Zähne zusammen, als Zorak von einem Gardisten auf die kalten Platten des Beckens gestoßen wurde. Magali wollte ihm zu Hilfe kommen, wurde brutal abgedrängt.

Dann wurde Elena vorgeführt. Ihre Bewegungen waren langsam, fast bedächtig, wie die einer Schauspielerin auf der Bühne, die wusste, dass der entscheidende Akt bevorstand. Ihre Augen glühten, ein Feuer aus Hass und Entschlossenheit. Sie zog ihre Jacke aus, dann ihre Schuhe. Stück für Stück folgte sie den Anweisungen, obwohl jeder Muskel in ihrem Körper Widerstand schrie.

„Auf Position!“, flüsterte Jonathan in das Mikrofon. Die Chroniker waren in Höchstspannung. Ihre Scharfschützen saßen verstreut auf den Tribünen, verborgen unter dicken Mänteln, ihre Waffen gut versteckt vor der Garde.

Michael hatte sich um die Waffen und um das Training gekümmert. Er selbst war als Scharfschütze Nummer eins im Einsatz. „Keine Angst“, funkte er in die Zentrale. „Tomas ist mein Ziel – dann hole ich Elena raus.“

„Halt dich an den Plan“, warnte Jonathan. „Keine Extratouren.“

„Ay, ay, Sir!“, funkte Michael mit einem Grinsen.

Nico stand hinter Jonathan, der Junge wirkte blass, beinahe krank. Seine Finger krallten sich in den Stuhl vor ihm, und seine Augen waren weit aufgerissen.

„Schütze 1?“, fragte Jonathan.

„Schütze 1 bereit“, meldete sich Michaels Stimme durch den Funkkanal.

Jonathan drückte die Kopfhörer fester an seine Ohren.

„Schütze 1, Ziel: Tomas“, befahl er.

„Schütze 2 gibt Schütze 1 Deckung.“

„Schütze 5, Ziel: Mendel.“

Ein Knacken bestätigte die Positionierung.

Jonathans Finger schwebte über dem Knopf, der das Signal geben würde – das Signal für das Chaos.

„Bürger von NEUROPA!“, verkündete der Zeremonienmeister, „die Reinigung beginnt!“

Jonathan schluckte. Sein Blick wanderte zurück zu den Monitoren. Die Kamera schwenkte auf eine alte Frau, Gertrud Neuer, die zum Beckenrand geführt wurde. Ihre Schultern waren gebeugt, ihre Augen starrten ins

Nichts. Ein Leben, das bereits ausgelöscht war, bevor es ins Wasser gestoßen wurde.

„Verdammt", rief Nico.

Jonathans Magen zog sich zusammen. Die Wellen brachen mit einem dumpfen Schlag über ihr, dann war da nur noch Stille.

Elena drehte sich zur Kamera. Ihre Lippen bewegten sich, Jonathan wusste, was sie sagte.

„Jetzt!"

Jonathan drückte den Knopf. Kein Feuerwerk, kein ohrenbetäubender Knall in der Chroniker-Zentrale – nur ein Klicken wie das Knacken eines alten Gelenks. Doch in der Ferne, auf dem Bildschirm vor ihm, begann die Welt zu beben.

Nico, bleich und schweigend, stand neben ihm, seine Augen fixierten den zweiten Auslöser. Sein Finger bewegte sich wie in Trance, drückten ihn nieder – und dann kam die Explosion.

Das Wasserbecken, eben noch still wie ein Spiegel, bekam Risse. Eine Welle aus Chaos und Zerstörung rollte durch die Arena, begleitet von einem ohrenbetäubenden Kreischen von Metall, das sich gegen seinen eigenen Untergang wehrte.

Der Fünf-Meter-Turm wankte. Zuerst nur leicht, dann mit einem jähen Ruck, der die Zuschauer zum Schweigen brachte.

Der OBERSTE PROTEKTOR klammerte sich an das stürzende Gerüst, seine Schreie ein Mix aus Angst und Wut.

„Alle Schützen! Jetzt!" Jonathan sprach in sein Mikrofon. Das Signal war gegeben, und die Scharfschützen reagierten.

Michaels Schuss donnerte durch die Arena. Tomas' Arm flog zurück, als hätte ihn ein unsichtbarer Riese gepackt. Er taumelte. Sein Blick suchte Halt, fand ihn nicht.

Der Fünf-Meter-Turm schüttelte sich wie ein sterbender Koloss. Die Zuschauer starrten gebannt auf das, was sich vor ihnen abspielte.

Tomas' Hände griffen ins Leere, während er stürzte – langsam, als habe die Zeit selbst Mitleid mit ihm. Der Aufprall war ein Knall, der das Stadion erbeben ließ. Blut sickerte aus seinem Mundwinkel, während er liegen blieb, sein Blick leer.

Zorak stand über ihm. Er schwankte, sein Körper blutüberströmt, doch in seinen Augen brannte ein letztes Feuer. „Nieder mit NEUROPA!“, brüllte er.

Ein Gardist schoss auf Zorak.

Er fiel, sein Körper stürzte in die brodelnden Fluten. Im Todeskampf brachte er den OBERSTEN PROTEKTOR ins Straucheln, der sich am Beckenrand festklammerte.

„Für meinen Vater!“, brüllte Zorak, seine Stimme übertönte das Chaos. „Du hast ihn in den Aschefeldern verrecken lassen – jetzt zahlst du!“

Tomas lachte. „Ein Niemand wie du ändert nichts.“

Zorak packte ihn, riss ihn mit sich ins wirbelnde Wasser des Taufbeckens.

„Vater!“, schrie er, ein letzter, roher Schrei, bevor sie untergingen – zwei Schatten, verschlungen von der Flut.

Magali sprang ins Becken, ihre Augen glühten wie Flammen. „Für uns!“, rief sie, scharf und entschlossen.

Sie krallte sich in Tomas' Hals, ihre Finger unbarmherzig.

Die Fluten schlugen über ihnen zusammen, ein reißender Schlund, der keine Gnade kannte. Zorak und Magali sanken hinab, ihre Schatten verschmolzen – ein letzter Pakt, der Tomas mitnahm in die Tiefe.

Claire Berger stürzte sich auf Mendel. Ihre Hände packten seinen Hals, ihre Fingernägel gruben sich in seine Haut. „Für Lukas! Für Mara!“, schrie sie.

Jonathan funkte Michael an: „Elena. Ich habe sie im Blick. Sie will in den Kampf mit Mendel ziehen.“

„Ich sehe sie“, funkte Michael zurück, „ich bin gleich da.“

Mendel war stark. Claire hatte keine Chance gegen ihn.

Aber er hatte nicht mit Elena gerechnet. Mit einem wilden Sprung, beide Beine voraus, sprang sie ihm in den Unterleib, zwang ihn zu Boden.

Gemeinsam rangen die beiden Frauen den OBERSTEN JUGENDPROTEKTOR nieder, bis sie ihn über den Rand des Beckens schleppten und mit ihm in die eiskalten Fluten stürzten.

Das Wasser umschlang Elena wie ein zorniger Muskel. Sie kämpfte, trat um sich. Sie spürte, wie ihre Beine schwer wurden, wie die Dunkelheit sich vor ihren Augen ausbreitete.

Claire hatte sich in Mendel verkrallt, bereit, notfalls mit diesem Monster zu sterben. Sie sank mit ihm weiter nach unten, während Elena versuchte, an die Oberfläche zu kommen.

Sie schlug um sich. Mendels Griff lockerte sich.

Sie war frei. Und dann – ein Ruck.

Etwas packte sie. Keine erbarmungslose Klaue.

„Halte durch!“, rief jemand.

Elena fühlte, wie sie nach oben gezogen wurde. Sie brach durch die Oberfläche, Luft füllte ihre Lungen wie Feuer.

„Ich habe dich!“ Die Stimme war klarer jetzt.

Elena sah das Gesicht über sich. Michael.

„Komm schon!“, rief er, während er Elena mit aller Kraft zum Rand des Beckens zog. Ihr Atem keuchte. Ihr Körper bebte – doch sie ließ nicht los.

Mit einem letzten, verzweifelten Ruck zog er Elena über den Rand, beide stürzten keuchend auf den nassen Beton.

Die Geräusche des Tumults um sie herum drangen zurück in Elenas Bewusstsein – Schreie, Schüsse, das Plätschern des Wassers. Doch in diesem Moment war da nur Michael.

„Danke“, flüsterte Elena.

„Sie blutet“, funkte Jonathan. „Schnell! Hilfe!“

Elena spürte, wie alles um sie herum verblasste, als hätte jemand einen alten Filmstreifen abgerissen. Ihre Knie knickten ein, bis totale Finsternis sie einhüllte.

„Elena!“ Sie erkannte die Stimme nicht mehr.

Starke Hände packten sie, mit verzweifelter Fürsorge, sie schwebte zwischen Leben und Tod.

Jonathan zwang sich, das Geschehen auszuhalten, das er auf den Monitoren beobachtete.

Die Rufe und das Blut waren fast greifbar.

Dann ein Schrei, der durch die Chroniker-Zentrale gellte. „Mutter! Mutter, ich liebe dich!“

Mara stand neben ihm und konnte nicht aufhören zu weinen.

Jonathan schloss die Augen.

Die Revolution hatte begonnen, aber sie war nicht nur Befreiung. Niemand, der hier war, würde jemals wieder derselbe sein.

Das Chaos im Stadion wuchs mit jedem Atemzug. Schüsse peitschten über die Tribünen, das Wasser im Becken spritzte hoch, als wäre es selbst ein Teil der Revolution.

Eine neue Nachricht erschien auf seinem Bildschirm. Eine verschlüsselte Meldung. Er wusste sofort, von wem sie kam, Hana. „Zielphase Gamma aktiv. Kanal 4 öffnen. Zeitfenster: 90 Sekunden."

„Hana", flüsterte er. Sie war draußen, irgendwo, in einem feuchten Keller oder einem zerbombten Haus, mit nichts als einem Funkgerät und ihrer Entschlossenheit. Sie sah das Chaos nicht, hörte nicht die Schreie, aber sie wusste, dass sie den Schlüssel in der Hand hielt.

„Nico", rief er, ohne den Blick von der Konsole zu nehmen. „Schalte Kanal 4 frei. Hana hat uns ein Fenster verschafft."

Der Junge starrte ihn an. „Glaubst du, dass es klappt?"

Jonathan zögerte, wissend, dass es keine Antwort gab, die die Angst vertreiben konnte. „Es muss klappen."

Das Wasser verschluckte jeden, der sich zu nah wagte. Wellen schlugen gegen den Rand, spritzten über die blutgetränkten Platten und klatschten auf die Gardisten, die plötzlich nicht mehr die Jäger waren. Ihre straffen Uniformen und disziplinierten Bewegungen waren nutzlos gegen die chaotischen Hände derer, die zuvor nur gekauert hatten, die sich unsichtbar gemacht hatten, weil Angst alles war, was sie kannten.

Aber jetzt – jetzt waren sie keine Opfer mehr.

Die Überlebenden am Beckenrand, ihre Gesichter eingefallen und ihre Körper ausgehöhlt von Hunger und Kälte, erhoben sich. Sie wirkten wie Tote, die aus Gräbern stiegen, doch ihre Augen brannten. Ihre Finger, knochig und hart, wurden zu Klauen. Ihre Schreie waren keine Schreie der Angst, sondern der Wut, die zu lange unterdrückt worden war.

Ein alter Mann – Jonathan kannte seinen Namen nicht, er wusste nur, dass er gekämpft hatte, bevor die NEUROPA-Garde ihn ins Becken gestoßen hatte – riss einem Uniformierten die Waffe aus der Hand und schlug zu. Der Gardist fiel stolpernd ins Wasser, eine Gruppe Frauen stürzte sich auf ihn. Die Soldaten, die eben noch unerbittlich die Kontrolle hatten, fanden sich in einer blutigen Flut wieder, und das Becken füllte sich – mit Leichen und mit Freiheit.

Die Tribünen begannen zu leben – aber nicht wie ein Organismus, der wächst und gedeiht, sondern wie einer, der sich selbst zerfleischt.

Ein Junge stand da mit leeren Augen. Die NEUE-JUGEND-Uniform wirkte plötzlich wie eine Zwangsjacke. „Das kann nicht echt sein“, murmelte er zu niemandem.

Ein Molotow-Cocktail explodierte in den unteren Rängen. Das Feuer breitete sich aus.

Ein alter Mann mit einem Orden an der Brust rief: „Bleibt sitzen! Das ist eine Prüfung! Der OBERSTE PROTEKTOR wird uns schützen!“ Niemand hörte ihm zu.

Hinter ihnen brach eine Gruppe älterer Zuschauer in Panik aus. Ein Mann stolperte über eine der Stufen, seine Brille flog in hohem Bogen davon, und er schrie: „Sie schießen! Sie schießen auf die Mächtigen!“

Die Monitore flackerten. Dann erschien ein Gesicht auf dem Bildschirm – Hanas Gesicht. Blass, von Kerzenlicht umrahmt, die Augen müde, aber entschlossen.

Ihre Stimme war ruhig, fast flüsternd, aber jedes Wort durchdrang den Raum wie ein Versprechen: „Jonathan, wenn du das hier siehst … dann ist es so weit. Du hast gesagt, es gibt keinen perfekten Moment für den Aufstand. Aber vielleicht gibt es einen richtigen.“

Sie hielt inne. Ein kurzer Atemzug. Dann: „Freiheit ist nicht das Ende. – Sie ist ein Anfang.“

Das Bild zuckte, verzerrte sich – und erlosch.

Und draußen ging das Stadion in Flammen auf.

73

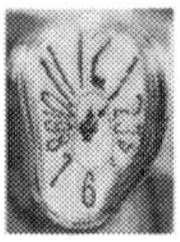

In der Chroniker-Zentrale sackte Jonathan auf seinen Stuhl. Die Monitore zeigten Bilder, die triumphierend und verheerend waren: brennende Gebäude, jubelnde Menschen, schreiende Opfer. Die Welt, wie er sie kannte, war zerbrochen.

Er dachte an Elena. Sie schien bewusstlos zu sein. Würde sie aufwachen und überleben?

So viele andere waren tot. Auch Claire. Zorak. Magali.

Seine Augen füllten sich mit Tränen. Die Bilder verschwammen. Es war ein Sieg, ja. Aber es war einer, der sich in diesem Moment äußerst bitter anfühlte.

Plötzlich sah er sich selbst auf dem Volksbildschirm. Sein Gesicht flackerte in überlebensgroßer Schärfe über die Straßen und Plätze von NEUROPA. Lukas und Nico hatten es tatsächlich geschafft: Sie waren in das Herz des Regimes vorgedrungen und hatten die Kontrolle über die Propagandakisten übernommen.

Und dort war sie – Mara. Sie saß im improvisierten Studio. Ihre Stimme war voller Entschlossenheit. Sie zeigte auf ihn, mit einem Blick, der nichts von Zweifel verriet. „Und das“, sagte sie, „ist einer der Männer, die für den Sieg des Volkes über die Diktatur verantwortlich sind.“

Jonathan wollte etwas sagen, irgendetwas, aber stattdessen wich er dem Blick des Bildschirms aus, seine Augen suchten den Boden. Er war erleichtert, dass Mara schnell das Thema wechselte. Sie führte die Zuschauer zu den nächsten Bildern, und er konnte wieder atmen.

Was niemand sehen konnte, war der Schmerz, der hinter ihren Augen brannte. Lukas und Mara hatten den grausamen Tod ihrer Mutter miterlebt.

Sie hatten keine Zeit zum Weinen, keine Zeit, den Verlust zu begreifen. Stattdessen trieben sie einander an – Lukas mit seinem brillanten Verstand, Mara mit einer unerschütterlichen Entschlossenheit. Es war Claires Geist, der durch sie sprach, der in jeder ihrer Handlungen lebendig war.

Von überall her strömten Augenzeugenberichte herein, aufgenommen mit Handys, flüchtig, rau, aber echt. Lukas war der unsichtbare Drahtzieher im Hintergrund, der Regisseur, der jedes Bild, jede Botschaft mit größtmöglicher Wirkung einspielte.

Nico war der Tüftler, der die Videos schnitt und sie gegen das Regime schickte. Und Mara – Mara war die Stimme der Revolution. Vor allem die jungen Leute hörten ihr zu. Das System fiel schneller, als irgendjemand hätte träumen können.

Die letzte Reportage des Tages waren Bilder aus dem großen Geheimgefängnis südlich des Flugplatzes – ein Ort, den früher niemand laut auszusprechen wagte, aber den jeder kannte.

Leo war der Reporter, der Junge mit dem pinken Rucksack.

Seine Kamera zeigte verwitterte Mauern, elektrische Zäune, schließlich die dunklen Eingeweide des Komplexes. In diesem Höllenschlund waren tausende Menschen gefoltert worden. Ihre Leichen wurden im alten Steinbruch nebenan verscharrt, der zu einer Grube des Grauens geworden war.

Und jetzt – jetzt öffneten sich die Tore. Hunderte Gefangene, abgemagert, ihre Gesichter hohl und doch voller neuer Hoffnung, wurden von einer jubelnden Menge begrüßt. Die meisten Befreier waren jung, kaum älter als Nico, Lukas und Mara. Sie trugen keine Uniformen, nur die Wut und den Mut, die sie über Wochen und Monate aufgestaut hatten.

Leo hielt die Kamera mit beiden Händen, seine Finger zitterten, nicht nur wegen der Kälte. Er wusste, was dieser Ort war. Seine Eltern waren hierher deportiert worden, vor Jahren. Er hatte immer geglaubt, dass sie in diesen Mauern gestorben wären. Aber jetzt, wo die Tore offenstanden und die Menschen in die Freiheit strömten, konnte er nicht anders, als zu hoffen.

Sein Blick fiel auf eine Frau, die langsam aus den Schatten des Gefängnisses trat. Ihr Gesicht war eingefallen, die Wangen hohl, doch ihre Augen – ihre Augen waren dieselben. Es war ein Moment, der sich in sein Bewusstsein brannte, ein Bild, das alles überlagerte.

„Mama?" Seine Stimme war brüchig. Sie hörte ihn. Blieb stehen. Sah sich um. Und dann waren sie in den Armen des anderen.

„Dein Vater …" Ihre Stimme brach. „Sie haben ihn …"

Leo zog sie nur noch fester an sich.

Die Worte waren nicht nötig.
Alles, was zählte, war, dass sie atmete.
Dass sie da war.

74

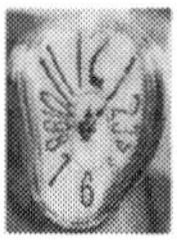

Elena lag auf einer alten Matratze, die nach Staub und Schweiß roch. Sie versuchte, die Augen zu öffnen, doch das Licht war zu grell. Aber es erinnerte sie daran, dass sie lebte.

„Du bist wach?"

Michael saß neben ihr, ein feuchtes Tuch in der Hand, das er vorsichtig über Elenas Stirn strich.

„Wo …?" Elenas Stimme war brüchig, nur ein Krächzen.

„Du bist sicher", sagte Michael.

„Verena, unsere Ärztin, hat im Alten Bahnhof ein Lazarett aufgebaut", sagte eine Stimme, die zu Kari gehören musste.

Elena nickte, obwohl jede Bewegung ihren Kopf pochen ließ. Sie erinnerte sich an das Becken, an das Wasser, an Mendels Hände, die wie Klauen nach ihr griffen. Und sie erinnerte sich an die Rettung.

„Die anderen?", fragte sie, obwohl sie nicht sicher war, ob sie die Antwort hören wollte.

Kari zögerte. Ihr Blick wanderte zu einer dunklen Ecke des Raumes, wo sich Geister sammelten. „Einige haben es geschafft", sagte sie schließlich. „Andere …"

Elena schloss die Augen. Das Bild von Zorak tauchte in ihrem Inneren auf, wie er mit dem OBERSTEN PROTEKTOR ins Becken gestürzt war. Und Claire Berger, die Mendel zu Boden gerungen hatte.

„Du musst dich ausruhen", sagte Michael. „Du bist schwer verletzt. Drei Rippen gebrochen. Fast ertrunken. Dass du überhaupt noch hier bist, ist ein Wunder."

Ein Wunder. Elena wollte lachen, aber es wurde nur ein keuchender Atemzug. „Das ist kein Wunder", flüsterte sie. „Das ist eine Strafe."

Michael sagte nichts. Er tupfte weiter ihre Stirn ab, still und methodisch, wie eine Krankenschwester im Krieg.

Sie war bewusstlos gewesen, aber sie hatte Erinnerungen, die aus einem schmerzhaften Nebel auftauchten. Michael saß an ihrem Bett und hielt ihre Hand. Andere Menschen kamen und gingen, Gesichter tauchten auf und verschwanden wieder. Einmal war es Jonathan, der sich über sie beugte, seine Augen voller Schuld, die er nicht aussprach. Ein anderes Mal hörte sie Hana, sanft und beruhigend, wie einen fernen Traum.

„Ich muss aufstehen", sagte Elena unvermutet.

Michael protestierte, aber Elena ließ sich nicht umstimmen.

Ihre Beine wankten, jeder Schritt eine Qual, doch sie hielt sich aufrecht. Michael stützte sie.

„Ich kann nicht hierbleiben", sagte sie fest, auch wenn sie zitterte.

„Du bist nicht stark genug", erwiderte Kari.

„Ich muss es sein." Elena griff nach Michaels Arm, um sich abzustützen. „Ich habe zu viele Menschen verloren. Zorak. Claire. Magali. Ich schulde ihnen, dass ich lebe. Und das bedeutet, dass ich weiterkämpfen muss."

Zwei Minuten später kam der Schwindel, und Elena musste einsehen, dass ihr Körper zunächst einen anderen Kampf führen musste.

Die Nachricht, dass Elena bei Bewusstsein war, raste durch das Lager. Es begann mit einem Flüstern, einer kaum hörbaren Bemerkung in der Dunkelheit, doch innerhalb von Minuten war es überall. Die Überlebenden, müde und zerschlagen, hielten inne, tauschten Blicke aus, und die Last auf ihren Schultern schien leichter zu werden.

Hana hörte es von einem der Sanitäter, der mit einem Lächeln, das viel zu selten geworden war, die Nachricht weitergab. Sie hielt kurz inne, dann rannte sie los. Ihre Schritte hallten auf dem Beton, begleitet vom dumpfen Schlag von Jonathans Stiefeln, der ohne ein Wort an ihrer Seite war.

Als sie das kleine Krankenzimmer erreichten – ein notdürftig abgetrennter Bereich mit zerrissenen Vorhängen und einer alten Lampe, die Licht spendete – stand Verena dort. „Nicht zu lange", sagte die Ärztin erschöpft von zu wenig Schlaf und zu vielen Verlusten. „Sie braucht Ruhe."

Verenas Warnung konnte Hanas Glück nicht trüben. Sie schob den Vorhang zur Seite, und da lag Elena – blass, aber wach. Ihre Augen, immer noch von der Dunkelheit der letzten Tage umgeben, suchten den Raum ab, bis sie Hana fanden.

„Mama …“ Es war kaum mehr als ein Flüstern, doch es durchdrang Hana wie ein Schrei.

Hana sank auf die Kante des Bettes, ihre Hände fanden Elenas Hände, hielten sie fest, als könnte sie sie dadurch vor allem schützen, was draußen noch wartete.

„Du hast uns erschreckt“, sagte Hana.

Elena versuchte zu antworten, doch Verena trat näher, ihre Schritte schwer, wie um zu betonen, dass sie sich an ihre eigenen Worte erinnern mussten. „Nicht übertreiben“, mahnte sie. „Eine gute Nachricht ist wertlos, wenn wir sie ruinieren, weil sie sich zu früh übernimmt.“

Hana nickte, doch sie ließ Elenas Hand nicht los.

Jonathan beugte sich vor, ein Lächeln auf seinen Lippen. „Wir dachten, wir hätten dich verloren“, sagte er.

Elena blickte zwischen den beiden hin und her. „Ich bin noch hier“, sagte sie. Und obwohl ihre Worte einfach waren, war da ein kleiner, unerschütterlicher Funke, der sagte: Ich bin noch nicht fertig.

Michael kam ins Zimmer, er hatte frisches Wasser besorgt.

Es war keine Zeit für große Feierlichkeiten, keine Zeit für das, was sie früher Glück genannt hätten. Doch in diesem winzigen Raum gab es einen Moment des Friedens – und das war mehr, als sie zu hoffen gewagt hatten.

75

Draußen, außerhalb der Lazarett-Landschaft, waren die Tage nach dem Aufstand eine chaotische Hölle. Kämpfe tobten auf den Straßen, die Überreste der NEUROPA-Garde sowie regimetreue Soldaten griffen verzweifelt zu den Waffen, um ihre Macht zu sichern.

Auch einige von Zoraks Leuten wüteten, angetrieben von derselben Rachsucht, die sie ihr ertrunkener Meister gelehrt hatte. Grünauge vom Camp aus und Michael vor Ort versuchten, mäßigend auf sie einzuwirken. Sie sollten sich auf den Schutz der Bevölkerung und vor allem der Chroniker konzentrieren.

Rauch stieg über der Stadt auf, die Flammen spiegelten sich in den zerschmetterten Fenstern.

Jonathan stand am Rande einer zerfallenen Mauer und beobachtete die Straße, die seine Heimat gewesen war. Jetzt war sie ein Schlachtfeld. Qualm stieg aus den Häusern, und das laute Knacken von Holz, das von Flammen verzehrt wurde, erfüllte die Luft. Das Chaos des Aufstands hatte keine Richtung mehr, und niemand war sicher – nicht einmal diejenigen, die einst das System unterstützt hatten.

Frau Müller stolperte aus ihrem brennenden Haus, ihr sonst so steifer Dutt war zerzaust, ihre Kleidung rußgeschwärzt. Sie klammerte sich an eine alte Reisetasche, als wäre sie das Einzige, was sie noch besaß. Ihre Augen suchten panisch die Umgebung ab, voller Angst und Verzweiflung.

„Das habe ich nicht verdient!“, rief sie. Sie schien zu niemandem zu sprechen, oder vielleicht zu jedem. „Ich habe getan, was verlangt wurde! Ich habe nichts falsch gemacht!“

Jonathan blieb in seinem Versteck.

Sie hatte nichts falsch gemacht? Wirklich?

Er fühlte keinen Triumph, nur eine bleierne Leere.

Ein Trupp von Menschen, aufgebrachte Bürger, zog an ihr vorbei. Einer schubste sie grob zur Seite, sie taumelte, ließ die Tasche fallen und fiel auf die Knie. Sie hob die Tasche nicht wieder auf. Stattdessen blieb sie einfach dort hocken – zwischen den Trümmern ihrer ehemaligen Loyalität und einem Leben, das in Flammen aufging.

Inmitten des Chaos geschah etwas, das kaum jemand erwartet hatte. Außer Elena. Und Jonathan, der inzwischen wusste, was er mit seinem Spezialanruf ausgelöst hatte.

Das Ausland wurde aktiv. Berichte über die Gräueltaten des Systems hatten die Grenzen von NEUROPA durchbrochen, Bilder der Großen Taufe hatten sich in alle Länder verbreitet. Die internationale Gemeinschaft, jahrelang zögerlich und voller Schuldgefühle, schickte Friedenstruppen.

Am 10. Januar landeten die ersten Einheiten auf NEUROPA-Boden. Sie kamen aus den Überresten der alten und neuen Großmächte, vor allem der Sinorussindischen Allianz, aber auch aus Amerika. Ihre Ankunft war kein Triumphzug, sondern eine kalkulierte Operation. Keine Paraden, keine Presse – nur die kühlen, effizienten Bewegungen von Soldaten, die wussten, dass sie auf feindlichem Boden operierten.

Viele Gardisten warfen ihre Waffen nieder, bevor die Friedenstruppe überhaupt die Chance hatte, sie zu konfrontieren. Das System, das sie gestützt hatte, existierte nicht mehr, um sie zu schützen. Andere, verblendet von staatlicher Gehirnwäsche, kämpften erbittert weiter. Einen aussichtslosen Kampf.

Die Bevölkerung reagierte unterschiedlich. Manche sahen die fremden Soldaten als Befreier, begrüßten sie mit Lebensmitteln und Wasser, winkten von den Balkonen. Andere verfluchten sie, schossen aus dem Hinterhalt, bauten Barrikaden, warfen mit Steinen. Die Mehrheit schwieg, mal wieder, beobachtete, was als Nächstes geschehen würde.

Die internationalen Truppen übernahmen die Kontrolle über die Volksbildschirme. Heiner und Nico gönnten sich noch einen letzten Hack: Sie schrieben ein Programm, das es endlich erlaubte, die Staatsfernseher wirksam abzuschalten.

Die Generäle der Friedenstruppe riefen ein provisorisches Komitee ins Leben, bestehend aus unbelasteten Vorkriegspersönlichkeiten sowie aus wenigen mutigen NEUROPA-Bürgern, die während der Herrschaft des OBERSTEN PROTEKTORS Widerstand geleistet hatten.

Die Chroniker spielten eine zentrale Rolle: Jonathan, Hana, Lukas und die anderen wurden als Helden geehrt.

Es war kein sauberer Übergang. Rivalen aus den alten Eliten versuchten, neue Machtstrukturen zu etablieren. Ehemalige Funktionäre des Systems traten in der Öffentlichkeit als „Reformer" auf. Doch die internationale Präsenz gepaart mit dem Zorn der Bevölkerung ließ ihnen wenig Raum.

Die letzten Überreste der NEUROPA-Garde wurden am 18. Januar entwaffnet.

In seiner kleinen Zweitwohnung bei Ariane-Maria saß Jonathan und dachte über das Chaos nach. Sein Geburtstag war drei Tage entfernt. Hana war an seiner Seite, und sie sagte zu ihm: „Ich habe für dich eine Feier vorbereitet. Im Alten Bahnhof."

Der alte Bahnhof war eine heilende Wunde in der Stadt. Rostige Gleise zogen sich durch den Frost, und die zersplitterten Fenster starrten auf die verfallene Welt.

Niemand mit Verstand hätte diesen Ort gewählt, um etwas wie einen Geburtstag zu feiern – niemand mit Verstand hätte überhaupt noch an Geburtstage gedacht.

Aber es gab neues Leben im Alten Bahnhof.

Verenas Lazarett war nur der Anfang. Es begann mit ein paar zusammengewürfelten Betten, alten Matratzen auf kaltem Beton, und Verena, die mit einem halben Verbandskasten und zwei Helfern Wunder vollbrachte.

Verletzte kamen, zuerst die Chroniker, dann andere. Alle brachten Geschichten mit – von Verlust, von Kämpfen, die sie nicht hatten gewinnen können, von Hoffnung, die wie ein letzter Atemzug aus ihnen entwich.

Und dann erschien das Internationale Rote Kreuz. Eines Tages rollten Lastwagen auf die verrosteten Schienen, brachten Ausrüstung, Medikamente, Ärzte – und plötzlich war das Lazarett mehr als nur eine Zuflucht.

Es wurde ein Krankenhaus. Nicht perfekt, aber echt. Und das Wichtigste: Hier wurden wieder alle behandelt. Auch die Generation

77plus, die so lange abgeschrieben worden war, dass viele von ihnen gar nicht mehr glaubten, dass sie es verdienten, gerettet zu werden.

Jonathan kam regelmäßig, um mitzuhelfen.

Einmal sagte er zu Hana: „Das Leben ist wie ein Feuer – es brennt nur, wenn man Holz nachlegt.“

Und dieses Krankenhaus war das Holz.

Kein Glanz, keine Pracht.

Aber hier war Leben.

76

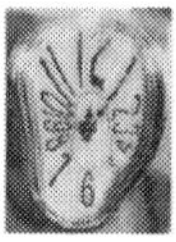

„Dass du in deinem Alter noch rot wirst, nur weil eine Frau neben dir im Bett liegt“, flachste Hana.

„Was meinst du?“, antwortete Jonathan schläfrig.

„Dein Chip strahlt plötzlich rot. Sieht gesünder aus, als das alte Gelb.“

„Ach, das meinst du.“

Hana tastete nach dem Siebeneck. „Da steht jetzt 'T+0'.“

Jonathan lachte. „Das System feiert meinen Geburtstag.“

Es war der 21. Januar. Jonathan wurde 77. Alle kamen im Alten Bahnhof zusammen. Der Motorradclub hatte wieder Asyl gewährt. Der Raum war geschmückt, so gut es eben ging. Fahnen mit abblätternden Farben hingen an den Wänden, rostige Motorräder standen in den Ecken, der schwere Geruch von altem Öl und Bier hing in der Luft. Es war kalt – trotz des Feuers im rostigen Fass in der Mitte des Raumes, das etwas Licht und Wärme spendete.

Jonathan saß an einem Holztisch, ein Glas Bier vor sich, das er kaum anrührte. Es schmeckte bitter, aber nicht so bitter wie die Erinnerung, die ihm im Hals steckte.

Ariane-Maria und Professor Hingst waren enger verbunden als je zuvor. Sie hatten Mara und Lukas Berger aufgenommen. Mara sprach wenig, aber in ihren Augen lag ein harter Glanz, der Jonathan das Herz zuschnürte. Es war ein Blick, den er nie gesehen hatte, ein Blick, der nicht zu einem 16-jährigen Mädchen gehören sollte.

Lukas hatte sich an den Rand des Raumes zurückgezogen, einen alten Laptop vor sich, die Tasten abgenutzt, das Gehäuse zerkratzt. Er tippte mit einer Intensität, als könnte er die Welt mit jedem neuen Codefetzen reparieren. Neben ihm saß Nico, der ihn wie einen Heiligen ansah, als wäre Lukas der Einzige, der noch irgendeine Antwort hätte.

Christian und Bettina hielten Reden in der Mitte des Raumes, laut und voller Feuer. Es waren keine Reden des Trostes – es waren Reden von

Macht, von Wiederaufbau, von Neuanfang. Sie sprachen von Parteien, von Wahlen, als wäre die Zeit der Politik zurückgekehrt. Heiner, Kari und Verena hörten kaum hin. Sie hielten sich abseits, die Schultern schwer und die Blicke leer.

Das war kein Geburtstag. Nicht wirklich. Es war nur ein weiterer Tag in einer Welt, die Bedeutung erst wieder zurückgewinnen musste. Und doch – sie waren hier.

Jonathan hob sein Glas, ein dünnes Lächeln auf seinen Lippen. Die anderen sahen ihn an. Ein Lachen erklang von irgendwoher – rau, wie aus einer trockenen Kehle.

„Auf uns – die wir überlebt haben", murmelte Jonathan. Und dann, lauter, fast trotzig: „Auf das, was bleibt."

Er ließ seinen Blick über die Menge schweifen. „Wir sind hier. Und das … das ist mehr, als viele erwarten konnten."

Niemand sprach die Namen derer aus, die fehlten, ihre Abwesenheit war wie eine klaffende Wunde im Raum.

„Wo ist Elena?", fragte Professor Hingst.

Hana seufzte. Es war kein Laut, den die anderen hören konnten, doch für Jonathan war er wie ein Schmerzenslied, das nie enden wollte. „Sie war sich nicht sicher, ob sie kommen sollte."

Jonathan griff in die Tasche seiner Jacke, zog ein Buch hervor. Der Einband war abgenutzt, die Seiten vergilbt, doch die Worte darin lebten weiter.

„Lukas", sagte er und winkte den Jungen heran.

„Ich habe etwas für dich." Er reichte Lukas das Buch, der es mit einer Ehrfurcht nahm, die Jonathan überraschte.

„Was ist das?", fragte der Junge.

„*1984*", antwortete Jonathan. „Das Buch, das ich bei meiner Flucht gerettet habe. Ich habe es für dich getan. Es erzählt von einer anderen Zeit, einem anderen Regime. Aber es könnte genauso gut hier spielen. Lies es, Lukas. Versteh es. Und beherzige seine Botschaft."

Draußen begann es zu schneien. Der Wind trug die Flocken durch die zerbrochenen Fenster, legte sich kalt auf das Blechdach wie ein ungebetener Gast.

„Wir haben noch Arbeit vor uns", sagte Ariane-Maria. „Aber heute feiern wir."

Hana setzte sich neben Jonathan. Wie immer in den letzten drei Wochen war sie da. Wie ein Fels, der den Sturm überstanden hatte.

„Hast du je geglaubt“, fragte Jonathan, ohne sie anzusehen, „dass wir das wirklich schaffen könnten?“

Hana drehte sich zu ihm, ihr Gesicht gezeichnet von feinen Linien, aber ihre Augen hatten dieses Blitzen, das an früher erinnerte. „Ich habe daran geglaubt, dass wir kämpfen müssen, Jonathan“, sagte sie.

Er nickte. Und dann, endlich, fragte er, was er schon lange fragen wollte: „Elena … ist sie meine, unsere Tochter?“

Hanas Blick wurde weich. Sie legte ihre Hand auf seine, beruhigend, wie ein Anker in einem Meer aus Unsicherheit. Endlich sagte sie: „Wie kommst du darauf?“

Jonathan lachte. „Sie hat mal geschrieben, ich könnte ihr Stiefvater sein. Das 'Stief' hat sie später durchgestrichen.“

Hana neigte den Kopf. „Sie hat mich mal gefragt, ob ich dich heiraten würde.“ Ihre Stimme war sanft, aber nicht ohne Schwere. „Ich habe nicht sofort Nein gesagt. Da hat sie dich wohl zum Stiefvater erklärt. Jetzt wünscht sie sich vielleicht, dass du wie ein Vater zu ihr sein sollst.“

Jonathan spürte, wie sich etwas in seiner Brust zusammenzog, ein Schmerz, der nichts mit körperlichem Leid zu tun hatte. „Wie ein Vater“, wiederholte er, als koste er die Worte, ob sie einen Nachgeschmack hatten. „Vielleicht braucht sie das. Vielleicht hat sie das gebraucht. Schon immer.“

Hana nickte, und diesmal war da ein Funkeln in ihren Augen, das mehr als Traurigkeit verriet. „Dann sei das für sie. Sei, was sie braucht.“

Jonathan starrte auf ihre Hand, die immer noch auf seiner lag. Und plötzlich verstand er: Es ist nie zu spät, jemand zu sein, den jemand braucht.

77

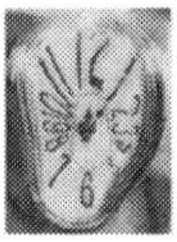

Und dann war sie da: Elena. Ihr Auftritt war kein Kommen, sondern ein Aufbruch – ein Sturm, der die Unruhe hinwegfegte. Jeder Schritt von ihr hallte durch den Raum. Ihre Silhouette zeichnete sich gegen das Licht der Lampen ab, eine schlanke, ungebrochene Gestalt. Der Schnee war in ihren Haaren geschmolzen, ihre Kleidung war feucht, doch sie schritt vorwärts und aufrecht.

Die Anwesenden verstummten. Manche erhoben sich, andere blieben sitzen, unfähig, ihre Blicke von ihr abzuwenden. Ein Murmeln ging durch die Menge, eine Mischung aus Erstaunen und Unsicherheit, bevor völlige Ruhe eintrat.

Elena blieb stehen, in ihrem Gesicht lag eine Härte, die sie vor dem Aufstand nicht besessen hatte. Ihre Augen wanderten durch den Raum, als wollte sie jeden Einzelnen sehen, nicht nur als Überlebenden, sondern als Menschen.

Sie drehte sich um. Michael, der sie begleitet hatte, blieb einige Meter zurück und nickte ihr aufmunternd zu.

Elena holte tief Luft. „Ihr habt mich gerettet“, begann sie. „Ihr habt mich aus dem Becken gezogen, aus der Dunkelheit, aus der Kälte. Aber das Wasser … das Wasser hat mich nicht losgelassen.“

Ein Raunen ging durch die Zuhörer, doch Elena ließ sich nicht beirren. „Es hat mir etwas bewusst gemacht,“ fuhr sie fort, ihre Stimme wuchs an Stärke. „Es hat mir meine und unser aller Sterblichkeit bewusst gemacht. Wir hätten scheitern können. Die Mörder hätten weitergemacht. Und wir … wir wären vergessen worden.“

Ihre Worte wogen schwer wie Steine. Einige senkten die Blicke, andere nickten stumm. Jonathan stand abseits, seine Augen auf sie geheftet.

„Aber dann kam die Hand“, sagte Elena, und ihre Stimme brach. „Die Hand, die mich aus dem Wasser zog. Michael hat mich zurückgeholt. Und in diesem Moment habe ich begriffen, dass das Wasser uns alle verschlucken wollte – nicht nur mich, nicht nur die Alten. Es verschluckte uns jeden Tag. Es war in den Propagandaschreien. Es war in der Angst. Es war in unserem Schweigen.“

Elena trat in die Mitte der Halle, ihre Stimme wurde ruhiger, doch sie verlor nichts von ihrer Intensität. „Ich habe keine Lösungen. Ich bin nicht hier, um euch zu sagen, was richtig oder falsch ist. Ich bin hier, weil ich nicht länger wegsehen kann. Wir haben gelitten. Wir haben getötet. Wir haben verloren und gewonnen. Jetzt sind wir hier. Wir alle. Und das bedeutet, dass wir eine Chance haben.“

Sie sah Gesichter, die ihr glaubten. Sie sah skeptische Augen, die sie beobachteten, als suchten sie nach einem Fehler. „Wir können etwas Neues aufbauen. Es liegt an uns. Wir haben nun die Macht. Nicht Tomas. Nicht Mendel. Nicht die Päpstin oder ihre Lügen. Aber Macht bedeutet Verantwortung. Und ich werde nicht zulassen, dass wir dieselben Fehler machen wie sie.“

Ein Flüstern ging durch die Menge, eine unausgesprochene Frage. Elena hörte es, und ihre Stimme wurde schärfer, ihr Blick intensiver. „Ich will diese Macht nicht – nicht für mich allein. Nie wieder soll jemand die absolute Kontrolle übernehmen. Nie wieder soll eine Stimme alle anderen ersticken. Ich bin keine Anführerin. Ich bin eine Überlebende. Aber wir können gemeinsam entscheiden und lernen.“

Sie schloss die Augen, sammelte sich, bevor sie den letzten Satz sprach. „Ihr könnt mich hassen. Ihr könnt mir nicht glauben. Aber lasst uns wenigstens einander vertrauen. Lasst uns aus dieser Hölle etwas machen, das uns nicht verschlingt.“

Ein Moment völliger Stille folgte. Ihre Worte schwebten in der kalten Luft und setzten sich in den Köpfen der Zuhörer fest. Dann, langsam, begann jemand zu klatschen. Ein Klatschen, das nach und nach andere mitriss. Bald hallte Applaus durch die Halle, kein orchestrierter Jubel, sondern ein Ausdruck von etwas, das sie alle kaum noch kannten: Hoffnung.

Ein entschlossenes Lächeln spielte um Elenas Lippen. Sie wusste, dass der Weg lang und voller Hindernisse sein würde. Aber in diesem Moment war sie bereit, ihn zu gehen – mit ihnen allen.

„Es lebe unsere Präsidentin!“, schrie eine Stimme. Vielleicht war es Kari, vielleicht jemand anderes. Es war schwer zu sagen im tosenden Lärm, als die Menge einstimmte, als das Wort „Präsidentin“ durch den Raum hallte.

Elena hob die Hand. Die Bewegung war von einer Autorität, die niemand infrage stellte. Der Jubel erstarb, als ob jemand einen Schalter umgelegt hätte.

„Ich habe es schon einmal gesagt: Nie wieder!“ Es war kein Schrei, kein Befehl. Es war eine Wahrheit, die schwer wie eine Last in den Raum fiel. Elenas Stimme brauchte keine Lautstärke, um den Raum zu füllen. Sie brauchte nur den Schmerz, der in jedem ihrer Worte lag.

„Nie wieder soll jemand absolute Macht ausüben können. Schon gar nicht jemand aus der Familie, die so viel Unglück über uns und die ganze Welt gebracht hat. Lasst uns wieder Demokratie wagen. Mit Meinungsfreiheit. Mit ehrlichen Wahlen. Kein Tyrann mehr – nirgends.“

Jonathan sah, wie Elena ihre Schultern straffte, als ob sie alle Last auf sich genommen hätte – und vielleicht war es genau das, was sie getan hatte.

Die Nacht war still, der Schnee dämpfte alle Geräusche, nur das gelegentliche Flattern eines Vogels war zu hören.

Elena war im Alten Bahnhof ganz nach oben geklettert und schaute hinaus in den weiten Horizont. Der schwache Schein des Mondes erhellte die Konturen.

Michael lehnte an einem zerfallenen Torbogen und beobachtete sie, eine Silhouette vor dem blass scheinenden Himmel. Er hatte sie noch nie so gesehen – still, verloren in Gedanken.

„Schwere Rede?“, fragte er schließlich.

Elena drehte sich zu ihm um. „Schwer genug“, gab sie zu. „Ich habe gesprochen, aber ich weiß nicht, ob sie wirklich zugehört haben. Manche schienen zu verstehen, andere …“ Sie brach ab und schüttelte den Kopf.

Michael trat zu ihr, die Stiefel knirschten auf dem gefrorenen Schnee. „Du hast sie erreicht, Elena. Vielleicht nicht alle, vielleicht nicht sofort. Aber sie werden nachdenken. Und das ist der Anfang.“

Elena lachte müde. „Ein Anfang. Das sagen wir uns schon so lange, Michael. Immer ist es nur ein Anfang.“

„Und trotzdem stehst du hier“, erwiderte er sanft. „Nach allem, was du durchgemacht hast. Nach allem, was wir verloren haben. Das bedeutet etwas.“

Sie schwieg, und er trat näher, bis er direkt neben ihr stand. Der Wind zog durch die zerbrochenen Mauern der Ruine, kühl und klar. „Und du?“, fragte sie schließlich. „Was bedeutet das alles für dich?“

Michael zuckte mit den Schultern, ein scheues Lächeln auf den Lippen. „Für mich bedeutet es, dass ich einen Platz gefunden habe. Mit dir.“

Elena strich ihm über den Kopf. „Deine Haare wachsen wieder.“

„Sicher“, sagte Michael.

„Fühlt sich gut an“, sagte Elena.

Sie sah ihn an, und für einen Moment war alles andere vergessen – die Welt, die Kämpfe, die Zweifel. „Es wird nie einfach sein“, sagte sie. „Nicht mal jetzt.“

„Ich weiß.“

Er griff nach ihrer Hand, hielt sie fest und sah ihr direkt in die Augen. „Aber einfach ist nicht das, was ich suche.“

Sie lächelte, ein echtes, warmes Lächeln, das die Kälte zwischen ihnen vertrieb. „Und was suchst du dann?“

Michael trat näher, ihre Stirn fast berührend. „Einen Anfang“, flüsterte er. „Mit dir. Für eine neue Welt.“

Elena schloss die Augen. Ihre Lippen trafen sich. Ein langer Kuss. Ihre Arme umfassten sich, als wollten sie sich nie wieder loslassen.

Jonathan saß auf der alten Mauer vor dem Bahnhof, das kalte Glas Bier zwischen seinen Händen. Vor ihm lag die zertrümmerte Stadt wie ein offenes Grab. Rauch stieg aus den Ruinen, und die Flocken, die sanft vom Himmel schwebten, schienen den Schmerz nicht zu mildern.

Von oben fiel ein Brocken vereister Schnee herab. Er schaute hoch, sah Elena und Michael in inniger Umarmung.

Hana kam zu ihm nach draußen. „Du sitzt hier und grübelst“, sagte sie, ihre Stimme trug die Geduld, die nur sie für ihn hatte.

„Ich frage mich“, sagte er, „ob sie es wirklich verstanden haben. Ob wir sie nicht einfach mit leeren Versprechen zurückgelassen haben.“

„Elenas Worte waren keine leeren Versprechen“, sagte sie. „Sie waren eine Einladung. Jetzt liegt es an ihnen, zu entscheiden, ob sie annehmen.“

Jonathan nickte, aber er sagte nichts. Was konnte er auch sagen? Dass er zweifelte? Dass er Angst hatte, was als Nächstes kommen würde?

„Ich frage mich", sagte er, seine Worte kamen langsam, als müsste er sie aus einer Grube herausziehen, „ob das hier überhaupt Sinn hatte. Ob wir nicht einfach die Dunkelheit gegen eine andere eingetauscht haben."

Hana schaute ihn an. „Ich weiß, wie es sich anfühlt, alles zu verlieren", sagte sie. „Aber hätten wir nichts getan, wäre alles geblieben, wie es war. Ich habe diese Dunkelheit gesehen. Ich will sie nicht wieder zurück."

Jonathan lachte bitter. „Vielleicht. Wenigstens wussten die Leute, wie man in der Dunkelheit lebt. Vielleicht war das Licht, das wir ihnen gezeigt haben, zu grell – eine Flamme, die zu schnell verglüht."

Hana kniete sich neben ihn in den Schnee „Lade dir nicht alles allein auf, Jonathan. Keiner von uns ist der Retter der Welt. Aber wir haben etwas begonnen – etwas Größeres als wir."

„Es fühlt sich nicht so an", flüsterte er.

„Weil du nur das Ende siehst. Aber das hier ist kein Ende."

Er sah sie an, ihre Augen, die Stärke ausstrahlten, dass es ihn fast beschämte. „Du glaubst wirklich daran, nicht wahr?"

Hana nickte, und ihr Lächeln wurde weicher. „Ich glaube daran, dass wir die Wahl haben. Zu kämpfen. Zu lieben. Zu leben. Und wenn wir schon sterben müssen, dann nicht, ohne vorher etwas verändert zu haben."

Jonathan atmete tief ein, als könnte er die Hoffnung in sich aufnehmen.

„Hana", sagte er leise, „wenn ich dich nicht hätte…"

Sie legte ihm einen Finger auf die Lippen. „Du hast mich. Und ich habe dich. Das reicht – für heute."

Die Stille zwischen ihnen war wie ein Atemholen. Der Schnee fiel und in der Ferne begannen die Stimmen der Chroniker, eine neue Melodie anzustimmen. Nicht laut, nicht triumphierend.

„Lass uns zurückgehen", sagte Hana. „Sie brauchen dich. Ich brauche dich."

Ihre Worte zogen ihn aus der Dunkelheit zurück ins Licht.

Eines Tages würde er aufwachen und feststellen, dass er tot war – aber noch war es nicht so weit.

Nachwort und Danksagung

Es ist kein Zufall, dass ich beim Schreiben dieses Buches – genau wie mein Protagonist Jonathan – 76 Jahre alt war und auf meinen 77. Geburtstag zusteuerte.

Ich schrieb den Text unter Zeitdruck – geschuldet meiner Krebskrankheit, die zunehmend Besitz von mir ergriff: Leukämie, Chemotherapie, Stammzelltransplantation, Hautkrebs, Tumor in der Lunge, Immuntherapie, Sinusvenenthrombose im Gehirn.

„Sie haben aber auch jeden Scheiß“, flachste die Schwester in der Kölner Uniklinik, wo ich viele Jahre lang großartig behandelt wurde – und jede schlechte Prognose überlebte.

NEUROPA 77 – Die Alten sind an allem schuld ist so etwas wie ein Vermächtnis geworden.

Geplant war der Roman als klassische Dystopie – etwa für das Jahr 2077. Doch während des Schreibens wurde er immer mehr zu einer aktuellen Gesellschaftskritik – angesichts des Krieges auf europäischem Boden, der Verwerfungen in den USA unter Donald Trump und der schleichenden Erosion demokratischer Grundwerte.

Mein Dank gilt meinen Testlesern, besonders Peter und Heiko, die ein Dutzend Versionen durchgearbeitet haben und nie die Zuversicht verloren, dass das Werk zu einem guten Ende geführt werden könnte.

Als Lektor und Korrektor hat mir mein Sohn Oliver wertvolle Hinweise gegeben. Die wichtigste Unterstützung jedoch kam von meiner Frau Micky: Als ehemalige Lehrerin für Deutsch und Englisch eine kritische Leserin – und vor allem eine Mutmacherin in schweren Zeiten.

Im Roman erwähnte Bücher

(in der Reihenfolge, wie sie in NEUROPA 77 erscheinen)

Der Steppenwolf, Hermann Hesse
Fahrenheit 451, Ray Bradbury
1984, George Orwell
Der Prozess, Franz Kafka
Die Bibel
Grundgesetz für die Bundesrepublik Deutschland
Der große Hingst, Gedichtsammlung, Herwarth Hingst*
Poetry As Insurgent Art, Lawrence Ferlinghetti
Die Räuber, Friedrich Schiller
Ein Tag im Leben des Iwan Denisowitsch, Alexander Solschenizyn
Der Report der Magd, Margaret Atwood
Schuld und Sühne, Fjodor Michailowitsch Dostojewski
Schöne neue Welt, Aldous Huxley
Der satanarchäolügenialkohöllische Wunschpunsch, Michael Ende
Das Echo der Jahre, Géraldine Fray*
Liebesgedichte, Erich Fried

**fiktive Werke*

Weitere Bücher des Autors

Thriller
PowerBlood – Der Chip in deinem Körper, 2023, epubli,
(lieferbar als Print und eBook für alle Plattformen)

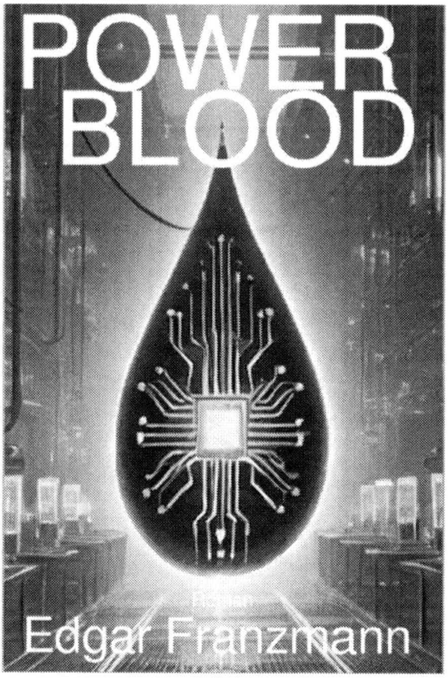

Lieferbare Krimis als eBooks
Das Molotow-Komplott, 2024, dotbooks
Die französiche Agentin, 2024, dotbooks
Adenauers Auge, 2024, dotbooks
Der Richter-Code, 2024, dotbooks
Millionenallee, 2023, dotbooks

Printed in Poland
by Amazon Fulfillment
Poland Sp. z o.o., Wrocław

55968026R00199